Diana Fiammetta Lama

Eine Leiche zu Ferragosto

Maresciallo Santomauro fischt im Trüben

Kriminalroman

Aus dem Italienischen
von Esther Hansen

aufbau taschenbuch

Die Originalausgabe unter dem Titel
»La sirena sotto le alghe«
erschien 2008 in Italien bei Edizioni Piemme Spa.

ISBN 978-3-7466-2634-5

Aufbau Taschenbuch ist eine Marke der
Aufbau Verlag GmbH & Co. KG

1. Auflage 2011
© Aufbau Verlag GmbH & Co. KG, Berlin 2011
La sirena sotto le alghe © 2008 Diana Lama
Umschlaggestaltung Mediabureau Di Stefano, Berlin
unter Verwendung eines Fotos von © neue bildanstalt/Knorreck
Satz LVD GmbH, Berlin
Druck und Binden C. H. Beck, Nördlingen
Printed in Germany

www.aufbau-verlag.de

Für Domenico und Germano,
die mir das Cilento geschenkt haben.

Der Haufen in der Sonne getrockneter Algen stank, als wäre eine Leiche darunter begraben.

Und wirklich lag dort eine Leiche.

Als der Bagger begann, mit großen Schaufelladungen die modrigen Meeresabfälle aufzunehmen, stiegen dichte Verwesungsschwaden in die warme Nachmittagsluft auf.

Dann stießen die Metallzähne auf Widerstand und zogen einen Arm unter den Algen hervor, daran hängend den übrigen Körper: schwarz, aufgedunsen, nackt und stinkend wie ein alter Hundekadaver.

Die wenigen Zuschauer, die träge an der Brüstung der kleinen Piazza lehnten und das Spektakel verfolgten, schraken zurück, manch einer bekreuzigte sich.

Es war der erste greifbare Hinweis darauf, dass dieser Sommer in Pioppica anders werden würde.

Es hatte schon frühere, weniger deutliche Anzeichen dafür gegeben, doch keinem der Urlauber oder Dorfbewohner waren sie aufgefallen.

Donnerstag, 9. August

Maresciallo Simone Santomauro gehörte zu denjenigen, die an diesem Donnerstag Anfang August auf einer der Bänke der Piazzetta die nachmittägliche Brise genossen. Als er die aufgeregten Stimmen am Strand hörte, legte er das Buch, in dem er gelesen hatte, beiseite, stellte sein Glas Mandelmilch ab und trat ans Geländer. Zehn Sekunden später war er schon die kleine Treppe hinuntergehechtet und näherte sich mit umsichtigen, aber entschlossenen Schritten, bei denen seine nackten Füße im verdorrten Algenteppich versanken, dem Grüppchen um den übelriechenden Haufen.

»Bitte nichts anfassen. Lassen Sie alles so, wie es ist.«

»Wer sind denn Sie?«, fragte ein muskulöser Mann in Trägerhemd.

»Maresciallo Santomauro. Carabiniere«, erwiderte er knapp und kurzerhand darüber hinwegsehend, dass er in T-Shirt und Badehose nicht unbedingt auf Anhieb als Vertreter der Staatsgewalt zu erkennen war. Im Übrigen war dies sein erster freier Tag seit Wochen und angesichts dessen, was da unter den Algen zum Vorschein kam, wohl auch erst mal sein letzter.

»Wer von Ihnen hat die Leiche gefunden?«

Die Menschen wichen auseinander und bildeten einen Kreis um die Leiche und den Mann im Trägerhemd, als wollten sie die gegenseitige Zugehörigkeit demonstrieren.

»Ich habe sie gefunden, Di Gregorio Giuseppe, genannt Peppenuzzo. Ich bin der Baggerführer.« Und er trat stolz einen Schritt vor, als sichere ihm der Umstand, die Leiche ausgegraben zu haben, besondere Rechte an dem verfaulenden Schatz in seinem Rücken.

»Gut, dann halten Sie sich hier zu meiner Verfügung und

passen auf, dass niemand näher kommt. Die anderen können gehen«, sagte Santomauro an die Schaulustigen gewandt, die in der Zwischenzeit immer zahlreicher geworden waren, »es sei denn, jemand hat eine Aussage zu machen. Hier gibt es absolut nichts zu sehen.«

Widerwillig und mit schlurfenden Schritten löste die Menge sich langsam auf, während Peppenuzzo, die Arme vor der haarigen Brust verschränkt, wie eingepflockt neben der Leiche Wache hielt, mit der zufriedenen Miene dessen, dem man seine wohlverdienten Rechte zugestanden hat. Santomauro eilte wieder die Stufen hinauf und rief von einem der Münztelefone auf der Piazzetta das zuständige Carabinieri-Revier an.

Für eine eigene Wache war das Dörfchen Pioppica Sotto, das nur im Sommer von Urlaubern bevölkert wurde, zu klein und gehörte daher zu dem wenige Kilometer entfernten Pioppica Sopra, von dem es, wie die Namen Unter- und Oberpioppica schon besagten, bis vor kurzem ein Ortsteil gewesen war. Seit undenklichen Zeiten standen die beiden Ortschaften in erbittertem Wettstreit, und wo die Oberpioppicaner die größere Altstadt und mehr ständige Einwohner für sich verbuchen konnten, brüsteten sich die Unterpioppicaner mit der größeren Grundfläche, auf der es nicht nur zahlreiche schöne Ferienvillen gab, sondern auch einige illustre Sommergäste, die seit Jahrzehnten dieses winzige Fleckchen im süditalienischen Cilento zu ihrem Feriendomizil erklärt hatten.

Die Carabinieri jedoch waren über jedes lokalpatriotische Schachern erhaben. Dank der Regel, dass Carabinieri stets fern ihrer Heimatstadt eingesetzt werden, zählte Santomauro eine bunte Mischung aus allen möglichen Regionen Italiens zu seinem Trupp. Trotzdem war Kampanien gut vertreten, nicht zuletzt durch ihn.

Es war schon eine Weile her, dass der Maresciallo als Erster am Fundort einer Leiche eingetroffen war. Um den Tod festzustellen – reine Formsache, aber unabdingbar –, musste er unter den Schaulustigen am Geländer nur den örtlichen Arzt ausfindig machen; danach blieb ihm nichts weiter übrig, als zu warten. Zuerst würden seine Männer kommen, dann das Einsatzkommando der Carabinieri aus dem nächstgrößeren Vallo della Lucania, schließlich der Rechtsmediziner, der in der Gegend Urlaub machte und nicht mehr Eile als nötig an den Tag legen würde. Der Staatsanwalt, ebenfalls aus Vallo, bemühte sich in den Sommermonaten für Todesfälle normalerweise gar nicht erst her, da es sich fast immer um Ertrunkene handelte.

Dieser Fall lag allerdings anders.

Peppenuzzo war noch auf seinem Posten, die Leiche ebenso. Santomauro ging in die Hocke und dankte innerlich dem Himmel, dass er keine besseren Sachen als seine Badehose und ein altes Poloshirt anhatte. Der Verwesungsgeruch schien in tausend kleinen Tröpfchen von der Leiche aufzusteigen und sich in Kleidern und Haaren, auf Händen und Zunge festzusetzen. Doch er musste dichter ran, um das, was bis vor einigen Tagen ein Mensch gewesen war, aus der Nähe zu betrachten. Wahrscheinlich eine Frau, überlegte Santomauro, auch wenn sich das wegen der fortgeschrittenen Zersetzung nicht mit Sicherheit sagen ließ. Die Ratten und Krebse hatten ihre Arbeit bereits begonnen; die Augenhöhlen waren zwei dunkle Löcher, an Händen und Füßen fehlten die Glieder, ebenso das Gewebe an Wangen, Nase, Kinn sowie große Stücke aus den Leisten und der Brust. Die schlimmsten Verletzungen jedoch waren ihr ohne Zweifel von Menschenhand zugefügt worden. Tiefe und zahlreiche Wunden klafften in ihrem Oberkörper, im Unterleib, in den verdrehten und aufgedunsenen Beinen und Armen. Trotz der Zerstörung sah man, dass es ein gut gebauter Körper gewesen sein musste, die dichten, schwarzen Haare lagen wie ein Kranz um ihren Kopf, die Beine waren lang und schlank. Ein Gedanke nahm im Geiste des Maresciallo Gestalt an.

»Seit wann liegen die Algen hier?«, wandte er sich an den Baggerführer, der neugierig und beinah misstrauisch jede seiner Bewegungen verfolgte.

»Mal sehen … heute ist Donnerstag … Seit Sonntag. Sonntagnachmittag wurden sie am ganzen Strand zusammengekehrt, und heute sollte ich alles wegschaffen, fürs Wochenende. Das machen wir zwei oder drei Mal in der Hochsaison.«

Santomauro nickte, während er gedankenverloren den in der Ferne heulenden Sirenen lauschte. Der Rechtsmediziner würde das Seine dazu sagen, doch in einem war er sich schon sicher: Die Frau in den Algen war seit mindestens zehn Tagen tot.

»Vierzehn Tage, über den Daumen gepeilt.«

Professor Leandro de Collis streifte sich die Schutzhandschuhe ab und warf sie angeekelt hinter sich. Untadelig wie immer, selbst im flaschengrünen Lacoste-Hemd und gleichfarbigen Shorts, überragte er mit seinen ein Meter neunzig die Carabinieri, die sich wie Kakerlaken um den Leichnam zu schaffen machten. Der Blick, mit dem er sie bedachte, war kaum freundlicher als der, mit dem er eine Ansammlung von Schaben gemustert hätte.

»Hoffentlich richten sie keinen Schaden an. Der Abtransport fällt nicht in mein Ressort, aber ich will nicht dafür verantwortlich gemacht werden, wenn Ihre Männer etwas verbocken. Mit dem Material tue ich selbstverständlich mein Möglichstes, aber erwarten Sie bitte keine Wunder. Sie hören von mir.«

Ein Nicken des aristokratischen Hauptes mit dem schlohweißen, sorgsam gepflegten Haar, und weg war er. Erst als das Brummen des sich entfernenden Ferraris an sein Ohr drang, hörte Santomauro auf, die Zähne zu fletschen. Ganz abgesehen davon, dass der Professore die Toten, die das Pech hatten, auf seinem Seziertisch zu landen, als Material bezeichnete, woran der Maresciallo sich niemals gewöhnen würde, war es sein ganzes Gehabe, das bei ihm ein Gefühl von Schmirgelpapier auf nackter Haut auslöste. Bis vor wenigen Jahren hatte de Collis den Lehrstuhl für Rechtsmedizin an der Universität Rom innegehabt, woran er jedermann unaufhörlich erinnerte. Und das, obwohl er den Lehrstuhl hatte abgeben müssen, als er ziemlich überstürzt die Demission eingereicht hatte, um einen aufkeimenden Skandal um den illegalen Handel mit Augenhornhäuten und Sperma von Leichen zu vertuschen.

Nun arbeitete er im Krankenhaus von Vallo della Lucania und schmückte sich immer noch mit dem Professorentitel, der wie gottgegeben an ihm hängengeblieben war, und obwohl er unbestritten der beste Rechtsmediziner der Gegend war, empfand Santomauro den Umstand, mit ihm zusammenarbeiten zu müssen, immer wie einen Tritt in die Eier. Im Sommer nun residierte der Professore leider in einer wunderschönen Villa in der Nähe von Pioppica, so dass seine Präsenz – und mit ihr der Tritt ins Gemächt – garantiert war.

»Maresciallo, die Spurensicherung ist abgeschlossen. Der Leichnam wird jetzt weggebracht. Soll ich Sie zur Wache mitnehmen?« In Habachtstellung und diensteifrig wie immer stand der Gefreite Cozzone vor ihm. Santomauro seufzte. »Nein, danke, Pasquale, ich komme mit meinem Wagen nach, dann kann ich im Anschluss an meinen Bericht gleich nach Hause fahren.« Es widersprach all seinen Prinzipien, einen Untergebenen mit dem Vornamen anzureden, doch bei Pasquale Cozzone war er gezwungen, eine Ausnahme zu machen. Klein gewachsen, fast an der Grenze des für das Heer vorgeschriebenen Mindestmaßes, dazu geplagt von einer außergewöhnlich großen Anzahl an Muttermalen, die sich dick und haarig über sein Gesicht verteilten, hatte Cozzone – im Übrigen ein hervorragender Mitarbeiter, diszipliniert und intelligent – noch ein weiteres Kreuz zu tragen, das um einiges schwerer wog als seine Statur und die Leberflecken.

Er hatte sich um Abhilfe bemüht, indem er ein hochkompliziertes Verfahren einleitete, um offiziell seinen Nachnamen zu ändern, doch nach langen, mühevollen und schmiergeldintensiven Jahren hatte er lediglich erreicht, dass ein Vokal ausgetauscht wurde. Santomauro, der sich noch nicht daran gewöhnt hatte, wollte kein Risiko eingehen und nannte ihn beim Vornamen. Die weniger mildtätigen Kollegen spielten oft und gerne die Vergesslichen, so dass der arme Cozzone nach wie vor innerhalb und außerhalb der Carabinieriwache der »Megaschwanz« Cazzone blieb.

Eins ergab das andere, und so konnte Santomauro erst um neun Uhr abends nach Hause fahren. Eigentlich stand ihm als Stationskommandant eine Wohnung vor Ort zu, doch er verzichtete lieber auf dieses Privileg. Nicht weil ihm die Lokalität nicht gut genug war, im Gegenteil. Das Gebäude der Carabinieri lag am Rand der Straße, die sich von Pioppica Sopra nach Censola hinaufzog, und die Unterkünfte waren so gelegen, dass sie eine grandiose Aussicht aufs Meer boten und von der Straße her uneinsehbar waren. Der Maresciallo jedoch hatte seinen Platz lieber an Brigadiere Manfredi abgetreten, der Familie hatte. Er selbst lebte allein und konnte so in aller Ruhe das Fischerhäuschen mit direktem Zugang zu einem einsamen Strand genießen und sich gleichzeitig Manfredis ewiger Dankbarkeit sicher sein.

Im Sommer schlossen die Geschäfte von Pioppica Sotto nicht vor dem späten Abend, um möglichst viele Kunden anzulocken, bevor sie dann in ihre winterliche Lethargie zurückfielen. So konnte Santomauro, der keine Vorräte mehr hatte, sich noch etwas hausgemachtes Brot und Mozzarella in Myrtenblättern kaufen. Anschließend parkte er am Ortsausgang und lief zu Fuß den Trampelpfad hinab, der zu seinem Haus führte. Es war noch nicht dunkel, und er konnte sehen, wo er hintrat, doch das machte kaum einen Unterschied: mittlerweile kannte er jeden Stein des Weges und hätte ihn auch mit geschlossenen Augen gehen können. Der Ort, an dem er seit einem Jahr lebte, hatte sich um ihn gelegt wie das Schneckenhaus um die Schnecke. Es war seine Zuflucht, seine Höhle, in die er sich als frisch nach Pioppica Gezogener verkrochen hatte und von der er sich nun nicht mehr trennen würde, selbst wenn man ihm eine Luxusvilla in den Wohnanlagen Sigmalea oder Krishnamurti schenkte.

Er deckte den Tisch auf der Terrasse und trug eine Kerze hinaus. Auf dem Meer spiegelte sich die dünne Sichel des zunehmenden Mondes. Die Myrte duftete nach Myrte, das Brot war köstlich, und vor ihm stand ein Teller mit vollreifen Feigen von den beiden Bäumen im Garten. Langsam entspannte er sich und wollte schon fast zu seinem Buch greifen, als das Klingeln des Telefons durch die Stille schrillte. Ruhig stand er auf; vorbei die Zeiten, als er noch gehetzt aufgesprungen war und mit klopfendem Herzen den Hörer abgenommen hatte zwischen Bangen und Hoffen, eine gewisse Stimme zu hören und nur diese.

Es war Manfredi, wie er schon vermutet hatte.

»Also, da haben wir eine ganz schön harte Nuss zu knacken«, fiel der Brigadiere wie üblich mit der Tür ins Haus.

»Ach, das ist noch lange nicht gesagt«, erwiderte Santomauro gedehnt. »Vielleicht meldet sich ja morgen jemand, der die Leiche kennt und sagt, es sei seine arme Tante aus dem Kloster und er habe selbst gesehen, wie sie sich in die Tiefe gestürzt hat.«

»Was redest du da, Simone! Das sieht doch ein Blinder, dass die sich nicht selbst umgebracht hat! Die ist in Scheiben geschnitten wie ein Parmaschinken!« Eine Pause folgte und dann ein tiefer Seufzer. »Schon klar, du hast mich wieder mal drangekriegt. Ich gehe dir aber auch immer auf den Leim, Himmelarsch!«

»Reg dich nicht auf, Totò, du weißt doch, dass ich's nicht böse meine. Bist du gerade erst zurückgekommen?«

»Ja, bei den Grotte Verdi gab's eine Schlägerei, du weißt schon, die Bar an der Straße nach Ascea: drei Leichtverletzte und zwölf zertrümmerte Tische. Zwei Polinnen, Dienstmädchen in Sigmalea, du kannst es dir denken, blond, schlank, lange Beine, einem unserer Gockel ist der Kamm geschwollen, ein anderer hat's ihm krummgenommen, und schon war die schönste Prügelei im Gange. Und rate mal, was eine der Damen zu mir gesagt hat, als ich sie nach Hause fuhr?«

»Was denn, du hast sie sogar nach Hause gefahren? Werd ich Maria Pia erzählen.«

»Nein, um Himmels willen, für wen hältst du mich? Heiße ich etwa Gnarra? Wenn ich die beiden dagelassen hätte, wären es morgen vier gewesen. Also, diese Christine sagte mit ihrem Deutschen-Akzent, den die Polinnen so haben: ›Ihr kamt gerade, als es am lustigsten war.‹ Ganz schön freches Mundwerk! Aber hübsch, solche Augen. Und Beine!«

»Also muss ich doch mal mit Maria Pia sprechen.«

Es war ein altes Spiel zwischen ihnen, das mit Maria Pia,

Brigadiere Totò Manfredis legendärer Ehefrau, einer tollen Köchin, liebevollen Mutter, einer witzigen, intelligenten und ganz nebenbei auch bildhübschen Person. Der Brigadiere war ein glücklicher Mann und fähiger Kollege, gewissenhaft und mit gutem Spürsinn, den Santomauro sehr schätzte, auch wenn er sich hin und wieder einen Spaß daraus machte, ihn auf den Arm zu nehmen.

»Mal im Ernst, Totò, ab morgen müssen wir uns wirklich reinknien. Ich sehe schon die Schlagzeilen vor mir: ›Geheimnisvoller Triebtäter überzieht Cilento-Küste mit Blut. Urlauber flüchten. Wer ist der Nächste?‹«

»Na komm, so schlimm wird's schon nicht werden.«

»Schlimmer! Im Sommerloch reißen sich die Journalisten doch um jede Meldung. Ein Mord im Sommer zieht immer. Vor allem, wenn die Versager von Polizei und Carabinieri es nicht schaffen, ihn aufzuklären.«

»Lass bloß die Polizei aus dem Spiel, das ist unsere Sache. Hast du irgendeine Idee?«

»Nichts, was diese Bezeichnung verdient hätte. Nur eins … wann war noch mal Neumond, Anfang dieser Woche?«

»Montag oder Dienstag, glaube ich. Das kann ich herausfinden. Warum, ist das wichtig?«

»Nein, war nur so ein Gedanke. Wir reden morgen darüber.«

Während er die letzte Zigarette in der Abendfrische rauchte, überlegte Santomauro, was vorgefallen sein mochte. Vielleicht war es ja kein vorsätzlicher Mord gewesen, zumindest der blinden Gewalt nach zu urteilen, mit der die Messerstiche angebracht worden waren. Das Versteck der Leiche hingegen war sehr sorgfältig gewählt. Eine mondlose Nacht, ein Haufen Algen, die noch einige Tage dort verrotten würden … Ja, aber warum? Es gab zahllose Orte, an denen man eine Leiche für viel länger verschwinden lassen konnte, vielleicht sogar für immer. Warum also die ganze Mühe, mit einer in Verwesung befindlichen Leiche bis Neumond zu warten und sie dann im Dunkeln an einen Ort zu bringen, wo sie auf jeden Fall früher oder später entdeckt werden würde?

Freitag, 10. August

»Weil er wollte, dass sie gefunden wird. Vielleicht stank sie ihm zu sehr, vielleicht hatte er Angst.«

»Gnarra, entscheide dich. Entweder der Mörder hat einen ausgeklügelten Plan entworfen, oder er hat im Affekt gehandelt. Aber nicht beides zugleich.«

»Warum nicht?«, widersprach Brigadiere Gnarra seelenruhig. »Vielleicht hat er das Verbrechen geplant und wollte die Leiche bei sich im Haus behalten, bis die Frau nur noch Staub und Knochen wäre, oder er wollte sie in handlichen Stücken einfrieren und in Ruhe verzehren. Aber dann hat die Alte ihre Farbe verändert und er musste sie entsorgen, was er irgendwann zwischen Sonntag- und Mittwochnacht getan hat.«

Das Schlimme an Pietro Gnarra war, dass man nie wusste, wann er etwas ernst meinte und wann nicht. Santomauro hatte sich schon des Öfteren gefragt, ob nicht ein Teil des unzweifelhaften Erfolges, den der Kollege sowohl im Berufs- als auch im Privatleben genoss, darauf beruhte, dass die Leute das, was er an dummem Zeug redete, für Spaß hielten und seine Späße für Geistesblitze. Sicher war nur, dass die Frauen Gnarra, Pedro für seine Freunde, anbeteten, dass er von seinen Vorgesetzten auf Händen getragen, von den Straftätern respektiert, den Ortsansässigen verehrt und den Kollegen, die die Legende aus nächster Nähe erleben durften, geduldet wurde. Aber er war in Ordnung, großzügig, immer zu einem Lachen aufgelegt, und auch Santomauro konnte nicht anders, als ihn zu mögen. Jetzt flegelte sich Gnarra mit lang ausgestreckten Beinen auf seinem Stuhl und tat so, als grübele er über den Fall nach, dabei waren seine Gedanken schon wieder ganz woanders, wie man an der zerstreuten

Handbewegung ablesen konnte, mit der er das neue Goldkettchen auf seiner braungebrannten Brust streichelte.

Forschend sah Santomauro ihn an: »Blond oder braun, Pedro?« Sein Gegenüber biss sofort an und seufzte grinsend: »Rot, Simone, rot, aber nicht von der schamlosen Sorte. Holländerin, übersät mit Sommersprossen, du hast ja keine Ahnung, wie viele Sommersprossen so eine sommersprossige Rote haben kann, überall, wirklich. Heute Morgen ist sie abgereist, aber das hier hat sie mir zur Erinnerung dagelassen.«

Die anderen zwei lachten höhnisch auf. Gnarra war bekannt für seine Frauengeschichten, seine Verführungsrate – beziehungsweise die Zeitspanne vom Moment des Kennenlernens bis zum Sex – war rekordverdächtig, er brauchte einer Frau nur in die Augen zu schauen und schon zog sie sich aus. Doch nicht nur von ihren Slips trennten sich Pedros Damen freigiebigst, auch von ihren Ketten und Armbändern, natürlich durchweg aus Gold, die der Brigadiere sich gerne stolzgeschwellt umhängte, so dass er schon den Spitznamen »*Maronna 'ell'Arco*« weghatte, die güldene Madonna von Neapel.

»Was gibt's denn da zu lachen, ihr Scherzkekse, ich bin echt verliebt, ich habe ihr versprochen, sie im Winter in Rotterdam zu besuchen.«

»Ja klar! Und da gehst du zu Fuß hin, nach Rotterdam!« Manfredi schlug sich lachend auf die Schenkel. Gnarra sah ihn beleidigt an, doch seine krankhafte Angst vor allem, was aus eigenem Antrieb vorankam, war legendär: Schiffe, Flugzeuge, Züge, alles war ihm verwehrt, und auch im Auto bewegte er sich nur mit äußerster Vorsicht fort und immer deutlich unter achtzig Stundenkilometern.

»Wenn ihr fertig seid, euch auf meine Kosten zu amüsieren, könnten wir vielleicht mit dem Fall weitermachen.«

»Du hast recht, sorry, aber manchmal bist du wirklich zu gut.«

»Ja, ja, du bist guuut, das hat die Sommersprossige sicher auch gesagt.«

»Ruhe, Manfredi, nur keinen Neid, weil du selbst quasi von

Geburt an verheiratet bist. Obwohl, bei einer Frau wie deiner würde ich vielleicht auch nicht nein sagen.«

»Pietro, halt die Klappe, über meine Frau werden keine Witze gemacht.« Und schon war Manfredi gereizt, sein Gesicht gerötet, der Blick verfinstert. Gnarra war ein ernst zu nehmender Rivale, er hingegen untersetzt und stämmig, mit viel weniger Haaren, als ihm lieb war. Manchmal tröstete sich Santomauro bei seinem Anblick; bei ihm hatte der Haarausfall schon früh eingesetzt, und nun, mit dreiundvierzig, trug er einen glänzenden, gebräunten, perfekt rasierten Schädel zur Schau, was zu seinen blauen Augen und gleichmäßigen Gesichtszügen gar nicht übel aussah, und Männer seines Alters, die jetzt mit ihrem grauen oder schütteren Haar zu kämpfen hatten, entschädigten ihn irgendwie für die Leiden seiner Jugend.

»Was habt ihr heute nur alle gegen mich?! Also gut, dann werde ich mich mal ein wenig umhören, während ihr euch hier die Schenkel platt haut. Bis dann.«

Immer noch eingeschnappt machte sich Gnarra zu seiner Erkundungstour auf, um zu tun, was er am besten konnte, am Strand entlangschlendern und durch Bars, Läden und Restaurants ziehen und mit allen reden, die ihm über den Weg liefen. Santomauro argwöhnte manchmal, dass er dabei insgeheim an einer zukünftigen Karriere als Politiker strickte, so bekannt, wie er war, aber er sammelte auch unumstritten die meisten Informationen, Neuigkeiten und Gerüchte von der gesamten Cilento-Küste. Wenn in Ogliastro Cilento, Casale Marino oder Pisciotta etwas passierte, erfuhr Gnarra es als Erster, und aufgrund dieser Gabe durfte er nach Gutdünken umherstreifen und die ungeliebte Schreibtischarbeit den weniger umtriebigen Kollegen überlassen.

»Maresciallo, hier spricht Staatsanwalt Gaudioso. Ich will ganz offen sein: Hier in Vallo versinken wir in Arbeit, es ist heiß und meine Frau muss jeden Moment niederkommen, mit dem fünften Mädchen, unter uns gesagt, ich kann Sie also nur bitten, mir mit dieser namenlosen Leiche vom Hals zu bleiben, kümmern Sie sich darum und halten Sie mich auf dem Laufenden, und wenn Sie etwas herausfinden, teilen Sie es mir mit, und wir schließen die Sache ab.«

»Aber vielleicht wird es nicht ganz so einfach …«

»Hauptsache, Sie verschwenden nicht meine Zeit! Finden Sie heraus, wer sie war, und garantiert ist der Ehemann dann der Mörder! Sie wissen doch genauso gut wie ich, Maresciallo, dass die meisten Morde innerhalb der Familie geschehen, nicht wahr? Also dann, tun Sie Ihre Arbeit und lassen Sie mich damit in Frieden, wenn ich meine Frau nach der ersten Schwangerschaft um die Ecke gebracht hätte, ginge es uns heute auch allen besser.«

»Ja, aber …«

»Finden Sie den Mann!«

»Einen viertel Liter Milch und vier Brötchen, bitte. Haben Sie schon gehört?«

»Ja ja, Signora, mittlerweile passieren so schlimme Geschichten nicht mehr nur in der Stadt. Die mit Öl gebackenen Brötchen?«

»Ja, danke. Es heißt, sie war in Stücke geschnitten und über den ganzen Strand verteilt.«

»Das glaube ich nicht, ich weiß aus zuverlässiger Quelle, dass sie noch so gut wie ganz war, nur ein paar von diesen gewissen Teilen fehlten … na, Sie wissen schon welche. Darf es sonst noch etwas sein?«

»Ein Glück, ich wollte schon den Strand wechseln. Stellen Sie sich vor, plötzlich eine Hand oder ein Ohr unterm Sonnenschirm zu finden … Geben Sie mir noch dreihundert Gramm Schinken, aber dünn geschnitten.«

»Hier, bitte sehr, hauchdünn. Wissen Sie, was ich glaube? Ich glaube, es könnte das Monster von Florenz* sein. Vielleicht macht es ja hier Urlaub.«

---

* Ein oder mehrere Urheber einer spektakulären und bis heute unaufgeklärten Serie von acht Doppelmorden in der Provinz Florenz zwischen 1968 und 1985. Die Pärchen wurden in ihren Fahrzeugen erschossen oder erstochen und die weiblichen Opfer grausam verstümmelt.

»Um Himmels willen, da kriege ich gleich eine Gänsehaut. Haben Sie auch Myrte? Aber frische, nicht wie vorgestern.«

»Verschwunden. Gustavo ist einfach verschwunden, als hätte er sich in Luft aufgelöst. Seit heute Morgen kann ich ihn nicht finden, Simone, wie soll ich das nur den Kindern sagen? Ich bin verzweifelt.«

Santomauro nickte mit düsterer Miene.

Die Lage war wirklich ernst, die Manfredi-Kinder liebten Gustavo heiß und innig, das schneeweiße Angorakaninchen, das seit einigen Wochen zur Familie gehörte. Gerne hätte er Maria Pia getröstet, die händeringend vor ihm saß, doch er wusste, dass bei Vermisstenanzeigen die ersten vierundzwanzig Stunden entscheidend waren, und ihm schwante Übles. Gustavo war noch nicht ganz ausgewachsen gewesen, aber dennoch schön dick und zart. Es sah nicht gut aus für ihn.

»Ich verspreche dir, ich tue, was ich kann, aber sag Totò lieber nichts davon, du kennst ihn ja, er geht gleich in die Luft und könnte etwas Dummes sagen oder tun. Und wenn ihr, du und die Kinder, es ihm verschweigt, merkt er nicht einmal, dass Gustavo nicht mehr da ist.«

Maria Pia versprach es, die Augen tränengefüllt, dann rang sie sich ein zittriges Lächeln ab und stand anmutig auf.

Sie war eine wirklich schöne Frau, von einer üppigen Schönheit, mediterran und reif wie eine sonnengewärmte Frucht. Am liebsten trug sie Kleider in warmen Farben, Orange, Gelb oder Rot, die ihre Beine und ihr gebräuntes Gesicht betonten.

In der Kaserne hatten sie und die Kinder, drei kleine Rabauken zwischen zwei und sechs Jahren, bisher keine größeren Probleme gehabt. Gustavo war schnell zum Maskottchen der Carabinieri geworden, und dem Maresciallo gefiel der Gedanke gar nicht, einer von ihnen könnte für sein Verschwinden verantwortlich sein. Er wollte lieber glauben, dass das unvorsichtige Tierchen sich Hals über Kopf in die umliegenden Büsche geschlagen hatte.

Aber Gustavo war alles andere als unvorsichtig, er war ein

stilles, ruhiges Pummelchen, und Santomauro wusste, dass er den faulen Apfel im Korb suchen musste.

In der Kaserne lebten fünfzehn Männer, plus er selbst, Gnarra und Manfredi, allesamt seit mindestens drei Jahren in Pioppica, bis auf Bancuso und Licalzi, die im Frühjahr dazugestoßen waren. Mit finsterer Miene stand der Maresciallo auf.

Der erste Messerstich: Staunen auf ihrem Gesicht, dann Schmerz, Unglauben, Erschrecken. Und die Angst. Und das Blut, viel Blut, dunkel und zäh, während das Messer tiefer fuhr. Dreiundvierzig Stiche, jeder einzeln gezählt. Eins, für deine Haare. Zwei, für deine Augen. Drei, für den Busen. Vier, für die Hände, bis es nichts mehr zu zählen gab.

»Ein Cœur. Wisst ihr schon das Neuste?«

»Ein Pik. Was denn, hier passiert doch sowieso nie was.«

»Drei Cœur. Was ist denn los, hat Tina sich Strähnchen machen lassen?«

»Passe. Nun sag schon, Evelina, spann uns nicht auf die Folter.«

»Sechs Cœur. Sie haben eine Leiche gefunden, eine Frauenleiche, völlig unkenntlich, unter den Algen am Strand versteckt. Ermordet.«

»Passe. Um Himmels willen, das ist ja furchtbar! Und wer …?«

»Passe. Ermordet, du liebe Güte, wer hätte das gedacht, so etwas hier …«

»Ich passe. Meinst du, wir sollten Pippo informieren? Also, Evelina, sechs Cœur, das sehe ich wirklich nicht.«

Wenn er nervös war, musste Santomauro einfach raus an die frische Luft.

Er hatte keine Zeit, um bis ans Meer hinunter zu fahren, außerdem waren die Strände um diese Zeit ohnehin noch überfüllt mit Badegästen. Er sehnte sich nach Ruhe, also schlug er zu Fuß einen Pfad ein, der sich fast genau gegenüber der Kaserne den Berg hinaufschlängelte.

Nach wenigen Minuten hatte er die Geräusche der Straße hinter sich gelassen. Es war nicht besonders heiß, deshalb spazierte er mit den Händen in den Taschen weiter, einfach der Nase nach.

Seit er am Vortag die Leiche in den Algen gesehen hatte, schwebte ihm ein Bild vor Augen, das er erst jetzt in der Erinnerung richtig zu fassen bekam.

Einige Monate zuvor hatte er sich unbedachterweise von Totò Manfredi ins Kino schleppen lassen.

Salerno, Programmkino, ein japanischer Film von seltener und authentischer Schönheit, stark und direkt wie ein Schlag in die Magengrube, dabei zart und poetisch wie ein Märchen. Das Ganze gewürzt mit ungewöhnlicher, verstörender Erotik, exotisch und grenzüberschreitend, kurz, ein Film, den man gesehen haben musste.

Er hatte ihn gesehen. In einem kleinen, dunklen Saal, zusammen mit zwanzig anderen Zuschauern, die sich genauso unbehaglich fühlten wie er. Manche schwiegen verblüfft, andere machten aus ihrer Häme keinen Hehl, einer war mit vor den Mund gepresster Hand hinausgerannt.

Mit dem bestürzten Manfredi an seiner Seite hatte er sich von Anfang bis Ende die Geschichte eines japanischen Malers angetan, der im Straßengraben eine wunderschöne Meerjungfrau findet und sie mit zu sich nach Hause nimmt. Doch in seiner Badewanne darbt sie dahin, und zwischen einer Sexszene und der nächsten beginnt sie sich mit schrecklichen, eitrigen Blasen zu überziehen, die aufplatzen und dabei Säfte und Schleim in allen Farben des Regenbogens absondern. Noch ein paar Sexszenen in perfekter Balance zwischen Grauen und unfreiwilliger Komik, dann stößt die arme Kreatur aus allen natürlichen und unnatürlichen Körperöffnungen vielfarbigen Eiter aus. Der Künstler hält sich wacker: In der Schlussszene hat er sich mit Leinwand, Pinseln und Staffelei bewaffnet und zeichnet ein unsterbliches Porträt der Seejungfrau, indem er die Pinsel direkt in ihre eitrigen Wunden taucht. Ende, Erlösung, alle raus, Manfredi mit gesenktem Kopf und zitterndem Schnurrbart.

Bei der Leiche, die unter den Algen am Strand von Pioppica versteckt gelegen hatte, konnte man ja an so einiges denken, nicht jedoch an eine betörende Sirene. Sämtliche Spuren von Schönheit, wenn es sie gegeben hatte, waren verschwunden, auf schreckliche Weise ausgelöscht durch den Wahnsinn eines Menschen und die Grausamkeit der Natur.

Und doch fiel Santomauro beim Gedanken an sie immer wieder eine Sirene ein. Eine Sirene unter den Algen.

Am Ende des Tages war das Rätsel um Gustavo noch immer nicht gelöst, Manfredis Kinder waren mit rotgeweinten Augen zu Bett gegangen und Santomauro saß mit Cozzone in seinem Büro und zog Resümee.

Es war die Stunde der Dämmerung, wenn alles irgendwie trostlos wirkt, der Tag ist zu Ende, die Dinge aber noch nicht abgeschlossen, die Nacht bricht nur langsam an und alles scheint in einem zeitlosen Limbus zu schweben. Santomauro war niedergeschlagen. Das Büro deprimierte ihn mit der brennenden Schreibtischlampe und den Landkarten, die an den Wänden im Halbdunkel hingen. Cozzone deprimierte ihn mit seinem hässlichen Braver-Junge-Gesicht und der traurigen, sorgenvollen Miene. Die Stille um sie herum deprimierte ihn, nicht einmal die Grillen zirpten, auf der Landstraße regte sich keine Menschenseele, und selbst die streunenden Hunde hielten sich von der Kaserne fern, wo Tiere verschwanden.

Er zwang sich, seinem Gefreiten zuzuhören.

»Ich bin mit äußerster Vorsicht vorgegangen, Maresciallo, ohne Beweise kann ich ja niemandem was anhängen. Bancuso und Licalzi teilen sich das Zimmer mit Bartocci, und der hat bis Mittwoch kommender Woche Urlaub. Keiner von beiden geht in naher Zukunft in Urlaub, so dass ich sie unter Kontrolle habe, aber ich glaube einfach nicht, dass einer von ihnen …«

»Schon gut, Pasquale, ich kann mir das auch nicht vorstellen«, fiel ihm Santomauro ins Wort und erhob sich, die Depression wie einen schwarzen Hut auf dem Kopf, »wir werden sehen, was passiert. Halt die Augen offen.«

»Und Sie, Maresciallo, bleiben sie nicht zum Abendessen? Ab heute hat Ammaturiello wieder Küchendienst, Sie wissen doch, der war früher Hilfskoch bei Mimì von der Eisenbahn.«

»Ach ja? Und was gibt's?«

»Geschmortes Kaninchen, Maresciallo, wir haben solche Prachtexemplare erstanden, dass einem das Wasser im Mund zusammenläuft«, erwiderte Cozzone und hatte immerhin den Anstand, gleich darauf zu erröten.

Die Nachtstunden widmete Santomauro der Lektüre.

Er gehörte nicht zu den Menschen, denen ab elf Uhr die Augen zufallen, und wenn er nichts anderes vorhatte, machte er es sich abends auf der Veranda in seinem Klappliegestuhl mit grüner Kunststoffbespannung, einem Erbstück seiner längst verstorbenen Tante, mit einem Buch bequem. Oder, wenn es zu kühl war, im Bett oder auf dem Sofa. Er hasste den Fernseher, der in einer Ecke des Wohnzimmers langsam einstaubte, stattdessen war jedes freie Stück Wand seines Häuschens mit Holzregalen vollgestellt, die vor Büchern überquollen, als wären sie eine eigenständige Spezies mit der Fähigkeit, sich fortzupflanzen.

Santomauro war ein allesverschlingender, unersättlicher Leser, was in der Familie liegen musste, da schon von besagter Liegestuhl-Tante die Sage ging, sie habe aus Mangel an Nachschub sogar das Telefonbuch gelesen.

So weit war es bei Santomauro noch nicht, doch er kannte das Lesestoff-Entzugs-Syndrom und hatte daher immer ein paar Bände für den Notfall bereitliegen, Bücher der Sorte, die man beliebig oft im Leben lesen kann, ohne dass man ihrer überdrüssig wird, und in denen man immer wieder etwas Neues entdeckt.

Seit ein paar Tagen war er an einem Buch über das Enneagramm, beziehungsweise »diesen Zahlenquatsch«, wie Gnarra es einmal respektlos ausgedrückt hatte, dessen eigene Lektüre sich auf das Ergebnis der Lottozahlen beschränkte. Es war eine spannende Theorie, eine Einordnung der Menschen nach ihrer

Wesensart in bestimmte Psycho-Typen; Santomauro war ziemlich überzeugt davon, eine Fünf zu sein, Manfredi musste eine Eins sein, aber angesichts der komplexen Schlichtheit von Gnarras Psyche hatte er die Waffen strecken müssen und war sich immer noch nicht sicher, ob er ihn als Sieben, als Vier oder als misslungene Acht einordnen sollte.

Das Telefon drängte sich störend in seine Ruhe, widerstrebend ging er ran. Ausgerechnet Gnarra war am Apparat, seine Stimme versank fast in einer Kakophonie aus Musik und Gelächter, die durch den Hörer drang. Trotz des Lärms entging dem Maresciallo nicht seine mühsam unterdrückte Erregung: »Es ist so weit, Simone, ich habe eine Spur. Vielleicht weiß ich, wer die Frau in den Algen ist.«

»Was hast du herausgefunden?«

»Ich kann dazu jetzt nichts sagen, mir fehlt noch die Bestätigung, wir sehen uns morgen in der Kaserne, dann erzähle ich dir alles«, und schon hatte er aufgelegt, ohne eine Antwort abzuwarten.

Santomauro kehrte in seinen Stuhl zurück, doch schon nach einer Minute ließ er nervös das Buch sinken.

Aus war's mit der Ruhe.

Von wegen Ruhe! Regina Capece Bosco rappelte sich aus ihrer Yogaposition auf, in der sie mühsam verrenkt vier scheinbar endlose Minuten ausgeharrt hatte. Bridge und nur Bridge brachte ihr Entspannung, alles andere konnte man vergessen.

Sie legte sich auf das Bett vor dem Panoramafenster, von dem aus sie die ganze Küste bis hin zum Leuchtturm überblicken konnte, eine weite, samtene, tiefblaue Fläche, übersät mit gelben Glitzerpünktchen. Die Partie am Nachmittag war zu ihrer Zufriedenheit ausgegangen, die dumme Gans Bebè Polignani hatte sich wie gewöhnlich bis aufs letzte Hemd ausziehen müssen, weil sie unter sechstausend gelandet war. Die anderen Spielerinnen hatten sie niedergemacht. Woher also dieses vage Gefühl der Unzufriedenheit? Die Leiche in den Algen? Vielleicht hätten sie am Ende doch Pippo anrufen sollen. Die anderen

hatten ja davon gesprochen, vielleicht wäre es wirklich das
Beste, auf Nummer sicher zu gehen.

Mitternacht, um diese Uhrzeit rief man bei anständigen Leuten nicht mehr an, besser morgen.

Oder vielleicht, noch besser, würde sie einfach die dumme
Gans Bebè anrufen lassen.

Pippo Mazzoleni schlief. Niemand hatte ihn informiert, dass
unter den Algen eine Frauenleiche gefunden worden war. Im
Schlaf tastete sein Arm hinüber auf Elenas Bettseite, die Hand
fand das kühle Bettlaken, und er wachte nicht auf.

Samstag, 11. August

»Carmela Tatariello, genannt die Puppe. Wie du siehst, serviere ich sie dir quasi auf dem Silbertablett. Sie wurde seit einer Woche nicht mehr zu Hause gesehen, ebenso wenig ihr Mann. Was hältst du davon?«

Santomauro unterdrückte den Anflug von Ärger, der ihn angesichts von Pietro Gnarras selbstzufriedenem Lächeln überkam.

Als er am frühen Morgen ins Büro gekommen war, saß der Kollege schon dort – ausgerechnet an seinem Schreibtisch –, ausgeschlafen, frisch rasiert und bei der zweiten Tasse Kaffee. Ohne ein Wort der Entschuldigung hatte er den Stuhl geräumt und weiter an Panguros ungenießbarem Kaffee genippt.

Er selbst fühlte sich zerknittert und mürrisch, grau und vom Alter gebeugt, wie im Übrigen jeden Morgen bis zur vierten oder fünften Tasse Kaffee. Der Freund hingegen wirkte nicht im Geringsten angekratzt von dem Trubel der vergangenen Nacht und hatte zudem auch noch etwas herausgefunden. Was ihm fehlte, war die positive Lebenseinstellung, attestierte sich der Maresciallo. Vielleicht sollte er lieber von der Fünf zur Sieben wechseln, und in der Zwischenzeit zündete er sich, nur um Gnarra zu ärgern, der zu alledem auch noch Grün wählender Gesundheitsfanatiker war, eine Zigarette an.

Viel zu zufrieden, um etwas mitzubekommen, fuhr jener fort: »Diese Carmela ist eine schöne Frau um die dreißig oder etwas darüber. Brünett, gute Figur, das Äußere passt, habe ich schon mit dem Leichenschauhaus abgeklärt.«

Santomauro blies ihm mit unerschütterlicher Ruhe den Rauch ins Gesicht.

»Sie hat ganz früh geheiratet, Aniello Frangiello, besser bekannt als 'o Fravicino*. Dieses arme, mickrige Männlein – nie war ein Spitzname treffender – war quasi gleich nach der Hochzeit zum Malochen nach Venezuela gegangen, während sie hierblieb, offiziell um die alte, kranke Mutter zu pflegen, inoffiziell um äußerst erfolgreich den Kopf des armen Fravicino mit unzähligen Hörnern zu überziehen. Zwei Mal kam er nach Hause in all den Jahren, und zwei Mal fuhr er völlig verzweifelt und gedemütigt nach Caracas zurück. Nun jedoch sieht es so aus, als wolle er endgültig nach Italien zurückkehren. Das Emigrantenleben sei zermürbend, hat er seinen Freunden anvertraut, außerdem hat er ein ganz ansehnliches Landgut geerbt, nur Carmela stellt ein Problem dar. Die Puppe ist in allen Bars und Diskotheken der Gegend berüchtigt, nicht vorbestraft, wohlgemerkt, aber sie tut eben, was sie will, und wenn ein Mann ihr gefällt, nimmt sie ihn ohne viel Federlesen mit nach Hause. Nun könntest du sagen, was ist schon dabei, wenn der Ehemann in Caracas ist?«

Santomauro schwieg, von Nikotinschwaden umhüllt. Allmählich wachte er auf, doch seine Stimmung war und blieb düster.

»Aber es ist sehr wohl was dabei, denn 'o Fravicino ist nun schon seit einigen Wochen wieder zurück, und Carmela hat ihren Lebensstil nicht geändert, kommt frühmorgens oder gar nicht nach Hause. Der arme Mann war verzweifelt, und er hat zu seinen Freunden gesagt, eines Tages würde er sie noch erschlagen. Was er dann ja auch getan zu haben scheint.«

Beim Blick in Gnarras selbstgerechte Miene fragte sich der Maresciallo, warum es immer ausgerechnet die Hurenböcke und Aufreißer waren, die sich lauthals empörten, wenn eine Frau es wagte, sich ebenso zu verhalten wie sie.

»Was meinst du, Simone, könnte sie's sein? Die Nachbarn sagen, sie hätten sie seit Tagen nicht gesehen, und auch ihr Mann ist unauffindbar. Ist das eine heiße Spur?«

---

* Fravicino bezeichnet im cilentanischen Dialekt ein niedriges, nachlässig aufgeschichtetes und wackeliges Trockenmäuerchen.

Und die Frage dahinter schien zu lauten: Habe ich das nicht gut gemacht? Das rührte Santomauro nun doch. »Aber ja, Pedro, die Spur glüht ja geradezu, wir werden mal ein bisschen herumfragen. Das war wirklich gute Arbeit.«

Und während er Gnarra mit freudestrahlendem Gesicht hinausgehen sah, fühlte sich der Maresciallo, warum auch immer, wieder mit der Welt versöhnt.

Zwei Stunden später sah das anders aus.

Von Aniello und Carmela Frangiello keine Spur.

Stattdessen stapelten sich auf seinem Schreibtisch ein Haufen Papiere und Zettel: Faxe, Telefonnotizen und Kopien von alten Berichten und Anzeigen.

Im Gebiet um Salerno waren im vergangenen Monat zwölf Frauen verschwunden. Zu viele, dachte er entmutigt.

Er begann das Material zu durchforsten. Einige ließen sich von vornherein ausschließen, wie die zweiundvierzigjährige Mutter von sechs Kindern, die mit den Ersparnissen aus der Zuckerdose auf und davon war. Auf den Fotos sah man, dass sie mindestens hundert Kilo wog. Ganz offensichtlich hatte die arme Frau beschlossen, dass dies der Moment war, einmal nur an sich selbst zu denken. Dann war da die Studentin, deren Eltern die Vermisstenanzeige aufgegeben und zwei Tage später wieder zurückgezogen hatten, eine Ausreißerin, die Liebeskummer oder Stress mit Mama und Papa hatte. Zwei psychisch kranke Frauen waren beide wieder aufgefunden worden, eine spazierte halbnackt über die Strandpromenade von Salerno, die andere lag überfahren unter einer Autobahnbrücke, der Unfallfahrer war flüchtig. Drei weitere Frauen hatten sich telefonisch bei den besorgten Verwandten gemeldet. Eine vorbestrafte Prostituierte, deren Freundinnen sich Sorgen gemacht hatten, weil sie nicht mehr am Arbeitsplatz erschienen war, saß wegen Diebstahls im Gefängnis. Über den Verbleib einer Babysitterin von den Kapverden, die vor zwei Wochen verschwunden war, wusste man noch nichts, doch ihre Hautfarbe schloss sie automatisch aus. Drei Drogenabhängige zwischen neunzehn und vierzig, die zu verschiedenen Zeitpunkten in Vallo, Agropoli und Salerno verschwunden waren.

Eine von ihnen könnte es sein, überlegte Santomauro.

Oder Carmela die Puppe, wenn Gnarra richtiglag.

Pioppica Sopra war ein entzückender Urlaubsort, wenn man die Ruhe und die Natur liebte und Diskos, Trubel, Meer, Eisdielen und lärmende Jugendliche hasste, alles Dinge, die trotzdem in geringer Entfernung zu haben waren.

Santomauro saß an einem der Tischchen vor der Bar Colapelato, dem legendären Treffpunkt auf der Piazza dei Martiri d'Italia im Ortskern, nippte an einer Mandelmilch und betrachtete die nachmittäglichen Flaneure. Ein paar Grüppchen übellauniger Teenager, zu jung für den Führerschein und ohne jede Hoffnung auf ein Mofa, hingen auf dem Aussichtsmäuerchen herum und warteten darauf, älter zu werden, um endlich ihre Ferien weit weg von diesem elenden Kaff verbringen zu können. Ihre Eltern, in ahnungsloser Glückseligkeit schwelgend, unterhielten sich, spielten Karten oder genossen einfach das Panorama, froh darüber, weit weg von dem normalen, gemeinen Urlaubsgetümmel zu sein.

Die Aussicht war wirklich einzigartig.

Der Blick schweifte über die Landschaft hinab, wo die Kurven der Landstraße nach Pioppica Sotto zu erkennen waren, und dahinter das Meer, das in der Nachmittagssonne glitzerte, ein von Berghängen eingefasster Türkis, dann die ehemalige Feste La Rocca und weiter weg die Küstenlinie, die sich in der Ferne verlor, der Leuchtturm, Kap Palinuro und die Windsurfer, die wie Möwen am Himmel durch das Blau der See wirbelten. Es musste sich fürchterlich anfühlen, vierzehn Jahre alt zu sein und von hier oben, einer gottverlassenen Bergspitze, nach unten zu schauen, wo das Leben tobte.

Erleichtert sah Santomauro Manfredi herankommen. Wie er selbst trug der Brigadiere Uniform, und die Jugendlichen beäugten sie mit finsteren Mienen.

Samstags fand die Nachmittagspartie bei Bebè Polignani statt.

Die anderen trafen sich ungern bei ihr, denn die Kanapees mit Lachscreme, die Bebè beharrlich anbot, schmeckten einfach grauslich.

Olimpia behauptete ja, gehässig wie immer, sie bereite sie mit Fertigpaste aus der Tube zu, aber darüber herrschte noch keine Einigkeit.

Wenn es am Samstagabend nicht irgendwohin zum Essen oder Tanzen ging, bot sich der Panoramasalon der Signora Capece Bosco in der Villa La Rocca immer für ein gemischtes Spiel mit zwei oder drei Tischen an, zu dem dann auch die Herren zugelassen waren, die wochenends von den Mühen der Stadt heimkehrten, und Regina ließ es nie an schmackhaften Häppchen und alkoholischen Getränken fehlen.

Die anderen stellten ihre Wohnungen im Wechsel zur Verfügung, alle mit anständiger Bewirtung, doch der Samstagnachmittag gehörte allein Bebè, die darauf bestand, weil sie sich dann die Haare legen und die Lockenwickler so lange auf dem Kopf lassen konnte, bis es abends Zeit zum Ausgehen war.

Auch an diesem Tag waren die Damen also auf der Terrasse ihres Hauses versammelt, der Villa Bebè, wie der verstorbene Notar Polignani sie kokett getauft hatte, als er sie seiner zweiten Frau schenkte. Sie waren wieder zu fünft, da Mina D'Onofrio die fehlende Elena Mazzoleni ersetzte. In gemütlicher Runde diskutierten sie rauchend die letzte Hand. Olimpia Casaburi war schmachvoll untergegangen, weil sie fünf Karo angesagt und nur drei erfüllt hatte. Nun musste sie wohl oder übel die Schmähungen ihrer Partnerin über sich ergehen lassen. Annamaria Musso Palladino war bekanntermaßen eine fast ebenso große Niete wie Bebè, und sie konnte ihr Glück kaum fassen, endlich einmal einer anderen das unbesonnene Bieten vorwerfen zu dürfen.

»Mal ganz abgesehen davon, dass einfach keine fünf Karo da waren, kannst du mir bitte erklären, warum in Gottes Namen du den Cœurbuben im zweiten Stich hast durchlaufen lassen?«

»Das war doch Bluff, du dumme Gans, und außerdem wäre

ich damit durchgekommen, wenn du nicht so getan hättest, als hättest du noch ein Honneur in der Reserve. Du hattest ein grauenhaftes Blatt, meine Liebe, aber im Übrigen gehen die Stiche ja bekanntlich an den, der sie verdient.«

»Und für uns sind das weitere dreihundert Punkte. Besser so, Mina, als wenn wir drei Pik gespielt hätten. Die beiden scheinen uns helfen zu wollen.«

»Ja wirklich, und außerdem finde ich das Spiel in der Defensive äußerst anregend, so kreativ.«

»Entschuldige, Mina, aber wenn du so gestelzt daherredest, bist du unausstehlich. Und puste mir bitte nicht den Rauch ins Gesicht, du weißt, dass ich das hasse!«

»Olimpia, meine Liebe, die Niederlage hat dir wohl die Laune verdorben. Gibt es noch Cola? Danke, sonst noch wer?«

»Bloß nicht! Das nächste Mal bringe ich meinen eigenen Wodka mit.«

»Was meckert ihr denn herum, ihr Klatschweiber? Seht nur, was ich Feines für euch gemacht habe.«

Bebè Polignani, die ihre Lockenwickler mit einem zu ihrem Kaftan passenden rosa-orangefarbenen Tuch umwickelt hatte, trug aus der Küche ein Tablett herein. Die anderen stöhnten: Außer den verhassten falschen Lachskanapees entdeckten sie die gefürchteten Teigringe mit Kaviarersatz, den die Hausherrin völlig schamlos für echten Wolga-Kaviar ausgab.

»Mädchen, hört auf, euch zu streiten, in der Pause wird nicht über Bridge geredet. Was gibt es Neues? Hat man etwas über dieses schreckliche Verbrechen herausgefunden?«

Bebè war eine zweiundvierzigjährige, blondgefärbte, buttrige Person mit langen, manchmal zum Dutt hochgesteckten, manchmal mädchenhaft auf die Schultern herabfallenden Haaren. Sie hatte volle Lippen, einen mehr als passablen Körper, das Stimmchen einer Gans und eine Art, die Männer von unten herauf anzusehen, die all ihre vermeintlichen Freundinnen in Rage versetzte. Sie rühmte sich eines Abschlusses in Pharmazie, doch dem seligen Notar hatte sie den Gerüchten zufolge bei der Maniküre den Kopf verdreht. Ganz dumm war sie aber auch nicht, denn mit der Heirat hatte sie sich einen mehr als ansehnlichen Status gesichert, und immerhin hatte Signor Polignani für sie seine erste Frau verlassen, mit der er zwanzig Jahre lang verheiratet gewesen war. Im Übrigen war Bebè schlagfertig und sympathisch, neugierig und stand immer gern im Mittelpunkt.

Regina Capece Bosco stürzte sich ganz ungezwungen auf das Thema, das ihr am Herzen lag. »Ich habe versucht, etwas aus Ester, der Tochter des Obstverkäufers, herauszubekommen, die geht ja mit einem Carabiniere, aber die wissen wohl selbst nichts. Anscheinend haben sie noch nicht mal eine Ahnung, wie das arme Ding überhaupt hieß.«

»Selbst Barbarella wusste nichts, dabei ist sie doch wirklich das Oberwaschweib von Pioppica!« Bebè lachte erfreut über ihre eigene Pointe – Barbarella Pilerci war Friseurin und kam zu ihnen allen zum Waschen, Schneiden, Legen nach Hause.

»Gestern Abend haben wir bei Leandro gegessen, ihr wisst schon, Leandro de Collis, der Rechtsmediziner, er nimmt die Autopsie vor«, warf Olimpia mit gewichtiger Miene ein, konnte aber, als die anderen überrascht die Augen aufrissen, nicht viel hinzufügen: »Er war extrem zugeknöpft. Aber seine Frau hat mir gesagt, dass dieser Fall ihn sehr beschäftigt. Und das will etwas heißen bei Leandro. Der Mann hat das Einfühlungsvermögen einer Schildkröte.«

»Ich frage mich, wer das arme Ding nur sein kann. Stellt euch vor, in diesem Moment macht sich jemand Sorgen um sie.«

»Mina, dein weiches Herz rührt mich. Aber ausnahmsweise hast du einmal recht. Bebè, hattest du nicht gesagt, wir sollten Pippo informieren? Man kann nie wissen, wenn nun … Warum rufst du ihn nicht an?«

»Das war eigentlich nicht meine Idee, aber wenn ihr meint …«

»Pedro war also wieder mal in Höchstform.«

Die Verachtung in seiner Stimme war unüberhörbar. Santomauro klammerte sich an den Griff, als das Auto eine Haarnadelkurve nahm. Das Meer befand sich noch ein ganzes Stück weiter unten, und der Maresciallo hatte keine Lust, schneller als nötig anzukommen. Manfredi war eigentlich der großzügigste und uneigennützigste Mensch der Welt, doch Gnarra schaffte es, seine schlimmsten Seiten zum Vorschein zu bringen, und das quasi unwissentlich.

»Man wird sehen, bevor die Leiche nicht offiziell identifiziert ist, können wir nicht davon ausgehen, dass es sich bei ihr um Carmela die Puppe handelt. Auch wenn es sehr wahrscheinlich klingt, die Beschreibung passt und es ein Motiv gäbe … Na ja, wir werden sehen.«

»Bravo, Gnarra!« Totò schlug zornig mit der Hand auf das Lenkrad. »Stolziert wie ein Gockel durch die Bars und Kneipen und findet trotzdem einen Hinweis, während wir depperten Familienväter über den Akten brüten dürfen.«

Santomauro sah ihn verstohlen an: Ob sich hinter der puritanischen Feindseligkeit des superverheirateten Manfredi vielleicht weniger tugendhafte Motive verbargen, zum Beispiel ein gesunder Neid auf das lustige Singledasein des Kollegen? Sein Nebenmann bemerkte den Seitenblick und versuchte zu lächeln.

»Entschuldige, Simone, das war unfair. Pietro hat wirklich gute Arbeit geleistet, und wir können es ihm nur danken, wenn wir mit seiner Hilfe den Fall schnell lösen. Die Sache ist halt nur«, fuhr er fort, während er die Verbindungsstraße nach Pioppica Sotto einschlug, »dass ich gereizt bin. Maria Pia war heute den ganzen Tag so komisch, ich habe das Gefühl, sie geht mir aus dem Weg. Die Kinder hat sie zum Baden zu den Cousins nach Acciaroli geschickt, die sind vor heute Abend nicht zurück. Aber wo sie selbst steckt, keine Ahnung, ich habe das Gefühl, sie verheimlicht mir etwas. Pah! Frauen sind merkwürdig. Vielleicht tut Pedro ja genau das Richtige, wenn er sich immer nur die Rosinen herauspickt.«

Santomauro fühlte sich ein bisschen mitschuldig, aber er hatte versprochen, nichts von Gustavo zu sagen, also sagte er nichts. Jetzt, wo sein Kollege sich Luft gemacht hatte, dachte der Maresciallo, könnten sie wieder auf die Arbeit zu sprechen kommen. Doch da irrte er sich.

»Entschuldige, Simone, wenn ich chronischer Nörgler dir hier die Ohren volljammere! Dabei hast du genug eigene Sorgen ... Hast du denn in letzter Zeit was von ihr gehört?«

Der Maresciallo lächelte, schwieg und wechselte dann das Thema. Warum kümmerten die Leute sich nicht um ihren eigenen Kram?

Fünf Minuten später erreichten sie die Einfahrt zu Sigmalea, einer der beiden exklusiven privaten Wohnanlagen der Gegend mit ihren wenigen Luxusvillen im Besitz erlesener Feriengäste. Das Tor an der Einfahrt sollte Unbefugten den Zutritt verwehren, welche von dem Privatzugang zum Strand profitieren wollten. Der Wagen der Carabinieri schob sich in die Lücke, aus der gerade ein erdbeerfarbener Smart mit einer scharfen Brünetten am Steuer ausgeparkt hatte. Zwischen den Baumkronen konnte man die Dächer der Villen erahnen.

Die dritte davon gehörte Professor de Collis. Sie erreichten sie über eine kleine Auffahrt, die vom Hauptweg abzweigte. Vor allem die Koryphäen der Medizin schätzten die Gegend, seit vor vierzig Jahren die Erfinder der mediterranen Diät, amerikanische und italienische Ernährungsexperten mit Weitblick, hier ihren Zufluchtsort vor dem hart umkämpften Wissenschaftsbetrieb gefunden hatten.

Die Villa war im typischen Baustil der Region gehalten. Große Rundbögen hin zur Panoramaterrasse, geweißte Mauern, rote Ziegel, grüne und himmelblaue Majoliken. Rundherum war die üppig sprießende Natur kunstvoll auf die Bedürfnisse des Eigentümers zurechtgestutzt. Voller Neid betrachtete Santomauro eine wunderschöne, handgewebte Hängematte, die im Schatten zweier Bäume leicht hin und her schaukelte.

Die Haustür war abgesperrt, und außer der schwingenden Hängematte war kein Lebenszeichen zu entdecken. Dabei hatten sie sich telefonisch angemeldet, und der Professore hatte sich, wenngleich wenig begeistert, bereit erklärt, sie zu empfangen. Während Santomauro an das Geländer trat und auf das Meer hinunterschaute, dessen Wellen sich mehrere Dutzend Meter weiter unten kräuselten, klopfte Manfredi mit Nachdruck an die Tür. Sie zuckten zusammen, als der Arzt unvermittelt aus einer Terrassentür im Rücken von Santomauro trat.

»Entschuldigen Sie, ich war hinten im Garten und habe lieber abgeschlossen. In letzter Zeit hatten wir einige Einbrüche in Sigmalea. Darf ich Ihnen einen Kaffee anbieten?«

Überrumpelt von so viel Zuvorkommenheit konnte der Maresciallo nicht ablehnen, und wenige Minuten später saßen alle drei in bequemen Korbsesseln und nippten an ihren Getränken, die beiden Carabinieri an dem angebotenen Kaffee und der Professore an einem ungleich stärkeren Bourbon.

»Meine Frau ist heute Morgen weggefahren. Zu ihrer Schwester nach Pescasseroli, es ist einfach zu heiß hier und zu voll.«

Merkwürdig, wie die Menschen, wenn sie nervös waren, dazu neigten, zu viel zu reden, zu viele Informationen preiszugeben, um den Anschein von Normalität zu erwecken. Die Hand, die das Glas hielt, war ruhig, die gebräunten Beine locker übereinandergeschlagen, das Lächeln herzlich, vielleicht sogar ein wenig zu herzlich für seine Person, doch ein Augenlid zuckte unkontrolliert, während Leandro de Collis sich in überflüssigen Erklärungen erging.

»Tja, aber nun sind Sie ja nicht gekommen, um Einzelheiten über mein Familienleben zu erfahren. Was kann ich für Sie tun?«

Die gewohnte Arroganz brach wieder durch, ganz offensichtlich glaubte der Professore trotz seiner Nervosität, den tumben Carabinieri erfolgreich seine wahren Gefühle verborgen zu haben. Und vielleicht hatte er sogar recht, dachte Santomauro, der unter seiner Uniform schwitzte. Manfredi rauchte glückselig vor sich hin, ein wahres Abbild der Arglosigkeit.

»Wie Sie sich denken können, Professore, interessieren wir uns außerordentlich für den Obduktionsbefund«, Schleimer, dachte er bei sich, der aalglatte Vertreter der Ordnungskräfte schleimt sich ein bei der Macht und Intelligenz, »und hoffen daher, von Ihnen ein paar Vorabinformationen zu bekommen.«

»Wessen Obduktion?«, fragte de Collis scheinheilig.

Schleimer ja, aber verarschen lasse ich mich nicht. »Die der unbekannten weiblichen Leiche, die letzten Donnerstag unter den Algen am Strand gefunden wurde, Professore, oder haben Sie noch andere auf dem Tisch?«

»Zufälligerweise habe ich noch so einige Leichen außer der Ihren auf dem Tisch, Maresciallo. Ich bin Rechtsmediziner von Beruf, nicht Metzger.«

Irre ich mich, oder läuft der Mistkerl gerade zu Bestform auf? Runter mit der Maske, und schon hat man wieder den gewohnten Hurensohn vor sich. Aber warum zuerst die Nervosität? Santomauro machte sich im Geiste eine Notiz, da es ihm affig vorkam, den Block hervorzuziehen.

»Natürlich, aber aufgeschlitzte und halb verweste Leichen doch eher wenige, oder, Professore? Also, was können Sie uns dazu sagen? Oder gibt es etwas, das Sie uns lieber nicht sagen möchten?« Manfredi war aus seinem Nikotinkoma erwacht und nahm den Arzt scharf ins Visier. De Collis schien sich wieder unwohl zu fühlen und kippte einen zwei Finger breiten Schluck Bourbon hinunter.

»Es ist einfach so, dass ich Ihnen den Befund lieber mitgeteilt hätte, wenn die Obduktion abgeschlossen ist. Ich habe erst einen oberflächlichen Blick darauf werfen können, aber wie dem auch sei …« Er räusperte sich und nahm eine aufrechte Haltung ein, während er sich den Schnäuzer glattstrich. Zum ersten Mal fiel Santomauro auf, dass seine Haare zwar schlohweiß, seine Augenbrauen und der Bart aber tiefschwarz waren.

»Es handelt sich um die Leiche einer Frau kaukasischer Abstammung, wohlgenährt, körperlich in gutem Zustand, keine nennenswerten Krankheiten, zumindest soweit sich das angesichts des Fäulnisgrades des Materials sagen lässt. Geschätztes Alter zwischen dreißig und vierzig, Körpergröße eins siebzig, etwa sechzig Kilo. Perfektes Gebiss, was mich quasi ausschließen lässt, dass es sich bei der Leiche um eine Prostituierte aus dem Osten oder Ähnliches handelt.«

Er hatte sich während seines Berichts erhoben und deklamierte mit einer Stimme, die seinen Studenten in guten alten Zeiten wohl vertraut gewesen sein musste.

»Todeszeitpunkt vor etwa vierzehn oder fünfzehn Tagen, Todesursache Messerstiche. Mit einer breiten Klinge, wahrscheinlich einem Küchenmesser. Ich habe dreiundvierzig Einstiche gezählt, mindestens zehn tödlich, viele davon an Armen und Händen, mit denen sie sich möglicherweise gewehrt hat. Das Verbrechen wurde mit brutaler oder von Hass genährter Energie begangen. Der Körper weist Zeichen fortgeschrittener Zersetzung auf, und auch die Müllabfuhr des Meeres hat das ihre dazu beigetragen, aber ich glaube, dass ein Teil der Läsionen dem Mörder zuzuschreiben sind, ein Versuch post mortem, die Identifizierung zu erschweren. Ich beziehe mich dabei auf die Entfernung der distalen Gliedmaßen an Händen und Füßen, allzu akkurat und vollständig, auch das Gesichtsgewebe scheint mir willentlich zerstört worden zu sein. Ein merkwürdiger Mörder: Zuerst sticht er sie wie ein Wilder ab, dann komplettiert er sein Werk mit quasi chirurgischer Sorgfalt. Ich fürchte, da haben Sie eine ganz schön harte Nuss zu knacken, meine Herren.« Die Befriedigung in seiner Stimme war kaum zu überhören. Doch der Mann verstand sein Geschäft, und das war im Moment das Einzige, was zählte.

»Sonst noch etwas, das uns bei der Identifizierung helfen könnte?« Santomauro nahm eine minimale Irritation wahr, ein Aufblitzen in den Augen des Arztes, doch vielleicht war es nur ein Reflex der untergehenden Sonne.

»Tatsächlich gibt es da etwas, besser gesagt, zwei Dinge. Das Erste ist nicht so wichtig: Sie wurde mit quasi leerem Magen ermordet. Die Art des Mageninhalts lässt sich bei dem Zersetzungszustand des Materials nicht mehr feststellen, die Menge jedoch ist so gering, dass ich vermute, seit der letzten Mahlzeit waren Stunden vergangen. Das Zweite, vielleicht nicht minder peripher«, und dabei erschien wieder dieser Glanz in seinen Augen, »ist, dass sie sich erst vor kurzem die Haare hatte schneiden lassen.«

Santomauros Handy klingelte, als sie durch Pioppica Sotto gingen: Pedros Grabesstimme verhieß nichts Gutes.

Zwanzig Minuten später parkten sie vor der Notaufnahme des San-Luca-Krankenhauses in Vallo della Lucania. Gnarra erwartete sie am Eingang mit versteinerter Miene. Stumm und in sich gekehrt, als besuchten sie einen todkranken Verwandten, folgten sie ihm im Gänsemarsch über Treppen und Flure. Vor Aniello Frangiellos Bett strebten sie fächerartig auseinander und postierten sich an den drei freien Seiten.

Der arme Mann blickte sie von unten herauf an und sah hektisch von einem zum anderen. Mit einer theatralischen Armbewegung begann Gnarra: »Da ist er also, Aniello Frangiello, der berühmte Fravicino, ein blaues Auge, zwei gebrochene Rippen und ein Loch in der Lunge. Vergangene Woche hat er beschlossen, seine Angetraute umzubringen, Carmela Tatariello, und hat sich zu diesem Zweck mit einem Knüppel bewaffnet. Still! Kein Wort!« Der Unglückliche wurde in seinem Bett immer kleiner. »Er ist über sie hergefallen, als sie nach Hause kam, um zwei Uhr nachts. Sicherheitshalber hatte er auch ein Messer bei der Hand, aber das war gar nicht nötig.«

»Ich schwöre, dass ich es nicht benutzen wollte! Ich wollte sie nur erschrecken!«, schluchzte Frangiello unter dem Betttuch hervor.

»Ich habe dir gesagt, du sollst den Mund halten! Das Messer kam nicht zum Einsatz, weil Carmela der Knüppel genügte. Sie hat ihn selbst ins Krankenhaus gebracht, nachdem sie ihn ordentlich vermöbelt hat. Danach hat sie sich aus dem Staub gemacht, aber hin und wieder ruft sie an, um sich nach ihrem Mann zu erkundigen. Eine Cousine von ihr arbeitet unten an der Pforte, sie sagt, es täte ihr sehr leid, weil sie ihn gern hat.«

Gnarra hob abschließend die Arme. Die anderen beiden schüttelten schweigend den Kopf, nickten Fravicino zum Abschied zu, der ihren Gruß erwiderte, und der kleine Trupp marschierte im Gänsemarsch wieder hinaus, wie er gekommen war. Auf der Treppe war es Manfredi, dem zuerst ein kleines, fast unhörbares Gickeln entschlüpfte, Santomauro hielt aus Zuneigung zu seinem Freund so lange er konnte an sich, musste aber schließlich aufgeben, und so kamen sie prustend hinter dem todernsten Gnarra unten an. Beim Auto stimmte er in ihr Gelächter ein, und um kein Aufsehen zu erregen, stiegen sie schnell in den Wagen, bevor sie sich gegenseitig auf die Schultern schlugen.

»Hast du das gesehen, der arme Kerl! Dem hast du einen gehörigen Schrecken eingejagt!«

»Am liebsten hätte ich ihm die anderen Rippen auch noch gebrochen, also ehrlich! Von wegen Leiche der Puppe, sie hat ihm richtig Dresche gegeben!«

»Allerdings, man könnte auch sagen: verraten und verdroschen!«

Sie lachten Tränen und konnten sich bis Vallo Scalo nicht beruhigen.

Freundlich bestimmt hatte er den Schnaps aufs Haus ausgeschlagen, dem gemütlichen Plausch unter Freunden bei entspannter Musik eine Absage erteilt und es abgelehnt, bei einer Tasse heißem Kräutertee auf die Spätnachrichten zu warten. Heißer Tee, der fehlte ihm gerade noch! Sein Magen stöhnte und wand sich vor Schmerzen, in seinem Inneren zappelten fidel die Pfeilkalmare mit Kartoffeln, Pasta und Kichererbsen waren zu einer brodelnden Lava verschmolzen, und über alles hatte die Kokos-Mousse ihren erbarmungslosen Fettfilm gelegt. Nie mehr ins Restaurant, das schwor er sich hoch und heilig, nie mehr, und sei die Gesellschaft noch so nett. Was sie beileibe nicht gewesen war. Olimpias Freunde, mit ihrem ironischen und überheblichen Lächeln, allesamt langweilige und borniert Bridgespieler.

Himmel, diese Magenschmerzen! Apropos … noch durfte er sich nicht den Schlaf der Gerechten gönnen. Seufzend und stöhnend erhob sich Lillo Lucarello wieder von seinem Bett. Wo war es nur, wo war es nur, wo war es nur, dieses dumme Zimmermädchen stellte ihm immer seine ganze Ordnung auf den Kopf, bestimmt um ihn zu ärgern, da, endlich. Er schlug das Buch beim Komplet auf, und nach den ersten Zeilen schloss er mechanisch die Augen und begann das Abendgebet zu murmeln.

Samstagabends ging Santomauro, auch wenn er dienstfrei hatte, selten aus. Seit seiner Ankunft hatte er kaum jemanden außerhalb der Kaserne kennengelernt. Um die Wahrheit zu sagen, hatte er das Gefühl, nirgendwo so recht reinzupassen. Er war aus Neapel, entstammte aber nicht gerade der sozialen Schicht jener, die sich hier eine der raren luxuriösen Ferienvillen leisten konnten, welche sich auf dem Gebirgskamm versteckten. Auf der anderen Seite fiel es ihm als Städter schwer, sich mit den Dorfbewohnern anzufreunden, was für Pietro Gnarra und Totò Manfredi ganz natürlich war, die in ähnlichen Örtchen aufgewachsen waren.

Auch im *Tresette*-Spielen war er schlecht, Videopoker raubte ihm den letzten Nerv, und alkoholischen Getränken war er ebenfalls abgeneigt. Die umliegenden Bars waren daher nicht sein Fall.

Sein zurückhaltendes Naturell verbot es ihm, sich über die Maßen mit den Untergebenen zu verbrüdern, selbst wenn er es gewollt hätte. Die Carabinieri ihrerseits fanden ihn nett, schätzten ihn als Vorgesetzten, waren aber in seiner Gegenwart nicht so locker wie im Umgang mit den beiden Brigadieri. Der von Natur aus gesellige Gnarra schien wie dafür gemacht, die Gunst der Menschen zu gewinnen. Manfredi war vielleicht weniger leutselig, aber bereits seit zehn Jahren hier und ein zuverlässiger, ruhender Pol der Truppe.

Tatsächlich waren die beiden die Einzigen, denen Santomauro sich verbunden fühlte, doch die Art Zerstreuungen, die sie ihm bieten konnten, obgleich untereinander höchst unterschiedlich, passten nicht so ganz zum Geschmack des Maresciallo.

Totò war ganz Ehemann und Familie. Maria Pia und die Kinder waren wunderbar, doch mehr als hin und wieder ein Abendessen im Familienkreis ertrug Santomauro einfach nicht.

Pedro war im Grunde ein einsamer Wolf, aber gelegentlich wäre er durchaus bereit gewesen, ihm zuliebe zu zweit auf die Jagd zu gehen, wäre es nicht ausgerechnet das Konzept des Jagens gewesen, das dem Maresciallo so gar nicht behagte. Also hatte dieser, nachdem sie ein paar Abende trotz seiner Abneigung gegen Alkohol gemeinsam getrunken hatten und er verfolgt hatte, wie der Freund die weibliche Beute ins Visier nahm, umkreiste und schließlich erlegte, sich immer öfter Ausreden einfallen lassen, um zu Hause zu bleiben.

So genoss er auch an diesem Samstag nach einem einfachen, aber leckeren Abendessen die abendliche Frische auf der Terrasse seines Hauses, ein Buch in der Hand und ein Gläschen Walnusslikör neben seinem Liegestuhl auf dem Boden.

Er las zum wiederholten Mal »Wer die Nachtigall stört«, doch nach wenigen Seiten legte er das Buch beiseite und blickte zur Decke hinauf.

Die Geckos tauchten immer ganz plötzlich aus der Dunkelheit hinter dem Terrassenmäuerchen auf. Sie waren unterschiedlich groß, manche riesig, mit dickem Bauch und kräftigen Beinen, andere winzig klein und flink. Alle hatten sie unbewegliche, unter den schweren Lidern hervorlugende Augen, alle belauerten geduldig und listig ihre Beute: Nachtschwärmer, Falter, manch eine unterkühlte Biene, Fliegen, Mücken, dicke Libellen mit ihren schillernden Flügeln, Käfer und andere ihm unbekannte Insekten, die sich, von der Lampe und ihrem gelben Schein angezogen, an seiner Decke niederließen und dort träge sitzen blieben als gefundenes Fressen für die geheimnisvollen Geckos.

Santomauro war überzeugt, dass Geckos hypnotische Fähigkeiten besaßen. Anders war es nicht zu erklären, dass die armen Insekten, die zunächst wie wild hierhin und dorthin flatterten, sich ausgerechnet in unmittelbarer Nähe zu ihren Räubern seelenruhig niederließen. Still und leise näherten sich dann die Geckos, langsam, mit millimeterfeinen Bewegungen, die für das menschliche Auge kaum wahrnehmbar waren. Manchmal erhob sich das auserwählte Opfer taumelnd in die Höhe, landete aber dann unvermeidlich wieder im Aktionsradius des Jägers oder eines weiteren Geckos, der geduldig an anderer Stelle wartete. Nach wenigen Minuten war das Drama vorbei, das Insekt zuckte und wand sich im Maul des Reptils, das sogleich wieder in Reglosigkeit erstarrte, bereit zur nächsten Jagd.

Santomauro beobachtete fasziniert das Schauspiel. Stundenlang konnte er ihnen nachts zuschauen, die Annäherung, das Warten, das Zuschnappen und der Tod, und alles in tiefster Stille. Nur wenige Male hatte Santomauro gehört, dass sie Laute ausstießen – meistens schien es bei ihren Disputen um die Kontrolle des Territoriums zu gehen, in der Regel zwischen einem großen und einem kleineren Gecko –, eine Art Kreischen, fast unhörbar, doch in seiner Fremdheit nicht minder gruselig.

Es waren Tiere von unendlicher Grausamkeit, ebenso alt wie die Welt. Santomauro fand, dass diese Mörder viel gnadenloser waren als diejenigen, mit denen er beruflich zu tun hatte. Nicht die Liebe leitete sie, nicht Angst, nicht Gier, nicht einmal der Hunger, der im Tierreich ansonsten quasi das einzige Mordmotiv darstellte. Nein, sie töteten und fraßen auch dann noch, wenn sie längst satt waren, sie verfolgten eine Art ethnische Säuberung im kleinen Reich der Insekten, die, vom Licht angezogen, auf der Terrasse des Maresciallo kampierten. Erst wenn auch das letzte Insekt verschlungen war, kehrten sie in die Dunkelheit zurück, genauso lautlos, wie sie gekommen waren.

Sonntag, 12. August

Am Samstagabend tanzte Pippo Mazzoleni im Blue Moon in Ogliastro bis morgens um vier. Ihm war eingefallen, dass sein Steuerberater, der seit zwei Jahren geschieden war, in der Gegend Urlaub machte. Also hatte er ihn angerufen, und sofort hatte der Freund ihn eingeladen, mit ihm und zwei blutjungen polnischen Kellnerinnen auszugehen. Es war ein ungewöhnlicher Abend geworden, begonnen in einer Pizzeria, wo die Mädchen lachten, wie die Bierkutscher tranken und so taten, als verständen sie kaum Italienisch, dabei verstanden sie es sehr wohl, und wie! Dann ab in die Disko, wo Maurizio, der Steuerberater, seine Beute in ein Whisky-Cola-Koma zu versetzen versuchte im schamlosen Ansinnen, sie wahrscheinlich noch vor Ort, im Auto auf dem Parkplatz, zu vernaschen. Doch die Mädchen wollten nur tanzen, da nützten auch die Annäherungsversuche des armen Maurizio nichts, der um ein Uhr nachts schon hoffnungslos betrunken war. Pippo kam das sehr gelegen, er vergnügte sich ausgelassen auf der Tanzfläche mit Elka und Mariarka, bedröhnte sich bis zur Besinnungslosigkeit mit Musik und Alkohol. Er war ein guter Tänzer, die Mädchen hatten ihren Spaß, und am Ende des Abends wusste er, dass er, wenn er gewollt hätte, alle beide hätte haben können. Ohne Bedauern brachte er sie nach Hause: Ein Disko-Abend zum Stressabbau war okay, aber man durfte es nicht übertreiben, selbst wenn die eigene Frau sich seit dem bösen Streit vor drei Wochen nicht gemeldet hatte.

Am nächsten Morgen musste er gegen zwölf seine Höhle verlassen, da der Kühlschrank unaufschiebbare Bedürfnisse anmeldete. Das helle Sonnenlicht pochte in seinen Schläfen, sein

Mund schmeckte nach nasser Asche, seine Augen waren nicht mehr als zwei schmale Schlitze, dabei war er erst einundvierzig und hielt sich mit Laufen und Schwimmen fit. Noch im Halbschlaf parkte er vor dem Metzger von Pioppica Sotto. In Pioppica waren die Geschäfte wie an der übrigen cilentanischen Küste auch sonntags bis fünfzehn Uhr geöffnet. Die dicken, milchigweißen Verkäufer schwitzten hinter ihren Tresen, während sie braungebrannte und unsittlich knapp bekleidete Urlauber bedienten.

Mit der Einkaufstasche in der Hand wollte Mazzoleni nur schnell nach Hause, duschen und sich wieder hinlegen, um schlafend auf den einen Anruf zu warten, der nicht kam, da überfiel ihn von hinten eine schrille Stimme.

»Pippo, ein Glück, dass ich dich treffe. Ich versuche schon seit gestern, dich zu erreichen.«

Diese Stimme konnte niemand anderem gehören als Bebè. Und das war mehr, als ein Mann an einem Morgen wie diesem ertragen konnte. Pippo drehte sich resigniert um.

»Mamma mia, wie siehst du denn aus! Ist alles in Ordnung? Du solltest lieber im Bett bleiben!«

»Genau das hatte ich eigentlich vor, ehrlich gesagt, aber ich musste zum Einkaufen raus …«

»Du Dummerchen, du weißt doch, du kannst mich jederzeit anrufen, ich hätte für dich eingekauft und dir die Sachen zu Hause vorbeigebracht.«

Ja klar, um überall herumzuschnüffeln und dir dann mit deinen Freundinnen das Maul zu zerreißen, dachte er schaudernd, während sie verführerisch mit den Lidern klimperte. Er hatte dem Gerede über diese Frau nie besondere Beachtung geschenkt, und die Aufdringlichkeit, mit der Bebè sich immer zur Schau stellte, betrachtete er als eine Art Gesellschaftsspiel. Daher behandelte er sie mit distanzierter Höflichkeit, was ihm auch dann zugutekommen würde, wenn er sich geirrt haben sollte und Bebè ihn eines schönen Tages doch zu verführen gedachte. Was alles in allem nicht ganz außerhalb des Möglichen war. Auch jetzt war sie auf provozierende Weise zurechtgemacht, die Haare fielen ihr offen auf die nackten Schultern, zwei große türkisgrüne Ohrringe passten genau zu dem leichten Strandtuch, das farblich mit dem aufreizend geschnittenen Bikini darunter harmonierte. Sie war ganz sicher nicht auf dem Weg zur Messe, dachte er und bereitete sich innerlich auf fünf Minuten unnützen Geschwätzes vor. Doch unerwarteterweise kam Bebè direkt zur Sache.

»Entschuldige, wenn ich gleich mit der Tür ins Haus falle, aber ich versuche dich seit gestern zu erreichen, weil wir dich … also, ich wollte dich etwas fragen.«

»Ja? Alles, was du willst, meine Liebe.« So war es richtig, liebenswürdig, aber distanziert.

»Wie geht es Elena? Ich meine, hast du etwas von ihr gehört? Entschuldige, ich weiß, dass mich das nichts angeht, aber ich dachte, wir haben uns Sorgen gemacht, also ich habe mir Sorgen gemacht, und daher, weißt du, man hört doch so viel.«

»Was hörst du, Bebè? Kannst du dich bitte klar ausdrücken?« Er verlor allmählich die Geduld, die Butter wurde weich, die Fischstäbchen begannen zu tropfen und diese blöde Kuh bekam den Mund nicht zu.

»Es ist ja so«, sagte sie mit verzweifelter Entschlossenheit und sah ihm direkt in die Augen, »es ist ja so, sie haben eine tote Frau gefunden, völlig unkenntlich, und deshalb wollten wir, also ich, wollte ich wissen, ob man dir Bescheid gegeben hat, nur so, um sicherzugehen, nicht dass wir auch nur im Entferntesten daran dächten, dass … aber …«

Es waren ein paar sonntägliche Badegäste am Strand. Nicht allzu viele, aber genug, um ihnen die Aussicht zu verderben. Sie hatten sich einen versteckten Winkel am Ende des Strandes gesucht, aber die Menschen sind nun mal Herdentiere und waren sofort in Scharen herbeigelaufen, um sich ihren Artverwandten anzuschließen. Fünfzehn Meter weiter rechts eine beleibte Frau im schwarzen Zweiteiler. Die Leute hatten einfach kein Schamgefühl. Direkt am Wasser, zehn Meter vor ihnen, lag das übliche verliebte Pärchen, er eine Bohnenstange und sie praktisch eine

Zwergin. Was fanden die Leute nur daran, sich immer die aus äs-
thetischer Sicht am wenigsten passenden Partner zu suchen? Im
Wasser planschten vier grellbunt gekleidete Senioren, zwei Männer und zwei Frauen, faltig und braungebrannt, und schnatter-
ten laut, anstatt in ihre Gruft zurückzukehren. Die Menschen
kannten die eigenen Grenzen nicht mehr.

Titta Sangiacomo wandte verdrossen den Kopf ab. Neben
ihm schmorte Cristina selig in der Sonne. Klar, *sie* mochte es,
wenn Betrieb war. Nächstes Jahr, versprach er sich, fahre ich
mit einer Frau ans Meer, die Felsen mag. Er verstand nicht, warum sie trotz ihres privaten Zugangs in Sigmalea am öffentli-
chen Strand von Pioppica liegen mussten, wo sich einem die
Steinchen in den Rücken bohrten und keinen halben Meter
vor seiner Nase ein Haufen stinkender Algen lag. Ganz zu
schweigen von der Wasserqualität. Es ging ihm ja nicht nur um
die Felsen, sondern auch um die Abgeschiedenheit, um das Bedürfnis nach Privacy, nach Exklusivität. Alles Begriffe, für die
in Cristinas hübschem Köpfchen kein Platz war.

Dafür hatte sie einen tollen Arsch. Er tätschelte ihn mit be-
sitzergreifender Geste. Neuer Sommer, neue Freundin, bis dahin heißt es genießen, was da ist.

»Was ist los, Liebster, hast du Lust auf ein Bad?«

»Mmmm, ich hätte auf was ganz anderes Lust.«

»Wie kannst du nur, bei der Hitze. Lass uns lieber einen Spaziergang machen. Los, steh auf, du Faulpelz!«, und schon zog
und schob sie ihn, fröhlich und sprudelnd, wie sie nun mal war,
die nervige kleine Zecke. Vielleicht war es ja noch früh genug,
um schon für diesen August einen Ersatz aufzutreiben, dachte
er, während sie Hand in Hand über den glühend heißen Sand
staksten. Marilena oder Loredana, irgendeine, die die Gastfreundschaft in einer Villa mit Zugang zum Meer und Privat-
mole zu schätzen wusste.

»Siehst du die Algen da drüben? Da ist es passiert.«

»Diesen stinkenden Haufen? Den sehe und rieche ich. Eine
Schande, in welchem Zustand der Strand hier ist. Was ist da
passiert?«

»Wenn du nicht immer nur deine Schweinereien im Kopf hättest, sondern auch mal einen Blick in die Zeitung werfen oder Nachrichten gucken würdest …«

»Langsam, Kindchen, Urlaub ist Urlaub, wenigstens da möchte ich mal meine Ruhe vor all diesen Dingen haben.«

»Ja, und Urlaub ist gleich Bett. Seit ich hier bin, bist du nicht aus dem Bett herausgekommen. Heute musste ich dich fast mit Gewalt an den Strand schleppen.«

»Ich bin ein Intellektueller, mein Herz – vielleicht ist das Wort zu kompliziert für dich –, und wenn ich nicht arbeite, ruhe ich mich aus. Meinen Körper und vor allem meinen Geist, der sonst immer beschäftigt ist.«

»Wenigstens drei Sätze mit den Dorfbewohnern könntest du mal wechseln!«

»Ich verabscheue den Pöbel. Und was soll ich mit denen schon reden?«

»Du willst also sagen, dass du nichts von dem Mord mitbekommen hast?«

»Wovon redest du überhaupt?«

Schon bevor die Tür aufgerissen wurde und der Mann hereingestürmt kam, hinter ihm ein Carabiniere, der erfolglos versuchte, ihn aufzuhalten, ahnte Santomauro, dass etwas in Bewegung kam. Bis vor wenigen Augenblicken war es ein Vormittag wie jeder andere gewesen, alles wie gehabt, und er hatte am Schreibtisch gesessen und versucht, aus dem Wust an Papieren und Berichten etwas herauszufiltern, das ihm helfen könnte, Licht in das Dunkel um »sein« Verbrechen zu bringen, wie er den Fall mittlerweile insgeheim bezeichnete. Dann die Stimmen, der Lärm, und er hatte sofort begriffen, dass ein Wendepunkt erreicht war.

Der Mann entwand sich entschlossen dem Griff des Beamten. Der Maresciallo bedeutete seinem Untergebenen, dass er gehen könne, es sei alles in Ordnung, und während sich die Tür schloss, schlüpfte schnell eine weitere Person ins Zimmer, doch Santomauro war ganz auf den ersten Besucher konzentriert. Der Mann war um die vierzig, auf leicht nachlässige Art gutaussehend, mit zwei tiefen Lachfalten im Gesicht und blonden Haaren, die sichtlich dünner wurden. Er sah müde aus, aber so, als sei er schon seit Jahren müde, war unrasiert und trug ein Poloshirt und kurze Hosen, in denen er geschlafen zu haben schien. Am Handgelenk hatte er eine dicke Rolex Submariner, in der Hand einen Schlüsselbund mit Ferrari-Logo und unterm Arm eine volle Einkaufstüte, die jeden Moment zu zerreißen drohte. Santomauro hatte den Eindruck, dass er mit der Tüte unterm Arm am Lenkrad gesessen hatte und nun nicht wusste, wohin damit. Der Mann nahm Platz, während die Frau, die mit ihm hereingehuscht war, sich an die Tür lehnte. Sie war eine hübsche, etwas grelle Blondine, die Santomauro vom Sehen kannte und die ihn nun mit großen Augen anblickte, zwischen neugierig und bang, wie jemand, der weiß, dass er eigentlich nicht hier sein dürfte, aber trotzdem bleiben will. Auch sie hielt Autoschlüssel in der Hand, und Santomauro begriff, dass sie in ihrem Wagen hergekommen waren. Der Mann war wahrscheinlich nicht in der Lage gewesen zu fahren. Er hatte seinen Einkauf nun auf den Schreibtisch gestellt, und aus der Tüte waren ein Paket Tiefkühlkost, Brot und ein Päckchen Butter gepurzelt.

Er stellte sich als Pippo Mazzoleni vor, Architekt. Er wirkte ungläubig, verzweifelt und skeptisch zugleich. Er fürchtete, dass die am Donnerstag am Strand unterhalb der Promenade gefundene Frau seine Ehefrau Elena Ragucci Mazzoleni sein könnte. Besser gesagt, er war sich sicher, dass sie es nicht war, aber er musste es überprüfen, um diesen grausigen Zweifel auszuräumen.

»Ich bin seit vergangenem Sonntag hier, habe mich aber sehr zurückgezogen und mich eigentlich nur im Haus und am Strand aufgehalten, wir haben keinen Fernseher. Ich und meine Frau hatten gestritten, sie hatte vor drei Wochen unsere Wohnung in Neapel verlassen, weil sie eine Weile allein sein wollte. Ich war sicher, dass sie hier ist, sie liebt Pioppica, also habe ich nicht nach ihr gesucht. Ich wollte abwarten, bis sich die Lage entspannt hätte, und bin zu Freunden an den Gardasee gefahren. Sonntag kam ich zurück, und es erschien mir albern, sich weiter anzuschmollen wie die Kinder, also kam ich her, um sie zu treffen, doch sie war nicht da. Ich habe alle ihre Freundinnen gefragt«, mit einer vagen Geste deutete er hinter sich, »aber sie wussten auch nichts. Also dachte ich, dass sie noch mehr Zeit bräuchte, und beschloss, sie in Ruhe zu lassen. Es war kein schlimmer Streit, wie das eben so geht, wir brauchten einfach ein wenig Abstand voneinander.«

Er hatte gesprochen, ohne Luft zu holen, die Hände in den Schoß gepresst und die Augen starr auf die Einkaufstüte gerichtet. Er wirkte erschöpft, gleichzeitig nach Beruhigung gierend. Gerne wäre Santomauro aufgestanden, hätte ihm kumpelhaft auf die Schulter geklopft und gesagt, machen Sie sich mal keine Sorgen, es ist nicht ihre Frau, gehen Sie ganz beruhigt wieder nach Hause. Aber er wusste, dass er das nicht konnte.

Stattdessen fuhr er mit ihm im Dienstwagen nach Vallo, wo die Tote in der Leichenkammer des Krankenhauses auf ihre Identifizierung wartete. Bebè Polignani folgte ihnen im eigenen Auto, schien jedoch zu Santomauros Erleichterung nicht aussteigen zu wollen und wartete auf dem Parkplatz. Die beiden Männer gingen allein durch die kühlen, dämmrigen Flure. Schimmelgeruch lag in der Luft, und Santomauro brauchte dem anderen nicht ins Gesicht zu sehen, um zu wissen, dass ihm mit jedem Schritt mulmiger wurde.

Die Identifizierung verlief kurz und schnell, aber alles andere als schmerzlos. Mazzoleni betrat entschlossen den Raum, wo auf einer Bahre unter einem Tuch die unbekannte Frau lag. Ein Angestellter deckte hastig und mit stumpfer Miene die Leiche auf, Mazzoleni sah hin, nickte mit einem unterdrückten Schluchzen und stürzte hinaus. Zwei Meter hinter der Tür erbrach er sich in eine Ecke, wo der Putz abbröckelte, dann lief er ins Freie. Santomauro entschuldigte sich bei dem nun finster dreinblickenden Angestellten und folgte ihm.

Er fand ihn auf dem Beifahrersitz des Dienstwagens, den

Kopf zum Fenster gewandt, mitleiderregend. Der Maresciallo trat an den Wagen der Signora Polignani, um ihr zu sagen, dass er ihren Bekannten nach Hause begleiten würde und sie nicht mehr gebraucht werde, vielen Dank. Sie blickte ihn aus dunklen, undurchdringlichen Augen an, nickte stumm auf seine kurze Erklärung, dann drehte sie sich zur Rückbank um, nahm die Tüte mit der Butter, der Tiefkühlkost und dem ganzen Rest und reichte sie ihm. Santomauro nickte seinerseits, dankbar, dass sie die Stille nicht mit leeren Worten oder Fragen zu füllen versuchte, auf die es sowieso keine Antwort gab.

Während sie nach Pioppica Sotto zurückkehrten, schaute Mazzoleni reglos aus dem Fenster und schwieg. Santomauro konnte sein Gesicht nicht sehen, doch ihm schien, als hebe er einmal die Hand, um sich eine Träne wegzuwischen oder sich am Auge zu kratzen.

In Sigmalea angekommen, stieg der frischgebackene Witwer aus, öffnete das elektrische Tor und stieg wieder ein. Er sprach nur, um die Abzweigung zu seinem Haus anzuzeigen, das man durch eine Art Tunnel aus Blättern und Pflanzen und durch ein weiteres Tor erreichte. Die Villa war atemberaubend, nicht etwa weil sie größer oder schicker war als die anderen, die Santomauro im Vorbeifahren in der Anlage gesehen hatte, im Gegenteil, wahrscheinlich war sie kleiner und in schlechterem Zustand als jene. Dafür befand sie sich in unvergleichlich schöner Lage. Die schmale Allee mündete auf einem weiten Platz, einem Mittelding aus Terrasse und Garten, der auf einer Seite steil zum Meer hin abfiel, ein azurblauer Abgrund mit schmalem Geländer. Auf der anderen Seite schloss sich ein kleiner Hain mit Obst- und Zierbäumen an, und in der Mitte, eingefasst wie ein Edelstein, stand die Villa, als sei sie selbst ein Teil des Meeres einerseits und der Pflanzenwelt andererseits. Die Säulenveranda um das Haus herum war mit den gleichen Platten ausgelegt wie der Vorplatz, auf dem zwei oder drei abgesägte Baumstümpfe als Sitzgelegenheit dienten. An den Mauern blätterte hier und da der Putz ab, das Geländer zu dem wunderbaren Meerblick hätte einen frischen Anstrich gebrauchen können, aber was machte das schon? Alles an diesem Ort strahlte Frieden aus, Ruhe, Einsamkeit. Der ideale Platz, um ein Buch zu schreiben oder sich die Wunden des Lebens zu lecken, oder sich von einer Krise zu erholen, oder um einfach mit einem geliebten Menschen allein zu sein. Während sie aus dem Auto stiegen, konnte Santomauro mit seiner Begeisterung nicht hinterm Berg halten.

»Finden Sie?«, erwiderte der Mann gleichgültig. »Es gehörte meiner Frau, schon vor unserer Hochzeit. Ich mochte es nie besonders. Ich fühle mich nicht wohl hier. Wenn es Ihnen gefällt, Maresciallo, dann halten Sie die Augen offen. Ich verkaufe es wahrscheinlich. Jetzt, wo Elena nicht mehr da ist, habe ich keinen Grund, hierzubleiben.« Er schien den Sarkasmus seiner Worte zu bemerken. »Entschuldigen Sie, Sie waren sehr freundlich zu mir, Sie haben es nicht verdient, unhöflich behandelt zu werden.«

Sie setzten sich auf zwei benachbarte Felsblöcke, die in der Nähe eines Magnolienbaums lagen.

»Aber es war trotzdem ernst gemeint. Ich werde es möglichst schnell verkaufen, ich könnte hier nicht mehr wohnen. Es war der Ort, den Elena über alles liebte. Sie kam her, wann immer sie konnte, in jedem freien Moment.« Von den Bäumen hinter dem Haus erscholl ein wildes Gezwitscher, dann erhob sich ein Schwarm schimpfender Vögel in den Himmel. Pippo folgte ihm mit dem Blick, und einen Moment lang lag ein schwaches Lächeln auf seinem Gesicht.

»Sie hat keinen festen Job, sie arbeitet gelegentlich als Übersetzerin aus dem Französischen und Russischen, mit wenigen, kleinen Kunden. Und sie schreibt. Manchmal veröffentlicht sie einen Kurzkrimi in den entsprechenden Zeitschriften. Wann immer sie es schafft, zieht sie sich hierher zurück, um das Meer und die Ruhe zu genießen.«

Er schien zu bemerken, dass er von seiner Frau im Präsens gesprochen hatte, denn er brach abrupt ab, stand dann mit einem barschen »Entschuldigen Sie mich« auf und trat an das Geländer. Santomauro wartete. Er wusste selbst nicht, was er noch hier tat. Normalerweise vermied er es aus einer gewissen Scheu heraus, die Angehörigen der Opfer sofort zu vernehmen, ganz ohne Abstand. Doch dieses Mal war es anders. Der Mord lag schon zu lange zurück, und er konnte es sich nicht leisten, noch mehr Zeit zu verlieren, auch wenn der Schock für den Mann noch ganz frisch war. Außerdem hatte er das Gefühl, Mazzoleni an diesem einsamen, stillen Ort nicht allein lassen zu dürfen, ohne geklärt zu haben, ob er dem Schmerz würde standhalten können.

»Soll ich jemanden anrufen, damit er Ihnen Gesellschaft leistet?«

»Bloß nicht!«, stieß der Mann entsetzt aus. »Sie werden früh genug hier einfallen wie die Aasgeier, sobald sich die Nachricht herumgesprochen hat. Elenas Freundinnen«, erklärte er mit einem bitteren Lächeln, »und Freunde, eine Menge Leute. Elena hatte viele Hobbys, Bridge, Surfen, Flohmärkte, sie ging gerne tanzen und gut essen, sie war das, was man einen geselligen Typ nennt.«

Er sprach mit stiller Bitterkeit, und Santomauro fragte sich, ob diese kluge Frau mit großem Freundeskreis, zahlreichen Hobbys und Interessen auch noch Zeit gefunden hatte, sich um ihren Mann zu kümmern. So wie seine Frau, in deren Leben es irgendwann überhaupt keinen Platz mehr gegeben hatte für einen überflüssigen Ehepartner.

Er blieb noch fünf Minuten, in denen sein Unbehagen trotz der Schönheit des Ortes merklich wuchs. In der Ferne waren Himmel und Meer nicht voneinander zu unterscheiden bis auf die feine dunkelblaue Linie an der Stelle, wo sie sich am Horizont trafen. Mazzoleni zeichnete in der Erzählung das Bild einer ganz gewöhnlichen Frau, die niemand ermorden würde. Elena war mit ihren achtunddreißig Jahren attraktiv, aber nicht schön gewesen, sympathisch, aber keineswegs eine Verführerin, reich genug, um keine Zeit mit Arbeit verschwenden zu müssen, und snobistisch genug, um sich trotzdem einen Job zu suchen, den sie nebenbei ausüben konnte.

Als er die Allee zurückfuhr, kamen ihm zwei vollbesetzte

Autos entgegen. Das erste gehörte Bebè Polignani, deren Diskretion ganz offensichtlich Grenzen hatte. Die Freundinnen eilten herbei, um ihrer Pflicht nachzukommen, und Santomauro empfand gegen seinen Willen Mitleid mit dem Mann, den er allein, in den Anblick des Meeres versunken, zurückgelassen hatte. Er würde nun die Beileidsbekundungen über sich ergehen lassen müssen, Umarmungen, vielleicht sogar die aufdringlichen Tränen einer Bande sensationssüchtiger Klatschweiber.

Andererseits, vielleicht genoss er ja auch die geballte weibliche Aufmerksamkeit. Er war ein bemerkenswert attraktiver Mann, wenn auch ein bisschen verlebt, und der Maresciallo würde sich nicht wundern, wenn er bei der einen oder anderen trauernden Freundin, die er sich allesamt genauer würde anschauen müssen, Gegenstand geheimer Phantasien wäre. Tatsächlich wollte er all jene befragen, die Elena Mazzoleni nahegestanden hatten, zumindest nahe genug, um sie umbringen zu wollen.

Der Ehemann war selbstverständlich der Hauptverdächtige, doch er behauptete, in den Tagen, als das Verbrechen wahrscheinlich verübt worden war, weit weg von Pioppica gewesen zu sein. Das Alibi war leicht nachzuprüfen.

Santomauro nahm ein gerahmtes Bild vom Beifahrersitz. Es war ein hübsches Schwarzweißfoto, geschossen von jemandem, der sich aufs Fotografieren verstand. Die Frau im Vordergrund lächelte, doch es lag eine Art unruhiger Schatten in ihrem Blick, oder vielleicht interpretierte er das auch nur hinein, da er wusste, dass sie ermordet worden war. Die Beschreibung des Ehemanns passte genau, ganz hübsch, aber nicht schön, die etwas lange Nase und die schmalen Lippen beeinträchtigten die Wirkung ihrer schwarzen Augen ein wenig. Sie trug das dunkle, glatte Haar schulterlang. Die Träger des Badeanzuges betonten die anmutige Linie ihres Schlüssel- und Brustbeins. Er hatte es ihm mit einem lakonischen »Elena im Sommer vor zwei Jahren« in die Hand gedrückt, sonst nichts.

Elena.

Einmal, als sie mit Pippo gestritten hatte, das war aber schon lange her, noch vor seiner ersten Hochzeit, wäre er beinah mit ihr ins Bett gegangen, hatte es dann aber doch lieber gelassen. Eine Nacht mit ihr war die Komplikationen, die daraus erwuchsen, nicht wert. Außerdem war er damals in Valentina verliebt, und er wollte nicht riskieren, alles zu vermasseln.

Mit Valentina hatte er es ein Mal bis ins Bett geschafft, nur ein Mal, und die Erinnerung daran brannte noch immer. Vielleicht hätte er doch besser Elena nehmen sollen.

Sehr nett von Regina, ihn zu informieren, aber was erwartete sie von ihm? Sollte er jemanden anrufen, um die Nachricht weiterzutragen wie bei einer Art Kettenbrief?

Seufzend nahm Ingenieur Buonocore wieder das Telefon zur Hand.

Abends zu Hause betrachtete Santomauro noch einmal das Bild, das er schon in Kopie an seine Mitarbeiter verteilt hatte.

Die erste Aufgabe lautete nun, alle Bewegungen der Toten in den Tagen vor ihrem Verschwinden zu rekonstruieren. Dann würde die Vernehmung des engeren und weiteren Freundes- und Bekanntenkreises folgen. Santomauro glaubte nicht an ein Zufallsdelikt. Dafür war zu viel Grausamkeit im Spiel gewesen, hatte zu viel seit langem unterdrückter Hass in den Messerstichen gelegen, die Elena Mazzolenis Körper aufgeschlitzt hatten.

Gnarra und Manfredi kamen einzeln hereingetröpfelt, zuerst der eine, dann der andere, aber Santomauro hatte den Verdacht, dass sie sich abgesprochen hatten. Auch sie standen in den Startlöchern. Endlich war Bewegung in die Sache gekommen, die eigentliche Arbeit konnte beginnen.

»Wir wissen, wer sie ist, damit können wir loslegen! Ich habe mich so machtlos gefühlt, immer nur untätig herumzusitzen und nichts zustande zu bringen.«

»Und wenn du schon nichts zum Stehen bringst, denk nur, wie es der armen Maria Pia geht. Aber eins muss ich dem guten

Mädchen sagen, nächstes Mal soll sie mir Bescheid geben. Wenn du es mal wieder nicht bringst, ich stehe immer bereit, wofür hat man denn Freunde, nicht wahr?«

»Gnarra, hüte deine Zunge!«

Während die zwei Freunde sich kabbelten und dabei seinen Walnusslikör leerten, betrachtete Santomauro rauchend das Foto. Auch er hatte sich in seiner Machtlosigkeit gelähmt gefühlt, unfähig, dieser armen, gepeinigten Leiche auch nur einen Namen zu geben, geschweige denn, ihr die ihr zustehende Gerechtigkeit widerfahren zu lassen. Nun, beim Anblick des lächelnden Gesichts der toten Frau, versprach er sich im Stillen, dass der Mörder dafür büßen würde.

Er hatte immer das Bedürfnis gehabt, die Menschen zu kennen, zu deren gewaltsamem Tod er ermittelte. Es war so eine Art Respektsbekundung, zu wissen, wie sie ausgesehen hatten, was sie gerne gemacht, was am liebsten gegessen hatten, wen sie unsympathisch fanden und wen sie liebten. Alles ganz klar Details, die dem Ermittlungsfortgang dienten, doch für den Maresciallo hatten sie auch eine persönliche Note, als postume Hommage an einen Menschen, der aus dem Leben gerissen worden war. Seine Art, ihm zu sagen, sieh her, ich arbeite daran herauszufinden, wer du warst, nicht nur daran, warum und durch wessen Hand du gestorben bist.

In jener Nacht träumte Santomauro von der toten Frau, so wie er sie zum ersten Mal gesehen hatte, rücklings auf den stinkenden Algen liegend, die ihre obszönen Verletzungen teilweise verdeckten. Doch die Leiche hatte nicht Elena Mazzolenis Gesicht.

Sie hatte das Gesicht seiner Frau.

Montag, 13. August

»Maresciallo, erlauben Sie mir zwei kurze Fragen?«

»Kein Kommentar.«

Im Fernsehen funktionierte das doch auch immer, warum ließ diese Klette ihn dann nicht in Ruhe? Früh am Morgen schon hatte er vor der Carabinieriwache gestanden. Santomauro war ihm genervt ausgewichen und hatte sich dann bei Cozzone nach ihm erkundigt.

»Er ist Journalist, Maresciallo, hat sich gestern Mittag hier postiert, zwischendurch geht er weg und ist ein paar Stunden später wieder da. Er versucht mit allen zu reden, aber er weiß, dass Sie die Ermittlungen im Fall Mazzoleni leiten.«

»Schick Gnarra zu ihm.«

»Schon geschehen, aber auch Brigadiere Gnarra will nicht mehr mit ihm reden, er sagt, der Typ nerve und er wisse nicht, was er wolle.«

»Wenn selbst Gnarra nicht mit ihm sprechen möchte, ist es ernst. Ich zeichne hier noch ein paar Sachen ab, dann fahre ich ins Dorf hinunter und fange mit den Befragungen an.«

»In Ordnung, Maresciallo, aber was soll ich mit dem Journalisten machen?«

»Lass dir was einfallen, Pasquale, ich nehme den Lieferantenausgang.«

Der Lieferantenausgang war in Wirklichkeit ein Trampelpfad am Berghang, der nach etlichen Windungen ein Stück weiter unten in der Nähe des Parkplatzes herauskam. Während Santomauro den Motor anließ, beobachtete er den Mann mit Sonnenbrille und Pferdeschwänzchen, der sich hektisch umdrehte und sofort hinter ihm her rannte.

Den ganzen Vormittag, während er von Geschäft zu Geschäft lief und das Foto von Elena Mazzoleni herumzeigte, verfolgte ihn der Journalist. Er beschattete ihn aus der Ferne, belauerte ihn scheinbar gleichgültig aus der Nähe, beäugte ihn frei heraus mit betont freundlicher Miene.

Der Typ mit dem Pferdeschwanz ließ nicht locker, doch Santomauro konnte stur sein wie ein Esel und ignorierte ihn einfach weiter, während er durch die Läden zog. Normalerweise war diese Laufarbeit die Aufgabe eines Gefreiten, doch wenn Santomauro sichergehen wollte, dass etwas gut gemacht wurde, tat er es am liebsten selbst. Alle hatten die verstorbene Signora gekannt, manche mit Namen, andere nur vom Sehen, alle erinnerten sich, ihr in diesem Sommer oder im letzten oder vorletzten etwas verkauft zu haben, aber niemand erinnerte sich genau, was erwarten Sie, Maresciallo, das ist Wochen her, wie sollen wir da noch wissen, wann wir sie zum letzten Mal gesehen haben?

Einen kleinen Erfolg konnte er bei Ciccinella verbuchen, dem bestsortierten Gemischtwarenladen des Ortes, geführt von der gleichnamigen Inhaberin, einer hundertundzwei Jahre alten Signora, die mit sämtlichen Angelegenheiten des Dorfes vertraut war und sich sogar erinnern konnte.

»Ich erinnere mich an diese Dame. Immer freundlich, eine wahre Signora.«

Das sagte sie mit einem Anflug von Zweifel in der Stimme. Wahrscheinlich glaubte Ciccinella, dass wahre Damen nicht freundlich sein durften. Die Alte war klein und dick, mit der Andeutung eines Flaums auf der Oberlippe, der ihr gut zu Gesicht stand. In ihrem Geschäft stieß man auf die kuriosesten und undenkbarsten Sachen, Überbleibsel einer Zeit, als es in Pioppica Sotto nur einen einzigen Laden gab und die Leute hier Seifenspäne, Seidenstrümpfe und Schulfibeln kauften. Nun bot Ciccinella dank einer unternehmerisch begabten Nichte ihrer treuen Kundschaft auch ein Sortiment an Luxusgütern, Feinkost und anderem.

»Das ist doch die, die sie zerstückelt haben. Hat sich diesen

Sommer kaum blicken lassen. Ich erinnere mich noch genau, wann ich sie zum letzten Mal gesehen habe.«

»Bestens! Und wann war das?«

»Nein, also an den genauen Tag erinnere ich mich nicht mehr.«

»Ach so, schon klar, ist wohl zu lange her, trotzdem danke«, erwiderte Santomauro entmutigt.

»Einen Moment, Maresciallo, nun rennen Sie doch nicht gleich davon. Ich erinnere mich, weil ich mich an *sie* erinnere.«

Santomauro blieb auf der Schwelle stehen, halb drinnen, halb schon jenseits des bunten Perlenvorhangs: »Was soll das heißen?«

»Das soll heißen, dass sie nach etwas Merkwürdigem gefragt hat, und deswegen erinnere ich mich.«

»Und was war das Merkwürdige?«

»Wenn die Signora Kaffee kaufte, achtete sie nicht auf die Marke, sie meinte, der sei für ihren Mann, aber beim Tee war sie sehr anspruchsvoll, sie trank nur Twinings und nahm immer den Queen Mary. Aber dieses eine Mal verlangte sie nach etwas anderem. Sie kam ganz aufgeregt herein: ›Ciccinella, nur Ihr könnt mich retten. Habt Ihr Bancha-Tee?‹«

»Bancha-Tee? Was soll denn das sein?«, fragte Santomauro.

»Ein übles, völlig ungenießbares Gebräu, das aus chinesischen Pflaumen gemacht wird und von dem alle schwärmen, wie gesund es sei. Zum Glück habe ich immer einen kleinen Vorrat davon für den Commendatore Spataro, der behauptet, dass es ihm dann besser gehe, bei allem Respekt, und so konnte ich der armen Signora helfen, die hochzufrieden hinausmarschierte. Das war das letzte Mal, dass ich sie gesehen habe.«

Vor Ciccinellas Laden stand der Journalist: »Maresciallo, nur eine kurze Frage.«

Santomauro ignorierte ihn, wie man eine Schmeißfliege ignoriert, und dachte nach. Elena Mazzoleni hatte irgendwann vor ihrem Verschwinden einen unvorhergesehenen Gast erwartet, dessen Vorlieben sie kannte, der aber in diesem Sommer noch nicht bei ihr gewesen war, da ihr ja sonst sicher nicht die Zutaten für sein Lieblingsgetränk gefehlt hätten.

Oder es handelte sich um den Commendatore Spataro, was unwahrscheinlich war angesichts seiner fünfundachtzig Jahre, des Diabetes und der Gicht, die ihn quälten, und dennoch bestand die, wenn auch geringe Möglichkeit, dass er ihr Mörder war.

In sicherem Abstand von dem Journalisten verfolgt, setzte Santomauro seine Runde fort. Beim Kioskmann erfuhr er nur, dass Elena regelmäßig die »Repubblica« gekauft hatte und manchmal ein Mickey-Maus-Heft. Beim Fischhändler nichts, ebenso wenig beim Obstverkäufer. In der Bar Centrale gönnte er sich einen Espresso im Stehen, doch er konnte ihn kaum genießen, da der Journalist sich zu ihm gesellte und versuchte, ihn zum Reden zu bringen.

Vom legendären Antonino mit seinen ebenfalls hundertundzwei Lebensjahren, der seit undenklichen Zeiten die Tankstelle in Pioppica führte, bekam er ein weiteres kleines Puzzleteilchen. Als die Signora drei Wochen zuvor in ihrem mit Koffern vollgepackten Auto angekommen war und seine Dienste in Anspruch genommen hatte, hatte sie geweint. Dann war sie ihm noch einmal im Vorbeifahren aufgefallen, und später hatte er geglaubt, sie sei nach Neapel zurückgekehrt. Zufrieden ging Santomauro weiter.

»Hast du es schon gehört?«

»O Gott, es ist unfassbar, wer hätte gedacht, dass der arme Pippo etwas damit zu tun hat.«

»Ja, der Arme, obwohl er ja …«

»Ja klar, er erbt eine schöne Stange Geld.«

»Und außerdem, man kann nicht gerade sagen, dass sie sich gut verstanden hätten. Von den Toten nur Gutes und so weiter, aber seien wir mal ehrlich, Elena konnte schon ein echtes Miststück sein.«

»Ich sage es nicht gerne, aber wo du recht hast, hast du recht. Trotzdem, die Arme, auf diese Art abgeschlachtet zu werden …«

»Ja, schrecklich! Und dann so ganz nackt, zwischen den Algen, was für ein furchtbares Ende.«

»Wirklich! Ich würde sterben vor Scham.«

»Tja, das ist der Lauf der Welt. Übrigens, was ziehst du heute Abend an?«

»Weiß noch nicht, ich dachte an das schwarzweiße Top mit passendem Rock, was meinst du?«

Es war warm und Santomauro schwitzte. Er hatte seine Uniform angezogen, denn für den Nachmittag plante er, mit den Villenbesitzern zu reden, Elenas Freunden, und aus Erfahrung wusste er, dass die Uniform dieses Unterfangen erleichtern würde, zumindest beim ersten Kontakt. Er wusste das von seiner Frau. Iolanda hatte sich immer verzweifelt danach gesehnt, zu den Reichen und Schönen zu gehören. Deswegen hatte sie das Verhalten der besseren Gesellschaft mit der Beharrlichkeit und Leidenschaft einer Insektenforscherin studiert. Und er hatte sie dabei beobachtet, hatte still gelitten und über diesen Menschentyp wesentlich mehr gelernt, als ihm lieb war. Dann war sie auf und davon und hatte ihn allein zurückgelassen.

Das alles war lange her, hatte sich in einer anderen Stadt abgespielt, und Santomauro dachte nur noch selten daran, wie er sich zumindest gerne einredete.

Er setzte seine Runde bis mittags fort, schwitzend und fluchend, bis er beschloss, nach Hause zu gehen und sich umzuziehen. Der Journalist hatte sich noch einige Male an ihn herangemacht, doch nach dem letzten »kein Kommentar« schien er seiner Miene hinter der Panoramabrille nach endlich aufzugeben.

Santomauro erfrischte sich mit einer Dusche, und als er Hemd und Hose anhatte, beschloss er, wo er schon mal da war, sich auch gleich ein belegtes Brötchen zu machen und ein paar dringende Telefonate zu erledigen.

Der erste Anruf galt de Collis. Er bezweifelte, ihn im Krankenhaus zu erreichen, und tatsächlich war er nicht da. Ohne viel Hoffnung versuchte er es bei ihm zu Hause, wo sich bereits nach dem ersten Klingeln die wichtigtuerische und unangenehme Stimme des Arztes meldete.

»Sie haben Glück, dass Sie mich antreffen, Maresciallo, ich kam gerade hoch, um mir ein paar Caprese-Panini zu machen und mit aufs Boot zu nehmen. Was wollen Sie?«

Auch Santomauro hatte sich Mozzarella und Tomaten auf sein Brötchen gelegt, doch er machte sich keine Illusionen, dass dies eine ausreichende Basis für eine Verständigung war.

»Ich hätte ein paar Fragen an Sie, immer noch in Erwartung Ihres Gutachtens.«

»Hat das nicht Zeit? Ich habe gestern bis weit in den Abend hinein am Befund gearbeitet und fahre heute Nachmittag wieder ins Krankenhaus, um den Bericht zu Ende zu schreiben. Ich arbeite quasi rund um die Uhr an dem Material, damit ihr mir nicht ständig im Nacken sitzt. Kommen Sie um sieben, oder schicken Sie einen Ihrer Schergen, dann erfahren Sie alles, was Sie wissen müssen.«

Santomauro schluckte einen Klumpen Wut und Galle hinunter.

»Mir ist durchaus bewusst, dass Ihr Material, wie Sie es nennen, keine Eile mehr hat, irgendwohin zu gehen, aber nun ist es einmal so, dass wir die Leiche seit gestern identifiziert haben und keine kostbare Zeit mehr zu verplempern haben, nur weil Sie einen Bootsausflug machen müssen!«

Sofort bereute er seinen Ausbruch. Er konnte sich das überhebliche Lächeln am anderen Ende der Leitung lebhaft vorstellen, die hämische Freude darüber, ihn aus der Ruhe gebracht zu haben. Ganz zu schweigen davon, dass de Collis ihm eine Menge Scherereien machen konnte. Merkwürdigerweise jedoch kam keine Reaktion. Auf der anderen Seite herrschte zögerndes Schweigen, dann fragte der Pathologe: »Sie wissen, wer sie ist?«

»Sie hieß Elena Mazzoleni, der Ehemann hat sie identifiziert. Den kennen Sie ja wahrscheinlich.«

Auf der anderen Seite Stille, dann gab de Collis widerstrebend zu: »Ich kannte sie, und ich kenne auch ihn, Pippo. Wir spielen manchmal zusammen Tennis. Was wollten Sie wissen, Maresciallo?«

Überrascht von diesem plötzlichen Einlenken fragte Santomauro, ob das Opfer vor seinem Tod sexuellen Kontakt gehabt habe, sei es nun freiwillig oder unfreiwillig.

»Maresciallo, die Dame hat ein langes Bad im Meer genommen, stehlen Sie mir also nicht meine Zeit mit so albernen Fragen.«

Santomauro würgte seinen Ärger mitsamt einer patzigen Antwort hinunter und stellte die zweite Frage, die ihm auf dem Herzen lag. Was konnte er über die Tatwaffe sagen?

»Großes Messer mit breiter Klinge, wahrscheinlich ein Brotmesser, wie man es auf dem Markt von Cannalonga findet. Ein Kenner, zumindest was die Küche anbelangt. Dann also auf Wiederhören, Maresciallo.«

Nichts zu machen, dieser Mann war stacheliger als ein Seeigel. Einen Moment hilfsbereit, im nächsten schon wieder ein echtes Aas. Santomauro tröstete sich mit dem Gedanken, dass er ja nicht mit ihm ins Bett gehen musste.

Der zweite Anruf galt Maria Pia Manfredi. Er hatte das Rätsel um den verschwundenen Gustavo ganz aus den Augen verloren und fühlte sich plötzlich schuldig.

»Totò ist in Vallo, wegen eines Unfalls auf der Umgehungsstraße, und ich nutze die Zeit, um mich ein bisschen umzuhören.«

Maria Pia wirkte wie elektrisiert. Santomauro bat sie, keine Dummheiten zu machen, und nahm sich erneut vor, sich am Abend um das Problem zu kümmern.

Er ergriff das Mozzarella-Tomaten-Brötchen, um es auf der Veranda zu verzehren. Dann fiel ihm ein, dass de Collis in diesem Moment höchstwahrscheinlich dasselbe tat. Mit einem tiefen Seufzer ließ er es in den Müll fallen.

Leandro de Collis warf das Caprese-Panino in den Abfalleimer und beobachtete ohne Bedauern, wie es sich unter Kaffeesatz und Kippen mischte. Sein Magen bäumte sich auf beim Gedanken an Essen, und das, obwohl er bei seinem Beruf garantiert nicht empfindlich war.

Elena Mazzoleni. Elena. Als er sie kennenlernte, vor langer Zeit, hatte er geglaubt, in Valentina verliebt zu sein. Wieder sah er die nackte Leiche vor sich auf dem Seziertisch, wie er sie zuletzt gesehen hatte, bäuchlings, im Rücken tiefe Einschnitte ähnlich denen im Unterleib, der Po und die Oberschenkel nur noch eine Masse graues, verwesendes Fleisch.

Während er sich in das Waschbecken übergab, sagte er sich immer wieder, dass ihm niemand etwas vorwerfen konnte. Er hatte sie nicht erkannt, doch in diesem Zustand hätte selbst ihre eigene Mutter sie nicht erkannt.

Padre Lorenzo Lucarello SJ, für seine Freunde Lillo, saß nackt auf dem Bett und sah aus dem Fenster. Die Tür war nicht abgeschlossen, doch diesmal war es ihm egal. Im Salon telefonierte Olimpia ohne Unterbrechung, verkündete die Botschaft urbi et orbi, als würde sie dafür bezahlt.

Bebè Polignani schwamm und kümmerte sich um nichts anderes als das wohlige Prickeln des Wassers auf ihrem Körper.

Regina Capece Bosco saß mit rauchendem Kopf am Bridgetisch, um sie herum eine Flut von Rechnungen. Sie kaute auf dem Kugelschreiber herum, während im Aschenbecher eine Zigarette langsam abbrannte. Weitere vier durchgekaute Stifte lagen neben dem Zigarettenpäckchen.

Valentina hätte gewusst, was zu tun war. Doch sie ging nicht ans Telefon, auch nicht ans Handy, also gab Giorgio De Giorgio sich damit zufrieden, abzuwarten und den Dingen ihren Lauf zu lassen. Schlimmer konnte es ohnehin nicht mehr kommen.

Valentina Forlenzas Handy klingelte sehr lange, doch sie hörte es nicht und ging nicht ran.

Pippo Mazzoleni lag in traumlosem Schlaf, dank Elenas Schlafmitteln, von denen er sich bei einem befreundeten und verständnisvollen Apotheker einen Vorrat besorgt hatte. Nichts
würde ihn wecken, nicht einmal Fußtritte gegen die Haustür.

Um fünfzehn Uhr einundfünfzig gab Titta Sangiacomo auf.
Es war einfach zu heiß, er hatte einen wunderschönen Badetag
vergeudet, und dieser Mistkerl hatte nicht ein Wort mit ihm
reden wollen. »Was soll's, ich kann meine Artikel auch ohne
den schreiben«, erklärte er der mitleidigen Cristina.

Gerry Buonocore lag auf den zerwühlten Laken. Aloshi schlief
mit offenem Mund, wie immer, wenn sie sich geliebt hatten,
und ihre schwarzen Haare lagen wie ein Fächer über das Kissen
gebreitet. So betrachtet, erinnerte sie ihn an jemand anderen,
dachte er mit einem gewissen Bedauern.

Armando D'Onofrio waren Elena Mazzoleni und die Umstände ihres Todes absolut gleichgültig. Vielmehr wollte er von
seiner Frau Mina wissen, warum sie ihrer siebzehnjährigen Tochter Gaia am Abend zuvor erlaubt hatte, auszugehen. Als ihr
keine Antwort einfiel, versetzte er ihr einen Fausthieb in den
Magen und trat der am Boden Liegenden noch zweimal in den
Bauch. Am Meer hatte sie ja eh immer den einteiligen Badeanzug an, da würde man die blauen Flecken nicht sehen. Dann
stieg er die Treppe zu Gaias Zimmer hinauf, doch das Mädchen
hatte sich eingeschlossen.

Der Mörder sah immer noch seine blutverschmierten Hände vor
sich. So oft gewaschen, bei jeder sich bietenden Gelegenheit,
aber nein, das Blut ging einfach nicht ab, würde nie mehr abge-
hen. Sie hätte schon viel früher sterben müssen, irgendwie ein
tröstlicher Gedanke, aber es würde alles wieder ins Lot kommen.

Die erste Person aus Elena Mazzolenis Entourage, mit der Santomauro sprach, war Bebè Polignani. Das war Zufall, da er

eigentlich beschlossen hatte, mit Regina Capece Bosco zu beginnen, und deshalb gerade unterhalb der Rocca sein Auto abstellte, um die letzten Schritte zu Fuß zu gehen, als plötzlich wie aus dem Nichts neben seinem Wagenfenster Bebè aufgetaucht war, nur mit ihren Badesachen am Leib.

»Was für ein Glück, dass ich Sie treffe, Maresciallo. Ich muss dringend mit Ihnen reden. Wollten Sie heute noch bei mir vorbeischauen? Oder können wir uns hier kurz unterhalten?«

Sie war ganz offensichtlich gerade dem Meer entstiegen, und der Maresciallo fragte sich, ob sie tatsächlich extra heraufgekommen war, als sie seinen Wagen gesehen hatte.

Sie setzten sich auf das Mäuerchen, das den kleinen abgeschiedenen Strand zu Füßen der Rocca Capece Bosco begrenzte. Die Meeresbrise wehte ihm den Duft eines teuren Bräunungsöls in die Nase, mit dem die Notarswitwe offensichtlich von Kopf bis Fuß eingeschmiert war.

»Eine schreckliche Sache, nicht wahr, Maresciallo? Fragen Sie mich, was Sie wollen, ich werde alles in meiner Macht Stehende tun, um Ihnen zu helfen.«

»Waren Sie gute Freundinnen, Sie und Signora Mazzoleni?«

»Freundinnen, mein Gott, ich habe hier nicht so viele Freundinnen, aber ja doch, wir mochten uns recht gern. Wir spielten Bridge, aber wer spielt das hier nicht, und abends gingen wir zusammen aus. Mit Regina und Olimpia war sie enger, obwohl sie ... Aber von den Toten nur Gutes und so weiter.«

»Was meinen Sie damit? Ihnen ist hoffentlich klar, dass jedes Detail von Bedeutung sein kann, wenn wir verstehen wollen, was Ihrer Freundin zugestoßen ist.«

»Ich wüsste nicht, wie ich Ihnen helfen kann. Ich wusste ja nicht einmal, dass sie hier war. Ich hatte sie nirgendwo gesehen, ich dachte, sie sei in Neapel. Pippo tut mir so leid, der Ärmste, läuft herum wie ein geprügelter Hund.«

»Was wissen Sie über ihr Verhältnis?«

»Ich? Nichts, wie kommen Sie denn darauf?!«

»Ich meinte, über das Verhältnis der beiden zueinander. Stritten sie oder turtelten sie miteinander? Will sagen, die Signora kommt hierher, und nach drei Wochen ohne Nachricht von ihr will er immer noch nicht herausfinden, was aus ihr geworden ist!«

»Sehen Sie, Sie dürfen nichts auf das Gerede dieser Hexen geben. Ich habe die Sache mit Valentina ja sowieso nie geglaubt. Eigentlich war er das Opfer. Elena konnte ganz hervorragend die Heulsuse spielen. Pippo hier, Pippo da, aber in Wirklichkeit brachte sie immer ihre Schäfchen ins Trockne und ließ ihn dastehen wie das Aas. Wenn Sie es genau wissen wollen, Elena war eine Heuchlerin.«

»Erzählen Sie mir etwas über diese Valentina, ist sie auch in Pioppica?«

Bebè lachte zufrieden auf und schüttelte ihre langen Haare, so dass sich ein Tröpfchenregen über den Maresciallo ergoss.

»Nein! Ich habe sie seit mindestens zwei Jahren nicht mehr gesehen. Ich glaube, sie hat hier noch eine Villa, aber genau weiß ich es nicht. Immer in der Welt unterwegs ist die, ohne Wurzeln, die gibt auf nichts und niemanden etwas, auch nicht auf das Geschwätz der Leute. Denn die Leute können sehr gemein sein, wissen Sie, auch die sogenannten Freunde.«

Santomauro stimmte ihr zu, und nachdem er für sich geklärt hatte, dass Bebè entweder nicht alle Tassen im Schrank hatte oder es ihm überzeugend vorspielte, verabschiedete er sich, bevor sie auf die Idee käme, ihn zur Schulter ihrer Wahl zu küren, um sich auszuheulen. Er würde später noch einmal auf sie zurückkommen, wenn er sich einen besseren Überblick verschafft hatte, mit Fragen, aus denen sie sich nicht herauswinden konnte.

Während er den Aufstieg begann, hörte er seinen Namen rufen. Die Polignani lehnte am Mäuerchen und lächelte maliziös.

»Ich habe Ihnen natürlich nichts von Samir gesagt, aber fragen Sie mal Regina nach ihm.« Und mit einem Winken ging sie hüfteschwingend in Richtung Meer zurück.

»Dieses miese kleine Drecksstück! Wenn man bedenkt, dass wir sie beim Bridge nur zugelassen haben, weil der Notar, die gute

Seele, einer von uns und ein passabler Spieler war. Sie hingegen … Fragen Sie lieber gar nicht, Maresciallo.«

Santomauro wollte aber fragen, unbedingt. Regina Capece Bosco wirkte wie ein Vulkan, der unter einer ganz dünnen Schicht aus Asche und Steinen schwelte, und er wollte dabei sein, wenn er explodierte.

Sie war eine junggebliebene Mittvierzigerin, hochgewachsen, mit imposanten Brüsten und langen, äußerst wohlgeformten Beinen. Ihr Gesicht war nicht hübsch, aber markant: tiefschwarze Haare und Augen, das Profil einer Anjelica Huston, und sie hatte eine direkte, temperamentvolle Art, die man auf Anhieb lieben oder hassen musste. Die meisten liebten sie, und Regina war die unumstrittene Sommerkönigin von Pioppica, nicht nur dem Namen nach. Santomauro kannte sie vom Sehen und fand sie sympathisch.

»Sie müssen mich entschuldigen, Maresciallo, aber die Sache mit Elena hat mich wirklich mitgenommen. Wir waren befreundet, sehr eng befreundet, und seit gestern kann ich an nichts anderes mehr denken.«

Dass sie angegriffen war, sah man, und nicht erst, seit Santomauro Andeutungen über Bebès Kommentare hatte fallenlassen. Der Couchtisch beim Sofa stand voller überquellender Aschenbecher, und die Luft war gesättigt von Zigarettenqualm. Regina nippte an einem Martini, während der Maresciallo einen Espresso annahm, serviert von einer mageren Philippinerin, die sich dann schnell wieder zurückzog.

»Heute Nacht habe ich kein Auge zugetan. Ich war hier und habe nachgedacht«, meinte sie mit einer ausladenden Armbewegung durch das außergewöhnliche Wohnzimmer, das in einem Meer aus Unordnung versank. Offensichtlich hatte man die Philippinerin schon eine Weile ferngehalten. Auf einem kleinen Tisch lagen weitere Papiere, überragt von noch mehr Aschenbechern. Ein Sofa wies deutliche Spuren auf, dass jemand hier die Nacht zugebracht hatte, rauchend und in einer Bridgezeitung blätternd, die nun zusammengerollt auf dem Boden lag. Es stand dicht bei einem der großen Panoramafenster. Die Feste La

Rocca war um das Jahr dreizehnhundert als Bollwerk der loka-
len Herrscher gegen die Sarazenenangriffe errichtet worden.
Hier oben hatte die Landbevölkerung sich in Sicherheit gebracht, kaum dass sie am Horizont die gefürchteten feindlichen
Schiffe auftauchen sah. Die Familie Capece Bosco besaß die
Rocca seit undenklichen Zeiten, und Regina, einzig verbliebene
Erbin, ließ sich hier jeden Sommer mit ihrem Hofstaat nieder.
Früher hatte es auch einen Ehemann gegeben, dessen Spur sich
aber schon vor langer Zeit verloren hatte. Auf dem Grundstück
befanden sich, allerdings in ausreichendem Abstand zum Her-
renhaus, noch ein paar kleinere Villen, die ausschließlich an Feriengäste von erwiesenem Stand und Anstand vermietet wurden.

All das wusste Santomauro von Gnarra, dem unermüdlichen
Sammler scheinbar unnützen Tratsches und Klatsches. Alles in
der Rocca zeugte von solidem, jahrhundertealtem Reichtum:
teure, geschmackvolle Möbel, wertvolle Gemälde, die unauf-
dringlich von den massiven Wänden herabschauten, genau aufeinander abgestimmte Stoffe und Bezüge, mit denen ein Haus
eingerichtet war, das nicht nur als Urlaubsdomizil, sondern
auch als Ort der Erinnerung diente.

»Gefällt es Ihnen, Maresciallo?«, fragte sie, als sie seinen Blick
durch den Raum schweifen sah. »Es herrscht ein bisschen Unordnung, zugegeben, aber ich finde, ein Haus muss bewohnt
werden. Seit ich zurückdenken kann, komme ich hierher, und
davor meine Mutter und meine Großmutter. Leider habe ich
keine Tochter, an die ich die Rocca vererben könnte, nur eine
Nichte, aber na ja, lassen wir das ...«

Santomauro warf ihr einen verblüfften Blick zu, woraufhin sie
laut auflachte, weil sie den Grund erahnte: »Wie, Sie wussten
nicht, dass in unserer Familie die weibliche Erbfolge gepflegt
wird? Dabei ging es doch durch das gesamte Dorf. Meine Mutter«, sie senkte ihre Stimme zu einem verschwörerischen Flüs-
tern, »bekam mich, als sie noch eine Signorina war. Diese Tradition habe ich nicht fortgesetzt, doch an den Familiennamen
meines Mannes entsinne ich mich trotzdem nicht mehr.«

Der Maresciallo stimmte in ihr Gelächter ein, diese Frau hatte etwas, das ihm gefiel, auch wenn er sich bewusst war, dass ihr Hang zur Selbstinszenierung schnell auf die Nerven gehen konnte.

»Da Sie ja eng mit Elena Mazzoleni befreundet waren, hoffe ich, dass Sie mir helfen können, etwas mehr Licht auf sie und ihr Umfeld zu werfen.«

»Weil Sie ja offensichtlich davon überzeugt sind, dass einer von uns sie umgebracht hat«, gab die Capece Bosco rundheraus zurück, was Santomauro ebenso rundheraus bejahte.

»Es gibt viele Gründe, warum ich glaube, dass sie von jemandem aus ihrem Bekanntenkreis ermordet wurde und von jemandem, der sich hier gut auskannte. Zum einen war sie erst seit ein paar Tagen hier, hatte sich verborgen gehalten, so dass angeblich nicht mal eine von Ihnen überhaupt wusste, dass sie hier war.« Regina nickte schweigend. »Und dann ist sie verschwunden, ohne Spuren zu hinterlassen. Selbst ihr Mann, der etwa zehn Tage nach ihr die Villa betrat, bemerkte keine Anzeichen für einen Kampf oder Ähnliches, die ihn beunruhigt hätten.« Zumindest behauptet er das, dachte der Maresciallo, denn Zeit, um mögliche Spuren verschwinden zu lassen, hatte der Witwer ja gehabt, und zwar reichlich.

»Pippo verdächtigen Sie doch hoffentlich nicht, oder?«

»Das dürfte ich Ihnen eigentlich nicht sagen, aber sein Alibi wurde überprüft, und es ist unmöglich, dass er sie umgebracht hat.«

Manfredi hatte hervorragende Telefonrecherche geleistet, Flugtickets, Restaurantquittungen und Zeugenaussagen von Freunden verglichen, bei denen er untergekommen war. Das Ergebnis war unumstößlich. Als Elena Mazzoleni mit Messerstichen massakriert wurde, hielt ihr Mann sich am Gardasee auf.

»Ein Fremder, ein Einbrecher, der glaubte, das Haus sei leer, und der dann die Kontrolle verloren hat?«

»Wie gesagt, im Haus finden sich keinerlei Spuren von Gewaltanwendung oder eines Einbruchs.«

Tatsächlich hatte er diesbezüglich schlicht den Worten des Ehemanns Glauben geschenkt, doch er nahm sich vor, das zu überprüfen. Was er Regina ebenfalls verschwieg, war, dass die Verletzungen, die der armen Frau zugefügt worden waren, mehr auf den wilden Hass eines Menschen hindeuteten, der sie gut gekannt hatte, als auf den Affekt eines Drogenabhängigen, der beim Diebstahl ertappt wurde.

Sie überraschte ihn ein weiteres Mal. »Soweit ich verstanden habe, lässt auch die Art des Verbrechens eher an eine intime Beziehung zwischen ihr und dem Mörder denken.« Sie war eine wirklich kluge Frau, dachte der Maresciallo, oder hatte sie etwa direkte Kenntnis darüber?

»Mal sehen, mir missfällt jedenfalls der Gedanke, dass es einer von uns war, aber egal, tun wir mal so, als sei es ein Gesellschaftsspiel.«

Der Maresciallo wartete gespannt auf ihre Ausführungen und bewahrte sich seine Fragen für einen späteren Zeitpunkt auf, wenn sie weniger auf der Hut war.

»Wenn Menschen sich so lange kennen wie wir, entstehen manchmal perverse Mechanismen, die sie zu vielen kleineren und größeren Gemeinheiten verleiten, ohne dass sie deshalb nicht länger befreundet wären. Zum Beispiel«, fuhr sie mit einem breiten Lächeln fort, »ist Bebè für uns Damen das Gruppenflittchen, entschuldigen Sie den Ausdruck, und wir anderen kommentieren alles an ihr, was sie anzieht, mit wem sie anbändelt, außerdem stellen wir Spekulationen über die Zeit an, bevor sie den Notar kennenlernte, obwohl sie wahrscheinlich schlicht Verkäuferin oder Friseurin war. Sie sehen, wir sind gemein, Maresciallo.« Er lächelte als Antwort und erschauerte innerlich bei dem Gedanken, er wäre an der Stelle der armen Bebè, deren eine oder andere Verhaltensweise er zu verstehen begann.

»Elena war besonders gut darin. Sie war zwar kein sehr redseliger Typ, hatte aber eine scharfe Zunge und eine besondere Beobachtungsgabe. Olimpia Casaburi, die Sie noch nicht kennen, auch eine ganz enge Freundin, war vielleicht ihre liebste Zielscheibe. Manchmal konnte Elena auch ein wenig bösartig sein. Es ist albern und eigentlich würde ich es gar nicht erzählen wollen, aber da Sie es ja früher oder später ohnehin erfahren …«

Santomauro dankte insgeheim der Gier des Menschen, immer besser informiert zu erscheinen als die anderen.

»Olimpia ist sehr religiös, ich würde sogar sagen bigott, und im Sommer lädt sie gerne einen Freund zu sich ein, einen Jesuitenpater, den sie seit vielen Jahren kennt. Er zelebriert dann jeden Tag bei ihr zu Hause die Messe, sie halten die Morgenandacht ab, das Komplet und so weiter. Ein paarmal hat sie mich dazu eingeladen, aber Gott bewahre! Olimpias Mann, der arme Sergio, verlässt in dieser Zeit die Villa, um den ewigen Litaneien zu entgehen, zieht in ihr Haus im Landesinneren um, wo er Tomaten, Kürbisse und Zucchini züchtet. Die Kinder, ein Junge und ein Mädchen, zwei echte Biester, fliehen in den Ferien irgendwo anders hin, und so sind Olimpia und ihr Jesuit alleine. Das genügte Elena, um sie an den Pranger zu stellen«, endete sie und hob die Arme in einer unschuldigen Geste.

Santomauro nickte. Der Kaffee war kalt geworden, und während er ihn abstellte, kam ihm eine Idee.

»Darf ich Sie etwas fragen? Haben Sie vielleicht Bancha-Tee? Ich habe so viel Gutes darüber gehört.«

»Er tut tatsächlich gut, ist aber leider eine total ungenießbare Brühe, die ich schon seit …«, plötzlich sah sie ihn misstrauisch an und beendete dann ungerührt ihren Satz: »… langem nicht mehr im Haus habe.«

Eine wirklich kluge Frau, dachte er und verfluchte sich innerlich. Regina sah ihn an, ohne ihn wahrzunehmen, in irgendeine ferne Erinnerung versunken. Er versuchte sie zurückzuholen.

»Also, zusammenfassend kann man sagen: Elena liebte es, Gerüchte in die Welt zu setzen, allen voran solche über die gemeinsame Freundin Olimpia Casaburi.«

»Na ja, um ehrlich zu sein, waren sie nicht besonders gut befreundet.« Regina wirkte plötzlich unzufrieden, vielleicht fürchtete sie, zu viel gesagt zu haben. Sie stand auf und begann ungeduldig im Zimmer auf und ab zu gehen. Sie hatte ein schwarzes T-Shirt an und ebenfalls schwarze Leggins, Schwarz schien ihre Lieblingsfarbe zu sein, und auf Santomauro machte sie den Eindruck eines Panthers, der merkt, dass er sich selbst in die Falle begeben hat. Der Maresciallo fragte sich, ob sie sich wohl gerade bewusst wurde, dass ihre sogenannten Freundinnen schon bald mit der gleichen Offenherzigkeit, die sie an den Tag legte, sämtliche ihrer eigenen kleinen schmutzigen Geheimnisse breittreten würden, die sie für sich behielt. Wahrscheinlich dachte sie genau daran, denn sie drehte sich mit einem gezwungenen Lächeln um und sagte entschuldigend: »Maresciallo, ich fürchte, im Eifer des Gefechts habe ich mich ein wenig verplaudert. Aber bei so einem angenehmen und aufmerksamen Gesprächspartner, wie Sie es sind«, sie versenkte ihren Blick in seinen, und Santomauro spürte, wie er wider Willen errötete, »und so diskret. Ich bin sicher, dass Sie die Spreu vom Weizen zu trennen wissen.«

Wer weiß, was die Dame zu verbergen hat, dachte er sich, während er ihr durch den Garten folgte. Unvermittelt schoss er die Frage auf sie ab, die er noch zurückgehalten hatte, und lauschte mit Pokermiene gespannt auf ihre Antwort.

»Und was können Sie mir zu Samir sagen, Signora? War er gut mit Elena befreundet?«

Doch nun setzte sie ihrerseits die Bridgemiene auf und lächelte ihn an: »Samir? Der gehört nicht zu meinen Freunden. Tut mir leid, da kann ich Ihnen nicht weiterhelfen.«

Alles in allem war er noch nie gut im Pokern gewesen.

Seine zweite Station war die Villa von Olimpia Casaburi. Nach der Rangordnung des Maresciallo wäre die Signora erst später drangekommen, doch seit Reginas Indiskretion hegte er den Verdacht, sie eventuell unterschätzt zu haben, deswegen stand er gegen neunzehn Uhr vor der Gegensprechanlage von Krishnamurti und überlegte dabei nicht zum ersten Mal, wem die Wohnanlagen nur ihre beknackten Namen zu verdanken hatten. Von innen war der Park eine Zweitauflage Sigmaleas, die

Villen vielleicht ein wenig kleiner, doch in den Augen eines Staatsangestellten immer noch groß und luxuriös genug.

»Kriegers Ruh« stand großspurig auf einem Keramikschild am Gittertor der Casaburi-Villa, hinter dem sich eine weitläufige Rasenfläche bis zum Haus erstreckte. Der entscheidende Unterschied zu den anderen Villen war, dass hier das gesamte verfügbare Terrain zum Gemüse- und Obstanbau genutzt wurde. Weit und breit keine Magnolienbäume und Rhododendren oder andere Zierpflanzen, auch kein Gestrüpp oder wildwachsende Büsche. Der Krieger Sergio Casaburi fand seine Ruhe, indem er düngte, stutzte, harkte und säte. Das Ergebnis war eine hübsch anzusehende Fülle von Auberginen, Tomaten, Zucchini, Kürbissen, daneben Orangen-, Zitronen- und Feigenbäume. Die viele Arbeit erledigte Casaburi, ein berühmter Hals-Nasen-Ohren-Arzt, an den Winter-, Frühlings- und Herbstwochenenden, denn im Sommer, sobald seine Gattin die Villa in Beschlag nahm, verzog er sich in sein Geburtsdorf Morciano, wo er einen weiteren Nutzgarten pflegte. Wie er seinem Beruf in Neapel nachkam und woher er noch die Zeit zum Geldverdienen nahm, war ein Rätsel, während jedermann wusste, warum die Ehegatten versuchten, sich wenn irgend möglich und zu jedweder Jahreszeit aus dem Weg zu gehen. Quelle dieser Gerüchte war wie immer Gnarra, doch Regina hatte dem Ganzen noch einen guten Schuss Würze hinzugefügt, und Santomauro war gespannt darauf, den Skandaljesuiten und seine Anhängerin kennenzulernen.

Er wurde mit aller Höflichkeit empfangen, was ihm fast schon peinlich war. Sie setzten sich in die Küche, die auf eine Gartenlaube mit roten Weintrauben und Meerblick hinausging. Olimpia Casaburi holte gerade einen mit Parmesan überbackenen Auberginenauflauf aus dem Ofen, der so intensiv duftete, dass Santomauro glaubte, den Duft kauen zu können. Freundlich lud sie ihn ein, mit ihnen zu Abend zu essen, was der Maresciallo bedauernd ausschlug, weil es ihm nicht angebracht schien, obwohl er sich nur allzu gern unter die Pergola gesetzt und zugesehen hätte, wie die Dunkelheit vom Wasser heraufzog. Der Jesuit,

75

Pater Lorenzo Lucarello, schnitt frische Tintenfische in Ringe und sah aus, als hätte er in seinem Leben nie etwas anderes getan. Die Panade stand schon bereit und im Topf brutzelte das Öl. Santomauro warf traurig einen letzten Blick auf die Weinlaube und besann sich dann auf seine Pflicht, mit der unvermeidlichen Tasse Espresso in der Hand, deren Inhalt ihm die Wände seines schmerzhaft leeren Magens verätzen würde.

»Elena Mazzoleni war ein unersättliches, bösartiges kleines Miststück, aber diesen Tod hätte selbst ich ihr nicht gewünscht.«

Der Auftakt war vielversprechend, gratulierte sich der Maresciallo insgeheim. Olimpia war eine kräftige Frau, jenseits aller Grazie und Schönheit, wenngleich sie in Reginas Alter war und nur wenig älter als Bebè oder auch Elena. Die blondgefärbten, zu einem eleganten Knoten hochgesteckten Haare passten nicht zu dem billigen Hausmantel mit Karos und Margeriten, doch allem Anschein nach mochte die Dame des Hauses es leger, auch wenn sie sehr sorgfältig geschminkt war. Die schwarzen Augenbrauen gaben ihr etwas misstrauisch Forschendes, und die Beine waren von den Knien abwärts zwei kleine Stämme, die ohne eine Andeutung von Knöcheln in die Füße übergingen. Santomauro wusste, dass sie ein florierendes Immobilienbüro führte, und sie hatte den Ruf einer gewieften Geschäftsfrau, doch sein Eindruck war der einer Hausfrau, deren einzige Sorge es war, dass Teller und Bäuche ihrer Männer immer gut gefüllt waren.

»Sie kannten sie gut?« Santomauro war ein Meister darin, nur selten oder nie einzugreifen und die Verdächtigen freiheraus reden zu lassen, wenn sie denn wollten. Hinter ihm werkelte stumm der Jesuit, ein gutaussehender Mann Mitte vierzig mit dunklen Augen und Haaren. Der Maresciallo versuchte, sich halb zu ihm hinzudrehen, um einvernehmliche Blicke abzufangen, doch es schien keine zu geben.

»Gut genug, um zu wissen, dass ich sie nicht mochte. Mir ist Pippo lieber, unter seiner weltmännischen Schale verbirgt sich ein hochsensibler Kern.«

»Die Signora hingegen …«

»Die Signora hingegen hatte nichts unter ihrer Schale!«, beendete Olimpia mit grimmiger Miene den Satz entgegen aller frommen Manier, von den Toten nur Gutes zu sagen. Falls der Geistliche pikiert war, verbarg er es gekonnt und war nun dazu übergegangen, Zucchini in Scheiben zu schneiden, die runden Formen schienen es ihm angetan zu haben.

»Vor allem war sie fies, richtig fies. Ihre Stärke und ihr größtes Vergnügen bestand darin, die wunden Punkte eines Menschen ausfindig zu machen. Und wenn sie sie hatte, begann sie zu sticheln, bevorzugt vor Publikum. Zudem war sie eine seelenlose Person. Menschen, die gesellschaftlich unter ihr standen, behandelte sie wie den letzten Dreck, außerdem ging sie nie in die Kirche, im Gegenteil, sie machte sich lustig über Leute mit religiösen Gefühlen, und wenn sie in unserer Anwesenheit einen obszönen oder blasphemischen Witz machen konnte …«

»Olimpia …« Die Stimme des Jesuiten war nur ein Murmeln, doch das genügte. Signora Casaburi biss sich auf die Lippen und schien endgültig verstummen zu wollen.

»Die Personen, gegen die sich ihre Sticheleien richteten … Können Sie mir da jemanden im Speziellen nennen?«

Der Mann hinter Santomauro hüstelte, doch der Maresciallo sah Olimpia Casaburi fest in die Augen. Sie errötete und schien sich innerlich zu winden, während ihr Blick hinter ihn schnellte.

»Ich habe nicht die Absicht, irgendeine arme Seele zu beschuldigen, nur weil Elena sich einen Spaß daraus machte, sie zu quälen«, sagte sie vehement, doch Santomauro wartete ab und wurde nicht enttäuscht.

»Wir haben einen Freund … ein in jeder Hinsicht ehrenwerter Mensch, damit wir uns richtig verstehen …«

»Olimpia …« Dieses Mal zeigte die Mahnung keine Wirkung.

»Lass mich ausreden, Lillo, von der Wahrheit kann nichts Böses kommen, das sagst du doch selbst immer.« Der Mann antwortete nicht, doch sein Messer säbelte wie wild das Gemüse in Scheibchen.

»Dieser ehrenwerte Mensch?«

»Dieser ehrenwerte Mensch verliebt sich gerne mal in junge Mädchen, um nicht zu sagen, sehr junge Mädchen, er hatte schon einige Probleme deswegen, und Elena überhäufte ihn mit ihren gewohnten Gemeinheiten. Nicht dass ich ihn rechtfertigen wollte, verstehen Sie mich nicht falsch, aber Giorgio tut das nicht mit böser Absicht. Er verliebt sich wirklich, das Problem ist, dass zwanzig Jahre Altersunterschied einfach zu viel sind, wenn das Schätzchen erst fünfzehn ist. Es ist alles eine Frage der Verhältnismäßigkeit, finden Sie nicht, Maresciallo?«

»Wir reden von …?«, setzte Santomauro vorsichtig an.

»Von dem Architekten Giorgio De Giorgio, aber sagen Sie ihm bitte nicht, dass Sie es von mir haben«, erwiderte Olimpia und biss sich auf die Lippen.

Die Gartenlaube war immer noch einladend, der Auflauf duftete verführerischer denn je, doch die Signora wiederholte ihre Aufforderung, zum Essen zu bleiben, nicht. Santomauro hätte gern noch mehr gefragt und auch mit dem Geistlichen geredet, doch der Stuhl hinter ihm war leer. An irgendeinem Punkt ihres Gesprächs war Pater Lucarello stillschweigend gegangen. Allein zwei Häufchen Zucchinischeiben und Calamariringe kündeten als stumme Zeugen von seiner Missbilligung. Etwas schuldbewusst entfernte sich Santomauro mit der Gewissheit, Zwietracht im Garten Eden gesät zu haben.

Giorgio De Giorgio drehte mit seinem Laser eine Runde übers Meer. Der Wind war wechselhaft, so dass er sich ganz auf das Steuern der Jolle konzentrieren musste, doch sobald er wieder im Hafen von Acciaroli anlegte, kehrten sie zurück, die lästigen Gedanken, und quälten ihn unerbittlicher denn je.

Elena war tot, und wer den Schuldigen finden wollte, hatte die Qual der Wahl, doch die Ermittler würden bald schon auf ihn stoßen wegen dieser verfluchten Geschichte vor zwei Jahren. Giorgio hätte sie zu gern vergessen, wenn die anderen ihn nur gelassen hätten. Aber alle, Gaia, ihr Vater, Olimpia, Elena und dieses ganze verdammte Dorf mussten ihn immer wieder an seinen Wahnsinn erinnern. Ja, ein Wahn war es gewesen, dachte er melancholisch, aber so ein süßes Mädel … Seine letzte Freundin war sechsundzwanzig und Single, aber als sie zum ersten Mal miteinander ins Bett gegangen waren, hatte er sich vorher ihren Personalausweis zeigen lassen.

Immerhin, die Mazzoleni würde ihn nun nie wieder quälen, das war schon ein ausgesprochener Erfolg. Schade, dass er nicht früher daran gedacht hatte.

Santomauro reichte es allmählich. Er hatte das Gefühl, hierhin und dorthin zu rennen, immer den Hinweisen eines unbekannten Strippenziehers folgend. Nichts war nach Plan verlaufen, was an sich nicht schlimm war, wenn er nur in dem, was er zu hören bekam, einen roten Faden hätte erkennen können. Stattdessen schien es ihm, als brächte jedes neue Detail eine neue Fährte mit sich und als hätte er sich inzwischen völlig verirrt.

Zuerst die Polignani mit ihren unerwarteten Klatschgeschichten und den zwei Namen, die er noch nicht kannte, Valentina und Samir. Dann die Capece Bosco, die ihn zumindest in einem Punkt belogen hatte und ihn zu ihrer guten Freundin Casaburi geschickt hatte, die er dummer Esel, vielleicht durch die peinliche Präsenz des Jesuiten oder wegen des betörenden Auflaufduftes, nicht ausreichend befragt hatte. Und nun gab es wieder einen neuen Namen, den des Architekten De Giorgio, und ein neues Motiv. Elena Mazzoleni hatte anscheinend einen Großteil ihres Lebens damit verbracht, sich zum Hassobjekt ihrer Freunde zu machen, und die Vorstellung, immer wieder den neuerlichen Bosheiten des zuletzt Befragten nachzulaufen, behagte ihm ganz und gar nicht. Deshalb würde er jetzt nicht zu De Giorgio gehen, sondern seine anfängliche Reihenfolge einhalten, derzufolge nun eine schnelle Überprüfung in Krishnamurti anstand, bevor der Tag zu Ende ging.

»Erlauben Sie, dass ich mich vorstelle? Giovanbattista Sangiacomo.«

Santomauro hätte am liebsten nein gesagt, er erlaube nicht, und die Hand ausgeschlagen, die der andere ihm entgegenstreckte. Nein, wenn er einen möglichen Verdächtigen befragen wollte, war es weder seine Gewohnheit noch sein Wunsch, sich vor einer quasi splitternackten Bohnenstange wiederzufinden – bekleidet nur mit einem äußerst knappen Gästehandtuch –, die von Kopf bis Fuß triefte und dennoch allem Anschein nach hochbeglückt war, ihn zu begrüßen. Als er den Mann genauer betrachtete, die langen Koteletten, den Pferdeschwanz, den Goldohrring und das fast zu gut aussehende Gesicht, glaubte er ihn wiederzuerkennen. Das war doch dieser verflixte Journalist, der ihm seit gestern überall auflauerte, ausgerechnet in dessen Haus war er gelandet! Kein Wunder, dass der sich bei seinem Anblick freute. Noch bevor Santomauro überhaupt Luft holen konnte, sah er sich in einen Liegestuhl komplimentiert mit einem Glas Irgendwas in der Hand. Er wollte seinen Gastgeber zurückrufen, konnte aber nur noch einen flüchtigen Blick auf dessen feste und haarige Hinterbacken erhaschen, als dieser sich etwas anziehen ging. Resigniert überflog er schnell Gnarras Notizen, die er sich besser vorher in Ruhe durchgelesen hätte. Aus ihnen ging klar hervor, dass Sangiacomo Journalist war und außerdem Krimiautor, der in der Vergangenheit gelegentlich mit Elena Mazzoleni zusammengearbeitet hatte. Er gehörte nicht zu ihrem engeren Freundeskreis, und sie hatten sich fast nur zum Arbeiten getroffen, trotz benachbarter Urlaubsvillen.

»Sie war eine Hobbyschreiberin, Maresciallo, ich hingegen bin Profi, das erklärt doch alles, finde ich.«

»Was erklärt das, bitte schön?« Santomauro hatte genug von dem Rätselraten mit dem Schönling und war fest entschlossen, sich nicht die geringste Indiskretion über den Stand der Ermittlungen entreißen zu lassen. Sangiacomo hingegen schien jede Erinnerung an seine Bemühungen, ihm ein Interview zu entlocken, glückselig verdrängt zu haben, und hatte es sich, nun mit Shorts bekleidet, ihm gegenüber bequem gemacht. Hinter ihm reihte sich in schönster Ordnung eine beachtliche Sammlung von Mondadori-Krimis sämtlicher Jahrgänge, von der der Maresciallo, erklärter Liebhaber des Genres, nur mit Mühe den Blick abwenden konnte. Vielleicht hatte der Mann ja doch einen guten Kern, sagte er sich und spitzte die Ohren.

»Es erklärt, warum ich nichts mehr mit ihr zu tun haben wollte, auf professioneller Ebene. Für Elena war das Schreiben Liebhaberei, das ist wohl der richtige Ausdruck. Sie schrieb Krimis, Erzählungen, kleine Thriller- und Horrorgeschichten in ihrer Freizeit, zwischen einem Bridgeturnier und einer Kreuzfahrt, genauso wie sie in Neapel eine Russischübersetzung einschob zwischen Tennispartie und Shoppingtour die Via dei Mille rauf und runter, bei der sie ein paar tausend Euro für irgendwelche Designerfähnchen verpulverte. Sie war ein Snob, verstehen sie? Und ich kann Snobs nicht ausstehen.«

Santomauro auch nicht, dafür erkannte er sie, wenn er welchen begegnete. Dieser hier war von der schlimmsten Sorte: der Snob, der keiner sein wollte, der Intellektuelle, der Krimis las, der Naturfreund mit Millionärsvilla, der Verächter mondäner Eitelkeiten, der aber das letzte Hemd hergeben würde, um ins Fernsehen zu kommen. Gegen ihn war Elena Mazzoleni ein Lämmlein, und dem Maresciallo wurde sie fast sympathisch, die arme Frau, umringt von lauter Freunden, die selbst nach ihrem gewaltsamen Tod kein gutes Haar an ihr ließen. Und außerdem standen die Mondadori-Krimis nach Nummern geordnet im Regal und nicht alphabetisch nach Autorennamen, ein alarmierendes Zeichen, dass sie sozusagen von der Stange gekauft und gut sichtbar einsortiert worden waren, nicht aber wieder und wieder gelesen.

»Ein paar Sachen haben wir vierhändig geschrieben, vor einigen Jahren. Es war ja nicht so, dass sie keine Ideen hatte, manchmal sogar ganz gute, aber sie mussten eben in Form gebracht werden, geschliffen und poliert, und eine Weile habe ich sie dabei unterstützt. Dann aber gewannen wir den ersten Preis beim Mystfest in Cattolica, und mir wurde die Zusammenarbeit zu eng. Ich hatte mir in der Zwischenzeit auch im Journalismus mein Standing erkämpft, hinzu kamen ein paar

Meinungsverschiedenheiten, gewisse Unvereinbarkeiten und dann …«, er hob mit einem offenen Lächeln die Hände.

Santomauro übersetzte innerlich: Sie hatte die Einfälle, er hing sich dran, und als die Tür dann einen Spaltbreit aufging, wurde er übermütig und schickte sie in die Wüste.

»Leider war unsere Trennung nicht gerade einvernehmlich. Wir hatten ein paar Sachen gemeinsam verfasst, zwei Kurzgeschichten und den Entwurf zu einem Roman, um genau zu sein, die nicht mehr beendet wurden. Da der Großteil der Arbeit von mir gekommen war, habe ich sie in aller Freundschaft gefragt, ob sie einverstanden sei, dass ich den Roman zu Ende schreibe. Weltuntergang! Sie hat mich rausgeworfen und gesagt, er sei von uns beiden und wir müssten ihn zusammen beenden oder gar nicht. Das Ergebnis ist, dass die Sachen seit mittlerweile zwei Jahren in einer Schublade vergammeln.«

Übersetzung: Nachdem er sich getrennt hatte, wollte er ihr erneut ihre Ideen klauen, doch diesmal war Elena auf der Hut und hielt dagegen.

»Was meinen Sie, jetzt, wo sie tot ist, oje, ich will ja nicht kleinlich erscheinen, aber ich fühle wie ein Vater für seine vernachlässigten Kinder … Meinen Sie, ich könnte das Material jetzt nutzen, oder sollte ich mich lieber an einen Anwalt wenden, der auf Urheberrecht spezialisiert ist?«

»Ja, Signor Sangiacomo, tun Sie das, ich kenne mich mit diesen Dingen überhaupt nicht aus.«

»Nennen Sie mich ruhig Titta, ich heiße Giovanbattista, aber für meine Freunde Titta. Wie Sie sehen, Maresciallo, war unsere Beziehung recht stürmisch, aber nicht so, dass es für einen Mord reichen würde. Sie war nett, wenn auch ein wenig impulsiv, und sie hatte Sinn für Humor und das gewisse Quentchen Biss. Ich fand sie erfrischend, nicht so wie Valentina, aber immerhin.«

Schon wieder dieser Name. Santomauro machte sich eine Notiz im Geist. »Haben Sie sie in den letzten Wochen gesehen?«

»Ach was, ich stehe doch nicht etwa unter Verdacht? Das scheint mir allzu abgedroschen für Sie, lieber Santomauro. Wie

82

dem auch sei, vor etwa drei Wochen bin ich hergekommen und war seitdem ständig in weiblicher Begleitung, die Signorina ist bei Bedarf gerne bereit, mein Alibi zu bestätigen. Wir waren Tag und Nacht beisammen. Cristina! Beweg deinen Hintern und komm her!«

Klar, wieso auch nicht, dachte Santomauro angewidert, ein perfektes Alibi. Zwei Sekunden später, als hätte sie um die Ecke alles belauscht, trat eine junge Frau auf, die ihre üppigen Formen ganz ungeniert in einen mehr oder minder durchsichtigen Pareo gewickelt hatte. Die schmollmündige Brünette stellte sich als Cristina Petroncelli vor. Widerstrebend gab sie zu, ihren Schatz in jenen Tagen der Leidenschaft keine Sekunde aus den Augen gelassen zu haben, und kehrte dann dahin zurück, wo sie hergekommen war.

»Sie hat Philosophie studiert«, vertraute Giovanbattista ihm an, ohne rot zu werden, »und ist superfix am Computer. Ich kann hier nur halb Urlaub machen und habe mir einiges zum Arbeiten mitgebracht. Ich muss eine Artikelserie beenden, die sich um Sommerdelikte dreht. Ist Ihnen schon einmal aufgefallen, wie die sommerliche Hitze die Phantasie der Mörder beflügelt, während die der Ermittler merklich leidet? Der Mord in Olgiata, in der Via Poma, und viele andere ungeklärte Verbrechen, alles Sommerdelikte.«

»Ich vermute, da kommt Ihnen der Mord an Signora Mazzoleni gerade recht«, meinte Santomauro mit kaum verhaltenem Sarkasmus.

»Tja, darüber habe ich auch schon nachgedacht. Ich werde vom Ort des Geschehens berichten und euch so lange im Nacken sitzen, bis ihr den Mörder gefunden habt. Oder bis ihr aufgebt. Dieser Touch von Aktualität hat meiner Serie gerade noch gefehlt.«

»Das freut mich für Sie«, sagte der Maresciallo säuerlich und erhob sich.

»Kann ich mir denken. Ich hoffe, damit steige ich auf Platz eins in Ihrer Kandidatenliste auf, lieber Santomauro.«

»Also, Maresciallo, Gaudioso hier, was haben Sie zu berichten? Irgendwelche Fortschritte? Hören Sie, dieser Mazzoleni kennt ein paar wichtige Leute. Sehen Sie zu, dass Sie die Sache schnell aufklären, ohne ihm an den Karren zu fahren. Sie wissen schon, der trauernde Witwer, der gute Ruf des Opfers, Freunde und Nachbarn, alles anständige Leute. Graben Sie, aber ohne Staub aufzuwirbeln, verstanden?«

»Aber Dottore, wir …«

»Santomauro, hier im Polizeipräsidium wird über Sie geredet, und nicht immer freundlich. Sehen Sie zu, dass Sie etwas Takt walten lassen, und gehen Sie mir nicht länger auf die vielzitierten, Sie wissen schon, meine Schwiegermutter hat sich einen Gebärmuttervorfall zugelegt und ist bei uns eingezogen mit der Ausrede, in der Nähe ihrer Tochter sein zu müssen. Also, schließen Sie den Fall so schnell wie möglich ab!«

»Aber die Ermittlungen …«

»Ein umherstreunender Obdachloser! Ein illegaler Einwanderer! Ich muss Ihnen doch nicht etwa Ihr Handwerk erklären, bei all den Vergewaltigern, die frei herumlaufen? Nehmen Sie jemanden fest, aber damit eins klar ist: kein Schmutz auf das Opfer und seine Angehörigen, verstanden?«

Dienstag, 14. August

Der Tag begann schlecht. Er erwachte mit einem schmerzenden Katerkopf, den er voll verdient hatte. In der Nacht zuvor hatte er ohne Abendessen zwei Flaschen weißen Cilento in sich hineingeschüttet und war draußen sitzen geblieben, bis die Sterne am Himmel langsam verblassten. Irgendetwas an den Ermittlungen verstörte ihn zutiefst, vielleicht die Persönlichkeit des Opfers, die allmählich durchzuscheinen begann, widerstrebend und widersprüchlich wie bei allen Menschen, die er erst nach ihrem Tode kennenlernte. Oder vielleicht die Abscheulichkeit des Verbrechens, die niemals schlummernde Sorge, es könne nicht das letzte gewesen sein, oder auch der Zirkel von Leuten, in dem er nun ermitteln musste und der ihn allzu sehr an seine eigene Vergangenheit erinnerte. Als Folge hatte er nun einen Kopf, der jeden Moment zu platzen drohte, und einen steifen Hals. Heute war sein freier Tag, doch mit einem Fall wie diesem im Nacken hatte Santomauro nicht die geringste Absicht, Zeit zu verlieren. Er rief Gnarra und Manfredi zu einem informellen Treffen zu sich nach Hause, und gemeinsam besprachen sie die Lage.

Die Frau war an einem nicht näher definierten Tag in der letzten Juliwoche ermordet worden, von jemandem, der sie gut genug kannte, um sich ihr zu nähern und sie auszuschalten, ohne Spuren zu hinterlassen. Der Täter hatte versucht, die Leiche zu verstecken, hatte sie möglicherweise entstellt, um ihre Identifizierung zu erschweren, doch dann hatte er beschlossen, sie an einen Ort zu bringen, wo er sicher sein konnte, dass sie sehr bald gefunden würde. Das Opfer war erst wenige Tage vor seinem Tod in Pioppica angekommen, hatte sehr zurückgezogen gelebt und das Haus nur verlassen, wenn es absolut nötig war, ansonsten nicht einmal die üblichen Freunde getroffen.

»Vielleicht hatte sie vor einem von ihnen Angst«, spekulierte Manfredi und kratzte sich den Bart.

»Dann wäre sie doch nicht ausgerechnet hierher gekommen«, wandte Gnarra mit gerunzelter Stirn ein. »Ich glaube, dass sie keinerlei Verdacht hegte, sie wollte lediglich nach einem Ehezwist ihre Ruhe haben.«

»Immer vorausgesetzt, dass ihr Mann die Wahrheit sagt. Als ich gestern bei ihm war, um das Haus zu überprüfen, kam er mir reichlich nervös vor.«

»Ja und, wärst du das etwa nicht, wenn sie dir gerade die Frau abgeschlachtet hätten?«

»Was hat Maria Pia damit zu tun!«

Santomauro lauschte ihrem Schlagabtausch, während die Hammerschläge in seinem Kopf allmählich nachließen. Er mochte diese Art zu arbeiten, das freie Assoziieren, und seine Mitarbeiter hatten schnell gelernt, dass er bei ihren Zusammenkünften lieber die Rolle des meist stummen Zuhörers übernahm. Er wollte ihren Ideen freien Lauf lassen, während auch er seine Gedanken schweifen ließ und die Geschichte, die sie noch nicht kannten, sich langsam vor ihnen abzuzeichnen begann.

Am Vortag war Manfredi in Pippo Mazzolenis Villa gewesen, um Beweise für seine Version der Geschichte zu finden. Und tatsächlich, nichts, weder in der Villa noch außerhalb, deutete darauf hin, dass hier ein Verbrechen stattgefunden hatte.

»Er folgte mir auf Schritt und Tritt und redete ohne Punkt und Komma, aber vielleicht hat Pedro recht, er sah aus, als hätte er die ganze Nacht nicht geschlafen. Er wirkte verängstigt und hat mir anvertraut, dass er sich so allein in dem Haus unbehaglich fühle. Ich kann ihn verstehen, das Gelände ist wirklich riesig, mit zwei Privatzugängen zum Meer und verschiedenen Nutzgärten dahinter plus Nebengebäuden. Ich konnte mir natürlich nicht alles anschauen, ich hatte ja auch nicht den Auftrag, eine Hausdurchsuchung durchzuführen …«

»Nein, Totò, das ist schon in Ordnung, ich wollte nur, dass du dir einen Überblick verschaffst.«

»Nach dem, was ich gesehen habe, las die Dame viel und kochte wenig, die Küche war beängstigend schlecht ausgestattet.«

»Aus deinem Munde heißt das gar nichts, wenn du Maria Pias Küche zum Maßstab nimmst!«

»Gnarra, schweig und nerv nicht. Die beiden teilten sich ein Bett. Es gab noch andere komplett eingerichtete Zimmer, aber im Schlafzimmerschrank hingen Pippos Kleider und auf einem der Nachtschränkchen lagen Sachen von ihr.«

»Gut, Totò, ich wusste, dass man sich auf deine Beobachtungsgabe verlassen kann. Hast du auch den Klopapierverbrauch der Dame gemessen?«

»Simone, wie erträgst du diesen Typen nur? Das Klopapier habe ich nicht überprüft, aber ich kann dir sagen, was der Architekt gerne isst und was sie gerne aß. Er scheint auch kein großer Koch zu sein, der Kühlschrank ist voll mit Unmengen gekochtem Schinken und mildem Käse. Er sagt, sie beide liebten Gorgonzola, doch als er ankam, lag ein Stück davon im Kühlschrank, das quasi schon Beine hatte, und auch roher Schinken in leuchtendem Ultramaringrün, und da musste er seine Ernährungsgewohnheiten umstellen.«

»Wie ich sehe, kommst du mit Harpune und Flossen gut zurecht.«

Giorgio De Giorgio entstieg tropfend dem Wasser und ging mit platschenden Füßen langsam auf Regina zu, die auf dem Steinstrand saß und ihn erwartete. Er war groß, über einen Meter neunzig, und massig wie ein Schrank, mit raspelkurz geschnittenen blonden Haaren und zwei schmalen grünen Augen im bartlosen Bubengesicht. Er sah aus wie ein Meeresgott, der gerade aus seinem Reich aufsteigt, in der Hand den Dreizack, an dem ein mindestens drei Kilo schwerer Polyp zappelte.

»Regina. Welch nette Überraschung. Was verschafft mir die

Ehre deines Besuchs?« Doch seine tonlose Stimme strafte seine Worte Lügen.

»Seit wann brauche ich einen Grund, um einen Freund zu besuchen? Du tust gerade so, als hätten wir uns seit Jahren nicht gesehen, dabei haben wir neulich noch im Buco del Pescatore zu Abend gegessen, wann noch mal genau? Letzte Woche?«

»Bevor sie Elena gefunden haben, ja.«

»Genau, und was hat sich seitdem verändert?«

»Sie haben Elena gefunden.«

»Wenn du so bist, machst du mich wahnsinnig. Elena ist tot und begraben, ich glaube nicht, dass die Welt sich nur um sie drehen muss.«

»Begraben noch nicht ganz, aber es freut mich zu sehen, wie schnell du über den tragischen Tod deiner Busenfreundin hinweggekommen bist. Nun gut, wenn du nicht über sie reden willst, was willst du dann?«

»Das gleiche Scheusal wie immer, aber ich verzeihe dir, weil ich dich mag. Ich möchte über Valentina reden.«

»Was hat Valentina mit der Sache zu tun?«

»Eben nichts. Und so soll es auch bleiben. Das wollte ich dir nur sagen.«

Mit ihren langen, gebräunten Beinen ging Regina, den schwarzen Pareo hochgerollt, das kurze Stück Strand hinauf bis zu dem Gebüsch, hinter dem sich eine schmale Holztreppe verbarg, der einzige Zugang zum Meer auf dieser Seite von Sigmalea. Auf den Stufen stand, die Hand schützend vors Gesicht gehalten, Maresciallo Santomauro und versuchte sich eine Zigarette anzuzünden. Sie blieb abrupt stehen, und obwohl ihr Blick durch die Sonnenbrille verdeckt war, wirkte sie verärgert.

»Ich wollte nicht Ihre private Unterhaltung stören«, entschuldigte er sich, doch Regina sah nicht besonders überzeugt aus, zwängte sich an ihm vorbei, stieg eilig hinauf und verschwand zwischen den Büschen.

Santomauro warf die Zigarette auf den Boden und drückte sie mit leichtem Bedauern aus; immer wenn er sich einen beschäftigten Anschein geben wollte, fiel ihm nichts anderes ein, als zu rauchen.

Architekt De Giorgio schien sein Besuch nur mäßig zu interessieren. Er ließ ihn einen bewundernden Blick auf den frisch aus dem Wasser gezogenen Kraken werfen, dann setzten sie sich auf die Felsen, mit den Füßen im Wasser, und blickten eine Weile schweigend aufs Meer hinaus. Sie kannten sich, seitdem Santomauro hierher versetzt worden war. Es war eine oberflächliche Bekanntschaft, doch gab es diesen Anflug gegenseitiger Sympathie, wie sie gelegentlich bei Leuten vorkommt, die trotz aller Verschiedenheit einen Charakterzug teilen. Sie waren beide eher zurückhaltend, De Giorgio war ein Mann der extrem kargen Worte, die aber immer ins Schwarze trafen, und das gefiel dem Maresciallo. Im vergangenen Jahr hatten sie manchmal an den kurzen Herbstnachmittagen zusammen auf der Piazzetta Schach gespielt, doch Santomauro hatte schnell gemerkt, dass sein Gegner ihm überlegen war, und nicht länger seine Höflichkeit ausnutzen wollen, indem er ihn in uninteressante Partien verwickelte.

Eine frische Brise kräuselte die Wellen. De Giorgio brach als Erster das Schweigen: »Schlimme Geschichte, das mit Elena. Ich vermute, dass Sie deswegen hier sind.«

»Ja. Ich wusste nicht, dass Sie sie kannten, aber dann wurden Sie erwähnt als einer, der viel mit ihr zu tun hatte.«

»Um die Wahrheit zu sagen, ich bin eher mit ihrem Mann befreundet, Pippo Mazzoleni, aber natürlich hatte ich dabei auch mit ihr zu tun.«

»Was war sie für ein Mensch?«

»Ein ganz großes Miststück, sie ruhe in Frieden, aber ich habe sie nicht umgebracht, falls Sie deswegen hergekommen sind.«

»Freut mich zu hören. Ich weiß, dass Ihr Verhältnis nicht ganz einfach war, wenn man so sagen kann.«

»Wenn man so sagen kann, hat sie mein Leben zerstört. Sie hat mit ihrem gierigen Maul darauf herumgebissen und es dann über dem ganzen Dorf wieder ausgespuckt.« De Giorgio hatte den Blick nicht vom Meer abgewandt, doch Santomauro konnte beobachten, wie sein Profil sich verhärtete.

»War es so schlimm?«

»Reden wir nicht um den heißen Brei herum, Santomauro, Sie wissen ohnehin schon alles, weil einer meiner sogenannten Freunde Sie ganz gewiss aufgeklärt hat, wir können also Tacheles reden. Es ist eine banale, kleine Geschichte, wenn Sie so wollen, geradezu lächerlich.«

»Erzählen Sie sie mir.«

»Wenn es Ihnen Spaß macht …«, meinte sein Gegenüber bitter und begann zu erzählen.

Es war wirklich eine lächerliche kleine Geschichte, außer für die Menschen, die darunter gelitten hatten. De Giorgio war schon weit über dreißig, als er zum ersten Mal Gaia D'Onofrio sah. Eigentlich kannte er sie schon viel länger, denn die beiden Familien waren Nachbarn im Wohnpark Sigmalea, doch er hatte ihr nie mehr Beachtung geschenkt, als bei Nachbarskindern üblich. Dann plötzlich hatte er sie als Frau gesehen. Wie ein Dämlack hatte er sich verliebt, in dem sicheren Wissen, einen Fehler zu begehen, da sie trotz ihres reifen Körpers noch ein Kind war. Letztlich, und das gestand er sich ungern ein, hatte gerade das ihn verzaubert, ihre Neugier auf das Leben, diese Unschuld, Naivität und Frische, die sie ein paar Jahre später schon würde verloren haben. All das hatte er absolut respektiert und sie im Gegensatz zu dem, was böse Zungen im Dorf behaupteten, nicht einmal mit der Fingerspitze angerührt. Es war eine kleine platonische und streng geheime Liebe gewesen, bis Elena Mazzoleni mit ihren spitzen Zähnen zugebissen hatte.

»Sie hat angefangen zu sticheln, sich in Gegenwart von Freunden über mich lustig gemacht, auch vor Fremden.« Seine Stimme war dumpf vor Wut, selbst nach all der Zeit. »Ich habe den Fehler gemacht, sie zur Rede zu stellen. Pippo hat mich beruhigt, irgendwann würde sie es schon aufgeben, aber ich hatte keine Geduld. Ich habe ihr gesagt, dass sie ja nur eifersüchtig auf die Jüngere sei, was eher dumm als gemein von mir war. Wir hatten als Jugendliche mal was miteinander gehabt, auch hier in Pioppica, eine alberne, bedeutungslose Geschichte. Wie auch immer, sie hat sich gerächt.«

»Und mit den Eltern des Mädchens gesprochen«, meinte Santomauro verständnisvoll.

»Nein, in so was war Elena viel subtiler. Sie hat es Olimpia Casaburi gesteckt, der bigottesten Person seit dem Konzil von Trient. Sie hat ihr in den Ohren gelegen von wegen gesellschaftlicher Verantwortung gegenüber der Jugend und so weiter und so fort, sprach von Freundespflichten, davon, dass sie ja mit beiden Seiten befreundet sei, also in der idealen Lage, die Situation einvernehmlich zu klären, so dass Olimpia, die letztlich ein dummes Huhn ist, sich in der Pflicht fühlte, etwas zu unternehmen. Sie hat Gaias Eltern informiert und gleichzeitig auch mich, aus Freundschaft, wie sie sagte. Ich nehme ihr das nicht übel, sie meinte es nur gut und glaubte, das Richtige zu tun, auch wenn ich wünschte, sie hätte sich dieses eine Mal um ihren eigenen Kram gekümmert.«

Viel mehr gab es nicht zu erzählen. Gaias Vater, ein notorischer Hitzkopf und Schläger, hatte De Giorgio aufgesucht, um ihm »die Fresse zu polieren«. De Giorgio, der zwanzig Kilo schwerer, zwanzig Zentimeter größer sowie zwanzig Jahre jünger war, hatte es geschafft, ihm nicht mehr als einen Arm zu brechen. Der Prozess lief noch, Gaia wurde auf ein strenges Internat in die Schweiz geschickt, ohne dass die beiden sich voneinander hätten verabschieden können.

»Letzten Monat habe ich sie nach zwei Jahren zum ersten Mal wiedergesehen. Sie hat mich nicht einmal gegrüßt, vielleicht weil ihre Mutter dabei war. Jetzt heißt es von ihr, sie sei ein leichtes Mädchen, gut zum Ausgehen und Spaßhaben. Ich bin seit damals in Therapie, ich habe schon Tausende von Euro zum Fenster hinausgeworfen, um meinem Therapeuten klarzumachen, dass ich kein verkappter Pädophiler bin. Vergangenen Sommer habe ich mich im Haus verkrochen, so sehr habe ich mich geschämt. Die Leute in den Geschäften grüßen mich immer noch nicht, dabei komme ich seit meiner Kindheit hierher.«

»Und mit den Mazzolenis?«

»Mit Pippo bin ich noch befreundet, war ja nicht seine Schuld. Elena gegenüber musste ich so tun, als wäre nichts gewesen, obwohl ich natürlich wusste, dass sie den Mistkübel über mir ausgekippt hatte und es weiterhin tat. Sie schoss immer weiter subtile Andeutungen auf mich ab, während ich mich mehr und mehr zurückzog. Im Winter habe ich die beiden gar nicht gesehen, nur Pippo rief manchmal an und erkundigte sich nach mir. Elena hat mein Leben zerstört. Und nun hat jemand ihrs zerstört.«

Jetzt erst wandte De Giorgio sich um und sah Santomauro ins Gesicht. In seiner Miene lag unverkennbar der Ausdruck tiefer Befriedigung.

»Jetzt will ich aber endlich mal wissen, wer zum Teufel diese Valentina ist, die immer überall auftaucht.«

»Ich habe nicht gewagt, De Giorgio nach ihr zu fragen, ich glaube auch nicht, dass er es mir in dem Moment gesagt hätte. Aber das kriege ich noch heraus, keine Sorge. Wer mich auch sehr interessiert, ist dieser Samir, den die Polignani genannt hat, aber ich vermute mal, es wird nicht ganz leicht sein herauszufinden, wer das ist.«

»Samir? Da musst du nur deinen Freund Pedro fragen, und prompt wirst du bedient!«, dabei schlug Gnarra ihm so kräftig auf die Schulter, dass er sich beinah an seiner Mandelmilch verschluckt hätte.

Sie hatten sich unterwegs getroffen und spontan beschlossen, zum gegenseitigen Austausch einen Imbiss in einer Bar mit Terrasse am Meer einzunehmen. Gnarra sammelte gerade Informationen zu den finanziellen Verhältnissen einiger beteiligter Personen, während Santomauro versuchte, die psychologischen Aspekte der Geschichte auszuloten.

Für den Maresciallo gab es drei Hauptbeweggründe, warum man einen anderen Menschen tötete: Liebe (oder ihre Kehrseite, der Hass), Angst oder Geld. Spielte allem Anschein nach die Leidenschaft eine große Rolle, hieß das nicht, dass sich dahinter nicht ein finanzielles Motiv verbarg: Beide Carabinieri hatten im Laufe ihres Berufslebens genug gesehen, um zu wissen, dass Geld die Leidenschaft manchmal mindestens so befeuern konnte wie die Liebe, wenn nicht noch mehr.

Gnarra hatte einige interessante Kleinigkeiten recherchiert. Die Wohlhabende in der Familie Mazzoleni war sie gewesen. Ihre Eltern hatten ihr ein beträchtliches Erbe hinterlassen, das nun eins zu eins in Pippos Hände überging, der nur mäßig wohlhabend gewesen war, aber schuldenfrei und mit einem gut laufenden Büro.

Bei Regina Capece Bosco lag die Sache anders. Die Bridge-Passion hatte sie weit abgeführt, denn sie beschränkte sich keineswegs auf Partien unter Freunden, sondern war in einen härteren Zirkel eingestiegen. Wenn man dann noch ihren Hang zum Luxus und zu den schönen Dingen des Lebens hinzuaddierte, entstand das Bild einer Frau, die sich im Herbst ihres Lebens vor dem Abgrund der Armut wiederfand, oder zumindest des Mittelmaßes, was für sie wahrscheinlich ebenso inakzeptabel war.

Olimpia Casaburi und ihr Mann Sergio hatten finanziell ausgesorgt, mit krisensicheren Anlagen und hypothekenfreien Besitztümern.

Bebè Polignani genoss ihren Reichtum fröhlich aus vollen Zügen in der Gewissheit, dass drei Leben nicht genug wären, um all das zu verpulvern, was der Notar ihr hinterlassen hatte.

Mehr hatte Gnarra nicht in Erfahrung bringen können, doch er würde dem in den nächsten Tagen weiter nachgehen. Das Ergebnis war auch so schon beachtlich, wenn man bedachte, dass er gerade mal ein, zwei Stunden herumtelefoniert hatte. Nachdem der Kollege ihn auf den neusten Stand gebracht hatte, berichtete Santomauro von seinen Fortschritten, und beim Namen Samir brach Pedro in Gelächter aus.

»Dein Problem, Simone, ist, dass du Klatsch und Tratsch nicht leiden kannst, sonst wüsstest du nämlich, wer Samir ist.«

»Tja, wenn du so gut informiert bist, sag du es mir doch.«

»Komm schon, nicht beleidigt sein! Samir kennst du garantiert auch, zumindest vom Sehen. Er ist einer von den zweien, die diese dünnen Strandfähnchen verkaufen, der jüngere der beiden.«

Da fiel es Santomauro ein, und er schlug sich im Geiste gegen die Stirn. Samir war einer der zwei fliegenden Händler, die von Juni bis September über die Strände von Pioppica streiften und zur Freude der älteren und jüngeren Damen bunte Stoffe und Ethno-Schmuck feilboten.

»Der Jüngere, sagst du? Der Gutaussehende.«

»Ja, genau der, wenn ich eine Frau wäre, würde ich ihn durchaus in Erwägung ziehen.«

Samir war wirklich ein Prachtexemplar von einem Mann, etwa fünfundzwanzig Jahre oder jünger, mit wohlgestaltetem Körper und einem tiefbraunen, gleichmäßigen Teint. Sein Gesicht war wie gemeißelt, eine afrikanische Gottheit, mit arroganten Lippen und Nasenflügeln und den Augen eines Prinzen. Einmal war er dem Maresciallo auf der Straße aufgefallen, und er hatte sich gefragt, was dieses Abbild des wilden Afrika in den Gassen des Dorfes tat, dann hatte er ihn am Strand wiedergesehen. Sein Kompagnon besaß eine flinke Zunge und bezirzte die potenziellen Käuferinnen mit seinen Reden. Samir hingegen stand still wie eine Säule, ohne ein Lächeln, die stolze und distanzierte Miene reglos in dem großartigen Gesicht. Der Sozius drapierte Kleider und Stoffe über ihn, deren lebendige Farben durch den Kontrast zu seiner Haut noch prächtiger leuchteten, und die Damen kauften und kauften, während er aufs Meer hinausblickte.

»Aber was hatte Elena Mazzoleni mit dem fliegenden Händler Samir zu tun?«, fragte Santomauro den Brigadiere, der ihn über sein Glas hinweg grinsend ansah.

»Was glaubst du denn, was die beiden miteinander zu tun hatten? Na komm, Simone, ein bisschen Phantasie!«

»Du meinst …? Und woher willst du das wissen, wenn ich fragen darf?«

»Ich weiß nicht genau, was die Mazzoleni tat, aber ich weiß, was Samir in seiner Freizeit tut, und da kann man leicht zwei und zwei zusammenzählen.«

»Es ist besser, wenn du mir alles erzählst.«

Pietro Gnarra breitete lächelnd die Arme aus, und die drei Goldkettchen, die er um den Hals trug, klimperten fröhlich.

»Ganz einfach, tagsüber verkauft er den schönen Frauen Schmuck und hübsche Kleider am Strand, um sie ihnen abends wieder auszuziehen, kurz, er hilft den gelangweilten Damen, es im Urlaub drei Monate ohne ihre Ehemänner auszuhalten, die derweil arbeiten gehen.«

»Und woher weißt du das?« Santomauro war nicht naiv, aber diese Enthüllung verblüffte ihn doch. Von nun an würde er die weiblichen Feriengäste mit neuem und misstrauischerem Blick betrachten.

»Ich sehe eben genau hin, mein Lieber, und höre zu, nicht wie du, der immer in seinem Elfenbeinturm sitzt und die Nase in Bücher steckt.«

Santomauro musste lachen, und Gnarra fuhr voll Stolz über seine Informationen fort.

»Er ist sehr diskret, dient sich niemandem an, die Frauen kontaktieren ihn. Das hat sich herumgesprochen und mittlerweile hat er Kundinnen in Acciaroli, Palinuro, Ogliastro, Ascea, überall. Er ist da so hineingerutscht, nicht lange nachdem er angekommen war, und nun ist er extrem gefragt und dabei nicht einmal besonders teuer. Einmal auf dem Handy durchrufen, und schon hat man ihn stundenweise oder für eine Nacht gebucht.«

»Sogar per Handy?« Der Maresciallo war wirklich verblüfft.

»Was hast du denn gedacht? Per Zettelchen unter dem Felsen am Strand?«

»Natürlich nicht. Los, jetzt erzähl mir schon alles, was du weißt. Vorbestraft ist er zumindest nicht, das wüsste ich. Also?«

Der Freund zögerte einen Moment, doch schließlich rückte er mit der Wahrheit heraus. Seine Quelle war eine seiner Ex-flammen. Während ihres Urlaubs in Pioppica, mit Ehemann in der Stadt, war sie Kundin bei Samir geworden und hatte sich Hals über Kopf in ihn verliebt. So sehr verliebt, dass sie ihn sogar gebeten hatte, alle anderen sausen zu lassen und ihr die

95

Exklusivrechte einzuräumen, egal zu welchem Preis. Das hatte er, besorgt um seine Unabhängigkeit, abgelehnt und seitdem jedes Treffen mit der Dame umgangen. Gebrochen und eifersüchtig war sie zu Gnarra geeilt, um Trost zu suchen und Rache zu üben, und hatte ihm ihr Herz ausgeschüttet.

»Was hätte ich da groß tun sollen?«, fragte er mit Unschuldsmiene. »Der arme Kerl hatte ja nichts verbrochen. Er hat keinen Zuhälter, geht nicht auf den Strich, macht keine Werbung. Das Geld? Tja, auch mir machen meine Verehrerinnen hin und wieder kleine Geschenke, nicht wahr?« Er zeigte auf ein neues Armband mit drei Anhängern. »Und wenn jemand nicht mit einer Frau vögeln will, kann man ihn nicht dazu zwingen. Also habe ich versucht, sie auf meine Art zu trösten, aber sie stellte immer nur Vergleiche an, da habe ich Schluss gemacht. Ich sage dir nicht, wer sie ist, sie ist sowieso weggezogen, hat ihre Villa verkauft. Samir geht immer noch seinem Geschäft nach, und immer wenn ich eine neue Tussi kennenlerne, checke ich, bevor ich mit ihr ins Bett steige, ob sie vielleicht zu seinem Kundenstamm gehört. Nicht, dass ich den Vergleich scheuen würde, aber du weißt schon, gegen solch einen kapitalen Hengst sieht selbst meiner einer ein wenig blass aus.«

Santomauro verkniff sich ein Lächeln. Wie er den Freund kannte, hatte es ihn sehr viel Überwindung gekostet, eine Geschichte zu erzählen, in der er einmal nicht der Protagonist war. Er verstand auch seine Männersolidarität und spürte eine gewisse Sympathie mit diesem Samir und zugleich Neid, dass er es sich erlauben konnte, ganz nach Belieben zu wählen.

»Wir müssen ihn vernehmen. Er könnte etwas wissen, wenn das Opfer tatsächlich zu seinen Kundinnen gehörte, was die Andeutungen der Polignani vermuten lassen.«

»Dieses Opfer wird mir von Minute zu Minute unsympathischer.«

Santomauro lächelte, doch innerlich musste er ihm zustimmen.

»Versuch also, ihn am Strand oder in irgendwelchen Betten aufzutreiben, und lass es mich wissen, wenn du etwas Hilfreiches herausfindest.«

»Wird gemacht, Chef, aber das Hilfreichste wäre ja, das Adressbuch seines Handys in die Finger zu bekommen. Junge, Junge, wie viele Damen ich da trösten könnte und ganz und gar gratis noch dazu!«

Der Maresciallo grinste: Auch Gnarras Großmut hatte offensichtlich Grenzen. Während der Freund noch einen Espresso bestellen ging, stieg er selbst zum Meer hinab, um ein paar Schritte über den Strand zu schlendern. Es stimmte, Elena Mazzoleni wurde einem immer unsympathischer, je mehr Details über sie und ihre Persönlichkeit sich in das Puzzle einfügten, das einmal ihr Leben gewesen war. Dennoch musste derjenige, der sie abgeschlachtet hatte, bestraft werden, und Santomauro ordnete vor seinem geistigen Auge die Teile eines noch viel größeren Puzzles, das die Umstände und Menschen darstellte, die irgendwie mit ihr zu tun gehabt hatten. Samir fand darin gerade seinen Platz. Und auch für die geheimnisvolle Valentina würde es bald ein Plätzchen geben, da machte er sich keine Sorgen.

Am frühen Nachmittag fuhr er im Büro vorbei, hauptsächlich aus schlechtem Gewissen wegen des Papierkrams, der sich dort ansammelte. Er traf auf Manfredi, der geduldig damit beschäftigt war, Berichte und Protokolle nachzuarbeiten. Diskret, bescheiden, freundlich – außer gegenüber Gnarra –, ohne das Bedürfnis, im Mittelpunkt zu stehen. Er war wirklich der ideale Mitarbeiter, um nicht zu sagen Freund.

»Was ist los, Totò, du siehst besorgt aus«, scherzte Santomauro, da Manfredi immer wegen irgendetwas besorgt war.

Sein Kollege seufzte. »Das bin ich auch. Maria Pia wird immer komischer. Sie kocht nicht mehr, schickt die Kinder zu ihrer Schwester nach Gioi, geht weg, ohne mir zu sagen wohin, dann treffe ich sie zum Beispiel hinter der Kaserne oder in den Küchenräumen, wo sie sich mit undurchsichtiger Miene herumtreibt. Simone, ich habe Angst.«

»Angst wovor, Antonio?« Santomauro fühlte sich schuldig. Die Sache mit Gustavo hatte er vollkommen verdrängt, und nun bemühte sich Maria Pia ganz offensichtlich, allein etwas herauszufinden.

»Ich habe Angst, dass Maria Pia einen Geliebten hat, und das ausgerechnet hier in der Kaserne. Ich hätte ja auf Gnarra getippt, wenn er nicht immer unterwegs wäre, während sie sich nicht von hier fortbewegt. Und außerdem traue ich selbst ihm eine solche Schweinerei nicht zu.«

»Aber deiner Frau schon, oder was? Schäm dich!« Der Maresciallo spürte Ärger in sich aufsteigen und fühlte sich verpflichtet, Maria Pia zu verteidigen und Manfredis Phantasien schnellstens zu zerstreuen.

»Simone, ich bin verzweifelt, wenn sie mich verlässt, erschieße ich mich! Ohne Maria Pia und die Kinder will ich nicht leben!«

»Von wegen erschießen, du Sack! Hör mir gut zu: Deine Frau liebt dich, sie wird dich niemals verlassen, und gerade im Moment geht sie auf meine Bitte hin einer Spur nach, die mit unserem Fall zu tun hat, wenn auch nur mittelbar.«

»Mit dem Mord an der Mazzoleni?«

»Nein, nicht direkt, ich darf nicht darüber reden, jetzt vertrau mir einfach, es hat mit einem entfernten Verwandten zu tun, der in der Vergangenheit mit der Kaserne in Verbindung stand, völlig ungefährlich, du brauchst dir also keine Sorgen zu machen, es ist alles unter Kontrolle, sie tut mir nur einen Gefallen, sie ist so etwas wie mein bewaffneter Arm an der Ostfront, aber erzähl ihr nur ja nichts, du kennst sie ja, dann denkt sie noch, ich würde ihr nicht vertrauen und hätte dir alles gesagt, und wird sauer, also tu so, als wüsstest du von nichts, und mach dir keine Sorgen.«

In einem fort auf ihn einredend schob sich Santomauro Richtung Tür, während Manfredi ihm mit ungläubigem, aber immerhin beruhigterem Kuhblick hinterherstarrte. Gesegnet seien die Freundschaft und das Vertrauen, das sein Brigadiere in ihn hatte! Und auch sein Mangel an Phantasie, dachte der Maresciallo unfairerweise, während er sich auf die Suche nach Maria Pia begab.

98

»Ein Karo. Ich glaube, Pippo war's.«

»Ein Cœur. Red keinen Unsinn, Evelina, er war ja nicht einmal hier.«

»Ein Pik. Puuh, könnt ihr denn an nichts anderes mehr denken? Dabei liegt es doch auf der Hand, wer es war.«

»Drei Cœur. Du bist natürlich mal wieder schlauer als alle anderen, Margherita. Dann lass doch mal hören, alte Besserwisserin.«

»Drei Pik. Bieten! Bieten! Nicht ablenken!«

»Kontra. Du hast doch selbst damit angefangen. Also, Miss Marple, spuck schon aus.«

»Rekontra. Fragt ihr euch denn gar nicht, wer ein dickes, fettes Motiv hätte?«

»Passe. Hör nicht auf sie. Merkst du nicht, dass sie blufft?!«

»Passe. Pfui! Von Reginas Problemen wissen wir ja alle, was willst du damit andeuten?«

»Passe. Neeein, nicht Regina, völlig unmöglich. Und was soll das heißen, passe? Das war ein Strafkontra von mir!«

»Du musst bieten! Bieten! Ich habe zwei Punkte auf der Hand! Wie willst du drei Rekontra-Pik spielen, kannst du mir das mal sagen? Aber Regina hin, Regina her, ist es denn die Möglichkeit, dass keine von euch drei Gänsen auf den Namen Valentina kommt?«

»Die Wahrheit ist, ihr bietet saumäßig und spielt noch schlechter. Aber Margherita hat recht. Valentina könnte es gewesen sein.«

»Gaudioso am Apparat. Irgendwelche Neuigkeiten? Ich möchte diese Schwerstgeburt vor der Niederkunft meiner Frau hinter mich bringen. Kommen Sie zu Potte, Maresciallo, Sie täten uns allen einen Riesengefallen.«

»Ich kann dir nur raten zu kommen. Besser, du hast für alles eine Erklärung. Ja, ich bin mir so gut wie sicher. Das geht dich nichts an. Na gut, wenn du es unbedingt wissen willst, ich war es, ich habe ihr die Haare geschnitten. Reicht das? Um zwei, früher kann ich nicht. Ich bin da, sieh zu, dass du auch da bist.«

Samir klappte sein Handy zu und wischte sich über die schweißnasse Stirn. Den harten Kerl zu spielen gehörte nicht zu seinen Stärken, doch er hatte den Eindruck, eine halbwegs glaubwürdige Show hingelegt zu haben. Er war sich nicht sicher, ob er das Richtige tat, doch etwas anderes fiel ihm nicht ein.

Die unterschwellige Sorge, mit der er vor drei Wochen abgereist war, hatte sich während der Tage in Rom als ein vages Unwohlsein in ihm eingenistet. Auch die Euphorie über die positiven Rückmeldungen, die er zu seinem Video bekommen hatte, hatte es nicht vertreiben können. Das Telefon hatte ihm nicht weitergeholfen, und als er zurückkehrte, war er fest entschlossen, die Angelegenheit zu klären.

Im Zug war sein Blick auf eine Schlagzeile im Lokalteil gefallen. DIE FRAU AUS DEN ALGEN HAT EINEN NAMEN. UNBEKANNTE LEICHE IDENTIFIZIERT, stand dort in großen Lettern. Er hatte gefragt, ob er sich die Zeitung kurz ausleihen dürfe, und der Besitzer, der seine Aufregung bemerkte, hatte ihm hilfsbereit einige Passagen vorgelesen, die er mit seinem noch unsicheren Italienisch und in seiner Aufregung nicht verstand. Ungläubig hatte er so die ganze Geschichte erfahren. Elena Mazzoleni war tot, die Ermittlungen in vollem Gange, bald würden sie auf ihn stoßen, und ganz sicher wäre er ein gefundenes Fressen: ein Schwarzer, der sich seine Dienste von weißen Frauen bezahlen ließ. Das war zum Lachen und zum Weinen gleichzeitig. Der freundliche Herr las immer weiter, der Artikel war gut und detailreich geschrieben, der Journalist schien mit allen Fakten bestens vertraut zu sein. Die Umstände waren minutiös recherchiert, er zitierte aus ermittlungsnahen Quellen, kannte den Namen des verantwortlichen Leiters und ließ sich fast genüsslich über alles aus, sicher zur Freude derjenigen Leser, die es gerne anschaulich mochten. Es war das klassische Sommerverbrechen, spannend und weit weg, wie alle schlimmen Sachen, die anderen passierten, und der Herr schien erfreut, einem so netten Nicht-EU-Bürger, noch dazu in Jackett und Krawatte, bestimmt ein Student oder Diplomatenanwärter, helfen zu können. Der Journalist hatte fast die komplette Seite bekommen, und eine Spalte beschrieb so genau Elenas Person, dass Samir nach dem, was er von ihr wusste, argwöhnte, der Autor müsse sie persönlich gekannt haben. In einem Kasten weiter unten waren noch einmal all die schrecklichen Details über den Zustand der Leiche aufgelistet, in dem sie gefunden worden war. Dies alles las der Mann mit erfreuter Stimme vor und sah verwirrt hoch, als Samir plötzlich aufsprang und ohne ein Wort des Dankes aus dem Abteil stürzte. So ein ordentlicher junger Mann.

In der Zugtoilette hatte Samir sich die Seele aus dem Leib gekotzt und war bis zur Ankunft in Vallo Scalo darin geblieben. Sein Freund holte ihn ab und brachte ihn mit wiederholten besorgten Seitenblicken nach Hause. Samir fühlte sich elend und legte sich ohne Mittagessen hin. Er versuchte zu telefonieren, doch wie zuvor ohne Erfolg. Sein Handy hatte mehrmals geklingelt, schließlich hatte Samir es ausgeschaltet und dann auf dem Bett liegend ins Leere gestarrt.

Den ganzen Nachmittag dachte er nach, zurückgezogen wie ein krankes Tier; seinem Freund sagte er, es ginge ihm nicht gut und er wolle niemanden sehen. Den Anruf tätigte er erst am späten Nachmittag, quasi als hoffte er, niemanden zu erreichen. Anschließend war er erleichtert. Er würde die Dunkelheit abwarten, doch eine Sache musste er noch erledigen, bevor er zu seiner Verabredung ging. Er legte sich die Taschenlampe und die Schlüssel zurecht, dann saß er da und wartete auf die Nacht. Er wollte nichts denken, doch die Gedanken und Erinnerungen kamen von ganz allein.

Nun stand eine Unterhaltung mit der Familie D'Onofrio über die Geschehnisse von vor zwei Jahren an, und der glückliche Auserwählte für diese Mission war Brigadiere Gnarra, bekannt für sein unleugbares Talent in Sachen Takt und Diskretion. Er nahm den Auftrag mit der Begeisterung eines Schweins an, das nach dem Markt von Cannalonga auf einen Lieferwagen getrieben wird, doch zunächst versüßte der Empfang durch Signora

D'Onofrio ihm sein Leid enorm. Die Dame war attraktiv, dem Äußeren nach nicht älter als fünfunddreißig, die Haare waren von einem phantasievollen Mahagonibraun, in das sich goldblonde Strähnchen mischten, die schwarzen Augen stark geschminkt, und über den Körper verteilt hatte sie genau die paar Gramm Fett zu viel, die nicht schadeten, sondern ihrer in einen silberschwarzkarierten Pareo gehüllten Gestalt die richtige Form verliehen.

Gnarra wusste, dass Gaia die jüngste ihrer Töchter war, die anderen zwei standen mittlerweile kurz vor dem Abschluss ihres Sprachstudiums und waren als Teenager generöse und geschätzte Schulschiffe für einen Großteil der lokalen Jugend gewesen, einheimisch oder zugereist. Die Signora musste also hart auf die fünfzig zusegeln, hatte sie vielleicht schon eine Weile hinter sich gelassen, aber man sah ihr an, dass sie fest entschlossen war, nicht so bald irgendwo anzulegen. Der Brigadiere, der Geschichten in Hülle und Fülle über den schnell handgreiflich werdenden, brutalen und auch geschäftlich nicht ganz koscher agierenden Ehemann gehört hatte, eine Art Ungeheuer, das vier hilflose, arme Frauen in seiner Gewalt hielt, empfand plötzlich einen Anflug von Mitleid mit ihm. Anwalt Armando D'Onofrio war vielleicht die Inkarnation eines frauenmordenden Blaubarts, doch seine private Hölle durchlitt er gänzlich hier auf Erden.

Sie saßen in der Hollywoodschaukel auf der üblichen Panoramaterrasse und blickten auf das Stück Meer vor Sigmalea hinunter. Es war das letzte Haus vor dem Strand, von dem es nur ein Streifen minutiös geschnittenen englischen Rasens trennte. Die Signora hatte sich katzengleich neben ihn gekauert, und Gnarra, der nicht auf Schwierigkeiten aus war, spannte den linken Oberschenkel an, um jeden noch so beiläufigen Kontakt mit ihrem gebräunten Fuß und den orange lackierten Zehennägeln zu vermeiden.

»Probieren Sie doch eins von meinen selbstgemachten Auberginen-Pralinés, sie sind köstlich. Ein Rezept aus Sorrent, ich stamme aus Meta, wissen Sie.«

Nur widerstrebend gehorchte Gnarra, fand aber die unde-finierbaren Bonbons zu seiner Überraschung sehr schmack-haft.

»Mögen Sie die Farbe? Ich nicht. Gaia, Liebes! Bring mir doch bitte den Nagellackentferner, wenn es dir nichts aus-macht.«

Eine magere, extrem blonde Halbwüchsige hatte ihren kur-zen Auftritt, übergab das Gewünschte und verschwand wieder in der Villa. Der Brigadiere behielt einen Eindruck von spitzen Rippen, Knien und Ellbogen zurück sowie fast weißen, in sorg-fältiger Unordnung hochgesteckten Haaren. Am tief nach in-nen gewölbten Bauch blitzte ein Piercing, am linken Ohr eine unüberschaubare Anzahl kleiner Ringe. Gaia D'Onofrio schien kein einfacher Typ zu sein und unterschied sich mittlerweile wohl erheblich von dem erblühenden Mädchen, welches das Herz des Architekten De Giorgio damals zum Klopfen ge-bracht hatte.

»Hübsch, nicht wahr? Sie kommt ein wenig nach mir. Unsere Freunde machen gerne Witze darüber und sagen, wir sähen wie Schwestern aus.«

Gnarra nickte notgedrungen, dann betrat er das Labyrinth der Unterhaltung mit der Umsicht eines Vollblutpferdes, das einem Hindernisrennen entgegengeht. Er wünschte nichts sehn-licher, als von hier zu verschwinden, möglichst noch bevor der Hausherr zurückkam, den er einem anderen überlassen wollte, am liebsten Manfredi.

Die Signora hatte wahrscheinlich von dem grausigen Verbre-chen gehört? Selbstverständlich, es war der Signora zu Ohren ge-kommen, und ihr Bedauern ließ sich nur mit der Bestürzung und der Sorge um die Unversehrtheit ihrer selbst und ihrer Töchter messen. Wie konnte man sich jetzt noch sicher fühlen ohne die beschützende und tröstende Nähe eines Uniformierten? Konnte der Brigadiere sie diesbezüglich beruhigen? Der Brigadiere konnte und tat es, indem er ihr versicherte, ihren Wunsch an die zuständigen Stellen weiterzuleiten, doch, um darauf zurück-zukommen, wie waren die familiären Beziehungen der Familie

103

zu der Verstorbenen? Hatte der bedauerliche Vorfall im Sommer vor zwei Jahren, durch den die Unschuld der jüngsten D'Ono-frio-Tochter so bedroht worden war, auf irgendeine Weise die Freundschaft der beiden Damen beeinflusst? Aber neeein, wo-her denn? Die liebe Elena war eine teure Freundin, diskret und amüsant, an der schrecklichen Sache mit diesem Unmenschen De Giorgio hatte sie nicht den geringsten Anteil. Olimpia Ca-saburi hingegen, die sie damals erst auf alles aufmerksam ge-macht hatte, zu ihr war die Beziehung, bei aller Dankbarkeit, ein wenig abgekühlt.

»Mein Mann mag das Getratsche nicht, auch wenn den Bo-ten keine Schuld trifft … Wünschen Sie vielleicht ein Manda-rinenschnäpschen, oder lieber Orange oder Zitrone?«

Nein, Gnarra wünschte keins der drei, und während er sich immer verkrampfter in sein Eckchen auf der Hollywoodschau-kel drückte und die Signora sich den Nagellack zu entfernen begann, setzte er mühsam die Befragung fort.

Mit Elena also alles normal? Aber sicher, außer dass sie sich diesen Sommer nicht hatte blicken lassen, nicht einmal bei ihren nachmittäglichen Bridgepartien. Ob es jemanden gab, der ihr übel gewollt hätte? Neeein, sie war eine ganz entzückende Per-son, weit und breit keine Feinde. Regina vielleicht, wegen der Schulden, aber Elena war großzügig und hatte sie auf alle mög-lichen Arten beruhigt. Bebè mochte sie auch nicht besonders, war ja logisch, aber gleich jemanden ermorden, nur weil er her-umerzählt, man sei ein Wanderpokal, wenn's auch noch stimm-te, Brigadiere, sagen Sie selbst, halten Sie das für möglich? Nein, das hielt auch der Brigadiere für unmöglich. Sonst noch Lieb-lingsfeinde? Gerry, also der konnte Elena wirklich auf den Tod nicht ausstehen, weil sie seiner dritten Frau die Existenz von Nummer eins und zwei offenbart hatte, aber das ist eine alte Geschichte, mindestens schon ein Jahr her …

»Und an dem Punkt kam ihr Mann, und ich kann dir sagen, Simone, da wurde mir angst und bange, und ich bin gegangen, auch weil die Signora mir ihre blöden orangenen Fußnägel fast in den Rachen schob und er hingegen aussah, als wolle er mir sämtliche Schoko-Auberginen-Pralinés Stück für Stück du weißt schon wohin schieben. Ansonsten glaube ich aber, dass sie nichts mit dem Verbrechen zu tun haben. Die sind viel zu sehr damit beschäftigt, sich gegenseitig fertigzumachen. Wenn in dem Haus irgendwann ein Blutbad passiert, würde es mich nicht wundern. Die Frage ist nur, wer sich als Erster entschließt, den anderen abzumurksen.«

Santomauro lachte und nickte. Er kannte Avvocato D'Onofrio vom Sehen, und er hatte auf ihn immer den Eindruck eines Verrückten gemacht, der sich den Anschein von Normalität gibt. Seine Frau Mina saß auf einem Pulverfass und amüsierte sich wahrscheinlich noch dabei. Aber er musste sich um die bereits geschehenen Morde kümmern und hatte keine Zeit, sich mit den zukünftigen zu beschäftigen.

»Dieser Gerry, wer ist das? Doch nicht etwa Ingenieur Buonocore?«

»Genau der, was soll das, willst du mir Konkurrenz machen?«

»Ich wusste, dass er schon mal verheiratet war, aber nichts Genaueres. Das ist doch nicht der mit der Asiatin?«

»Die diesjährige ist seine vierte Frau, aber nicht mehr die vom letzten Sommer, die nach Elena Mazzolenis Enthüllungen in ihre Heimat zurückgekehrt ist.«

»Das musst du mir genauer erklären: Wie schafft er es, so oft verheiratet zu sein, obwohl er jünger ist als ich?«

»Die Erste war eine Inderin, nach hinduistischem Ritus«, begann Gnarra an den Fingern aufzuzählen, »die Zweite eine Philippinerin nach moslemischem Ritus, dann eine Srilankanerin nach buddhistischem Ritus und schließlich eine Japanerin nach shintoistischem Ritus. Was willst du machen, er scheint eine Schwäche für Asiatinnen zu haben.«

»Maresciallo? Ich muss Sie sprechen.«

De Collis' Stimme klang merkwürdig erregt. Santomauro klemmte sich den Telefonhörer ans Ohr und machte Cozzone ein Zeichen, die Tür zu schließen.

»Was gibt es denn, Professore? Soll ich vielleicht zu Ihnen kommen?«

»Nein, nein, das ist nicht nötig«, erwiderte der Mann eilig, dann schien er nach einer kurzen Pause seine innere Ruhe wiederzufinden. Santomauro sah ihn quasi vor sich, mit seiner tadellosen Frisur und den aristokratischen Fingern, die glättend über den gepflegten Schnurrbart strichen.

»Sehen Sie, Maresciallo, ich habe hier die Kopie des Obduktionsberichts der armen Elena vor mir, übrigens habe ich ihn heute Morgen zu Ihnen rübergeschickt, Sie haben ihn sicher gelesen?« Und ohne eine Zustimmung abzuwarten, fuhr er fort: »Ich meine mich zu erinnern, es Ihnen im Gespräch bereits angedeutet zu haben, als Zweifel, Verdacht, Hypothese, und nun sehe ich, dass in der endgültigen Schriftfassung keine Rede mehr davon ist. Also bin ich meine Notizen noch einmal durchgegangen, ebenso wie die Tonaufnahme, die ich von der Autopsie gemacht habe. Ich habe einen Voice Recorder, Sie kennen das?«

Santomauro bejahte.

»Nun, anhand meiner Notizen und meiner Erinnerungen bin ich mir einer Sache so gut wie sicher, die ich mir nicht erklären kann und von der ich nicht weiß, ob sie den Ermittlungen von Nutzen ist oder nicht, doch ich halte es für meine Pflicht, Sie darüber in Kenntnis zu setzen.«

»Gewiss, bitte sprechen Sie«, meinte der Maresciallo mehr ungeduldig als neugierig.

»Wie gesagt, mündlich habe ich es Ihnen bereits angedeutet, doch damals hielt ich es für eine vage Möglichkeit, während ich mir nun sicher bin. Fast sicher, besser gesagt.«

»Jaaa …?«

»Sie erinnern sich an die Verstümmelungen an Elenas Körper? Nicht die Schnittwunden, die zu ihrem Tod geführt haben, die, wie Sie sicher noch wissen, nicht nur sehr zahlreich, sondern auch mit unterschiedlicher Kraft und Akkuratesse angebracht wurden, wie es für einen Mörder typisch ist, der in blinder Wut handelt. Ich meine die Wunden post mortem.«

Santomauro erinnerte sich nur zu gut. Sofort hatte er das Bild von der Leiche in den Algen wieder vor Augen, die schrecklichen Schnitte, die den Unterleib durchzogen, den Brustkorb, die Arme, an einigen Stellen bis auf die darunterliegenden Knochen. Und er erinnerte sich noch gut an die anderen Wunden, die Verstümmelungen, von denen de Collis sprach. Finger und Zehen. Die Brustwarzen. Das lockere Gewebe im Gesicht, an Wangen, Nase, Kinn, sogar die Ohren.

»Aber Sie hielten es für das Werk von Tieren …«

»Es war die naheliegendste Annahme, aber wenn Sie sich recht erinnern, sagte ich auch, dass ich Zweifel hegte, weil einige absichtlich angebracht schienen. Die Unerfahrenheit in der Ausführung hat mich auf die falsche Fährte gesetzt, sie wurden von einer ungeübten Hand ausgeführt, die häufig zerbricht, statt zerlegt, doch sie sind zweifellos das Werk eines Menschen, zumindest ein paar von ihnen. Und außerdem wurden sie ihr einige Zeit nach dem Tod beigebracht.«

»Sind Sie sicher?«

»So sicher man nur sein kann. Nun ist es an Ihnen, Maresciallo. Was ich sagen musste, habe ich gesagt.«

Was bedeutete das alles? Santomauro starrte auf das stumme Telefon und rieb sich den Haaransatz. Zweifel waren das eine, Gewissheit etwas anderes. Der Mörder wollte sie über den Tod hinaus verunstalten und verstümmeln, aber warum? Das Gesicht mochte ja noch angehen, es zu entstellen und zu zerstören war verständlich, die logische Fortsetzung der in blinder Wut begonnenen Zerstörung. Santomauro hatte den Bericht noch vor Augen. Elena hatte versucht, sich zu verteidigen, hatte schützend ihre Arme vor sich gehalten, und manche Stiche hatten das Gesicht und auch die Finger oder die Unterarme getroffen. Danach hatte der Schlachter sein Werk vollendet. Aber warum die Finger? Manche fehlten ganz, bei anderen nur die ersten Glieder, doch die Verunstaltung war komplett, Hände und Füße waren gleichermaßen verstümmelt. Um die Identifizierung zu verhindern? Aber warum hatte er sie dann vor aller Augen liegen lassen, als sie noch zu identifizieren war, wenn auch unter Schwierigkeiten? Warum hatte er die Leiche in die Algen gelegt, die am Sonntag zusammengeharkt worden waren, um am Donnerstag abtransportiert zu werden?

Hier lag der Knackpunkt des Ganzen – warum hatte sie versteckt werden müssen, aber nur für ein paar Tage? Wenn er das herausfand, kam er dem ganzen Verbrechen auf die Spur.

Santomauro fühlte, wie sich eine wohlbekannte Resignation seines Herzens bemächtigte. Er war weit von der Lösung des Falles entfernt, allen Verdachtsmomenten und Zweifeln, die durch seinen Kopf geisterten, zum Trotz.

Nun stand ein Besuch bei Gerry Buonocore an, und Santomauro beschloss, mit ihm den Tag zu beenden, bevor er sich selbst auf die faule Haut legen würde. In Gnarras Wagen fuhren sie zu der prächtigen, auf halber Höhe gelegenen Villa hinab.

Ingenieur Buonocore war ein kleiner, herzlicher Mann mit pockennarbigem Gesicht, seine Frau Aloshi der lebende Gegenbeweis für das Gerücht, Japanerinnen seien hässlich und hätten kurze, krumme Beine.

»Als ich sie kennenlernte, arbeitete sie als Stewardess. Ich habe sie mir noch vor dem Ausstieg aus dem Flieger geschnappt«, vertraute er ihnen an, um sie dann zum Essen einzuladen, während seine Frau anmutig dazu lächelte. Es war bereits Abend, an ein Mittagessen konnten sich die beiden Carabinieri nicht erinnern, und der niedrige Tisch war so einladend gedeckt, dass sie unvorsichtigerweise zustimmten, um es gleich darauf zu bereuen. Das Abendessen bestand ausschließlich aus Sushi, serviert von der stummen Aloshi, die gleich darauf wieder verschwand.

»Wir haben ein Dienstmädchen aus Pioppica, aber ich will nicht, dass Aloshi ihre guten Gewohnheiten verliert«, meinte der Ingenieur mit einem Augenzwinkern. »Das Problem bei diesen Asiatinnen ist, dass sie in ihrer Heimat alle zuckersüß, demütig und zuvorkommend sind, die idealen Frauen. Aber kaum sind sie hier, wollen sie plötzlich ein Dienstmädchen, ein Auto, ein Bankkonto und eine Kreditkarte. Dann ist es aus mit den Massagen, dem Einseifen des Rückens, dem Frühstück ans Bett und all den anderen Annehmlichkeiten, die ich gar nicht näher beschreiben möchte, Sie können sich das ja vorstellen.«

Geduckt auf ihren Matten kauernd, nickten die beiden Carabinieri und schluckten den rohen Fisch hinunter. Sicher, das konnten sie sich vorstellen.

»Deshalb habe ich mir dieses Mal vorgenommen, schlauer zu sein und Aloshi möglichst von den Lastern der westlichen Frauen fernzuhalten, zumal mir allmählich die Religionen ausgehen«, und wieder kicherte er. Man musste ihn einfach sympathisch finden, auch wenn seine Auffassung von Liebe und Heirat in Santomauros Augen niederträchtig war. Seine Züge und sein Körper waren von elfengleicher Anmut und seine Art einfach gewinnend. Der Maresciallo bezweifelte nicht, dass die Frauen ihn wegen seines Charmes geheiratet hatten und nicht wegen des Geldes, das aus jedem Winkel der Villa sprach, die ohne Zweifel zu Ehren seiner Gattin Nummer vier ganz in japanischem Stil gehalten war.

»Was Ihre letzte Ehe betrifft …«, begann Santomauro.

»Sie meinen Presida? Das war eine traurige Geschichte. Ich versuche immer, mich von meinen Frauen im Guten zu trennen. Indira lebt mit meiner Mutter in Rom, stellen Sie sich das vor. Ich habe ihr eine Arbeit als Dolmetscherin verschafft. Saia wollte lieber nach Hause zurückkehren, doch wir telefonieren miteinander, und manchmal kommt sie nach Italien. Ein zivilisiertes, herzliches Verhältnis. Aber mit Presida … Und alles wegen dieser Mazzoleni. Eine Stichelei hier, eine Andeutung dort, und schließlich begriff Presida, die ja keineswegs dumm war, dass sie Nummer drei darstellte. Sie hat mich sofort verlassen, sie war sehr stolz, und kehrte mit dem ersten Flieger nach Colombo zurück. Halb so schlimm, wir hatten sowieso schon angefangen zu streiten, sie wollte arbeiten und den Führerschein machen, aber so ein abruptes Ende tat mir dann doch leid, das habe ich Elena nicht verziehen, also die hatte ich echt auf dem Kieker.« Plötzlich musterte er sie misstrauisch. »Ach so, deswegen sind Sie hier? Netter Versuch, aber Ihnen ist hoffentlich klar, dass ich niemals

109

für eine Frau töten würde. Dafür gibt es einfach zu viele davon auf der Welt!«

Santomauro stimmte ihm zu und wandte sich couragiert wieder seinem Sushi zu.

In der Nacht, tief in der Nacht erlebte Pioppica Sotto einen magischen Moment. Wenn die zwei Bars ihre Tischchen hereingeholt und abgeschlossen hatten und die Menschen endlich müde von all dem Eis, den Erfrischungsgetränken und den Limoncelli nach Hause gegangen waren, wenn die Jüngeren sich in Richtung der über die Küste verteilten Diskotheken aufgemacht hatten, wo sie sich bis in die frühen Morgenstunden schweißgebadet in einer Art Alkoholtrance auf der Tanzfläche verrenken würden, wenn auch die Liebespärchen es müde waren, in aller Öffentlichkeit zu turteln, und nach Hause gingen, um im Privaten damit fortzufahren, wenn die streunenden Katzen beschlossen, dass nun auch für sie Schlafenszeit war – dann und erst dann fand Pioppica wieder zur Ruhe.

Das war der Moment, den Regina am meisten liebte.

Sie stand am Geländer ihrer Terrasse auf dem hohen Felsen, der sich über dem Ort erhob, lauschte auf die Stille um sie herum und sah, wie die Dunkelheit vom Meer aufstieg. Unter einigen Schwierigkeiten war es ihr gelungen, zwei der nächststehenden Laternen abschalten zu lassen, die mit ihrem aufdringlichen Licht den Zauber der Nacht störten, außerdem arbeitete sie in Gedanken schon an der Abschaltung einer dritten. An anderen Stellen der Rocca hätte sie alle Ruhe und Finsternis der Welt haben können, doch Regina wollte nicht auf den Hang starren, sondern das Meer sehen, die Lichter in der Ferne. Ihre Freunde waren gegangen, und hinter ihr, im Haus und auf der Terrasse, schienen die Tische mit den vollen Aschenbechern und den Bidding Boxes samt den säuberlich einsortierten Karten auf den nächsten Tag zu warten.

Sie rauchte eine Zigarette, dann noch eine und noch eine. Manchmal trank sie etwas, aber nicht immer, oft genügte es, einfach dort zu sitzen und aufs Meer zu schauen. Dann kehrten die Erinnerungen zurück, mit einer buhlenden Sanftheit, ohne jeden bitteren Beigeschmack von Reue, sondern allein mit der klaren Akzeptanz dessen, was gewesen war. Sie war wieder ein Kind, auf derselben Terrasse, als ihre Mutter und deren Mutter noch lebten und alles möglich schien. Sie sah sich wieder vor sich, jung und unbesiegbar, wenn sie zum Tanzen gehen wollte oder ans Meer für ein nächtliches Bad. Sie sah sich an Frühlingsnachmittagen, wie sie für ihr Examen lernte, das damals so wichtig erschien, oder wie sie mit den Freundinnen an sorglosen Wochenenden zusammensaß, als man nur wegen Liebeskummer oder einer vermasselten Prüfung weinte. Sie sah sich mit ihrer ersten großen Liebe, sah den heimlichen gemeinsamen Urlaub, über den ihre Mutter und ihre Großmutter bestens Bescheid wussten. Sie sah sich mit ihrer zweiten großen Liebe und mit der dritten, der vierten und der fünften, bis sie aufgehört hatte zu zählen.

Sie hatte das Gefühl, alles noch einmal zu durchleben, dieses Leben, das so eilig an ihr vorbeigezogen war, ohne dass sie jemals daran gedacht hätte, es festzuhalten. Alles war so schnell gegangen, mühelos und ohne Plan, so einfach, leicht, nett, und nun, wo sie eigentlich satt sein müsste, merkte sie, dass sie die Speisen des Festmahls gar nicht richtig ausgekostet hatte.

Aber es lag nicht in ihrer Absicht, so zu enden wie viele aus ihrem Bekanntenkreis, pathetische Imitate der Jugend, mit operierten Nasen und Brüsten, das Gesicht geliftet, die Haare goldblond gefärbt und einen jungen Mann an der Seite. Nein, Regina fürchtete in höchstem Maße die Lächerlichkeit. Ihr genügten die Erinnerungen, und hierher, an diesen Ort, der ihr mehr als alles andere Heimat war, kehrten sie ganz leicht zurück, mit bunten, detailreichen Bildern, aber auch mit Gerüchen, Geschmäckern, Geräuschen und Gefühlen, all dem, was zusammengenommen das Kaleidoskop ihres Lebens bildete. Die Augenfarbe eines Mannes nach einer Liebesnacht vor vielen Jahren; Duft und Geschmack einer Süßspeise aus ihrer Kindheit, die nur ihr Kindermädchen zubereiten konnte und deren Rezept mit ihm verlorengegangen war; die Stimme ihrer Mut-

111

ter; das Gefühl von feuchtem Sand zwischen den Zehen in ihrer einzigen, zu früh geendeten Schwangerschaft. Abertausende Bruchstücke, jeden Abend neue. Sie brauchte nichts zu tun, als sie zuzulassen, in einer Art hypnotischer Trance, aus der sie manchmal erst Stunden später erwachte, um dann mit der merkwürdigen Gewissheit schlafen zu gehen, dass ihr Leben sich so Stückchen für Stückchen zu einem Gesamtbild zusammensetzte, das sie am Ende des Ganzen verstehen würde.

Sie hatte sich immer vorgestellt, hier zu sterben, in einer Sommernacht mit Blick auf das Meer, im schmerzlosen Übergang aus den Erinnerungen in den ewigen Traum.

Doch so sollte es nicht sein.

Sie hatte noch wenige Nächte, und danach den Rest eines sinnlosen und faden Lebens.

Verfluchte Elena. Sie war an allem schuld.

Sie hätte es verdient, nicht einen Tod zu sterben, sondern eintausend, zweitausend Tode.

Draußen ist die Beschaffenheit des Dunkels anders als drinnen. Innerhalb von vier Wänden mag die Dunkelheit zwar bedrückend und furchterregend sein, doch du weißt immer, wenn du dich nur weit genug vortastest, gelangst du an eine Wand, wo du dich anlehnen kannst. Es ist eine dichte Dunkelheit voll mit Hindernissen, aber auch mit Dingen, an denen man sich festhalten und orientieren kann.

Draußen hingegen war die Dunkelheit flüssig, von einem absoluten Schwarz, wie ein Meer aus Finsternis, in dem er weder oben noch unten noch irgendetwas zu den Seiten unterscheiden konnte. War es besser, stehen zu bleiben oder beim Warten auf und ab zu gehen? Er war pünktlich gekommen, denn er wollte keine Überraschungen erleben und den Pfad, der herabführte, im Blick behalten, doch nun kam ihm die Idee nicht mehr so grandios vor, genauso wenig wie der Ort, den er ausgesucht hatte. Es war kalt, vom Meer stieg die Feuchtigkeit auf, und er hatte nicht einmal ein Handtuch. Genialer Einfall, von Pioppica herüberzuschwimmen und auf das Überraschungsmoment zu setzen, doch nun, während das Wasser auf seiner Haut gefror, war er versucht, wieder hineinzuspringen und dahin zurückzuschwimmen, woher er gekommen war.

Er dachte eine Minute zu lange nach, den Blick starr auf das leicht schwappende Meer gerichtet.

Der erste Schlag zertrümmerte ihm die rechte Schläfe. Er war schon tot, bevor er zu Boden fiel.

Mittwoch, 15. August

Pippo Mazzoleni wirkte krank, aber irgendwie auch abgeklärt und entschlossen, so als habe er einen wichtigen Schritt getan. Santomauro war zu ihm gefahren, um ihm mitzuteilen, dass der Leichnam seiner Frau nun für die Beisetzung freigegeben war. Das hatte er als seine persönliche Pflicht betrachtet, auch um zu sehen, ob der Witwer allein zurechtkam, doch dann hatte er jemanden bei ihm angetroffen, der nicht unbedingt die passende Gesellschaft für einen Mann zu sein schien, dem die Frau ermordet, aus einem Haufen schimmelnder Algen geborgen und einer Autopsie unterzogen worden war. Sein Gast war de Collis, und der Maresciallo hoffte inständig, dass er sich nicht zu irgendwelchen Vertraulichkeiten hatte hinreißen lassen, doch ein zweiter Blick in Mazzolenis graues und eingefallenes Gesicht ernüchterte ihn. Dennoch wirkte der Mann gelassen, die Hände, mit denen er ihm die Kaffeetasse reichte, waren ruhig, und der müde Blick aus seinen hellen Augen wirkte wie der eines Menschen, der irgendwie in den Hafen einläuft.

»Sie finden es vielleicht merkwürdig, Maresciallo, aber ich bin erleichtert, dass ich Elenas Beerdigung veranlassen kann. Wenn ich sonst schon nichts tun kann.«

»Die Ermittlungen sind in vollem Gange, Sie werden sehen, dass wir bald weiterkommen.«

»Aber wo wollen Sie denn hin, Maresciallo, gehen Sie einfach bis Eboli, wie Christus, und bleiben Sie dort!«

»Leandro, bitte, der Maresciallo macht doch nur seine Arbeit, und er macht sie gut. Weder du noch ich können mehr tun, also bitte … Ich weiß, wie sehr du an Elena gehangen hast, das muss auch für dich sehr schwer sein …«

De Collis wurde rot und senkte den Blick. Santomauro sah ihn interessiert an.

Bebè Polignani war eine besessene Schwimmerin. Ihr Dienstmädchen, eine Cilentanerin mittleren Alters, geschminkt und schmuckbehängt wie eine Herzogin und mit einem schwarzen Seidentüchlein um den Hals, erklärte Santomauro, an welcher Stelle er die steilen Treppenstufen fände, die zum Felsstrand hinabführten, und mit einer gewissen Vorsicht und barfüßig erreichte er Meeresniveau, ohne sich das Genick zu brechen.

Er setzte sich wartend ans Ufer unter einen Baum, der ein wenig Schatten spendete. Die Wasseroberfläche vor ihm war spiegelglatt, wie immer in Pioppica bis neun oder zehn Uhr vormittags. Anschließend kam Wind auf, der zur Freude der Surfer und Segler manchmal bis zum Nachmittag anhielt. Santomauro schwamm gerne, und hin und wieder hatte auch er es am frühen Morgen bis zur Spitze der Landzunge hinaus geschafft, die für alle besonnenen Schwimmer die magische Grenze darstellte. Er tauchte auch gerne mit der Sauerstoffmaske und erforschte den charakteristischen Artenreichtum am Meeresgrund. Darin bot Pioppica Material im Überfluss, und nicht selten war er auf Muränen, Kraken und verschiedene andere Vertreter der Unterwasserfauna gestoßen.

Seine Frau Iolanda hingegen hatte sich stets vor allen Wassertieren geekelt. Die wenigen Male, die sie gemeinsam im Meer geschwommen waren, hatte sie die Tauchermaske abgelehnt, weil sie, wie sie sagte, lieber nicht wissen wollte, was unter ihr los war. Meistens hatte sie ihn deshalb ins Schwimmbad geschleppt, wo sie am Betonrand und auf dem künstlichen Rasen gerade so viel wilde Natur antraf, wie sie ertragen konnte. Oder zu einem späteren Zeitpunkt ihrer Ehe, als sie in Neapel lebten, auf die Yachten von Leuten, die sie kennengelernt hatte, wo sie glückselig in der Sonne lag und oben ohne ihren perfekten Leib zur Schau stellte.

Sie hatte diesen gewissen Körper und dieses bestimmte Ge-

sicht, die wie geschaffen dafür scheinen, Männer auf schmutzige
Gedanken zu bringen. Sie hatte ein wenig Ähnlichkeit mit dem
Pornosternchen Moana Pozzi, nur dass ihre Haare und Augen
von einem samtigen Tiefschwarz waren. Santomauro hatte sie
sehr geliebt und alles so lange wie möglich ertragen, indem er
vorgab, nichts von dem zu wissen, was er längst ahnte.

Das Ende war erreicht, als sie mit einem blauen Auge nach
Hause kam, das sich auch unter Make-up nicht verbergen ließ,
und ihm unter Tränen gebeichtet hatte, dass sie von dem Mann
geschlagen worden war, der sich ihr Geliebter schimpfte. Santomauro hatte ihr die Prellung gekühlt, dann war er den Typen
suchen gegangen und hatte ihn brutal verprügelt. Iolanda war
ausgezogen und Santomauro versetzt worden, da der Geck, den
er vermöbelt hatte, der Sohn eines bekannten neapolitanischen
Politikers war, mit Sitz im Abgeordnetenhaus und einflussreichen Freunden in höchsten Militärkreisen. Nach einem kurzen
Exil im sardischen Nirgendwo hatten die Vorgesetzten beschlossen, dass man nicht unnötig grausam sein musste, und
ihm diesen ruhigen und im Großen und Ganzen nicht unangenehmen Ort Pioppica zugewiesen. Ganz sicher hatte zu dieser Milde auch das nicht erneuerte Mandat beigetragen, mit
dem die Wähler den Abgeordneten abgestraft hatten.

Seitdem hatte er wenig von Iolanda gehört. Nach seiner Versetzung nach Pioppica hatte sie zweimal angerufen, einmal um
ihm zu sagen, dass es ihr gut gehe und sie mit einem Verpa-
ckungsunternehmer liiert sei, das andere Mal, um ein Schreiben
ihres Anwalts anzukündigen, das auch prompt folgte. Er hatte
unterschrieben und versucht, nicht allzu viel darüber nachzu-
denken, und seitdem betrachtete er sich wieder als Single und arbeitete gleichzeitig daran, nicht bei jedem Läuten des Telefons
hoffnungsfroh aufzuspringen. Er wusste, dass Iolanda nicht wieder anrufen würde, es sei denn, sie brauchte etwas, und er rechnete damit, sie eines Tages auf den Klatschseiten der High So-
ciety wiederzusehen. Seine Ehe hatte ihn zum Zyniker gemacht,
der verständlicherweise weniger offen gegenüber Frauen generell
war, ein knurriger Einzelgänger, der noch stärker dazu neigte, die

Abende in Gesellschaft von Büchern anstatt von Menschen zu verbringen, doch er merkte, dass diese Phase sich allmählich dem Ende zuneigte, was ihm einerseits leidtat und andererseits ein bisschen Sorge bereitete. Seit Iolanda hatte er mit keiner Frau mehr etwas gehabt.

»So ganz in Gedanken, Maresciallo?« Bebès Stimme riss ihn aus den Tagträumen. Sie war dem Wasser entstiegen und trocknete sich ab, dann entnahm sie einer Tasche des Strandtuches eine Zigarette und zündete sie an, während sie sich neben ihm niederließ. »Was für ein Genuss, der erste Zug nach dem Schwimmen! Finden Sie nicht? Es bereitet mir eine geradezu perverse Freude, mir sofort danach die Lungen zu verpesten. Es mag albern sein, aber ich fühle mich dann mutig und unkonventionell. Ich nehme mir das Recht, mich zu vergiften und zu entgiften, wie es mir passt.« Sie streckte sich auf den Steinen aus und rauchte genießerisch, wohl wissend, dass der Maresciallo sie beobachtete. Sie sah wirklich gut aus, vollbusig und langbeinig in einem äußerst vorteilhaften gelben Badeanzug. Mit der Hand, in der sie die Zigarette hielt, schirmte sie ihre Augen vor der Sonne ab und sah ihn an, während ihre vollen Lippen sich zu einem Lächeln verzogen.

»Also? Sind Sie wegen meiner kleinen Gehässigkeit von neulich hier? Wollen Sie wissen, wer Samir ist?«

»Wer er ist, weiß ich schon, ich möchte wissen, warum Sie ihn mit Elena Mazzolenis Tod in Verbindung bringen.«

»Gott bewahre!« Signora Polignani setzte sich ruckartig auf. »Ich habe niemals gesagt, dass Samir etwas mit Elenas Tod zu tun hat. Absolut nicht! Ich hoffe, Sie verdächtigen ihn nicht aufgrund meiner albernen Anspielung. Das würde ich mir nie verzeihen!«

»Beruhigen Sie sich. Samir steht unter keinem besonderen Verdacht, aber wir müssen natürlich über jeden Informationen einholen. Sie werden mir zustimmen, dass Samir bei seinem Metier durchaus ein geeigneter Kandidat wäre.«

»Ich sehe, Sie haben sich informiert«, meinte sie sarkastisch. »Tja, natürlich wäre der schwarze Callboy der ideale Schuldige,

117

damit all die wichtigen Leute aus dem Schneider sind, die Lust gehabt haben könnten, Elena den Hals umzudrehen.«

»So arbeite ich nicht«, meinte Santomauro trocken.

»Das hoffe ich. Und Ihre Vorgesetzten?«

»Für die kann ich nicht sprechen, aber Sie werden mir zustimmen, dass es genau aus diesem Grund notwendig ist, Samir ausfindig zu machen und ihm ein paar Fragen zu stellen.«

Am Tag zuvor hatten die Nachforschungen nach dem jungen Mann begonnen, erst heute Morgen hatte er Faxe rausgeschickt, um Hinweise auf ihn zu bekommen, doch der Maresciallo wusste bereits, dass er seit geraumer Zeit von niemandem mehr gesehen worden war. Der Marokkaner, der mit ihm am Strand zusammenarbeitete, wusste auch nichts.

»Ich habe Samirs Handynummer, wenn Sie die interessiert, aber er geht nicht ran. Ich weiß das, weil ich ihn gestern angerufen habe. Ich brauchte ihn. Schockiert Sie das?« Sie blickte ihn ungeniert an, doch Santomauro glaubte, einen Anflug von Traurigkeit in ihren Augen zu erkennen.

»Sagen Sie mir, warum Sie glauben, dass Elena ihn kannte.«

»Weil ich ihr seine Nummer gegeben habe«, erwiderte sie einfach. »Das war letztes Jahr, gegen Ende des Sommers. Mit Pippo lief es schlecht, sie hatten sich den ganzen August gezankt, weil es so aussah, als wolle Valentina aus Helsinki anreisen, woraus dann aber nichts wurde.«

Schon wieder diese Valentina, dachte der Maresciallo, beschloss aber, den Fluss der Vertraulichkeiten nicht zu unterbrechen. Auf Valentina würde er später zurückkommen.

»Gegen Ende des Sommers fuhr Pippo mit Freunden nach Panarea, und Elena blieb hier und ärgerte sich schwarz. Sie wollte es ihm heimzahlen und fragte mich deshalb nach Samirs Nummer. Ich zögerte, ich mochte Pippo, aber schließlich ging es mich nichts an, und da habe ich sie ihr gegeben.« Während sie sprach, blickte sie aufs Meer hinaus, die Arme um die Knie geschlungen. Plötzlich drehte sie sich zu ihm um. »Das stimmt nicht, jetzt kann ich Ihnen auch gleich die ganze Wahrheit sagen. Elena ließ durchblicken, dass sie mich bei den anderen durch den Dreck ziehen würde, wenn ich ihr Samirs Nummer nicht gäbe. Keine Ahnung, woher sie davon wusste, aber ich war sicher, dass sie mich an den Pranger stellen würde. Ich werde hier sowieso schon wie eine Aussätzige behandelt, die man nur widerwillig erträgt. Also gab ich sie ihr. Ich glaube, ich dachte, wenn sie selbst zu Samir ginge, könnte sie nicht mehr schlecht über mich reden.«

»Und ging sie?«, fragte der Maresciallo ruhig.

»Keine Ahnung, sie hat mir nichts darüber gesagt. Samir ist extrem diskret, von ihm erfuhr ich kein Wort. Aber Elena hat mich nie ins Visier genommen, weder hier noch in Neapel, und das ist für mich der klare Beweis, dass sie zumindest einmal mit ihm gevögelt hat.«

»Darf ich Ihnen zwei Fragen stellen?«

»Kommt ganz drauf an.«

»Warum bleiben Sie in Pioppica?«

»Sie meinen, weil ich das Geld hätte, woanders hinzugehen? Ganz einfach, ich mag die Gegend. Und die zweite?«

»Wer ist Valentina?«

»Entschuldige, Regina, ich musste es ihm sagen. Sonst hätte es jemand anders getan. Aber dich habe ich nicht erwähnt, ich habe ihm nur die alte Geschichte erzählt ... Ach, wirklich? Und du ein vertrocknetes Stück Scheiße!«

Bebè hängte den Hörer heftiger auf als nötig, dann starrte sie eine Weile auf ihre Fingernägel, schließlich blieb sie vor dem antiken Kleiderschrank im Schlafzimmer stehen und betrachtete sich im Spiegel. Dann gab sie sich einen Ruck, öffnete die Schranktür und wühlte in den Kleidern herum. Sie brauchte etwas Dezentes, das aber nicht zu nüchtern war, etwas, das der Phantasie genug Spielraum ließ. Keine leichte Wahl, doch am Ende war Bebè Polignani halbwegs zufrieden. Ein hochgeschlossenes, schwarzes Kleid mit vielen kleinen Knöpfchen, allesamt keusch geschlossen. Die Seitenschlitze jedoch erlaubten Einsichten auf die weiße, vom Badeanzug vor der Sonne geschützte Haut und warfen ernsthafte Fragen über die Existenz eines

Slips auf. Bebè drapierte ihre blonden Haare zu einer kunstvoll verstrubbelten Hochsteckfrisur, legte etwas rosa Lippenstift auf, lächelte ihrem Spiegelbild zu, griff nach den Autoschlüsseln und verließ das Haus.

Santomauro verdaute die gerade gehörten Informationen, während er im Auto nach Pioppica Sopra hinauffuhr. Er musste sich unbedingt noch einmal die Notizen zu den vorherigen Befragungen von Elena Mazzolenis Entourage ansehen. Diese Valentina konnte eine Rolle spielen oder auch nicht, jedenfalls weckte sie seine Neugier, da ihr Name in fast allen Gesprächen fiel. Wollten sie sie vielleicht unbedingt ins Spiel bringen oder im Gegenteil versuchen, sie zu decken? In wessen Interesse war es, sie in den Kreis der möglichen Verdächtigen aufzunehmen, und wer versuchte mit allen Mitteln, ihre Existenz vergessen zu machen?

Valentina Forlenza, fünfunddreißig Jahre alt, Elektroingenieurin, Exflamme von Pippo Mazzoleni und, zumindest behauptete das die Polignani, mit ihnen allen befreundet.

Der Maresciallo hatte sich ihr Haus angesehen, immer Bebès Wegbeschreibung folgend. Es war eine sehr einsam gelegene Villa, die man nur zu Fuß erreichte, nachdem man den Wagen an einer Abzweigung an der Hauptallee von Sigmalea abgestellt hatte. Der unwegsame, steinige Abstieg erinnerte Santomauro an den Weg zu seinem eigenen kleinen Haus, doch die Villa war, wenn man sie einmal erreicht hatte, ganz anders. Trotz deutlicher Zeichen der Verwahrlosung sah man, dass das alte Gebäude zurückhaltend restauriert worden war im Versuch, seinen ursprünglichen Geist so weit wie möglich zu erhalten. Die Außenmauern waren fast vollständig mit Ranken überwuchert, und die Terrasse, von vorne kaum einsehbar, bot einen grandiosen Meerblick und garantierte Ungestörtheit.

Es herrschte vollkommene Stille, der Ort war wie ausgestorben. Santomauro kehrte fast schweren Herzens um und bedauerte zum zweiten Mal innerhalb weniger Tage, nicht genug Geld zu haben, um sich ein solches Haus leisten zu können. Die Polignani hatte ihm erklärt, dass Valentina Forlenza den Abriss der Ruine auf dem Baugrund von Sigmalea verhindert und die anderen Eigentümer überzeugt hatte, sie sanieren zu lassen. Sie bewohnte das Haus jedoch nur sporadisch, da sie beruflich viel unterwegs war und nicht unbedingt zu den allgemein üblichen Zeiten Urlaub machte. In diesem Sommer hatte Bebè sie noch gar nicht gesehen, doch sie war eben ein sprunghafter Typ, ohne feste Bindungen und scheinbar gewillt, es zu bleiben.

Santomauro versuchte sich gerade zu erinnern, ob er ihr jemals begegnet war, als plötzlich schwarze, hauchfeine Fitzelchen auf die Windschutzscheibe flogen und fast ohne jede Spur wieder verschwanden. Der Maresciallo runzelte die Stirn: Was er im Moment als Letztes gebrauchen konnte, war ein schönes Feuerchen. Die cilentanische Küste wurde normalerweise jeden Sommer von unzähligen Bränden heimgesucht, manche natürlich entstanden, manche durch Brandstiftung, mindestens zwei davon größeren Ausmaßes. In diesem Jahr war Pioppica noch glimpflich davongekommen, nur wenige Hektar Gestrüpp waren zerstört worden, doch Santomauro machte sich keine Illusionen, der Sommer würde noch weiteren Schaden mit sich bringen. Er folgte dem immer dichter werdenden Rauch und entdeckte schließlich den Brandherd nahe am Straßenrand, ein gutes Zeichen, da der Asphalt eine effiziente Barriere darstellte. Die höheren Flammen jedoch züngelten gefährlich in Richtung eines einsamen Landhauses, das nach Santomauros Erinnerung bewohnt war. Das Feuer war noch klein, doch er wusste, wie unberechenbar die Flammen waren und wie jeder kleinste Windhauch es unkontrollierbar anfachen konnte. Einige Autos bremsten ab, und er bedeutete ihnen durch Zeichen, weiterzufahren und die Feuerwehr zu rufen, dann machte er sich mit einigen Freiwilligen an die undankbare Aufgabe, wenigstens den niedrigeren Teil des Feuers zu löschen. Im Auto bewahrte er eine alte Decke auf, die er seit dem letzten Sommer auf Cozzones Anraten hin für genau diese Gelegenheit spazieren fuhr, nun endlich war der Moment gekommen.

Erst eine Stunde später, als die Feuerwehrleute schon da waren und die Lage allmählich unter Kontrolle brachten, konnte er seinen Weg zur Kaserne fortsetzen, rußbedeckt, mit roten, von Dornen zerkratzten Händen, einem angesengten Hosenbein und rollendem Husten. Er stellte sich unter die Dusche und überlegte dort zehn Minuten lang, wen er wohl am besten in die Mangel nähme, um etwas über Valentina Forlenza zu erfahren.

»Lieber Santomauro, Staatsanwalt Gaudioso hier. Wie geht's unseren Ermittlungen? Halten Sie meine Anwesenheit bei Ihnen da unten für unbedingt erforderlich?«

»Nein, eigentlich …«

»Na bestens, ich bin nämlich nicht ganz unbeschäftigt. Dennoch möchte ich Sie noch einmal daran erinnern, dass dies ein wichtiger Fall ist, den die Anwaltschaft von Vallo mit allen zur Verfügung stehenden Kräften unterstützen möchte, in enger Kooperation mit dem Heer und allen Polizei- und Justizorganen.«

»Gewiss. Wir …«

»Ich verlasse mich auf Sie, Santomauro, und erwarte vertrauensvoll Ihre Mitteilung. Unter uns gesagt, der Onkel des Opfers ist ein hohes Tier in Rom, Intimfreund unseres lieben Dottor Morgera, Staatsanwalt von Vallo, der in diesem Moment neben mir sitzt, also geben Sie alles und seien Sie auf der Hut!«

»Ich verstehe nicht, was Sie von mir wollen. Ich mag das Getratsche nicht und dachte, ich hätte mich klar ausgedrückt.«

Santomauro lächelte die Frau an. Heute gab es keine Bitte, zum Essen zu bleiben, keinen einladenden Duft nach Auberginenauflauf. Ohne die diskrete und beruhigende Anwesenheit des Jesuiten wirkte Olimpia Casaburi viel mürrischer und das Haus weit weniger einladend.

»Es handelt sich nicht um Getratsche, Signora, ich bitte Sie lediglich darum, mir das eine oder andere Detail bezüglich einer Person ihres Bekanntenkreises zu bestätigen, über die ich gerne etwas mehr wüsste.«

»Zuerst einmal: Ich und Valentina waren nie miteinander befreundet. Bekannt, ja, aber befreundet wirklich nicht. Sie ist nicht ganz mein Typ und ich gewiss auch nicht der ihre.«

»Aber sie ist mit den Mazzolenis und Ihren ganzen Bekannten befreundet, oder? Sie fährt mit Ihnen im Boot raus, geht mit Ihnen essen und tanzen, spielt Bridge und Tennis, Sie gehören zum selben Freundeskreis. Außerdem kommt sie seit ihrer Kindheit hierher, Sie hatten also reichlich Zeit, einander kennenzulernen, auch wenn Sie sich nicht mochten.«

Olimpia schnaubte verächtlich, dann musste sie ihm widerstrebend recht geben. Sie und Valentina Forlenza kannten sich seit langem und, ja, sie hatten gemeinsame Freunde, weshalb sie sich sporadisch trafen, vor allem im Sommer.

»Aber im Winter nicht. Sie wohnt nicht in Neapel, und in Rom, wo wir auch ein Haus haben, ist sie immer nur sehr kurz.«

»Sie kommt also aus Rom?«

»Nein, aus Perugia«, sagte die Signora und entspannte sich ein wenig. Letztlich plauderten sie ja nur, und der Maresciallo war im Grunde ein anständiger Mann. »Ihr Vater war aus Rom, die Mutter aus Neapel, aber sie ist in Perugia geboren und dort hat sie noch ein Haus, in das sie ab und zu zwischen zwei Reisen zurückkehrt.«

»Ich dachte, sie sei Ingenieurin.«

»Ist sie auch, und wie man hört, sogar eine gute«, gab die Casaburi großmütig zu, »deshalb schicken sie sie immer herum, ein Jahr nach Amerika, zwei nach Frankreich, jetzt ist sie, glaube ich, gerade in Helsinki, sie hat wirklich ein schönes Leben.«

Nach dem Wenigen, was Santomauro über Helsinki wusste, bezweifelte er das stark, doch er hütete sich, der Dame zu widersprechen, die nun ganz erpicht darauf schien, nach Herzenslust zu tratschen.

»Ich habe sie vor vielen Jahren kennengelernt, als ich zum ersten Mal mit Sergio herkam. Sie ist ein Mädchen, das sofort ins Auge sticht, nicht im eigentlichen Sinne schön, aber eben

123

besonders, und sie war immer eine, die nicht lange fackelt, wenn Sie verstehen, was ich meine.«

Der Maresciallo verstand sie sehr gut und hatte sofort das Bild von zwei jungen Frauen vor Augen, die eine beliebt und leichtlebig, die andere gehemmt und nicht wirklich hübsch. Die Antipathie für Valentina wurzelte tief, und Olimpia gelang es mehr schlecht als recht, die Bitterkeit hinter ihren Worten zu verbergen. Valentina hatte Erfolg bei den Männern, den zukünftigen Signor Casaburi vielleicht eingeschlossen. Sie scherte sich trotz ihrer Jugend keinen Deut um die Meinung der anderen, wechselte den Freund in einem für die Betroffenen, nicht aber für sie haarsträubenden Tempo und unterschied dabei nicht nach Kasten.

»Verstehen Sie, als sie sich auf Pippo Mazzoleni kaprizierte, war er noch nicht der erfolgreiche Architekt von heute, mit renommiertem Büro und Partnern, die den richtigen Nachnamen führen. Er war nur Kellner in der Bar Centrale, der von seinen Eltern in den Ferien zu den Verwandten geschickt wurde, die damals eben die Bar betrieben. Er servierte unserer Gruppe kleine Pizzen und Getränke, aber da er gut aussah und sich zu benehmen wusste, begann er mit uns auszugehen. Wir hatten immer einen Platz für ihn im Auto, und ich schätze, den Eintritt fürs Blue Moon, die Chitarella oder die anderen Lokale verdiente er sich tagsüber mit der Kellnerei.« Der unterschwellige Rassismus leuchtete zusammen mit dem selbstzufriedenen Lächeln in ihrem Gesicht auf, während sie in Erinnerungen schwelgte. Santomauros Laune, der als junger Mann selbst mittellos und stolz gewesen war, wenn auch nicht wirklich attraktiv, verdüsterte sich zusehends.

Olimpia merkte nichts davon und fuhr fort: »Danach ging er weg, er hat studiert und seinen Weg gemacht, aber damals, als er mit Valentina zusammenkam, waren wir alle ein wenig … konsterniert, Sie verstehen, was ich meine?«

»Natürlich, Signora, ich verstehe Sie sehr gut.«

»Tja, und Valentina nahm ihn sich und ließ ihn fallen wie alle anderen zuvor, und auch in den folgenden Sommern nahm sie ihn sich, ganz wie es ihr beliebte. In der Zwischenzeit hatte auch Elena Ragucci ein Auge auf ihn geworfen, aber ein viel ernsthafteres. Sie haben sich in der Stadt wiedergesehen, kamen zusammen und haben geheiratet, und das ist das Ende der Geschichte.«

»Wie, das Ende? Das machen Sie mir nicht weis. Valentina hat ihn sich einfach so wegnehmen lassen?« Santomauro war fast ein wenig enttäuscht.

»Oh, da haben Sie nicht richtig zugehört, Maresciallo! Valentina vögelte – zumindest damals – mit allem, was einen Schwanz hatte. Sie war es, die entschied, die wegwarf. Sie hat ihn ihr überlassen, verstehen Sie? Ausschussware.«

Santomauro vermutete, dass Pippo nicht Valentina Forlenzas einzige Ausschussware war, die sie ohne Bedauern zurückließ, damit eine andere ihn heiratete.

»Dann schließen Sie also aus, dass diese Valentina in all den Jahren irgendwelchen Ärger oder Ressentiments angestaut hat?« Auch ihm kam das schon während der Frage lächerlich vor, doch was konnte er tun? Wieder eine vielversprechende Spur, die ins Leere lief. Die Antwort der Frau ließ ihn allerdings aufhorchen.

»In all den Jahren sicherlich nicht. Valentina ist eine, die in den Tag hinein lebt. Sollte sie es aber in den letzten Jahren irgendwie bereut haben, tja, also sie ist sicher nicht der Typ, der sich unnötige Skrupel macht, mal ganz neutral gesagt.«

»Sie meinen …«

»Schluss jetzt. Ich habe nichts gesagt. Fragen Sie jemand anderen und lassen Sie mich aus dem Spiel. Von mir erfahren Sie nichts mehr.« Sie war entschlossen aufgestanden, und Santomauro blieb nichts anderes übrig, als es ihr gleichzutun.

»Ich sage Ihnen nur noch ein Letztes. Was auch immer Ihr Eindruck sein mag, Valentina ist mir sehr sympathisch, nur teile und akzeptiere ich nicht ihren vollständigen Mangel an moralischem Empfinden. Sie ist eine, die selbst dann im Tanga oder oben ohne herumläuft, wenn Kinder zugegen sind. Und damit habe ich alles gesagt.«

»Entschuldige, Regina, ich habe versucht, ihm so wenig wie möglich preiszugeben, aber du weißt ja selbst, wie penetrant dieser Mann ist. Nein, auf keinen Fall, dein Name ist überhaupt nicht gefallen. Was für eine Freundin wäre ich denn? Über Valentina habe ich ganz wenig gesagt, nur das, was er ohnehin schon wusste. Von wem? Ich habe nicht die geringste Ahnung, ach weißt du, die Welt ist voll von bösen Zungen. Also, ich verstehe dich nicht. Möchtest du damit etwas andeuten? Nein, ich habe kein schlechtes Gewissen. Wir sprechen uns besser wieder, wenn du dich beruhigt hast. Ruf mich an. Ciao ciao.«

Wie nervös Regina war, ausgerechnet sie, die sonst überhaupt nicht zu hysterischen Anfällen neigte. Aber na ja, diese Wirkung hatte Valentina nun mal auf die Leute.

»Pater, vergebt mir, denn ich habe gesündigt.«

»Komm schon, Bebè, das ist doch lächerlich, sonst nennst du mich doch auch einfach Lillo.«

»Ich weiß, aber ich fand, da ich nun mal die Beichte ablegen möchte …«

»Entschuldige, wie lange hast du nicht mehr gebeichtet?«

»Seit vielleicht zehn, nein, eher fünfzehn Jahren, mehr oder weniger.«

»Sagen wir zwanzig. Na gut, mach dir keine Gedanken und sei einfach wie immer, alles andere überlässt du mir.«

»Also, ich hätte eine Menge Dinge, über die ich reden möchte, vor allem Sünden des Fleisches, weißt du, aber dazu komme ich später. Was mir am meisten auf der Seele liegt, ist etwas, das ich heute getan habe, gerade eben, und das möchte ich dir sofort beichten.«

»Ich höre dir zu.«

»Ich weiß, du bist so verständnisvoll. Ich meine, ich weiß, dass das Teil deines Berufes ist, aber man sieht, dass du mit ganzem Herzen dabei bist. Ich finde es nicht fair, dass Olimpia dich so vereinnahmt, aber das ist wieder ein anderes Thema, vielleicht können wir ja später darüber reden, zwischen den

Sexgeschichten. Aber wegen dieser anderen Sache, da habe ich gelogen, aber ich weiß nicht, ob es schlimm ist oder nicht.«

»Kommt ganz drauf an. Wen hast du angelogen?«

»Den Maresciallo Santomauro. Weißt du, dieser kahlköpfige Carabiniere, der so sexy ist, der mich manchmal unter einem Vorwand verhört. Ich glaube, ich gefalle ihm, aber das tut nichts zur Sache. Ich habe ihn angelogen, oder vielleicht kann man sagen, ich habe es unterlassen, ihm etwas zu sagen.«

»Etwas Wichtiges?«

»Nein, ich glaube nicht, und außerdem wird er es von jemand anderem erfahren. Ich bin froh, dass dies nun der Anlass war, bei dir zu beichten, Lorenzo. Das wollte ich schon seit Ewigkeiten tun, aber dann, weißt du, irgendwie dachte ich, Olimpia wäre dann sauer.«

»Was redest du denn da.«

»Na ja, wir sind in ihrem Haus, statt im Beichtstuhl sitzen wir auf ihrer Terrasse mit Blick aufs Meer, ich bin sicher, dass sie uns nicht belauscht, aber du weißt ja, wie sie ist. Jedenfalls, wegen dieser Sexgeschichten, mal sehen, ich weiß gar nicht, wo ich anfangen soll, vor Elenas Tod oder danach? Nein, sicherlich davor, mal sehen …«

Pater Lorenzo Lucarello wappnete sich mit heiliger Geduld und lauschte. Ihm war diese Art von Beichtgesprächen nicht neu, in Neapel wirkte er in San Luigi, einem renommierten Priesterseminar und Theologischen Institut, das jedoch hauptsächlich von schönen Frauen der Via Petrarca und Via Orazio frequentiert wurde. Was er fürchtete, war nicht das, was Bebè ihm zu erzählen hatte, denn seine gewohnten weiblichen Gemeindemitglieder hatten reichlich Zeit, Sünden zu begehen, und außerdem große Lust, diese Sünden einem Jesuiten zu beichten, der noch nicht mit einem Bein im Grab stand. Nein, seine Sorge galt allein der störenden Präsenz Olimpias, die sich wie zufällig immer wieder hinter Bebès Rücken in und um das Haus zu schaffen machte, während diese ahnungslos redete und redete.

»Was machst du, Antonino, ein bisschen frische Luft schnappen in der Augusthitze? Warum ist die Tankstelle geschlossen?« Santomauro ließ sich neben dem alten Tankwart auf der Bank nieder. Die Piazzetta war zu dieser Tageszeit zwischen Nachmittag und Abend halb verlassen. Aus den Häusern ertönten Geschirrklappern und Fernsehgeräusche. Antonino sah betrübt aufs Meer hinaus.

»Wisst Ihr das denn nicht, Maresciallo? Ich habe dichtgemacht, endgültig. Besser gesagt, zwangsdichtgemacht.«

»Wieso?«

»Keine Ahnung, die da oben haben das bestimmt. Sie haben mir einen Haufen Papiere vorgelegt, die ich unterschreiben musste, und ich krieg sogar eine Rente. Aber die Rente interessiert mich nicht, seit über dreißig Jahren stehe ich an der Zapfsäule, da sagen Sie mir mal, was ich mit einer Rente soll.«

Mühsam entlockte Santomauro dem Alten die ganze Geschichte. Es schien neue Verordnungen zu geben, die vorschrieben, dass in Wohngegenden eine bestimmte Anzahl an Tankstellen nicht überschritten werden durfte. Pioppica Sotto war zu klein, also hatte man sich zugunsten der stadtnahen, dichter bevölkerten Gebiete entschieden. Antonino sah traurig auf seine schwieligen Finger.

»Bleibst du trotzdem hier?«

»Wo soll ich denn hin, Maresciallo? Das Haus in Moio habe ich verkauft, meine Kinder sind hier, also bleib ich lieber bei meinen Enkelchen und nehme ab und zu ein Bad im Meer.«

Beide lachten gezwungen, dann stellte Santomauro die Frage, die ihm auf dem Herzen lag und die er ihm schon vor ein paar Tagen hätte stellen sollen.

»Natürlich kann ich mich erinnern. Alle fragen immer, ob der oder der schon da ist, weil bei mir einfach jeder zum Tanken vorbeikommt, zumindest bisher. Die arme Frau jedenfalls war dieses Jahr eine der Ersten, die kamen, und danach haben mich viele ihrer Freunde gefragt, ob die Mazzolenis schon da sind.«

»Wer zum Beispiel?«

»Die Signora von der Rocca, die Capece Bosco, und auch diese hübsche Blonde, die Notarswitwe. Ach ja, auch die Frau des Dottor Casaburi. Und Professor de Collis. Alle wollten wissen, ob Herr und Frau Mazzoleni schon angekommen sind und wann. Ach, außerdem hat mich eine speziell nach der armen Frau gefragt. Sie wollte wissen, ob sie da ist und ob ich Signor Pippo gesehen habe. Ich sagte ihr, ich habe ihn nicht gesehen. Ich weiß das noch, weil kurz vorher dieser vermaledeite Brief gekommen war, in dem stand, dass meine Tankstelle geschlossen wird.«

»Und wer war diese Signora?«, fragte Santomauro und versuchte, seine Aufregung im Zaum zu halten.

»Die Ausländerin, wie heißt sie noch, also ich nenne sie immer die Ausländerin, weil sie mir jeden Sommer erzählt, dass sie wieder woanders wohnt. Die Ingenieurin, die Nichte der Capece Bosco, Valentina, ja, so heißt sie, Valentina Forlenza.«

»Fährt er etwa schon wieder zu ihr?«

»Ja. Ob er nicht merkt, dass er da irgendwann noch Schereien kriegt? Das müsste ihm mal jemand sagen.«

»Ja, sag du's ihm doch, wenn du dich traust.«

»Schon klar, kann es eigentlich sein, dass ich immer die Drecksarbeit machen muss? Simone? Entschuldige, hast du eine Minute?«

»Bitte, Totò, aber mach es kurz, ich bin nämlich auf dem Sprung.«

»Fährst du wieder zu dieser Frau? Der Architektessa?«

»Ja, und?«

»Es wäre besser ... Schon gut, ich sage nichts mehr, ich weiß, es geht mich nichts an, aber versuch wenigstens, dich nicht vom ganzen Ort sehen zu lassen!«

Die Beziehung zwischen Maresciallo Santomauro und Venera D'Agosto, genannt die Architektessa, war das Skandalthema Nummer eins in Pioppica Sopra und bei den Carabinieri.

Eine vollkommen platonische Beziehung, denn während Santomauro gerade mal Anfang vierzig war, hatte die Architektessa vor drei Monaten die zweiundachtzig Jahre vollendet. Der Carabiniere besuchte sie regelmäßig, ein- oder zweimal im Monat, und kam niemals mit leeren Händen. Oft brachte er Wein mit, manchmal selbstgepflückte Feigen von seinem Baum. Sie setzte ihm einen Käse mit Würmern vor, dessen würzigen, frischen Geschmack, der sicher den kleinen Tierchen zuzuschreiben war, Santomauro nach und nach fast gegen seinen Willen zu schätzen gelernt hatte, nachdem er sich anfangs vor dem Anblick des rosigen Gewimmels geekelt hatte.

Sie sprachen nicht viel, beide mochten das angenehme und tröstliche Schweigen des anderen. Sie saßen an der frischen Luft vor ihrem kleinen Häuschen, betrachteten die Hühner, die um sie herumgluckten, und genossen die Aussicht auf die sonnenverbrannten Berghänge, die bis ins Meer abfielen. Im Winter saßen sie drinnen vor dem Kamin. Manchmal, ohne dass sie sich vorher abgesprochen hätten, stellte die Architektessa den kleinen Strohstuhl vor dem Kamin bereit. Santomauro ließ sich darauf nieder, so dass seine Knie fast den Boden berührten, sie nahm eine alte Schere und begann das Ritual. Nacheinander benutzte sie verschiedene Instrumente, murmelte dabei leise vor sich hin und gähnte auffällig. Er gähnte mit ihr, und sie sagte ihm dann, dass er zu viele Nächte damit geschlafen habe. Wenn sie das Auge von ihm genommen hatte, stand der Maresciallo auf und ging. Er wusste nicht, was er davon halten sollte, doch danach fühlte er sich besser. Sie war die letzte Hexe des Dorfes, immer schwarz angezogen, klein und rund wie ein Apfel mit einem schönen Lächeln unter einem Hauch von Oberlippenbart. Sie war die Person, die Santomauro am meisten mochte, und die einzige, der er sich anvertraut hätte, wenn es etwas zum Anvertrauen gegeben hätte.

Pippo Mazzoleni ertappte sich manchmal dabei, dass er darüber nachgrübelte, wie der Mord wohl vonstattengegangen sein könnte. In seinem Hirn liefen dann immer neue Klappen derselben Szene ab, verschiedene Versionen, mit denen er sich beschäftigte, bis das Schamgefühl ob dieser krankhaft voyeuristi-

130

schen Anwandlungen seine unerschöpfliche Phantasie in ihre Schranken wies.

Er hatte kein Problem, sich seine Frau in der Rolle des Opfers vorzustellen. Manchmal sah er Elena mit diesem verächtlichen Lächeln im Gesicht, das sie immer dann aufsetzte, wenn ihr etwas peinlich oder sie unglücklich war, sah sie in der Küche stehen, wo sie ihrem Aggressor etwas zu trinken angeboten hatte und etwas unrettbar Grausames sagte, während sie ihm achtlos den Rücken zudrehte. Er sah, wie sich das Fleischermesser jäh in ihren Nacken grub, immer öfter, immer schneller, und sie zu Boden fiel, in ihr eigenes Blut, ohne nur einen einzigen Klagelaut ausstoßen zu können.

So hätte es ablaufen können. Vielleicht war es so gelaufen.

Oder eine andere Version, Elena wurde in dem großen Wohnzimmer mit all den Teppichen und dem cilentanischen Kunsthandwerk angegriffen, versuchte verzweifelt, durch die großen Fenstertüren zu flüchten, doch zu spät, die Hand des Mörders packte ihre schwarzen Haare und zerrte sie zurück, der erste Messerstich riss ihr die Kehle auf, dann traf er den Unterleib, die Wangen und die im letzten Verteidigungsversuch erhobenen Finger.

Vielleicht war es so gelaufen.

Oder sie war im Bad überfallen worden oder im Schlafzimmer, oder in irgendeinem anderen Zimmer. Vielleicht war es ein jäher Überraschungsangriff gewesen, wild und lähmend, oder der Mörder hatte sich ihr mit langsamen Schritten genähert, die blinkende Klinge erhoben, und das Opfer war mit ebensolchen Schritten zurückgewichen, den Mund zu einem stummen Schreckensschrei aufgerissen.

Pippo wusste nicht, wie die Tat begangen worden war, und ihm war klar, dass er es nie erfahren würde. Vor allem quälte ihn, nicht zu wissen, wo es geschehen war, und das war auch einer der Gründe, warum er das Haus ohne Bedauern verkaufen wollte. Er hatte nirgendwo Blutspuren gefunden, und obwohl die Vernunft ihm sagte, dass das Gemetzel im Freien stattgefunden haben musste, auf dem fetten, humusreichen Boden, der alle

Körpersäfte aufgesogen hatte, waren seine Gedanken nicht im Zaum zu halten. Im Dunkel der Nacht stellte er sich große Blutlachen vor, die dem Tageslicht verborgen blieben und plötzlich in der Finsternis des Wohnzimmers oder des Zimmers, in das er schließlich zum Schlafen umgezogen war, aufschienen.

Was er wiederum klar vor Augen hatte, war das Danach, die Details, die der extrem widerspenstige de Collis bei ihrem Gespräch dann doch hatte durchblicken lassen. Die Fingerkuppen, säuberlich am ersten Fingergelenk abgetrennt, die Zehen, mit gleicher Präzision und Sorgfalt zerlegt. Das Wangengewebe, die Nase, die Lippen, die Ohren, Augen und Brustwarzen, alles weggeschnitten, was diese Frau einzigartig gemacht hatte, auf einen unförmigen Klumpen reduziert, einen ekligen Haufen Fleisch und Knochen.

Er hatte nicht das geringste Problem, sich all diese schrecklichen Details vorzustellen, leider.

Und dann der Weg bis zu dem kleinen Steinstrand unterhalb, die tote Last in ein altes Laken gewickelt, das man leicht im Kamin verbrennen konnte, wie sämtliche Villen von Sigmalea oder Krishnamurti ihn hatten. Die schmale, steile Treppe, die Sträucher und Büsche, die dumpfen Schläge, die Stöße, das Keuchen und Schnaufen, die Verwünschungen auf den armen Leib, der sich nicht mehr wehren konnte, und dann das Boot, sein Boot, das dort vertäut lag und für jeden zugänglich war, der sich die Mühe machen wollte, des Nachts unter dem dunklen Sternenhimmel bis zu dem Algenhaufen an der Strandpromenade von Pioppica vorzudringen.

Er hatte Maresciallo Santomauro nichts von seinem Boot gesagt, er wusste selbst nicht warum, doch er hatte keine Zweifel, dass der bald von allein darauf kommen würde.

Pippo Mazzoleni quälten diese Gedanken jeden Tag, zu verschiedenen Zeiten, manchmal am Morgen beim Aufwachen, öfter noch am Abend, wenn er von einer Essenseinladung bei mitleidigen Freunden zurückkehrte. Er würde die Gegend nicht verlassen, selbst wenn er könnte, doch er wusste, dass sein Kopf das nicht mehr lange aushielt. Wenn die Angst in der Nacht stärker wurde, nahm er eine Handvoll Schlafmittel aus Elenas Vorrat, machte sich eine Thermoskanne heißen Tee und stieg den zweiten Zugang zum Meer hinab, der zum Maretto und dem Schuppen mit den Luftmatratzen führte. Früher war er hier gerne geschwommen, in diesem abgeschiedenen Eckchen, wo Elena und er nackt gebadet hatten, sich umarmt und miteinander gelacht hatten, sich geliebt und eisgekühlten Champagner getrunken hatten. Nun machte er einen lustlosen Kopfsprung, blieb dann am Rand des Wassers sitzen und lauschte den leisen Geräuschen, den kleinen Tierchen oder was auch immer hinter seinem Rücken langsam durch die Finsternis schlich.

Die graue Haut, die offenen, lappigen Verletzungen sauber ausgewaschen. Und immer noch bist du schön. Steht dir gut der neue Haarschnitt. Aber das weißt du sicher selbst.

Die blauen Flecken an den tieferen Wunden, wo ich das Messer mit aller Kraft hineingestoßen habe, bis zum Griff. Der verzogene Mund, die offenliegenden Halssehnen. Aber immer noch bist du schön, sie könnten dich wieder herrichten. Warten wir lieber noch. Warten wir gemeinsam.

»Hallo, Pippo? Ich bin's, Regina. Sie versuchen Valentina ins Spiel zu bringen. Wie, was ich damit meine? Ich meine, dass alles wieder hochkommt. Eure ganze Geschichte, und sie ist nicht hier, um sich zu verteidigen. Ich weiß selbst, dass das albern ist, aber glaubst du, Santomauro sieht das genauso?«

»Simone, ich habe da ein paar Weibsen an der Hand, die sind gar nicht übel. Aus Bologna, sie wohnen auf dem Campingplatz von Ascea. Hättest du Lust, etwas gemeinsam zu unternehmen? Pizza essen, vielleicht tanzen gehen, was hältst du davon? … Komm schon, nun spiel nicht immer den wandelnden Leistenbruch. Ich bin mir sicher, dass du dich amüsierst. … Schon gut, schon gut, dann eben das nächste Mal, ja ja, das sagst du immer.«

Simones Problem war, dass ihm eine Frau fehlte. Davon war

Pietro Gnarra überzeugt. Diese dumme Kuh von Iolanda, die man in Santomauros Anwesenheit nicht einmal erwähnen durfte, hatte ihn wirklich fertiggemacht. Sie war anscheinend wirklich eine schöne Frau, zumindest hatte ihm das ein in Neapel stationierter Bekannter gesagt, aber eine fiese Schnalle vom Scheitel bis zur Sohle. Und sein armer Freund, nichts zu machen, ein verliebter Narr. Typen wie Simone waren gefährlich deswegen. Sie verliebten sich rückhaltlos, wie wenn man Fieber oder Ausschlag bekam, und konnten nichts dagegen tun, selbst wenn sie wollten.

Endlich einen Moment Ruhe. Totò Manfredi machte es sich im Sessel bequem, um einen Blick in die Zeitung vom Vortag zu werfen. Dazu kam er selten genug, und wenn, dann verschlang er sie komplett, von vorne bis hinten, Politik, Zeitgeschehen, Feuilleton, Sport, sogar die Veranstaltungshinweise und den Wirtschaftsteil, ganz egal, ob sie schon ein paar Tage alt und die Nachrichten nicht mehr ganz druckfrisch waren.

Sein Blick fiel auf eine Überschrift: DIE FRAU AUS DEN AL-GEN HAT EINEN NAMEN. Glücklich seufzend wollte er gerade die Lektüre beginnen, als er durch den hereinkommenden Ammaturiello gestört wurde.

»Brigadiere, wir haben ein Problem im Essraum.«

»Was ist passiert, Ammatù, ist es denn die Möglichkeit, dass ihr nicht ein Mal alleine klarkommt?«

»Es geht um Fußball. Licalzi und Lazzarin streiten über den Keeper von Padua, der vorher bei Catania gespielt hat. Wenn Sie nicht eingreifen, gibt's gleich 'ne Prügelei.«

»Himmel, Arsch und Zwirn, nie hat man seine Ruhe!«

Die Zeitung vom Vortag blieb zerfleddert auf dem Sessel liegen. Maria Pia, die zehn Minuten später vorbeikam, nahm sie auf, sah, dass sie alt war, zerknüllte sie zu einem Ball und warf sie in den Mülleimer.

Als Manfredi eineinhalb Stunden später zurückkam, war er müde, verärgert und hatte Zeitung und Artikel und alles vergessen, was nicht Bett hieß.

Ein anderes Exemplar derselben Ausgabe nutzte Pater Luca-rello gerade für die Auberginenabfälle. Olimpia stand neben ihm und schnippelte, während in der Pfanne das Öl brutzelte.

»Hast du das gesehen?«, fragte er nachdenklich. Solange so ein bedauernswerter Leichnam nicht identifiziert war, interes-sierte sich kein Mensch dafür, und nun, seit sie wussten, dass es Elena war, kritzelten sie alle schnell ihre Artikel herunter, schön mit Foto garniert.

»Zeig mal. Ach, ›Das Echo des Cilento‹. Nein, den habe ich nicht gelesen, der ist von diesem Idioten, den ich nicht leiden kann.«

»Es steht ohnehin nichts anderes drin als überall. Kennst du einen, kennst du alle.«

Der Artikel über die Frau aus den Algen wanderte achtlos in den Abfall, zusammen mit den Auberginenresten.

Donnerstag, 16. August

Die Aufgabe herauszufinden, welches Schicksal Gustavo nun ereilt hatte, war Gnarra übertragen worden, der manchmal den Verdacht hegte, dass Santomauro ihre Freundschaft ausnutzte, um ihm allen Müll aufzuhalsen, für den sich kein anderer fand.

Es war eine in jeder Hinsicht unerquickliche Angelegenheit. Erstens, weil sie die Männer direkt betraf und Gnarra die Vorstellung widerstrebte, herausfinden zu müssen, wer von seinen Kameraden ein Kaninchendieb und -mörder war. Zweitens wegen Manfredi. Ihre Freundschaft befand sich in einer prekären Balance, auf der Grenze zwischen Eifersucht und widerstrebender Bewunderung seitens Totò. Wie sollte er ihm klarmachen, dass, so schön Maria Pia war, er die Frauen von Freunden respektierte und niemals auch nur auf die Idee kommen würde, sie anzurühren? Das Problem war, dass Gnarra es einfach nicht lassen konnte, seinen Kollegen aufzuziehen, und nun bereute er seine zweideutigen Bemerkungen und Neckereien, da er jetzt gezwungenermaßen mit Maria Pia zu tun haben würde und Ärger befürchtete.

Ein weiteres Problem war, dass er gerne in den Ortschaften unterwegs war und dieser Auftrag ihn an die Kaserne fesselte, wo er versuchen musste, die Frau des Freundes von irgendwelchen Dummheiten abzuhalten. Letztes, aber nicht weniger bedeutsames Detail war besagter Gustavo selbst. Er hatte dieses Kaninchen noch nie besonders leiden können, ein störrisches, gefühlloses Biest.

»Also noch einmal von vorn, Maria Pia, wann ist das Tier nun verschwunden?«

»Morgen ist es eine Woche her, Pietro, und ich weiß wirklich nicht mehr, welche Lügen ich den Kindern noch auftischen soll.«

»Warum kaufst du nicht einfach ein neues, das genauso aussieht, dann sind sie zufrieden und alles ist gut?«

»Machst du Witze?« Die Frau sah ihn empört an. »Gustavo gehörte ... besser gesagt, gehört zur Familie. Niemand kann ihn ersetzen.«

»Das verkompliziert die Sache. Warum glaubst du, dass er noch lebt? Simone hat mir gesagt, dass er Bancuso und Licalzi verdächtigt, und beide sind nicht gerade Typen, die sich ein Haustierchen zum Kuscheln halten.«

»Ganz einfach. Wenn Simone nicht immer so beschäftigt wäre, hätte ich es ihm auch erklären können. Seit es vor drei Jahren zu diesen Diebstählen aus der Speisekammer kam, wechselt der Küchendienst in regelmäßigen Abständen, wie du weißt.«

»Stimmt«, nickte der Mann und verzog das Gesicht. Das war eine zwiespältige Angelegenheit. Zwar hatte niemand mehr das Monopol über die Küche und konnte einen kleinen illegalen Privathandel aufziehen, aber die Kehrseite der Medaille war, dass wenn Tedesco und Tortoriello mit Kochen dran waren, sämtliche Mittag- und Abendessen unvermeidlich aus einer ungenießbaren Pampe aus Kartoffeln, Thunfisch, Simmenthaler, Erbsen und Möhren bestanden.

»Jetzt sind noch vier weitere Tage Piscopo und Ammaturiello an der Reihe, die sind unbestechlich. Erschwerend kommt hinzu, dass am nächsten Mittwoch Bartocci aus dem Urlaub zurückkehrt, der sich das Zimmer mit Bancuso und Licalzi teilt, daher ...« Maria Pia sah ihn triumphierend an.

»Daher?«, fragte er mit absolut tumber Miene. »Maria Pia, bitte klär mich auf, ich habe keinen blassen Schimmer, worauf du hinauswillst!«

»Himmel, bist du begriffsstutzig. Du bist doch der Schnüffler, oder?! Also gut, da du von allein nicht drauf kommst. Wer ist nach Piscopo und Ammaturiello mit Kochen dran?«

»Was weiß denn ich? Komm schon, ich habe keine Lust auf Rätselraten.«

»Bancuso und Licalzi, und das wüsstest du, wenn du dir die Mühe gemacht hättest, ein wenig nachzuforschen. Aber klar, für euch ist Gustavo ja nur ein Tier, was interessiert euch das, genau wie mein Mann, der hat ja nicht einmal gemerkt, dass er verschwunden ist.«

»Woher willst du das wissen, vielleicht leidet er ja im Stillen.«

»Pedro …« Ihre Augen blitzten bedrohlich.

»Warte, warte. Ich habe eine göttliche Eingebung. Der Räuber ist eine unverdächtige Person, einer, der leichten Zugang zum Opfer hatte, der keinerlei Zeichen von Reue zeigt, der sogar so tut, als hätte er von der ganzen Tragödie nichts mitbekommen … einer …«

»Pedro! Ich geb dir gleich einen Tritt in den Allerwertesten, dass dir Hören und Sehen vergeht!« Bedrohlich kam Maria Pia auf ihn zu, und Gnarra wich lachend vor ihr zurück. Er bog um die Hecke, die den Gemüsegarten umgab, dicht gefolgt von der nun ebenfalls lachenden Frau.

Der Zusammenstoß war nicht zu verhindern. Sie landeten alle drei auf dem Boden, die Füße in die Luft gereckt, Gnarra und Maria Pia immer noch wiehernd, Totò Manfredi mit bitterernstem Blick.

Da verging ihnen das Lachen.

»Also, Totò, Zusammenfassung … Was ist los, du bist nicht bei der Sache.«

»Schädelbrummen. Ununterbrochen.«

Santomauro schüttelte mitfühlend den Kopf. Der Freund sah wirklich nicht gut aus.

»Diese Valentina Forlenza, Ex von Pippo Mazzoleni und einigen anderen, wenn ich das richtig verstanden habe, ist also nichts weniger als die Nichte von Regina Capece Bosco, die sich wohlweislich gehütet hat, mir das zu sagen.«

»Sorry, Simone, warum hätte sie dir das sagen sollen? Du weißt ja auch nicht, wie viele Nichten ich so habe.«

»Nun sei mal nicht so grantig, nur weil du Kopfweh hast. Valentina hatte vor vielen Jahren eine Geschichte mit Pippo, aber die Casaburi hat mir zu verstehen gegeben, dass da vielleicht auch in jüngerer Zeit etwas war. Regina hat mit mir über viele ihrer Freunde gesprochen, nicht aber über Valentina, und am Dienstag habe ich sie dabei erwischt, wie sie De Giorgio anwies, und nicht gerade in freundlichem Tonfall, mir nichts von ihr zu sagen.«

»Du meinst …?«

»Ich meine gar nichts, aber ich muss unbedingt dahinterkommen.«

»Dann wäre da ja auch noch die Sache mit dem Bancha-Tee«, fügte Manfredi nachdenklich hinzu.

»Du hast ihn also nicht vergessen. Wer war der geheimnisvolle Gast? Aloshi Buonocore? Ihr Mann, der ganz wild auf alles ist, was nach Asien schmeckt? Oder diese Valentina Forlenza, die immerzu in der Welt unterwegs ist, sei es beruflich oder privat?«

»Oder auch jeder andere«, meinte der Brigadiere düster.

»Okay, heute ist nichts mit dir anzufangen. Hör zu, begleite mich, das lenkt dich ab.«

»Wohin?«

»Zur Rocca natürlich, aber vorher möchte ich noch einen kurzen Blick auf ein anderes Haus werfen.«

Die Straße kam ihm beim zweiten Mal noch unwegsamer vor. Die üppige Vegetation zu beiden Seiten der Fahrbahn bildete eine Art kühlen, schattigen Tunnel, durch den es sich sicherlich angenehm spazieren ließ. Es waren hauptsächlich Eukalyptusbäume, aber auch Pinien und Zypressen, alte und junge Eichen und hin und wieder ein Feigenbaum. Die mediterrane Macchia füllte mit ihrem undurchdringlichen Dickicht aus Brombeeren, Ginster, Eberesche und Myrte jeden Zwischenraum. Das Haus tauchte völlig unerwartet vor ihnen auf, auch weil es aus der Ferne nicht zu sehen war, da seine Mauern fast vollständig von Kletterpflanzen mit großen, weißen Blüten bedeckt waren.

»Was für ein Ort! Warst du schon einmal hier?«

»Gestern, aber nur ganz kurz. Ich bin nicht einmal ausgestiegen, mir war gesagt worden, dass sie noch nicht da sei. Aber Antonino hat mir anschließend erzählt, dass er sie gesehen hat, wenn auch nur ein Mal. Sie hat sich nach Elena erkundigt.«

»Glaubst du, sie war der geheimnisvolle Besucher? Sie kommt, tötet und fährt wieder?«

»Tja, im Moment ist alles möglich. Los, wir sehen uns ein wenig um.«

Die Terrasse hinter dem Haus, die Santomauro tags zuvor gesehen hatte, fiel bis zu dem nur wenig tiefer gelegenen Kieselstrand ab. Ein einsamer Ort, ideal für einen Einbrecher auf der Suche nach Arbeit. Doch die Leute, die hier Urlaub machten, schienen die Möglichkeit ausblenden zu wollen, dass auch die Kriminellen, die die Städte bevölkerten, sich vielleicht einmal zu einer Dienstreise entschließen könnten. Pioppica war ein echtes Paradies, und sie wollten es so, mit offenen Häusern, die von Freunden, ohne zu klingeln, betreten werden konnten, was gleichermaßen auf Feinde zutraf.

Das Haus sah verlassen aus, als hätte seit Jahren niemand mehr dort gewohnt, ganz sicher nicht wie ein innig geliebter und mit Sorgfalt restaurierter Ort, als den Santomauro ihn sich im Gespräch mit der Polignani ausgemalt hatte. Früher vielleicht schon, das ja, doch nun sah man überall Anzeichen der Vernachlässigung. Unkraut spross zwischen den dicken Kieseln des Weges, der Putz bröckelte von den Mauern, die Regenrinne war lose und ein Fenster sogar kaputt. Santomauro trat näher, um es sich anzusehen. Die Scheibe war unlängst zerbrochen, durch menschliche Einwirkung und nicht durch den Zahn der Zeit. Das war ihm am Tag zuvor nicht aufgefallen, weil es sich um ein Seitenfenster handelte.

»Hast du das gesehen, Totò?«

»Allerdings. Denkst du das, was ich denke?«

»Die Scherben liegen draußen. Es wurde also von innen zerschlagen.«

»Ein vorgetäuschter Einbruch? Aber warum?«

»Jemand wollte sich drinnen umsehen, jemand, der die Schlüssel hat, aber nicht wollte, dass man auf ihn kommt. Also hat er das Fenster zerschlagen, war aber nicht raffiniert genug.«

»Und warum ist er nicht einfach rein und raus, ohne Schaden anzurichten? Wenn er den Schlüssel hatte, warum hat er nicht abgeschlossen? Schau mal, die Tür ist ja nur angelehnt.« Manfredi hatte mit der Hand gegen die massive Holztür gedrückt, die geräuschlos aufschwang.

»Keine Ahnung, aber die Sache gefällt mir nicht. Gehen wir rein.«

»Dürfen wir das denn, ohne Durchsuchungsbefehl? Simone, ich will keinen Ärger.«

»Was bist du immer skrupulös. Wovor hast du Angst? Es gibt Einbruchsspuren, die Hausherrin ist abwesend, das reicht als Tatbestand, um reinzugehen. Keine Sorge, ich übernehme die Verantwortung. Außerdem stehe ich eh wie ein Vollidiot da, weil ich gestern nichts bemerkt habe. Nach allem, was wir wissen, könnte sich dort drinnen ein Verletzter befinden oder ein Toter, oder jemand mit bösen Absichten.«

Das glaubten sie beide nicht, doch sicherheitshalber betraten sie die Villa mit aller Umsicht, der uniformierte Manfredi zückte die Dienstwaffe. Im Flur teilten sie sich auf, und eine schnelle Runde durch das einstöckige Haus bestätigte ihnen, dass es leer war. Sie stießen die schweren hölzernen Fensterläden auf, so dass Licht in die Zimmer und auf das Durcheinander flutete, das überall herrschte.

»Von wegen nur mal umsehen, das Haus wurde komplett auf den Kopf gestellt.«

»Stimmt, aber nicht von Einbrechern. Schauen wir uns mal um.«

Während er durch die Zimmer ging, versuchte Santomauro sich ein Bild von der Hausbesitzerin zu machen, denn dass sie erraten würden, was der Eindringling mitgenommen hatte, war ohnehin unwahrscheinlich. Zweifellos war es eine hektische, aufgeregte Suche gewesen, das bewiesen Kissen, Tischdecken, Laken und andere Gegenstände, die über den ganzen Boden verstreut waren, doch zugleich hatte die Person sich bemüht, nichts kaputtzumachen. Eine sehr schöne, vielleicht auch wertvolle grünblaue Emailvase war vorsichtig zusammen mit Büchern und Zeitschriften aus dem großen Regal auf den Boden geräumt worden. Andere zerbrechliche Sachen waren ebenso umsichtig behandelt worden. Eine Reihe größerer, mit Meeresmotiven bemalter Steine waren ordentlich an der einen Wand gestapelt, einige Bilder von den Wänden abgenommen und achtsam auf den Boden gestellt. Der Maresciallo trat näher und nahm ein paar von ihnen hoch. Es handelte sich um Skizzen in diversen Sepiatönen, in einer Technik gemalt, die sich seines Wissens Rötelzeichnung nannte. Verschiedene Landschaften, verschiedene Maler, mit einem gemeinsamen Nenner: sie stammten alle vom Ende des neunzehnten, Anfang des zwanzigsten Jahrhunderts. Santomauro zählte ein rundes Dutzend, vielleicht ein paar mehr, und er beneidete die Nonchalance, mit der hier eine Kunstsammlung von unzweifelhaftem Wert in einem selten genutzten Ferienhaus aufbewahrt wurde. Valentina Forlenza hatte offenbar genug Geld, um es aus dem Fenster zu werfen.

Das Schlafzimmer bestärkte ihn in dieser Annahme. Neben dem Wohnzimmer war es das größte Zimmer des Hauses, für das zwei angrenzende Räume miteinander verbunden worden waren. Hier war das kaputte Fenster, der Eindringling hatte zunächst den schweren Fensterladen aufgestoßen und dann die Scheibe zerschlagen, ohne zu bedenken, dass die Scherben nach draußen fielen.

Das Doppelbett war riesig, niedrig und dem Aussehen nach steinhart. Anscheinend gehörte die Forlenza zu den Leuten, die an die wundertätige Kraft des Holzbrettes glaubten. Die graue, grobe Tagesdecke sah teuer aus.

Über dem Bett hing ein einziges Gemälde, ein Schinken aus dem siebzehnten Jahrhundert von beeindruckenden Dimensionen, der eine Küstenstadt darstellte, höchstwahrscheinlich Neapel. Santomauro war sich sicher, dass es sehr wertvoll war. Auf einem in die Mauer eingelassenen Regal zwei erlesene

Frauenbüsten, wahrscheinlich ebenfalls antik. Jeder Gegenstand, egal wo, schien allein dem Prinzip von Schönheit und Funktionalität verpflichtet. Nichts störte, nichts war zu viel. Santomauro dachte, dass es bestimmt spannend wäre, die Bewohnerin dieses Hauses kennenzulernen.

An der Wand ein schlichter Kleiderschrank, die Türen ließen sich weit öffnen und offenbarten Spiegel im Innern. Ungeachtet seines immensen Fassungsvermögens war er leer, fast zumindest. Zwei Gazekaftane in Grün- und Blautönen hingen einsam auf zwei Kleiderbügeln. Signorina Forlenza war also noch nicht für die Ferien eingezogen.

»Hier gibt es nichts. Lass uns gehen.«

»Endlich!«, stöhnte Manfredi, der immer nervöser geworden war, während sein Chef langsam durch die Zimmer gestreift war. Er kannte die Leidenschaft des Maresciallo für Räumlichkeiten, immer versuchte er, die Leute, egal ob Zeugen oder Verdächtige, in ihrer häuslichen Umgebung aufzusuchen, um noch einen weiteren Zugang zu ihrer Persönlichkeit zu bekommen, doch das hier war einfach übertrieben. Wenn die Hausherrin gerade jetzt hereingeschneit käme, würde ihnen die Ausrede mit dem Einbruch wenig nützen.

»Wir werden der Capece Bosco Bescheid geben, sie hat wahrscheinlich die Schlüssel, damit sie ihre Nichte informieren und hier aufräumen und abschließen kann«, sagte Santomauro und zog die Haustür hinter sich zu.

»Klar, immerhin hat sie wahrscheinlich das ganze Chaos angerichtet«, gab Manfredi zurück.

»Das ist eine von mehreren Möglichkeiten«, nickte der Maresciallo. »Ich frage mich allerdings, warum.«

»Warum? Weil sie etwas suchte und es wahrscheinlich auch gefunden hat. Sie hat die Schlüssel und steht dieser Valentina wahrscheinlich nahe genug, um ihr nicht die gesamte Einrichtung ruinieren zu wollen.«

»Einverstanden«, überlegte Santomauro laut, »und dann hat sie mehr schlecht als recht versucht, die Tatsache, dass sie den Schlüssel hat, zu vertuschen. Aber die Frage ist doch, warum hat sie die Tür nur angelehnt? Warum hat sie sie nicht wieder abgeschlossen?«

»Vielleicht hatte sie es eilig?«, schlug Manfredi vor, während er den Wagen anließ.

»Streng dich ein bisschen an, Totò. Wer auch immer hier vorbeikam, der Gärtner, ein Freund oder ein zufälliger Besucher, hätte gemerkt, dass etwas nicht stimmte. Deshalb glaube ich, der Eindringling wollte uns wissen lassen, dass er Valentinas Haus durchsucht hat. So wie ich das sehe, gibt es nur ein mögliches Motiv.«

»Dann bist du schlauer als ich, ich sehe nämlich keins«, meinte Manfredi gereizt.

»Er wollte die Aufmerksamkeit auf sie lenken. Ich habe mit allen Verdächtigen gesprochen, und sobald die Rede auf sie kam, auf Valentina, waren die Reaktionen verhalten bis feindselig. Ich glaube, jemand dachte, damit könne er uns auf ihre Spur locken. Die junge Dame hat jedenfalls ein paar Feinde.«

»Dann bist du dir sicher, dass der Schuldige im engeren Umkreis der Mazzoleni zu suchen ist?«

»Einer von ihnen war es, Totò, ganz sicher, aber mehr weiß ich leider auch nicht.«

»Reden wir jetzt mit der Tante?«

»Nein, zuerst will ich noch mehr über diese Valentina erfahren.«

»Von wem?«

»Wie kannst du das nur fragen, vom König der Klatschbasen, natürlich!«

»Haben Sie sich niemals über diese lächerlichen Namen gewundert? Sigmalea, Krishnamurti, dann Walhalla, Großer Bär, also, das klingt doch alles wie aus dem Alptraum eines auf fremde Religionen fixierten Irren!«

Santomauro und Manfredi stimmten zähneknirschend zu. Titta Sangiacomo konnte es kaum fassen, ein Publikum gefunden zu haben, und dozierte mit dem Glas in der Hand munter drauflos. Die beiden warteten auf eine Gelegenheit, sich wieder

144

in die Unterhaltung einzuklinken, die von den Zeitungsberichten über das Verbrechen ausgegangen war, die cilentanische Küche gestreift hatte und nun bei der lokalen Toponomastik angelangt war.

»Und tatsächlich war Pantaleo Stifano seit seiner Kindheit ein begeisterter Esoteriker.« Pantaleo Stifano hieß der Bauherr, der vor dreißig Jahren einen Großteil der Villen in der Umgegend errichtet hatte, anschließend die Parzellen verkauft hatte zu damals astronomischen Preisen, um sich dann ins goldene Exil nach Barbados zurückzuziehen.

»Das erklärt einiges, aber Sigmalea?« Triumphierend trank Sangiacomo einen Schluck und fuhr fort. »Leontina Sigma, genannt Lea, die Mutter! Pantaleos Mutter, das Urbild der italienischen Mamma, ohne die unser Freund immer noch ein kleiner Fisch wäre. Ihr hat er sein Meisterwerk gewidmet«, und mit einer ausholenden Armbewegung wies er auf die Umgebung, wie um zu zeigen, dass dies alles ihm gehörte.

»Wie ich sehe, kennen Sie sich gut aus hier«, nutzte Santomauro die Gelegenheit, sich einzuschalten. Der Journalist biss an.

»Aber ja, schließlich komme ich seit meiner Kindheit hierher. Meine Eltern gehörten zu den Ersten, die gekauft haben. Ich kenne alle, und alle kennen mich.«

»Auch Valentina Forlenza?«

»Nun, wer sollte Valentina nicht kennen?«, meinte Titta mit anzüglichem Zwinkern. »Klar, wir haben als Kinder zusammen gespielt, und wenn sie heute zurückkommt, geht man manchmal zusammen aus. Haben Sie sie schon getroffen?«

»Nein, noch nicht.«

»Tja, dann seien Sie gespannt, sie ist eine wahre Schönheit. Kennen Sie ›Pocahontas‹? Den Disney-Film? Ungefähr so, vielleicht noch ein klein wenig schöner.«

»Was macht die Signorina denn genau? Wir konnten sie bisher nirgends erreichen.«

»Ich bezweifle auch, dass Ihnen das gelingen wird. Sie ist eine Vagabundin: immer unterwegs. Meinen letzten Informationen zufolge war sie für Nokia in Helsinki. Sie ist topp in ihrem Beruf, auch wenn man auf den ersten Blick nicht glauben würde, dass sie Elektroingenieurin ist, deshalb kann sie es sich erlauben, als Freiberuflerin kreuz und quer durch die Welt zu fliegen. Was sie letztlich auch am liebsten macht. Von einer Blüte zur nächsten fliegen, meine ich«, schloss er mit einem anzüglichen Augenzwinkern. Die beiden Carabinieri sahen ihn an, Santomauro ohne jede Sympathie, Manfredi sogar fast verächtlich.

»Verstehe. Dann waren Sie also auch mit der jungen Dame liiert?«

»Ach, was heißt schon liiert. Außerdem, über diese Dinge schweigt der Ehrenmann. Sagen wir, dass ich sie sehr gut kenne.«

»Umso besser. Was können Sie uns über ihr Verhältnis zu Elena Mazzoleni sagen? Waren die beiden befreundet?«

»Wenn man es so nennen will. Jedenfalls kratzten sie sich nicht in aller Öffentlichkeit die Augen aus. Sie wahrten einen gewissen Anstand. Valentina schert das alles nicht, aber ich kann Elenas Position verstehen. Ist nicht gerade leicht, vor den Freunden so zu tun, als ob nichts wäre, wenn da eine kommt und deinen Mann vögelt.«

Santomauro verkniff sich ein Lächeln. Endlich mal eine konkrete Aussage. Dennoch musste er bedächtig vorgehen.

»Aber das war doch eine alte Geschichte, oder?«, fragte er unschuldig. »Noch aus Jugendzeiten, die erste große Liebe oder so etwas.«

»Abgesehen davon, dass Valentina ihre erste große Liebe sicher schon im Kindergarten abgehakt hat, bezog ich mich nicht auf diese Episode, sondern auf eine spätere. Valentina hat sich Pippo wieder unter den Nagel gerissen, sobald ihr der Sinn danach stand, ein, nein, zwei Jahre nach seiner Hochzeit. Sie kam zum Urlaub-Machen her zusammen mit einem Motorradfahrer, einem riesigen Burschen, den wir hinter seinem Rücken alle nur ›Tattoo‹ nannten. Die Teile von ihm, die nicht tätowiert waren, waren mit Haaren bedeckt, wirklich beängstigend, aber sie ließ ihn nach ihrer Pfeife tanzen. Tja, Valentina versteht es

146

eben, mit Männern umzugehen.« Mit träumerischer Miene verlor er sich in Erinnerungen, und gerade, als Manfredi langsam ungeduldig wurde, fuhr er fort.

»Es war das erste Mal seit fünf Jahren, dass sie nach Pioppica zurückkehrte. Wir konnten es alle kaum erwarten, Männer wie Frauen, denn Valentina ist eine Macherin, bei ihr ist immer was los, und wir waren alle noch jünger als heute. Ich spreche von vor mindestens sechs oder sieben Jahren, Maresciallo. Nun, Valentina ist also mit dem Tattoo zusammen, und anfangs sind wir auch enttäuscht, weil sie sich kaum sehen lässt und wir überzeugt sind, dass sie gerade uns zum Trotz Tag und Nacht mit ihm vögelt. Dann, bei einem Abendessen, das große Rendezvous!«

»Was?«, fragte Manfredi und kratzte sich am Bart.

»Das große Wiedersehen. Wieder vereint, Pippo und Valentina, nach ich weiß nicht wie langer Zeit. Und nun war er ja nicht mehr der brünstige Teenager ohne eine Lira in der Tasche, der sich in unsere Gruppe geschmuggelt hatte. Nein, nun war er der Architekt Mazzoleni, erfolgreich, gutaussehend, reich verheiratet, einer von uns. Den Rest können Sie sich denken.«

»Wir würden es lieber von Ihnen hören. Sie haben eine so anschauliche Art zu erzählen, bitte fahren Sie fort.«

»Schmeichler!« Doch er wirkte zufrieden. »Ganz einfach, Valentina gab dem Tätowierten den Laufpass und schnappte sich wieder Pippo. Nicht offen, natürlich, das hätte nicht zu ihr gepasst. Aber wir merkten es trotzdem. Leandro de Collis wäre fast an seiner Galle erstickt. Überrascht, Maresciallo? Endlich erfahren Sie mal etwas, das Sie noch nicht wussten. Klar, auch unser Herr Pathologe war hinter Valentina her, wenn auch, wie ich glaube, wenig erfolgreich. Als Trost versuchte er zu kontern, aber das ist eine andere Geschichte, und außerdem über Tote und so weiter und so weiter. Jedenfalls dauerte die Sache ein paar Wochen an. Elena merkte zuerst gar nichts, armes Kind, doch dann ließ es sich irgendeine mitfühlende Freundin nicht nehmen, sie aufzuklären, im nächsten Sommer, als es erneut losging. Da war die Hölle los, aber Elena war sehr verliebt.« Sangiacomo schwieg und sah in sein Glas, in dem sich etwas Undefinierbares, aber ganz bestimmt Hochprozentiges befunden hatte. Seine Zunge löste sich immer mehr, wenngleich er auf Santomauro den Eindruck eines Menschen machte, der den Alkohol als Vorwand nutzte, um mehr zu erzählen als zulässig.

Durch die halboffene Tür konnte man ins Innere der Villa schauen, das im totalen Chaos versank. Cristina war wohl nicht die allerbeste Hausfrau. In diesem Moment erschien sie mit nichts als einem schwarzen Fransentanga bekleidet auf der Bildfläche und ging, ohne sie eines Blickes zu würdigen und mit wackelnden, perfekt gebräunten Gesäßbacken zu der steilen Treppe, die zum Meer hinabführte.

»Wir haben uns gestritten, normalerweise ist sie gesprächiger. Toller Hintern, was? Sehen Sie sich ruhig satt daran, meine Herren, schauen kostet nix.« Das sagte er mit vergleichsweise lauter Stimme, so dass die junge Frau ihn hören musste. Manfredi errötete, während Santomauro allmählich für den Mann, wenn auch nicht gerade Sympathie, so doch zumindest eine Art Verständnis entwickelte. Aus Sangiacomo sprach die Vermessenheit des verwöhnten Kindes, für das die Dinge nicht mehr laufen wie früher und das noch nicht begriffen hat, warum.

»Sie sagten, das war vor sechs, sieben Jahren. Hatte sich das Verhältnis der beiden Damen seitdem verbessert?«

»Ach was! Und es hat sicher auch nicht zur Entspannung beigetragen, dass Valentina sich Pippo immer wieder schnappte, sobald ihr der Sinn danach stand.«

»Dann ist es also eine ernste Geschichte.« Santomauro strich sich abwesend über den Kopf und versuchte, sich die Situation vorzustellen.

»Damit wir uns richtig verstehen, Maresciallo, Valentina tut auch in allen anderen Dingen nur, was ihr gerade passt, und hier genauso: Wenn sie einen Kerl sieht, der ihr gefällt, fackelt sie nicht lange. Aber für unseren schönen Architekten hat sie eine besondere Schwäche, und wenn sie in Pioppica ist, kann es gut sein, dass ein Fick dabei herausspringt. Aber damit eins klar ist: Elena hatte niemals irgendwelche Beweise dafür, und ich im Übrigen auch nicht. Aber ich beobachte gern, und ich weiß die Zeichen zu deuten. Sie glauben gar nicht, wie spannend ein Abend werden kann, wenn du dich fragst, ob eine deiner Freundinnen der anderen noch vor Mitternacht an die Gurgel springt. Oder sich zu überlegen, welche Ausreden ein ausgefuchster Bursche sich wohl einfallen lässt, um es schnell irgendwo mit der Auserwählten zu treiben. Oder besser noch, besagte Auserwählte dann zu sehen, wie sie mit einem Unbekannten abzieht, und die Gesichtszüge derer zu beobachten, die zurückbleiben. Wut, Ungläubigkeit, Eifersucht, Enttäuschung, Erleichterung, das ganze Spektrum menschlicher Gefühle, ich kann Ihnen sagen. Maresciallo, wenn Sie mal mit uns ausgehen wollen, ein Anruf genügt, ich bin sicher, dass Sie Ihren Spaß hätten.«

»Das bezweifle ich«, erwiderte Santomauro trocken. »Sie vielleicht nicht, aber die anderen sind immerhin in Trauer.«

»Wegen Elena? Ich bitte Sie!«, lachte der Mann. »Diese Ansammlung von Heuchlern! Hören Sie sich um, und Sie werden sehen, dass sie ihre Bridge-Runden und Abendessen beim Pescatore oder im Macine Nere fortgesetzt haben, als wäre nichts geschehen. Elenas Tod ist allen so was von schnuppe. Außer mir, aber aus professionellen Gründen, versteht sich«, endete er mit einem selbstzufriedenen Lächeln.

»Nichts, Simone. Niemand hat ihn gesehen. Aber warum immer ich, und du und Manfredi, ihr fahrt schön herum und amüsiert euch?«

Pietro Gnarra hätte am liebsten den Hörer auf die Gabel geknallt, stattdessen traktierte er den Abfalleimer mit Tritten, dass der durch den ganzen Raum flog. Ausgeschlossen, zur Büroarbeit verdammt, und Manfredi erzählte währenddessen Simone wer weiß welchen Bockmist. Den wachhabenden Carabiniere, der, von dem Lärm angelockt, neugierig hereinschaute, jagte er mit Gebrüll hinaus. Dann konnte er sich auch gleich richtig in die Arbeit stürzen. Zwei mögliche Pisten gab es zu verfolgen: entweder noch einmal mit Fazi Mebazi reden, Samirs Marokkanerfreund, der ihm ein wenig zugeknöpft vorgekommen war, oder aber die Nachforschungen nach Gustavo verstärken und Maria Pias etwas schrägen Ansatz weiterverfolgen. Das Problem war, dass sie ihre Ermittlungstaktik nicht ganz deutlich gemacht hatte und dass Gnarra zurzeit nichts weniger wollte, als noch einmal von Manfredi in Gesellschaft seiner Frau überrascht zu werden. Nein, besser Mebazi. Aus dem würde er schon herauspressen, was er über Samir wusste.

Er stand bereits auf dem Parkplatz, als Cozzone ihn einholte, der wie wild hinter ihm hergerannt kam.

»Was gibt's, Cozzò, nun hol erst mal Luft, sonst kriegst du noch einen Kollaps. Was ist passiert?«

Cozzone berichtete es ihm.

»Das ist alles, Simone. Nein, es wird noch eine ganze Weile dauern, hoffe ich zumindest. Ich werde die Zeugen ausquetschen, besser gesagt die Zeuginnen, eine nach der anderen. Dann muss ich auf den Befund des Arztes warten, für die Anzeige. Klar, alles unter Kontrolle, ich sehe mir alles aus nächster Nähe an, darauf kannst du wetten. Nein, falscher Alarm, am Strand von Acciaroli wurden ihre Schuhe gefunden, aber sie hatte nur barfuß einen Spaziergang machen wollen, um ihre Wut zu kühlen. Tja, es braucht nicht viel, um eine Leiche zu beschreien, die Leute hier haben eine blühende Phantasie. Ich werde sehr spät zurück sein, ihr braucht nicht auf mich zu warten.«

Schmunzelnd legte Santomauro auf.

»Das war Pietro. Wenn jemand immer wieder auf die Füße fällt, dann er. Er musste nach Acciaroli wegen einer Schlägerei mit möglichem Selbstmord, und rate mal, was er da vorgefunden hat?«

»Was?«, fragte Manfredi griesgrämig.

»Einen Streit zwischen Ukrainerinnen und Polinnen. Vier auf der einen und fünf auf der anderen Seite, alle jung und hübsch. Die Polinnen sind vom Campingplatz, die Ukrainerinnen arbeiten als Kellnerinnen in Acciaroli. Motiv unklar, vielleicht ging es um Männer oder Geld, Pedro weiß es noch nicht. Eine schien verschwunden zu sein, wurde aber fast umgehend wiedergefunden, die Freundinnen hielten sie für tot.«

»Und? Was ist nun so lustig daran?«

»Lustig ist, dass die Mädchen aufeinander eingeprügelt haben, bevor ein paar Helfer eingriffen, um sie zu trennen, dann haben sie beschlossen, sich gegenseitig wegen Körperverletzung anzuzeigen. Und rate mal, wer der Glückliche ist, der mit ihnen ins San Luca fahren muss, um die Verletzungen vom Arzt untersuchen zu lassen? Ein Kratzer am Busen hier, ein Biss in den Schenkel dort, ein blauer Fleck am Po, eine Beule an der Hüfte und so weiter und so fort, ich schätze mal, Pedro kommt heute nicht mehr aus Vallo della Lucania zurück.«

»Simone, manchmal muss ich mich wirklich über dich wundern. Vielleicht liegt es an der schlechten Gesellschaft, aber dein Niveau sinkt ab.«

Manfredi sah ihn nicht an. Der Maresciallo staunte. Es war gar nicht Totòs Art, so lange zu schmollen, und er war gewiss kein Betbruder, der die amüsante Seite der Geschichte nicht sah. Nein, dem Freund war wohl wirklich etwas über die Leber gelaufen, und es tat Santomauro leid, sich im Laufe des Tages nicht mehr um ihn gekümmert zu haben.

»Maria Pia? Entschuldige, haben die Kinder Disney-Videos? Ich bräuchte ›Pocahontas‹, habt ihr das? Nein, nur so aus Neugier, ich erkläre es dir später. Könntest du ihn mir leihen? Aber sag Totò nichts davon, bloß nicht. Ich hab's ein bisschen eilig, könnte ich ihn gleich abholen kommen? Danke, danke. Nein, nicht jetzt, ich erkläre es dir später. Irgendwie schon, aber es gibt keine direkte Verbindung. Himmel, bist du neugierig. Nein, danke, die ›101 Dalmatiner‹ brauche ich nicht.«

»Was, Valentina soll Elena wegen Pippo umgebracht haben? Ja seid ihr denn völlig verrückt geworden? Schauen Sie, ich war ja nie an ihr interessiert, ich stehe eher auf gefügige Frauen, und Valentina war für meinen Geschmack immer ein wenig zu unabhängig. Der Typ, der oben liegen möchte, wenn Sie verstehen, was ich meine. Aber ich war ihr immer sehr zugetan, wir teilen eine Vorliebe für den Orient, für das Exotische in all seinen Ausprägungen.«

Santomauro entwirrte seine steifen Beine auf dem japanischen Teppich. Aloshi hatte ihm ein Getränk von undefinierbarer Farbe angeboten, das sich mit dem ersten Schluck als ein äußerst wohlschmeckender Tee entpuppte. Gerry Buonocore, der ihm gegenüber hockte, sah ihn belustigt an. Eine Einladung zum Abendessen hatte der Maresciallo diesmal ausgeschlagen.

»Ich habe nicht gesagt, dass ich sie verdächtige«, setzte er vorsichtig an, wurde aber von seinem Gegenüber gleich unterbrochen.

»Das haben Sie nicht gesagt, aber die Fragen, die Sie stellen … Kommen Sie, Maresciallo, wenn Sie sie nicht verdächtigen, warum fragen Sie dann überall herum? Sie wissen ja nicht einmal, ob sie hier war, als Elena ermordet wurde!«

Aber das wusste Santomauro sehr wohl. Antonino hatte sie eindeutig in dem Zeitraum gesehen, als auch die Mazzoleni gesichtet worden war, doch das wollte er dem kleinen Ingenieur nicht unbedingt auf die Nase binden.

»Valentina ist nicht der Typ dafür, glauben Sie mir.«

»Welcher Typ?« Santomauro war neugierig. Glaubte der Mann wirklich, es gäbe einen fürs Morden prädestinierten Menschentyp?

»So vulgär. Es ist ein vulgäres Verbrechen, Maresciallo. So stillos. Die arme Elena, aufgeschlitzt und dann irgendwo aufbewahrt. Wo mag er sie wohl versteckt haben, frage ich mich? Im Gefrierschrank? In einer Truhe? Auf dem Bett im Gästezimmer? Dann in Stücke geschnippelt und in die Algen geworfen, damit die Krebse sie auffressen. Nein, Maresciallo, Valentina hätte niemals so eine Sauerei veranstaltet.«

Die Details des Verbrechens hatten sich offenbar herumgesprochen. Na klar, kein Wunder, de Collis hatte unter den Freunden zweifellos große Reden geschwungen. Santomauro beschloss, so bald wie möglich ein ernstes Wörtchen mit ihm zu reden.

»Valentina ist nicht der Typ für diese Geheimniskrämerei. Eine Leiche aufbewahren, das täte sie niemals, und sie könnte sie auch nicht so schrecklich zurichten. Es gibt ja Menschen, denen traut man alles zu, aber glauben Sie mir, so eine ist sie nicht.«

Santomauro lächelte und dachte gleichzeitig nach. Es steckte ein Stück Wahrheit in dem, was Buonocore sagte. Jeder Mensch funktionierte nach einer gewissen Logik, irgendwie folgerichtig und vorhersehbar. Er hatte einen Mörder gekannt, der sich niemals zu Tisch gesetzt hätte, ohne sich vorher die Hände zu waschen, und einen Vergewaltiger, der sich dreimal am Tag ein frisches Hemd anzog. Wenn Valentina Forlenza, deren Haus eine strenge Ordnung und innere Disziplin widerspiegelte, mit einer Einrichtung, die auf Geschmack und klare Entscheidungen hindeutete, zudem eine Frau mit einem Gefühls- und Intimleben, das von Urteilsfreiheit und Gleichgültigkeit gegenüber Konventionen zeugte, wenn diese faszinierende und geheimnisvolle Frau, fordernd und zweifellos intelligent, beschlossen hätte, jemanden beiseitezuschaffen, hätte sie das Problem auf sauberere und klarere Art gelöst. Und wahrscheinlich hätte sie sich nicht so weit erniedrigt, die Frau eines Liebhabers zu töten, die ihr in keiner Weise im Wege stand. All das schoss Santomauro durch den Kopf, aber auch der Umstand, dass Menschen nicht nur schwarz oder weiß waren, nicht einmal dunkelgrau oder hellgrau. Nur so war es möglich, dass 'o Fravicino, nachdem er versucht hatte, seine Frau zu ermorden, und im Krankenhaus gelandet war, anschließend zu ihr zurückkehrte; oder dass Mina D'Onofrio sich bewusst dafür entschied, bei einem Mann zu bleiben, der sie früher oder später umbringen würde, wenn er nur wütend genug war, oder es zumindest versuchen würde. Oder Gerry Buonocore, der immer weiter Asiatinnen heiratete, ohne jemals zu verstehen, warum er ihrer schon nach kurzer Zeit überdrüssig wurde, oder die streitsüchtigen Polinnen, die lieber glaubten, ihre Freundin habe sich umgebracht, als dass sie einen Spaziergang machte. Also würde er jeder Spur folgen, und deshalb saß er nun bei den Buonocores im Liegestuhl und schlürfte einen fremdartigen, aber durchaus schmackhaften Tee.

153

»Wirklich gut. Was ist das?«

»Bancha-Tee. Schmeckt er Ihnen? Wenn Sie wüssten, wie schwer der zu kriegen ist. Den gibt's nicht einmal in Vallo della Lucania. Ich bringe ihn mir immer aus Rom mit.«

»Ciccinella hat ihn«, meinte der Maresciallo leise und leerte seine Tasse.

Als Pippo Mazzoleni begann, sein Haus zu durchforsten, wusste er selbst nicht, wonach er suchte und warum. Nach dem Besuch des Carabiniere vor einigen Tagen hatte er sich mehrfach bei der Überlegung ertappt, was das Auftauchen des Mannes zu bedeuten hatte. Gab es eine Spur, etwas, das ihm entgangen war, als er aus Mailand angereist war, voll guter Vorsätze in Bezug auf Elena?

Anfangs war er ganz methodisch vorgegangen, hatte die Räume mit dem neutralen Blick eines Fremden betrachtet und sich vorgestellt, er wäre Carabiniere, der nach Anzeichen dafür suchte, dass sich hier der Mörder aufgehalten hatte. Auf ihn hatte alles normal gewirkt, in der gewohnten Ordnung beziehungsweise der kontrollierten Unordnung nach all den Tagen, die er nun schon allein hier verbracht hatte. Maria, die Zugehfrau aus Pioppica, beschränkte sich mittlerweile auf einen groben Schnelldurchgang und gab zu verstehen, dass sie nicht bereit war, eine Sekunde länger als nötig in dem Haus des Verbrechens zu bleiben, und er, der froh war, dass sie ihn nicht weiter nervte, ließ sie gewähren.

Nach dem ersten Überblick war er zu einer gründlichen Durchsuchung übergegangen, zuerst planvoll, dann immer atemloser, je klarer ihm die Sinnlosigkeit und Immensität des Vorhabens wurde, das er sich aufgehalst hatte. Er wusste nicht einmal, wonach er suchte, war sich aber sicher, dass da etwas sein musste, vielleicht für seine Augen und die des Carabiniere unsichtbar. Er fing im Wohnzimmer an, rollte Teppiche auf, nahm Bilder von den Wänden, stellte Vasen und Kunsthandwerk auf den Boden, häufte Bücher und alte Mickey-Maus-Hefte aufs Sofa, von dem er die Polster entfernt hatte. Dann ging er zur Küche über, wo er sogar den Gefrierschrank ausräumte, Nudelpackungen aufriss, Konserven und Waschmittel über den Boden verteilte, bevor er dann zum Schlafzimmer kam, in dem er einen riesigen Haufen mit seinen und Elenas Kleidern auf das Bett warf und wild alle Schubladen durchwühlte.

Santomauro traf ihn im Bad an, wo er das Werk der Verwüstung gerade vollendete. Bei seiner Ankunft hatte der Maresciallo geglaubt, das Haus sei von Einbrechern heimgesucht worden, ein solches Chaos hatte er vorgefunden. Bücher, Zeitungen, Flaschen, Lebensmittel, Badesachen, Damenschuhe, Sandalen, aufgewickelte Pareos, Putzlumpen, Kissen und was sonst noch alles lagen wie ein bunter Teppich über den Boden verstreut, so dass er sich mühsam seinen Weg bis zum Bad bahnen musste, aus dem kampfähnliche Geräusche drangen.

Mazzoleni hockte zwischen Kloschüssel und Dusche auf dem Boden. Erschöpft sah der Mann zu ihm auf, als erwache er gerade aus einem unruhigen Schlaf. Über die kleinen, weißen und blauen Kacheln verteilt lag der Inhalt der Badschränkchen. Zerstreut registrierte der Maresciallo, dass Elena Mazzoleni ihrem Gesicht und ihrer ganzen Person sehr große Aufmerksamkeit gewidmet haben musste. Auf jeden Fall hatte sie sich sehr gepflegt, mit den teuersten Produkten, die der Markt hergab. Iolanda war genauso gewesen, und Santomauro kannte sich mit Marken und Preisen bestens aus. Auf dem Boden lagen Feuchtigkeits- und Pflegecremes, Parfüms und Duftwässerchen, Gesichtswasser, diverse Sorten Reinigungsmilch, Anti-Cellulite- und Aufbaucremes, Lidschatten, Lippenstifte, Wimperntusche, Körpergels, Gesichtssprays, Shampoos, Après-Sun-Lotions, Sonnenschutz für die Haare, Entfärbungsmittel für lästige Härchen, Konturenstifte für Lippen und Augen, Mascara, Deos, Puder, Bräunungscremes, Massagecremes und Brustgels, Haarspray, Schwämme und mindestens vier verschiedene Badezusätze. Einen Moment lang tat ihm die Frau leid, deren Schönheit auf so grausame Art zerstört worden war.

»Nichts«, meinte Mazzoleni und fuhr sich müde mit der Hand über die Augen.

Der Maresciallo nickte verständnisvoll, doch der Mann fuhr fort, als habe er es nicht bemerkt. »Ich habe alles durchgesucht und bin trotzdem nicht weiter als zuvor. Ich weiß nicht, warum sie ermordet wurde, was sie getan hat, ich weiß nichts.«

Santomauro half ihm hoch, und beim Hinausgehen fiel sein Blick auf einen kleinen Haufen Fläschchen, die ihm vorher nicht aufgefallen waren. Er nahm eins und betrachtete es stirnrunzelnd, dann wandte er sich fragend an den Hausherrn.

»Was ist denn das?« Die Frage war überflüssig. Schlafmittel, alle von derselben Firma und in rauen Mengen.

Mazzoleni wich seinem Blick aus und sah verlegen zu Boden.

»Die waren von Elena. Sie konnte ohne nicht einschlafen. Normalerweise benutzte sie auch Augenmaske und Ohrstöpsel.«

»Nicht dass Sie mir eine Dummheit anstellen mit all den Schlafmitteln im Haus!«

»Aber nein, wo denken Sie hin.« Er schien ernsthaft beleidigt, und Santomauro war beruhigt.

»Wenn ich gar nicht schlafen kann, nehme ich eine, aber für so was bin ich wirklich nicht der Typ, das können Sie mir glauben. Ich habe sie nicht weggeworfen, weil ich nichts von Elena weggeworfen habe, noch nicht. Aber das werde ich bald tun, vielleicht schon morgen, ich werfe alles weg, statt aufzuräumen.«

Zum ersten Mal lächelte er spontan, und Santomauro musste unwillkürlich mit lächeln.

»Maresciallo, wo Sie schon mal hier sind, möchte ich Ihnen etwas sagen.« Pippo sah ihm ins Gesicht. Santomauro nickte, und der Mann fuhr verlegen fort.

»Ich habe gehört, dass Ihnen schon gewisse Dinge zu Ohren gekommen sind. Ich danke Ihnen für die Diskretion, aber ich glaube, ich bin Ihnen eine Erklärung schuldig.«

Santomauro hatte ihn keineswegs aus Diskretion, sondern aus Taktik noch nicht zu Valentina Forlenza befragt. So war das nun mal bei Ermittlungen, dennoch schämte er sich ein wenig und nickte wieder nur schweigend. Pippo hatte sich abgewandt und wanderte, die Hände in den Hosentaschen vergraben, durchs Wohnzimmer. Mit den Füßen schob er vorsichtig die Dinge zur Seite, die ihm in den Weg kamen.

»Die Geschichte mit Valentina war mehr als eine kleine Liebelei, das ist gar nicht zu leugnen. Aber sie ist zu Ende. Was auch immer Ihnen ihre Freundinnen«, hier hörte man seiner Stimme die Anführungszeichen an, »gesagt haben, es ist nichts Wahres dran. Valentina ist eine großartige Frau, aber zwischen mir und ihr läuft schon eine Weile nichts mehr. Jede anderslautende Unterstellung entspringt allein ihrer beschränkten, kranken Phantasie. Halten Sie sich nicht damit auf. Die traurige Wahrheit ist, dass Elena ausgerechnet in dem Augenblick ermordet wurde, als ich darüber nachdachte, wieder mit ihr zusammenzuleben. Was für eine Ironie des Schicksals! Ich weiß, dass Sie es gewohnt sind, Lügen zu hören, Maresciallo, aber das ist die Wahrheit. Glauben Sie mir?«

Ihm schien wirklich daran zu liegen, deshalb nickte Santomauro, ja, er glaubte ihm, auch wenn er in seinem Innern wusste, dass die Akte Valentina damit längst nicht geschlossen war.

Nach einem Moment betretenen Schweigens wurde ihre Unterhaltung wieder so natürlich, als kennten sie sich schon lange. Nach einer Weile nahm Santomauro die etwas zögerlich vorgebrachte Einladung zum Abendessen an und wurde zu seiner Freude positiv von Pippos Kochkünsten überrascht, der zuvor schnell ein wenig Ordnung in der Küche geschaffen hatte.

Es gab Grillhühnchen in Essig mit Zucchini alla cilentana, die Mazzoleni mit der Selbstverständlichkeit eines erfahrenen Kochs kleinschnitt, in Ei und Pecorino wendete und in der Pfanne briet. Eingedenk Manfredis Bemerkungen über seine mit Dosenfutter und Würstchen gefüllte Speisekammer machte der Maresciallo ihm ein vorsichtiges Kompliment. Pippo erwiderte, dass er für sich allein nur ungern koche, mit andern zusammen aber Spaß daran habe.

»Ich habe immer für Elena gekocht, auch wenn wir Gäste hatten, doch wir verrieten den Freunden nichts, weil sie sie

157

glauben machen wollte, es sei ihr Werk gewesen. Mir war das egal.«

Sie verbrachten einen netten Abend, garniert mit einem grandiosen Marano vom Weingut Bigi, einem Weißwein mit dem Körper und dem Bouquet eines sehr guten Roten, der nicht unerheblich zum Gelingen des Abends beitrug. Santomauro war so entspannt wie seit langem nicht mehr, und erst als er in seinem Bett lag, überkam ihn ein unbehagliches Gefühl. In dem Haus fehlte etwas, etwas Grundlegendes, und er war genauso weit wie Pippo davon entfernt, darauf zu kommen, was es war. Eine Stunde lang wälzte er sich im Bett hin und her und versuchte, eine flüchtige Erinnerung zu packen, die kurz vor seinem inneren Auge aufgetaucht war, doch schließlich schlief er ein und übersah schlummernd ein anderes, viel offensichtlicheres Detail, das er direkt vor sich gesehen hatte oder, besser gesagt, nicht gesehen hatte.

Freitag, 17. August

Am Freitagmorgen wachte Santomauro auf und hatte schlechte Laune. Zerfaserte Traumschatten der Nacht waberten hartnäckig durch die Winkel seines Gehirns, und er brauchte zwei Tassen starken Tee und zwei Zigaretten, um sie endgültig zu verscheuchen. Die schlechte Laune aber blieb und wie eine warme, stickige Decke trug er sie bis zur Carabinieriwache mit sich herum. Gnarra kam ihm schon entgegen und begleitete ihn ins Büro. Auf der Bank davor saß eine Frau, die ihm vage bekannt vorkam.

»Halt dich fest, Simone, wir haben eine Spur, ach, was rede ich, viel mehr!« Pedro wirkte aufgeregt, fast frenetisch, und Santomauro sah ihn schief an.

»Ich habe dir einen wichtigen Zeugen gebracht. Aber ich möchte nichts vorwegnehmen, das musst du dir selbst anhören.« Damit ging er zur Tür, öffnete sie und ließ die Frau herein.

Sie hieß Amavila Ciccuto, freiberufliche Zugehfrau, wie sie selbst sagte. Der Maresciallo erkannte sie erst auf den zweiten Blick: Es war die Frau, die ihm bei Bebè Polignani die Tür geöffnet hatte. Die mit dem Seidentüchlein um den Hals und dem vielen Schmuck. Sie erklärte, dass sie in einigen Villen aushalf, auch in denen, die eine feste ausländische Putzkraft hatten. Man rief sie für die schwereren Arbeiten, sie reparierte verstopfte Toiletten, schnitt bei Bedarf Bäume und Hecken oder lieferte frisches Gemüse. Was sie zu berichten hatte, war Folgendes, der Reihe nach: Sie hatte Signora Olimpia Casaburi sagen hören, sie hätte Elena Mazzoleni liebend gern eigenhändig erwürgt. Genauer gesagt, hatte sie das dem Jesuiten gegenüber geäußert, der

159

darauf geschwiegen hatte. Der Architekt De Giorgio hingegen hatte am Telefon mit einer gewissen Valentina geredet oder ihr auf Band gesprochen und wortwörtlich gesagt: »Das Miststück ist tot, wenn du es warst, hast du mir einen Gefallen getan, wenn ich es war, hab ich dir einen getan, ciao ciao.« Das hatte sie nicht genau verstanden, aber der Architekt war auch betrunken gewesen. Ingenieur Buonocore hatte mit seiner Frau Aloshi darauf angestoßen, dass sie an irgend so einem Fluss säßen und die Leiche ihrer Feindin vorbeischwimmen sähen. Auch das hatte sie nicht richtig kapiert, da die arme Signora ja ins Meer geworfen worden war, aber vielleicht könnten sie sich ja einen Reim drauf machen. Die Polignani hatte nichts gesagt, aber man hatte ihr angesehen, wie zufrieden sie war. Die Capece Bosco weinte immerzu, wenn sie sich unbeobachtet glaubte. Der Journalist hatte zu seiner Freundin gesagt – Freundin!, um es mal so zu nennen –, dass er nun, wo alles wieder in Ordnung sei, auch aufhören könne zu arbeiten. Signora de Collis war abgereist, damit – so die exakten Worte des Ehemannes – niemand sah, wie froh sie war. Und so weiter und so fort. Zwanzig Minuten lang lauschten sie der Ciccuto und machten sich unnütze Notizen über Unschuldige, die ein loses und vorlautes Mundwerk hatten. Vielleicht gab es aber einen unter ihnen, der nicht unschuldig war, also hörten sie sich das Geschwätz bis zum Stumpfsinn an, brachten ihr Kaffee und bedankten sich, als sie endlich fertig war.

»Du lieber Himmel!«, entfuhr es Gnarra, kaum dass sie zur Tür raus war. »Wer holt sich denn freiwillig diese Schlange ins Haus! Da kümmere ich mich doch lieber selbst um mein verstopftes Klo, vielen Dank!«

Santomauro erwiderte nichts; er ging noch einmal seine Notizen durch auf der Suche nach etwas Brauchbarem.

»Was machen wir jetzt? Ich würde zu Regina Capece Bosco gehen und sie fragen, warum sie uns nichts von ihrer unternehmungslustigen Nichte erzählt hat.«

»Ich schaue bei De Giorgio vorbei, du kümmer dich lieber noch einmal um die Finanzlage, dann treffen wir uns zum Mittagessen im Cantarato und sehen weiter.«

»Und Regina?«, fragte Gnarra scheinbar enttäuscht.

»Die lassen wir köcheln, sie wird mittlerweile wissen, dass wir es wissen, und sich fragen, warum wir nicht bei ihr auftauchen.«

In Wirklichkeit war Pietro Gnarra mehr als glücklich, dass er in der Kaserne bleiben durfte. Er wäre lieber gestorben, als es jemandem einzugestehen, doch diesem Tag sah er schon lange voll Furcht entgegen, genauer gesagt seit Januar, als er im neuen Jahreskalender gesehen hatte, dass der 17. August auf einen Freitag fiel. Nicht dass er abergläubisch gewesen wäre, neeein, ganz und gar nicht, aber wer wusste schon so genau, ob da nicht doch was dran war, selbst im dritten Jahrtausend …

Vorsichtshalber hatte er jedenfalls dem Goldgehänge, das er um den Hals trug, zwei Hörner hinzugefügt. Eines war aus Korallen, ein ganz machtvolles Mittel gegen den bösen Blick, das andere aus Gold, das sicherlich Glück brachte, während er einen dritten Anhänger, den stärksten und wirksamsten von allen, ein schwarzes Horn aus echtem Horn, in der Hosentasche verborgen hielt, fernab von den Blicken der anderen, denn schließlich wusste jedes Kind, dass ein Horn, das von fremden und vielleicht feindseligen Augen angesehen wurde, schlagartig all seine Kraft verlor.

Zu Hause bei seinen Eltern, in Boscotrecase, hatte Gnarra ein sicheres Mittel gegen jede Art von Unglücksbringern, Freitag den 17. eingeschlossen: ein Zimmer, in dessen Mauern sein Vater kleine Nischen hatte schlagen lassen, wo er vor dem Zuspachteln Dutzende und Aberdutzende von Hörnern in allen Größen und jeglichen Materials deponiert hatte. Nicht dass Don Ciccio Gnarra abergläubisch gewesen wäre, um Himmels willen, aber man konnte ja nicht vorsichtig genug sein. In diesem Zimmer jedenfalls konnte man ganz ruhig abwarten, bis der Sturm vorüber war, doch Boscotrecase war leider weit weg, und Gnarra dachte, dass der Fluch vom Freitag dem 17. ihn schon getroffen hatte: Es würde ein Elendstag werden.

»Möchten Sie wissen, was für ein Mensch Valentina ist? Einmal, als sie sechzehn war, wettete sie mit Freunden, dass sie keine

Angst hätte, aufs offene Meer hinauszuschwimmen. Wir mussten sie im Schlauchboot zurückholen, sie schwamm immer noch, nach drei Stunden. Das war typisch Valentina.«

De Giorgio schmunzelte, und sein Blick schien in die Ferne zu schweifen. Santomauro glaubte sie vor sich zu sehen, die junge Valentina, wie sie hartnäckig drei Stunden weiterschwamm, nur um zu beweisen, dass sie kein Feigling war. Widerstrebend musste auch er lächeln.

»Waren Sie befreundet?«

»Wir sind es noch immer«, erwiderte der Mann einfach. »Valentina ist die beste Freundin, die ich auf der Welt habe. Sie war die Einzige, die mich nicht verurteilt hat wegen dieser unseligen Geschichte. Die Einzige, die sich nicht geschämt hat, mit mir gesehen zu werden, als ich für alle Girolimoni, das Ungeheuer von Rom*, war. Sie ist zu Olimpia gegangen und hat ihr gesagt, sie sei eine dumme Ziege, die sich wie ein billiges Waschweib manipulieren lasse. Ich kann Ihnen Olimpias Gesicht nicht beschreiben, aber ich fühle mich noch heute gut, wenn ich daran denke.«

»Dann wusste sie also auch, dass Elena Mazzoleni alles eingefädelt hatte«, schlussfolgerte Santomauro laut.

»Ich habe es ihr selbst erzählt, in meiner ersten Verzweiflung. Valentina sagte, sie würde mit ihr reden, und das hat sie wohl auch getan, denn danach haben sie eine ganze Weile kein Wort mehr miteinander gesprochen. Auch wenn …«, und hier hielt De Giorgio inne.

»Keine Sorge«, meinte der Maresciallo jovial, »ich weiß alles von Pippo, Sie brauchen nicht zu fürchten, Ihre Freundin zu verraten.«

»Ich kann mir vorstellen, dass so manch einer nur zu froh ist, Sie über alles aufzuklären. Es ist nicht, wie es vielleicht aussieht«, meinte De Giorgio düster.

»Nein? Wie denn? Sagen Sie es mir.«

---

* Italienischer Film von 1972 über einen Kindermörder, an dessen Stelle ein Unschuldiger verurteilt wird.

»Tja. Dann hören Sie die Geschichte wenigstens von einem, der sie mag.«

»Die Männer scheinen Signorina Forlenza insgesamt recht wohlgesonnen zu sein, jedenfalls mehr als die Frauen.«

»Das ist eine bösartige Unterstellung, Maresciallo, ich muss mich wundern.« Und gegen seinen Willen errötete Santomauro. Immerhin hatte er erreicht, dass sein Gegenüber nun kein Blatt mehr vor den Mund nahm.

»Fallen Sie nicht auf Klischees herein, Maresciallo, wir reden nicht von einem hübschen, zügellosen Mädchen, das keine Komplexe und Skrupel kennt.«

Nein?, dachte Santomauro, behielt es aber für sich.

»Valentina ist anders. Ich meine anders, als die Damen der Troika und der Peretroika es Ihnen weismachen möchten, aber anders auch als alle Frauen, die Sie in Ihrem Leben kennengelernt haben. Und auf keinen Fall ist sie eine Mörderin.«

»Nun muss ich gestehen, dass ich nicht ganz mitkomme. Was wären die Troika und die Peretroika?«

»Entschuldigen Sie«, meinte De Giorgio lächelnd, »manchmal vergesse ich, dass Sie keiner von uns sind.«

Santomauro nickte bitter, und sein Gegenüber klärte ihn auf. Die Damen vom Bridge-Kreis waren so zahlreich, dass sie verschiedene Tische organisiert hatten, die mit der Zeit zu festen Einrichtungen geworden waren. Bei den wichtigeren Turnieren, zu Beginn und Ende des Sommers, trafen sie sich alle gemeinsam, und auch für die samstäglichen Miniturniere mit Ehemännern und Partnern, doch die täglichen Tischrunden waren getrennt und heiß begehrt. Eine Signora war erst richtig integriert, wenn sie dort einen Platz ergattert hatte, und sei es auch nur als Reservistin, und die faulen Nachmittage zwischen einem Robber und dem nächsten waren eine gute Gelegenheit, um gnadenlose Urteile über alte und neue Freunde hinauszuposaunen. An dem einen Spieltisch regierte als unumstrittener Souverän Regina Capece Bosco, ein zweiter gewährte auch anderen Damen Zutritt, befand sich aber in einer ein klein wenig unterlegenen Position.

163

»Und da Reginas Tisch scherzhaft die Troika genannt wird und die neapolitanischen Damen eine spitzere Zunge haben als die aus dem Cilento, sind die anderen hochzufrieden mit ihrem Spitznamen, wenngleich sie vorgeben, seine Bedeutung nicht ganz zu verstehen. Glauben Sie mir, der Begriff *perete* ist noch eine freundliche Untertreibung.«

Santomauro grinste. Er kannte die Doppelbedeutung des neapolitanischen Ausdruckes, der nicht nur die mit unangenehmen Gerüchen einhergehende Entlüftung des Darms bezeichnete, sondern auch eine ebenso versnobte wie dumme Frau.

»Kurz, Valentina kann ihnen nicht gefallen, aber eine Menge anderer Menschen mögen sie. Hören Sie sich doch nur mal in Pioppica um, in den Lokalen, Sie werden sehen, dass sie dort gut über sie reden. Was die Damen betrifft, ist Valentina erstens wesentlich klüger als jede von ihnen, mal abgesehen von Regina vielleicht. Zweitens sieht sie den Sinn des Lebens nicht darin, anderen zu beweisen, dass sie etwas Besseres ist, was sie von einer Menge interessanter Tätigkeiten ausschließt, wie zum Beispiel mit Argusaugen zu beobachten, wer noch das Designerkleid vom letzten Jahr trägt in der Hoffnung, dass es keinem auffällt, oder wer den Ring mit dem größten Aquamarin am Finger hat, oder wer sich beim angesagtesten Trainer massieren lässt. Sie hat mit all dem nichts am Hut, und das wissen sie und hassen sie dafür. Valentina reist herum, hat einen richtigen Beruf, schert sich einen Dreck um niemanden und tut nur, was sie will. Sie ist frei.«

»Nun«, meinte der Maresciallo vorsichtig, »vielleicht ist es gerade diese Freiheit in Liebesdingen, die sie ihr übelnehmen.«

»Aber glauben Sie denn, die anderen wären anders? Nur dass sie es nicht an die große Glocke hängen. Sie tun es heimlich, sie betrügen sich gegenseitig mit ihren Ehemännern, wichtig ist nur, dass es niemand erfährt. Deshalb eckt Valentina an, weil sie die Heuchelei an den Pranger stellt.«

Beim Reden war der Architekt aufgestanden und bis hinunter zum Ufer gegangen. Zerstreut kickte er die weißen Kiesel vor sich her, mit in den Taschen vergrabenen Händen und düsterer Miene. Santomauro blieb auf den Stufen neben dem Schuppen stehen, wo er schon einmal gesessen und gewartet hatte, bis De Giorgio und Regina ihre Unterhaltung beendeten.

Es schien, dass ihre Gespräche immer hier an diesem kleinen Strand stattfanden; der Maresciallo konnte sich nicht erinnern, je in dem Haus des Mannes gewesen zu sein. Beide Male hatte die Zugehfrau, eben die bekannte Amavila mit ihrem absurden Halstüchlein, ihn hinab zum privaten Anleger geschickt. Dieses Mal war der Architekt vom Meer her gekommen, auf einem Boot, das Santomauro absolut nicht als Laser erkannt, aber gezwungenermaßen so getan hatte, als der Besitzer ihm stolz alle Vorteile und Eigenschaften pries.

De Giorgio verbrachte viel Zeit auf dem Meer, wie seine Rundumbräunung und sein athletischer Körper bezeugten. Er hatte kein Gramm zu viel am Leib, und Santomauro, der gerne gut aß und erst kürzlich gemerkt hatte, dass er allmählich auf seinen Bauchumfang achten musste, betrachtete ihn neidvoll. Ihre vorherigen Begegnungen im Dorf bei der einen oder anderen Schachpartie hatten vorrangig zu Beginn und zum Ende des Sommers stattgefunden, wenn Pioppica Sotto noch nicht von Urlaubern überschwemmt war, und Santomauro erinnerte sich noch, dass er ihn ein paar Mal auf den Straßen und Plätzen von Pioppica Sopra getroffen hatte, das natürlich bei weitem nicht so überfüllt war wie unten die Strandpromenade.

Der Maresciallo fragte sich nun zum ersten Mal, ob das Boot nicht zwangsläufig zum Exil werden musste für einen Mann, der es nicht mehr aushielt, sich in einer Gesellschaft sehen zu lassen, die mit dem Finger auf ihn zeigte. Auch für ihn galt die Frage, die er der Polignani gestellt hatte. Was hielt ihn noch hier? Warum ging er nicht fort?

»Das hier ist mein Zufluchtsort.« Vielleicht konnte De Giorgio Gedanken lesen. »Hier verbringe ich mehr Zeit als zu Hause. Manchmal übernachte ich auch am Strand. Ich nehme mir eine Flasche Wein mit, eine Luftmatratze und ein Kissen, außerdem ein Laken, für den Fall, dass ich mitten in der Nacht mit steifen

Rheumaknochen aufwache.« Jetzt lächelte er, seine schlechte Laune schien verflogen, und er wies mit einer Hand auf den Schuppen. »Ich habe auch versucht, dort drinnen zu schlafen, aber da wird es zu warm.«

»Was ist das?«, fragte Santomauro, nur um etwas zu sagen. Er interessierte sich nicht im Geringsten für Boote, obwohl er das Meer liebte.

»Es ist ein Bootsschuppen, fast jeder Zugang hat einen, ich meinen, Pippo Mazzoleni seinen – ich glaube sogar, er hat noch einen zweiten Schuppen für Fahrräder –, bei Gerry Buonocore steht das Boot drinnen, Valentina nutzt ihn für ihre Surfbretter, sie ist eine hervorragende Surferin, sogar Sergio Casaburi besitzt einen, obwohl er wahrscheinlich nur Gartengeräte darin aufbewahrt.«

»Warum das Vorhängeschloss?«

»Weil die Jugendlichen sonst dort zum Knutschen hineingehen. Nicht, dass ich etwas dagegen hätte, ich habe das selbst früher gemacht, aber es ist lästig, am nächsten Tag die Bierdosen oder Präser aufzusammeln. Deshalb schließe ich ihn lieber ab, ich glaube, die anderen machen es genauso. Ich bewahre dort auch Handtücher und Badesachen zum Wechseln auf, und Zigaretten. Reine Bequemlichkeit.«

»Sie haben hier alle ein Boot, oder?« Plötzlich war Santomauro interessiert.

»Sicher. Ich, Pippo, Gerry, dieser Idiot Sangiacomo, Casaburi, auch Notar Polignani, obwohl Bebè es nicht benutzt, glaube ich. Auch Gaias Vater und ich weiß nicht wer noch alles; wer hier nicht wenigstens ein Schlauchboot besitzt, gilt als armer Teufel, also kaufen sich alle ein Boot und lassen es im Zweifelsfall verrotten, weil sie nicht damit umgehen können.«

»Und gesetzt den Fall, dass jemand irgendeinen der Privatzugänge von Sigmalea oder Krishnamurti zum Strand hinuntergeht, findet er hier mit großer Wahrscheinlichkeit ein vertäutes Boot wie das Ihre«, er zeigte auf den Laser, der träge auf dem Wasser dümpelte, »oder schlimmstenfalls ein Schlauchboot. Ist das so?«

»Klar, genauso ist das. Aber warum? Woran denken Sie?«

»Die Schlüssel für den Anlasser bleiben immer an Bord, nicht wahr?«

»Meins ist kein Motorboot, aber bei anderen Modellen, klar, da bleiben sie an Bord. Sie denken, dass der Mörder sich das zunutze gemacht hat, stimmt's?«

Santomauro nickte. Elena hatte ihren letzten Ausflug aufs Meer im Boot eines Freundes oder Bekannten gemacht, Richtung Algenhaufen, der ihr vorläufiges Grab werden sollte. Ihr Mörder war auf Nummer sicher gegangen und hatte, da er wusste, dass er viele Boote zur Auswahl hatte, nicht riskiert, sein eigenes zu benutzen. Oder vielleicht, dachte der Maresciallo, hatte der Mörder einfach das nächstgelegene Boot genommen, in der Gewissheit, dass niemand es in diesen Tagen benutzen würde.

»Darf ich mal bei Ihnen telefonieren?«, fragte er und hatte es plötzlich sehr eilig.

Drei Stunden später stieg Santomauro eine andere Treppe hinauf, die vom privaten Anleger der Mazzolenis kam. Das Boot war beschlagnahmt worden. Der völlig aufgelöste Pippo hatte keinerlei Einwände, sondern gab im Gegenteil zu verstehen, dass ihm schon derselbe Verdacht gekommen war. Tatsächlich hatte er das Boot nicht benutzt, seit er wusste, dass er Witwer war, doch in den Tagen zuvor war er nach seiner Ankunft in Pioppica ein paar Mal kurz hinausgefahren, weshalb die Spurensicherung nicht ganz sicher war, ob sie eindeutige Hinweise dafür finden würde, dass das Boot für den Leichentransport benutzt worden war. Dasselbe galt für den zweiten Schuppen, in dem sie Spuren gefunden hatten, die darauf hindeuteten, dass die Tote hier versteckt worden war. Das Vorhängeschloss war aufgebrochen, und Manfredi hatte sich ergebenst entschuldigt, dass ihm das nicht aufgefallen war, doch letztlich hatte es sich ja auch nicht um eine richtige Durchsuchung gehandelt.

Die Begegnung mit Regina war mühsam gewesen. Santomauro erzählte Gnarra beim Mittagessen davon, dennoch blieb ein bitterer Nachgeschmack zurück, den auch die Spaghetti mit weißen Venusmuscheln unter Parmesan und Pecorino nicht vertreiben konnten, eine Spezialität des kleinen, bei Touristen unbekannten Lokals, in dem sie sich verabredet hatten.

Als er bei der Rocca vorgefahren war, hatte sie schon an der baumbestandenen Auffahrt gestanden, als erwarte sie ihn, wahrscheinlich hatte sie den Wagen die Straße heraufkommen hören und war ihm entgegengegangen. Ihr Gesicht war unter der Bräune blass, und der Maresciallo entdeckte ein paar Falten, die ihm bisher noch nicht aufgefallen waren. Regina lächelte ihn freundlich an, was ihr gewisse Schwierigkeiten zu bereiten schien, und in schweigender Übereinkunft spazierten sie langsam über den Rasen, der sich sanft abfallend bis zur Felskante hinzog.

»Ich habe Sie schon seit längerem erwartet, Maresciallo.«

»Wirklich, Signora?«

»Ja, Bebè und Olimpia haben mich angerufen. Sie haben sich freundlich zurückgehalten, aber ich denke, irgendjemand anders wird Ihnen alles erzählt haben.«

»Über Ihre Nichte? Das stimmt«, sagte Santomauro trocken. »Was ich mich frage, ist, warum Sie es mir nicht selbst gesagt haben.«

»Was wollen Sie«, sie machte eine vage Handbewegung, »es kam mir nicht so wichtig vor.«

»Überlassen Sie in Zukunft bitte mir die Entscheidung, was wichtig ist und was nicht, einverstanden?«

Regina sah ihn wegen seines barschen Tonfalls überrascht an, und auch der Maresciallo war überrascht. Er war nur selten unhöflich, außer wenn es unbedingt sein musste, und die Capece Bosco war ihm sympathisch, doch er spürte eine dumpfe, irrationale Wut in sich, die sich größtenteils gegen diese nicht zu fassende, flüchtige Valentina richtete, die alle kannten außer ihm.

»Ihre Nichte trinkt Bancha-Tee, ist das richtig?«

Regina nickte.

»Ihre Nichte war und ist noch die Geliebte von Architekt Mazzoleni, zumindest phasenweise?«

»Es ist nicht, wie Sie denken«, wagte sie einen schwachen Versuch. Auf Santomauro wirkte sie wie erloschen, ohne diese sprühende Energie, die sonst ihren Charme ausmachte.

»Ihre Nichte war kürzlich hier, ungefähr zur selben Zeit, als Elena Mazzoleni das letzte Mal lebend gesehen wurde. Sie wussten davon, haben es mir aber verheimlicht. Was noch, Signora?«

»Nichts, ich schwöre es. Ich weiß nichts.« Die Frau wirkte fast verschreckt, und Santomauro schämte sich ein wenig wegen des Parts, den er hier einnahm. Er hätte Gnarra mitnehmen sollen, den Meister für solche Rollen, der keinerlei Skrupel gehabt hätte, das Messer zu versenken.

Nun zog er es eben allein durch. Er wollte herausfinden, ob sie noch mehr vor ihm verschwieg, hätte aber niemals mit solch einer jähen und totalen Kapitulation gerechnet. Er musste sie nur fragen, wem sie außer dem Architekten De Giorgio sonst noch Stillschweigen über Valentina auferlegt hatte, und schon brach sie in haltloses Schluchzen aus. Regina Capece Bosco schien ein weitaus tieferer Schmerz und eine größere Angst umzutreiben als die, von einem Hüter des Gesetzes beim Lügen ertappt worden zu sein.

Sie ging weiter und versuchte, die Tränen, die ihr in Strömen über das Gesicht liefen, mit schnellen Bewegungen wegzuwischen wie lästige Fliegen. Santomauro hatte den Eindruck, dass sie es nicht gewohnt war zu weinen und schon gar nicht vor anderen, deshalb hielt er sich diskret zwei Schritte hinter ihr.

Sie waren nun zu dem kleinen Platz vor dem Haupteingang der Rocca zurückgekehrt, wo der Maresciallo sein Auto neben Reginas SUV geparkt hatte. Die Straße gabelte sich an dieser Stelle, ganz in der Nähe türmte sich ein Berg Zementsäcke, und die Abzweigung führte zu einem baumlosen kleinen Plateau hinauf. Es war ein karges Fleckchen, im krassen Gegensatz zu der Umgebung mit ihrem dichten Pflanzenwuchs. Zu beiden Seiten der Schotterstraße erhob sich eine Mauer aus Feigenkakteen, die voller Früchte hingen und den Weg noch weniger einladend machten. Doch der Blick von dort oben musste atemberaubend sein.

»Entschuldigen Sie mich, ich weiß nicht, was mich geritten hat. Vielleicht ist es die Menopause«, meinte Regina nach einigen Minuten und lächelte ihn an. Er fand, dass sie zu schnell wieder die Alte geworden war, und bereute es, ihre momentane Schwäche nicht ausgenutzt zu haben.

»Meine Nichte Valentina kann sich durchaus selbst verteidigen und Ihnen sicher alles erklären. Meine einzige Entschuldigung ist, dass ich sie sehr gern habe.«

»Wissen Sie, wo wir sie finden können?«

»Nein, tut mir leid«, antwortete sie schnell.

»Haben Sie sie gesehen, als sie unlängst in der Gegend war?«

»Nein, aber das ist auch kein Wunder, Valentina ist ganz und gar ungebunden und ändert andauernd ihre Pläne. Sie kann von einem auf den anderen Moment auftauchen oder verschwinden.«

»Wenn Sie sie sehen, sagen Sie ihr bitte, dass wir sie suchen. Haben Sie zufällig ein Foto von ihr?«

Regina sah ihm einen Moment lang fest in die Augen.

»Valentina hat mit dieser Geschichte nichts zu tun. Sie machen einen Fehler, wenn Sie Ihre Zeit mit ihr vergeuden. Jetzt hole ich Ihnen das Bild.«

Sie drehte sich brüsk um und ging ins Haus. Als sie lächelnd und gefasst mit einem Album unter dem Arm zurückkam, wusste er, dass er seine Chance verpasst hatte. Aus reiner Neugier fragte er, welchen Bau sie dort oben am Ende der Kaktusallee plane.

Sie sah ihn mit ihrem gekünstelten, wie aufgeklebten Lächeln an und erwiderte ausweichend: »Ach, ich weiß noch nicht, vielleicht einen Parkplatz für die kleinen Villen, die ich vermiete, mit Überdachung, in den nächsten Tagen soll die Zementfläche gegossen werden. Warum fragen Sie? Es ist weit genug von der Rocca entfernt. Soweit ich weiß, verstoße ich damit gegen keinerlei Auflagen.«

Er musste ihr beipflichten, und als er endlich ging, hatte er mehr denn je das Gefühl, zum Narren gehalten worden zu sein.

»Und das Foto?« Pedros Augen glitzerten und Santomauro reichte ihm fast bedauernd das Album, das Regina ihm mitgegeben hatte. Er hatte es während der Autofahrt überflogen, und nun sah er es sich mit dem Freund noch einmal an.

Valentina Forlenza war die uneingeschränkte Protagonistin aller Fotos des schmalen Bandes, insgesamt rund ein Dutzend. Es waren die Erinnerungen einer anhänglichen, wenn auch nicht besonders ausdauernden Tante, kleine Sommerblicke auf ein liebevoll begleitetes Leben. Valentina als Säugling, rund und weich wie die meisten. Valentina als Kleinkind, Unmengen schwarze Löckchen und kecker Blick. Valentina als Teenager, lange Beine, lange Haare und sonst nicht viel zu sehen. Eine Großaufnahme in kontrastreichem Schwarzweiß: eine wunderschöne Valentina, Anfang zwanzig, auf einem Bett liegend, der mutmaßlich nackte Körper verschwamm im Hintergrund.

»Das ist alles?«, fragte Gnarra enttäuscht.

»Das ist alles«, erwiderte Santomauro. »Sie sagt, sie hat nur die aufbewahrt, die ihr gefielen.«

»Schöne Frau. Schade, dass man den Rest nicht sieht.«

»Hübsch«, gab Santomauro mundfaul zu. Doch innerlich spürte er das wilde, unerklärliche Nagen von etwas, das er nicht als Eifersucht erkannte.

Aus sicherer Entfernung war er ihnen bis zum kleinen Strand gefolgt. Manchmal warf einer von ihnen wie nebenbei einen Stein nach ihm.

Nicht um ihn zu treffen, nur um ihn daran zu erinnern, dass er nicht dazugehörte, dass er ein Außenseiter war. Doch er war erst sieben Jahre alt, es waren seine ersten Sommerferien an diesem Ort, und er war so einsam, dass ihn auch das Risiko, einen Stein an den Kopf zu kriegen, nicht abschrecken konnte.

Also folgte er ihnen nach dem Mittagessen den Trampelpfad

171

entlang durch Gebüsch und Schilf und versuchte dabei, den ab und an gezielteren Würfen auszuweichen.

Sie waren zu fünft, alle etwa in seinem Alter, seit Ewigkeiten befreundet, gebräunt und mit Salzspuren auf den kindlichen Knöcheln und Muskeln. Er war dick, noch bleich und trug eine Brille, die er aber heute in der Tasche versteckt hatte. Er hatte es satt, ihnen aus der Ferne nachzuspionieren. Er wünschte sich nichts sehnlicher, als mitspielen zu dürfen, zu ihrer Bande zu gehören.

Er setzte sich an das andere, ihnen gegenüberliegende Ende des kleinen Strandes und beobachtete sie. Die Kinder waren eifrig damit beschäftigt, Sand hin und her zu schaufeln, sie ebneten ein Stück Strand ein und türmten Steine auf. Sie wollten eine Burg bauen, alberten herum, spritzten sich gegenseitig nass und wetteiferten darum, wer den höchsten Turm bauen konnte.

Marco erkannte, dass dies seine Chance war. Sein Vater hatte ihm gezeigt, wie man ganz tolle Sandburgen baute, im letzten Sommer, bevor er sich ins Bett gelegt hatte, um nicht mehr aufzustehen. Dies waren die ersten Ferien ohne ihn, an einem neuen Ort, mit seiner Mutter, die immer zu dösen schien und manchmal sogar vergaß, ihm Essen zu machen.

Er blinzelte die Tränen weg, die in seinen Augenwinkeln brannten, und blickte umher, um einen geeigneten Ort für seine Sandburg zu finden. Wunderschön würde sie werden, mit vier Doppeltürmen, einem Wassergraben rundherum und einer Verbindung bis zum Meer, dann würden die anderen Kindern näher kommen und staunen, würden sich zu ihm setzen und mit ihm reden.

Ein Sandhaufen einige Meter entfernt weckte seine Aufmerksamkeit. Hier konnte er sich etwas Arbeit sparen, er musste nur dem, was bereits vorhanden war, die richtige Form geben, und schon wäre der Grund für seine Burg bereitet.

Frenetisch begann er zu arbeiten, wobei er den Kindern, die weiter drüben kreischten, hin und wieder einen Seitenblick zuwarf. Sie beachteten ihn nicht, waren ihrer Burg schon überdrüssig und bewarfen sich mit Sand. Er grub emsig, wie wild, aus Angst, nicht rechtzeitig fertig zu werden, bevor sie die Lust verloren und weiterzogen. Der Sand war fein, dunkel und fest. Er schlug mit den Händen darauf, während die Sonne ihm den Rücken wärmte. Jetzt war die Grundfläche fertig, er verzierte sie mit Steinen aus der Umgebung. An den Ecken deutete er die vier Doppeltürme an, doch dann wollte er lieber zuerst das Loch in der Mitte ausheben, damit das Wasser aus dem Burggraben durch viele kleine unterirdische Kanälen sich dort sammeln konnte.

Er kniete sich seitlich nieder, um den Bau nicht kaputtzumachen, und begann mit den Händen zu graben. Beinah sofort stieß er auf Widerstand. Wahrscheinlich ein Ast, hoffentlich steckte der nicht zu tief im Sand fest. Nein, jetzt hatte er das eine Ende gefunden. Kräftig zog er daran und hielt plötzlich Fuß und Wade eines Menschen in der Hand, die grässlich aus seiner schönen Sandburg ragten.

Manchmal musste Pater Lorenzo Lucarello SJ, Lillo für seine Freunde, dem vergoldeten Frieden in des Kriegers Ruh entfliehen.

Als er zum ersten Mal das dringende Bedürfnis verspürt hatte, der liebevollen und erdrückenden Aufmerksamkeit Olimpias zu entkommen, damals im ersten Sommer als Gast bei ihr, hatte er vor lauter Schuldgefühlen einen nicht sehr überzeugenden Sockeneinkauf vorgeschützt. Sofort hatte sie angeboten, ihm qualitativ hochwertige Strümpfe vom Markt aus Acciaroli mitzubringen, doch Lillo hatte entschieden abgelehnt.

Beim nächsten Mal waren es Rasierklingen gewesen, dann ein Aftershave, eine Kortisoncreme, eine neue Badehose. Schließlich war ihm nichts mehr eingefallen, mit dem er sich ein paar Augenblicke der Freiheit erkaufen konnte, ganz abgesehen von den jedem Ausgang vorausgehenden kurzen, aber anstrengenden Verhandlungen, um Olimpia klarzumachen, dass er nicht zwei Tage bis zum Markt von Acciaroli warten wollte, nein, auch nicht einen für den in Ascea, nein, sie solle sich keine Umstände machen und brauche sich nicht umzuziehen, um

173

mitzukommen, nein danke, er habe ja den Wagen und wolle allein fahren, er kenne den Weg und sei ohnehin schon auf dem Sprung, er werde sich beeilen und wäre bald zurück, und ciao.

Eines Tages hatte er ihr erschöpft die Wahrheit gestanden: Er brauchte einfach ein wenig Zeit, in Ruhe allein mit sich. Keine Socken, keine Unterhose und kein Schaumbad, einfach ein Spaziergang am Strand oder in der Natur zum Nachdenken, Meditieren oder, und das war nicht übertrieben, zum Beten.

Olimpia hatte ihn mit dem Blick eines geprügelten Hundes angesehen, den sie so gut beherrschte, dann hatte sie gesagt, das verstehe sie sehr gut, und sich für ihre Aufdringlichkeit entschuldigt. Mit einem Haufen Schuldgefühle auf dem Buckel hatte er sich aus dem Haus geschlichen, doch im Auto war er in Lachen ausgebrochen, so leicht hatte er sich plötzlich gefühlt, wie damals, als er sich als Kind in Santulussurgiu mit einem Hemdzipfel voll frischer Feigen von Pineddus Feld davongestohlen hatte, ohne auch nur einen Hauch von Prügel zu beziehen.

Seitdem hatte Olimpia nie mehr etwas gesagt, wenn sie sah, dass er weggehen wollte. Im Gegenzug machte er nur zurückhaltend Gebrauch von diesem Stückchen Freiheit, ein-, maximal zweimal die Woche, immer nachmittags und nie für mehr als zwei Stunden.

Sein bevorzugtes Ziel war der große Strand zu einer Tageszeit, wenn die Badegäste Schaufeln und Liegestühle einpackten, ihre Kinder trockenrubbelten und die Handtücher ausschüttelten. Sie gingen, wenn er kam.

Manchmal traf er den einen oder anderen einsamen Spaziergänger mit Hund, und er überlegte, dass es dem wohl wie ihm selbst erging, der Hund erfüllte die gleiche Aufgabe wie Socken oder Aftershave, während zu Hause die Ehefrau mürrisch oder einfach gewohnheitsmäßig das Abendessen vorbereitete. Der Hund trottete vor ihm her, und der Unbekannte lief mit schlurfenden Schritten über den Strand und zögerte seine Heimkehr hinaus. Lillo setzte sich in den Sand, manchmal streckte er sich

sogar auf ihm aus. Aus seiner Kindheit hatte er sich diese vollkommene Gleichgültigkeit gegenüber dem Zustand seiner Kleidung bewahrt. Es war ihm egal, wenn er mit Sand, Schlamm
oder all den anderen Schmodderigkeiten bedeckt war, in denen
Kinder sich so gerne wälzen. Das Meer bekam allmählich den
quecksilbrigen Glanz, der dem Sonnenuntergang vorausgeht,
der Hund führte sein Herrchen zu der kleinen Treppe und zum
Auto zurück, auf das der Mann müde zuging.

Lillo überlegte, dass der einzige Unterschied zwischen ihnen
war, dass er nicht verheiratet war. Die Berufung hatte ihn vor
der Ödnis bewahrt, auch nach dem Ende der Leidenschaft weiter mit einer Frau zusammenleben zu müssen, und manchmal
fragte er sich, gleichwohl wissend, dass sich sein Leben nicht
allein darauf reduzieren ließ, inwieweit bei dieser Wahl seine
Feigheit eine Rolle gespielt hatte.

Im November wurde er siebenundvierzig, und ähnliche Gedanken trieben ihn schon eine ganze Weile um, vielleicht weil
sein Leben zuvor äußerst turbulent gewesen war, verschiedene
Stellen, Umzüge, Reisen, Begegnungen, aber stets im Kontakt
mit jungen Menschen. Seit einigen Jahren jedoch hatte man
ihn in einer reichen Gemeinde Neapels geparkt, wo er Spenden
für die Projekte sammelte, welche die Jesuiten in den ärmsten
Ländern betrieben, und wo er die wackelnde Hierarchie eines
Konvikts stärken sollten, das sich allzu sehr den Zerstreuungen
des Stadtlebens hingegeben hatte.

Lillo Lucarello war der richtige Mann, um Dinge wieder zu-
rechtzurücken, und wie immer war er seiner Aufgabe mit Einsatz
und Leidenschaft nachgekommen. Im Hinterhalt lauerte jedoch
die Langeweile, zusammen mit der Nähe zu den reichen und schönen Frauen seines Alters, übertrieben geschminkt und schmuckbehängt, übertrieben jugendlich und übertrieben ihren jähen
und dramatischen Stimmungsschwankungen unterworfen. Diese
auszunutzen war sein Beruf, und er machte es gut, doch manchmal trauerte er der Welt der Jugendgruppen hinterher, wo die
Frische der Heranwachsenden noch nicht gänzlich unter Papas
Geld erstickt war. Als Alternative hatte er schon zwei Anfragen

175

auf eine Versetzung nach Brasilien, Albanien oder sonstwohin gestellt, wo Bedarf bestand, doch hatte man ihm mitgeteilt, dass seine Mitarbeit dort, wo er war, sehr wertvoll war und er daher noch ein wenig bleiben solle. Das vierte Gelöbnis der Jesuiten war der Gehorsam, also hatte er gehorcht, nicht aber sein Geist, und die lästigen Gedanken quälten ihn immer häufiger.

Santomauro sah ihn, wie er mit den Händen in den Taschen und trüber Miene am Strand entlangging. Er hatte es nicht auf ein Treffen angelegt, doch als er ihn dort am Meer erblickte, beschloss er, die Gelegenheit beim Schopfe zu packen, nachdem er sich gerade das Abendessen in Form einer großzügigen Portion ofenfrischer *parmigiana,* zweier cilentanischer mit Honig-Ricotta-Creme gefüllter *cannoli* und einer Flasche Donna Luna besorgt hatte. Jetzt gingen sie nebeneinander her, der Maresciallo etwas behindert durch das dicke Essenspaket, das er mit sich herumschleppte.

Zum ersten Mal war er mit dem Jesuiten allein, und er versuchte sich seine keineswegs ausschließlich berufliche Neugier diesem Mann gegenüber nicht anmerken zu lassen. Sie waren ungefähr gleichen Alters, Pater Lorenzo wirkte körperlich topfit, ein gutaussehender, dunkelhaariger, gebräunter Mann, dessen Verhalten oder Äußeres in nichts darauf hindeutete, dass er sein Leben Gott geweiht hatte. Santomauro stand dem Mysterium des Glaubens respektvoll, aber skeptisch gegenüber, und er fragte sich, wie ein noch junger Mann den vielfachen weltlichen Verlockungen widerstehen konnte. Andererseits hätte er sich bei genauerer Betrachtung eingestehen müssen, dass auch sein Leben diesbezüglich seit einiger Zeit asketisch und frei von größeren Passionen verlief. Weder Liebe noch Sex noch Macht oder Erfolg spielten darin eine größere Rolle, und soweit er sich das vorstellen konnte, verfügte der Mann neben ihm zumindest von den letzten beiden über eine ausreichende Portion. Santomauro hoffte nur, dass er sich für Sex und Liebe nicht an die Casaburi wandte, die für ihn unter die Kategorie Heulbojen fiel.

»Ich bin nicht Olimpias Liebhaber, wenn es das ist, was Sie wissen wollten«, unterbrach Lillo die angenehme Stille zwischen-

ihnen. Santomauro fragte sich zum wiederholten Male, ob seine Gedanken so durchschaubar waren. Er schüttelte lächelnd den Kopf und vermied es tunlichst, einen heuchlerischen Einwand von sich zu geben. Der andere lächelte seinerseits.

»Ich kann mir schon denken, was man Ihnen erzählt hat, aber auch ein armer Jesuit muss irgendwo Urlaub machen, und meine Finanzen erlauben es mir zur Zeit nicht, in meine Heimat Sardinien zu fahren. Ich hatte dort ein Haus, aber ich habe es meinem Bruder geschenkt und will mich ihm nicht als Gast aufdrängen. Als wäre er mir das schuldig. Deshalb ziehe ich von einer freundlichen Dame zur nächsten. Olimpia ist nur eine liebe Freundin, mehr nicht.«

Der Mann war charmant, stellte der Maresciallo fest, und um wie viel mehr musste er seine freundlichen Gastgeberinnen beeindrucken. Zwei respektlose Gedanken schossen ihm durch den Kopf. Erstens: Warum waren es ausschließlich Frauen, die dem schönen Geistlichen ihre Ferienvillen zur Verfügung stellten? Und zweitens: Warum war ihm so viel daran gelegen, sich zu rechtfertigen? *Excusatio non petita*[*] und so weiter …

Vielleicht war es aber auch nur der Versuch, möglichst sympathisch zu wirken, sich von der besten Seite zu zeigen.

»Ich nehme an, Sie kannten auch Elena Mazzoleni gut, Pater?«

»Um Himmels willen, nennen Sie mich Lillo, wie alle. Pater nennen mich nur die alten Herrschaften, aber bei den Jüngeren und Gleichaltrigen vermeide ich diese Abgrenzung. Sie machen sich keine Vorstellung, um wie viel einfacher der Kontakt zu Jugendlichen ist, wenn sie einen duzen dürfen.«

»In Ordnung, Lillo. Können Sie mir etwas zu den Leuten erzählen, die Sie … seit wann frequentieren?«

»Mal sehen, das sind jetzt wohl vier Jahre. Als ich nach Neapel kam, organisierte ich eine Pilgerfahrt ins Heilige Land, an der Olimpia und Sergio teilnahmen, Letzterer offen gesagt nur

---

[*] *Excusatio non petita, accusatio manifesta* (lat.), sinngemäß: Wer sich unaufgefordert entschuldigt, klagt sich selbst an.

sehr widerstrebend. Seitdem luden sie mich immer nach Pioppica ein, und ich kenne alle ihre Freunde, auch wenn ich im
Winter nur Olimpia treffe, die in meine Messe kommt, manchmal auch Regina und Mina. Elena nicht, sie habe ich den Winter über nie gesehen, aber hier traf ich sie und kann wohl sagen,
dass ich sie ganz gut kannte.«

»Na endlich! Ich hoffe also auf Ihre objektive Einschätzung.
Was war sie für ein Mensch?«

»Ein unangenehmer Mensch, fürchte ich.« Der Jesuit sah ihn
verstohlen an und musste über sein erstauntes Gesicht lächeln.

»Was ist? Sie hatten mich doch nach meiner ehrlichen Meinung gefragt. Oder muss ich als Priester etwa alle Menschen
mögen? Also, im Evangelium steht das jedenfalls nicht.«

Zunehmend fasziniert lehnte Santomauro jegliche Beschö-
nigung ab und lauschte ihm aufmerksam.

»Sie war ein unglücklicher Mensch und deswegen unangenehm. Verbittert, auf jeglichen mondänen Schnickschnack be-
dacht, präsentierte immer gern ein neues Schmuckstück oder ein
Designerteil. Das waren die Dinge, an denen sie sich maß, und
nicht etwa ihre Tätigkeit als Krimiautorin. Dabei war sie gut, wissen Sie das? Ich habe ein Buch von ihr gelesen, das mir gut gefallen hat, aber es war eben kein Verkaufserfolg, und an etwas anderem war Elena nicht interessiert, nur am Erfolg. Sie war mir
nicht sympathisch, außer am Anfang«, fügte er mit merkwürdiger Miene hinzu, einer Mischung aus Zurückhaltung und Verdruss, »aber das war sie wohl den wenigsten, glaube ich. Man ertrug sie, weil man sie fürchtete. Sie hatte eine böse Zunge und
kannte die kleinen Geheimnisse und wunden Punkte all ihrer
Freunde. Sie liebte es, Andeutungen fallenzulassen, und wer
nicht darüber lachen konnte, ärgerte sich schwarz. Sie genoss es,
ihre Macht über andere auszuspielen.«

Santomauro nickte. Dieses Bild passte zu den vielen kleinen
Details, die er mit der Zeit gesammelt hatte. Sein Gegenüber
fuhr fort: »Außerdem kam sie aus den richtigen Kreisen. Gute
Familie, Beziehungen nach ganz oben, wer mit ihr zusammen
war, war mit den Leuten zusammen, die etwas zählten.«

178

»Sie sagten, sie sei unglücklich gewesen, warum?«

»Das lag in ihrer Natur. Sie war chronisch unzufrieden. Ich habe viele solcher Frauen kennengelernt, glauben Sie mir, in diesen Gesellschaftskreisen. Sie schaffen es nicht, Mütter oder Ehefrauen zu sein, sind aber auch keine Karrierefrauen. Sie langweilen sich, dann fürchten sie sich allmählich vor dem Verstreichen der Zeit, sie merken, dass niemand sie liebt und sie niemanden lieben, also stürzen sie sich auf die Religion. Diesen Schritt hat Elena nicht vollzogen, aber sie war zutiefst unzufrieden. Wenn ich noch dazusage, dass Pippo sie vernachlässigt hat ...«

»Vernachlässigt?«

»Was würden Sie machen, wenn Ihre Frau nichts Besseres zu tun hätte, als allen zu verkünden, dass das Haus ihr gehört, das Boot mit ihrem Geld bezahlt wurde und sie ihren Verlobungsring nicht anstecken kann, weil er so lächerlich klein ist? So war Elena, und Pippo hatte es satt, schon als ich ihn kennenlernte. In Wirklichkeit hatte sie, die Arme, ein großes Bedürfnis nach Liebe, doch ein Mann lässt sich nicht kaufen, oder besser gesagt, kaufen schon, aber er lässt sich nicht lange mit Geld allein halten.«

Santomauro hatte das merkwürdige Gefühl, er spräche aus eigener Erfahrung, doch bei diesen Geistlichen konnte man nie wissen. Bei der Beichte hörten sie so allerhand, so dass ihnen die Verwerfungen der menschlichen Psyche alles andere als fremd waren.

»Elena war unangenehm, wie gesagt, aber die Nachricht von ihrem Tod hat mich doch überrascht.«

»Warum?«, fragte Santomauro interessiert.

»Weil ich nicht gedacht hätte, dass sie so heftige Gefühle auslösen kann. Sie war eine Frau, die man vielleicht nicht mochte oder die man respektierte, oder der man schmeichelte, aber keine, die man liebte oder hasste. Und das Verbrechen, das wissen Sie wahrscheinlich viel besser, entspringt der dunkelsten Seite unserer Seele. Elena war keine, die man umbrachte, viel eher ging man ihr aus dem Weg.«

179

Über dieses schonungslose Urteil dachte der Maresciallo einen Moment schweigend nach. Er hatte bekommen, was er wollte, der Jesuit hatte offen geredet und sein unzweifelhaftes analytisches Talent und seine Beobachtungsgabe unter Beweis gestellt.

»Und was können Sie mir zu Valentina Forlenza sagen?«

»Valentina ist anders. Sie ist eine Frau zum Verlieben, doch dann geht sie weg und verlässt dich. Teufelchen, in die hätte selbst ich mich verlieben können, wenn ich nicht schlauer gewesen wäre. Schockiert Sie das? Kommen Sie, Simone, es schockiert Sie, und wie. Sie sind mir sympathisch, Sie wirken jünger, als Sie sind, so unschuldig, man fühlt sich wohl mit Ihnen. Aber vielleicht gehört das zu den Waffen Ihres Berufes.« Er lachte herzlich, als der Maresciallo verlegen den Kopf schüttelte. Dieser Mann war ein Teufel im Mönchsgewand, schoss es ihm unwillkürlich durch den Kopf.

»Valentina ist ein anbetungswürdiger Mensch. Direkt, aufrichtig und gleichzeitig sehr verschlossen. Man lernt sie nur kennen, wenn sie es will, aber glauben Sie mir, sie ist es wert. Die Geschichte zwischen ihr und Pippo ist eine Lappalie ohne Zukunft, und ich glaube, das weiß er auch. Die Einzige, die sich Sorgen darüber machte, war Elena, obwohl sie selbst einer kleinen Abwechslung hie und da nicht abgeneigt war.«

»Was meinen Sie damit?«

»Ach nein, bitte ersparen Sie mir den schlimmsten Tratsch. Hören Sie sich um. Jedenfalls, sollten Sie glauben, dass Valentina Elena umgebracht hat, um Pippo zu behalten, sind Sie wirklich auf dem falschen Dampfer.«

Da waren's ihrer drei!, dachte Santomauro. Der Mann fuhr fort: »Wie Sie auch hoffentlich nicht Olimpia verdächtigen. Sie ist wirklich eine liebenswürdige Person, und unter ihrer mürrischen Schale verbirgt sich eine mitfühlende Seele. Außerdem war zwischen den beiden, abgesehen von ein paar Zwistigkeiten, nie etwas Ernstes.« Er lächelte verlegen, wohl wissend, dass der gewichtigste Grund für diese Zwistigkeiten er selbst war.

Santomauro lächelte zurück. »Da wir gerade dabei sind, haben Sie sich ein paar Gedanken über die Identität des Mörders gemacht?«

»Wollen Sie damit sagen, dass Sie mich ausschließen? Weil ich Jesuit bin? Sie wissen, dass das zu anderen Zeiten eher ein Punkt zu meinen Ungunsten gewesen wäre, oder?«

Der Maresciallo lachte pflichtschuldig, doch allmählich hatte er genug von diesem Wortgefecht, bei dem er unvermeidlich den Kürzeren zog. Wahrscheinlich waren die Bewunderer von Pater Lorenzo deshalb Frauen, weil Männer dem ständigen Vergleich nicht standhielten, dessen er sie, vielleicht nicht ganz unbewusst, aussetzte.

»Ich schließe niemanden aus, aber ich glaube, dass Elenas Mörder in ihrem engsten Freundeskreis zu suchen ist.« Er log ganz unverfroren, während er insgeheim dachte, dass dieser Mann hier höchst verdächtig war, aber hallo. Auch wenn ihm spontan kein Motiv einfallen wollte. Pater Lillo hätte sowohl die Mittel als auch die Gelegenheit und die Kaltblütigkeit gehabt, aber ein Motiv?

Erneut schien er seine Gedanken zu lesen. »Das Motiv. Was mir fehlt, ist das Motiv. Warum sie so zurichten? Finger und Zehen, das Gesicht, neben den Geschlechtsmerkmalen bevorzugtes Ziel von Irren im Wahn, nach allem, was ich gehört habe.«

Was ich gehört habe?, dachte Santomauro und stellte sich die Schlange der Irren vor, die einer nach dem anderen im Beichtstuhl des Jesuiten niederknieten. Bei der Vorstellung musste er schmunzeln, außerdem benutzte dieser Mann garantiert keinen Beichtstuhl. Er wählte bestimmt den Ort passend zum Teilnehmer aus, einen weichen Sessel für die feinen Damen, eine Treppenstufe oder ein Mäuerchen für den rastlosen Teenager. Und die Irren? Hinter seinem Schreibtisch, beschloss er. »Ich sehe, Sie sind gut informiert, wie im Übrigen jedermann«, sagte er mit einer gewissen Schärfe in der Stimme.

»Natürlich, aber dafür müssen Sie nicht de Collis die Schuld geben: Er ist verschwiegen wie ein Grab, obwohl er von mehreren Seiten bedrängt wurde. Aber seine Putzfrau ist dieselbe, die Olimpia hat, und sie hat die Notizen der Autopsie zu

181

Gesicht bekommen. Sie wissen ja, wie das so geht. Dann kam sie, alles ganz zufällig, mit Olimpia darauf zu sprechen und mit all den anderen auch, für die sie arbeitet.«

»Klar, wie das so geht. Amavila Ciccuto, vermute ich?«

»Ihnen entgeht wirklich nichts, Simone.«

»Tja, beinah so wie Ihnen. Die Verstümmelungen geben mir auch zu denken. Als habe jemand die Identifizierung hinauszögern wollen.«

»Doch dann legt er sie in die Algen unterhalb der Piazzetta von Pioppica. Ich verstehe das nicht.«

»Ich auch nicht«, gab Santomauro betrübt zu. Sie wanderten gerade zum fünften Mal den Strand in nördlicher Richtung entlang, als der Maresciallo ein kleines, schwarzweißes Pünktchen in der Ferne entdeckte, das schnell näher kam und immer deutlicher die Gestalt eines Carabiniere annahm, Cozzone, ja, es war Cozzone, in Uniform und mit sorgenvoller Miene, der schließlich keuchend vor ihnen stehen blieb, sich schmerzgekrümmt die dicke Taille hielt und, nachdem er sich so weit gefasst hatte, salutierte und heraussprudelte.

»Eine Leiche, Signor Maresciallo. Ein Mordopfer. Am kleinen Strand. Kommen Sie. Alle sind schon da.«

Ohne ein Wort lief Santomauro auf die nächstgelegene Treppe zu, in der Hand die Einkaufstüte und Lillo an der Seite, der wie ein Hundertmeterläufer lossprintete.

»Also, ich verliere dreiundfünfzigtausend … Habt ihr schon gehört? Sie verdächtigen Valentina.«

»In Wirklichkeit verlierst du vierundfünfzigtausend, und ich bekomme achtzigtausend Punkte. Ich halte das für Quatsch. Valentina hat wirklich Besseres zu tun. Sie genießt ihr Leben, nicht wie wir dummen Gänse hier, immer nur Haus, Bridge und Familie.«

»Ich bin unter einundsechzigtausend. Wenn das so weitergeht, bin ich ruiniert. Zu Valentina fällt mir übrigens eine hübsche Geschichte ein, was sie in einer Flughafentoilette mit einem blendend schönen Araber getrieben hat.«

182

»Könnt ihr mir mal sagen, wie ihr zu dieser Rechnung kommt, ich blicke da nicht mehr durch. Ich kann unmöglich nur fünfunddreißigtausend gewonnen habe. Die Geschichte mit der Toilette kenne ich auch, sie ist uralt und wahrscheinlich wahr. Valentina kann ich mir jedenfalls als Mörderin vorstellen.«

»Meinst du? Also gut, dreiundfünfzigtausend oder vierundfünfzigtausend, wie ihr meint, ich glaube zwar, es waren dreiundfünfzigtausend, aber wenn ich zahlen muss, dann zahle ich.«

»Ja, das ist gut, zahl du nur, dann rechnen wir ab. Ich gewinne achtzigtausend. Und was Valentina betrifft, ich weiß es nicht.«

»Ich verstehe einfach nicht, warum ich immer verliere. Ich glaube, dass eine gewisse Dame hier am Tisch eifersüchtig ist. Liebe, nun quäl dich nicht mit den alten Geschichten.«

»Was willst du damit andeuten? Immerhin hat mein Corrado nie mit dieser ...«

»Ganz ruhig, Mädchen. Hier sind meine vier Euro fünfzig, lass uns abrechnen und nach Hause gehen.«

»Fünf fünfzig, meine Liebe. Ich bekomme neun Euro.«

»Und ich soll das alles bezahlen, zumindest fast. Das Spiel ist ja schön, aber zu teuer.«

»Na na! Nun spiel mal nicht das Unschuldslamm! Corrado ein Heiliger! Frag deinen Mann lieber mal, was er von Valentina hält!«

»Jetzt haben wir ihn also doch gefunden.«

»Ja, der Ärmste.«

»Am Strand hat er gearbeitet und am Strand ist er gestorben. Was für ein Hundeleben.« Wütend trat Gnarra nach einem Stein, der bis ans Wasser rollte. Santomauro sah ihn überrascht an. Das war nicht unbedingt die Reaktion, die er von ihm erwartet hatte. Pedro war sonst unbekümmert und oberflächlich, dachte wenig über sich selbst nach und verlor keine Zeit damit, sich oder andere zu bemitleiden. Doch er war ein guter Kerl, und irgendetwas an der Geschichte dieses armen Jungen schien ihn wirklich mitgenommen zu haben. Der Maresciallo folgte

183

seinem Freund, und gemeinsam gingen sie am Ufer entlang, während die Spurensicherung ihre Beweisaufnahme beendete.

»Ich habe ein paar Mal mit ihm geredet. Er war nett, wenn auch nicht besonders gesprächig. Nach der Sache mit meiner Freundin war ich neugierig und habe ihn hin und wieder zu einem Kaffee in die Bar eingeladen. Er trank keinen Alkohol, immer nur Kaffee. Ich habe ihm nie gesagt, dass ich wusste, was er tat, um seine Einnahmen aufzubessern, und auch nicht, dass ich Carabiniere bin. Am Anfang war er misstrauisch.«

»Vielleicht war er es nicht gewohnt, gut behandelt zu werden.«

»Klar«, meinte Gnarra bitter. »Du siehst ja, wie man sie behandelt, am Strand, auf den Märkten, sogar auf der Straße. Wie Tiere, toleriert werden sie nur, weil sie ein schönes Kettchen, einen Pareo haben, also kauft man, aber dann weg mit dir, dreckiger Neger, schau zu, dass du mir nicht auf die Nerven gehst.«

Santomauro nickte stumm. Noch nie hatte er mit Gnarra über so etwas geredet, und er fühlte sich schuldig. Er hätte niemals gedacht, dass sein Kollege ein soziales Gewissen oder überhaupt irgendein Verantwortungsgefühl besaß. Man wurde so schnell zum Rassisten, auch wenn einem die Hautfarbe egal war, nur indem man die Leute in Schubladen steckte und sie entsprechend behandelte.

»Er war stolz. Kam aus Ghana oder von den Kapverden, Geographie ist nicht so mein Ding, hatte eine große Familie. Er wollte Geld beiseitelegen, um einen Kurzfilm zu drehen und beim Film zu arbeiten. Das war seine Leidenschaft. Deshalb verkaufte er sich meiner Meinung nach, um zu sparen und nach Rom zu gehen. Das habe ich dir neulich nicht gesagt, weil ich es für nebensächlich hielt, ich war mir sicher, dass er nicht der Mörder war, und es war sein kleines Geheimnis, das er mir anvertraut hatte, ich wollte nicht, dass sich jemand über ihn lustig macht.«

»Aber ich hätte mich doch nie über ihn lustig gemacht«, sagte Santomauro überrascht und etwas traurig. Hatte etwa auch Pedro sich ein falsches Bild von ihm gemacht?

»Maresciallo, kommen Sie, der Arzt ist so weit!«

Sie gingen zusammen hinüber. Samir lag rücklings im Sand. Er trug nur ein paar enganliegende Shorts und war selbst als Toter noch schön wie eine exotische Statue. Das Gesicht mit den perfekt gemeißelten Zügen war unversehrt, doch der Schädel war eingeschlagen und mit Blut und Hirnmasse verklebt, die sich mit dem Sand, unter dem er versteckt gelegen hatte, zu einer zementartigen Masse verbunden hatten. Die Gliedmaßen wirkten sorgsam zurechtgelegt wie für eine Beisetzung. Die Tatwaffe, ein am Ende mit Hirn und Haaren verdreckter Holzknüppel, war neben ihm vergraben.

»Ziemlich anders als die Letzte, finden Sie nicht, Maresciallo?«

Santomauro nickte. Hier gab es bis auf den eingeschlagenen Schädel keinerlei Anzeichen für Gewaltanwendung. Nichts ließ an das Gemetzel denken, das an der Mazzoleni begangen worden war, und auch die Wahl des Grabes passte nicht zum Schicksal der anderen Leiche, die an der Luft der Verwesung ausgesetzt gewesen war. Ein Gedanke durchzuckte Santomauro, den er allerdings nicht schnell genug zu packen bekam. De Collis sah ihn fragend an, vielleicht erwartete er einen passenden Kommentar.

»Wann ungefähr ist der Tod eingetreten?«

»Vor zwei oder drei Tagen, Genaueres kann ich erst nach der Obduktion sagen. Armer Junge.«

Der Maresciallo blickte ihn erstaunt an. Schon wieder einer, von dem er keine Mitleidsbekundungen erwartet hätte.

»Sie staunen, Maresciallo? Ich kannte ihn. Er hieß Samir Ben Ghadi, kam aus Kamerun und war vierundzwanzig Jahre alt. Er hat es meiner Frau besorgt, letztes Jahr, und fast allen ihren Freundinnen obendrein, und zum Dank habe ich ihm seine ersten Filmaufnahmen finanziert.«

»Ähm, Professore, ich kann nicht ganz folgen, was daran jetzt Spaß ist und was …«

»Von wegen Spaß! Wenn Sie mit meiner Frau verheiratet wären, würden Sie auch jedem auf Knien danken, der sie hin und wieder bearbeitet, wenn sie der Hafer sticht, und sei es gegen Bezahlung. Abgesehen davon ist es ein offenes Geheimnis, dass meine Frau und ich de facto getrennt sind. Ich habe meine Geschichten am Laufen und sie ihre. Auch wenn wir noch zusammen wohnen, versuchen wir uns weitestmöglich aus dem Weg zu gehen, was ist also dabei? Samir tat mir leid, der arme Junge. Musste seine Jugend an diese alten, gelifteten Hippen vergeuden ... Was ist, Maresciallo, glauben Sie mir nicht? Oder fangen Sie an, mich auch zu verdächtigen?«

Santomauro wehrte ab und versuchte, ein weltmännisches Gesicht aufzusetzen, dabei war er zwischen Abscheu und Verblüffung hin und her gerissen.

Diese verflixte Geschichte umschlang ihn allmählich mit ihren Ranken wie ein fieses, wucherndes Unkraut, doch er wusste nicht, wo er anfangen sollte, sie auszumerzen. Warum Samir? Was hatte er getan? Was wusste er? Denn in einem war er sich sicher: dass die beiden Morde untrennbar miteinander verbunden waren.

Während er sich vom Tatort entfernte, versuchte der Maresciallo verzweifelt, den Gedanken wiederzufinden, der ihm gerade entfleucht war. Doch vergebens, er war für immer dahin.

Pater Lillo war etwas abseits stehen geblieben. Nun trat er an den Leichnam heran und kniete sich neben ihn in den Sand. Santomauro dachte, dass Samir höchstwahrscheinlich nicht katholisch gewesen war, dennoch war ein Gebet, gleich welcher Religion, bestimmt nicht verkehrt.

Mit niedergeschlagener Miene trat Cozzone neben ihn. »Maresciallo, wenn Sie den Bub vernehmen wollen, der die Leiche entdeckt hat ...« Santomauro blickte sich um. Dort wartete ein pausbäckiger Junge mit Brille von ungefähr sieben oder acht Jahren und sah ihn ängstlich an. Etwas entfernt saß eine Gruppe von Kindern seines Alters auf dem Boden. Alle starrten ihn mit weit aufgerissenen Augen an. »Und was ist mit denen da?«

»Sie waren nicht dabei, das Kind hat allein gespielt, aber sie lassen sich einfach nicht vertreiben, Maresciallo, dabei wird es bald dunkel. Ich habe Licalzi losgeschickt, ihre Mütter zu benachrichtigen, sie müssten jeden Moment hier sein, um sie abzuholen.«

Auf eine Geste des Gefreiten hin kam der Junge näher.

»Wie heißt du?«, fragte Santomauro.

»Marco«, erwiderte der Kleine und sah ihn furchtsam an.

Er hatte noch nie gut mit Kindern umgehen können. »Gut, Marco, bist du mit Mama und Papa hier in Urlaub?«

»Mit meiner Mama. Papa ist letzten Winter gestorben.«

»Okay.« Santomauro räusperte sich verlegen. Hinter den Brillengläsern sahen die Augen des Kindes riesig aus.

»Erzähl mir, was passiert ist.«

»Ja also, die anderen wollten mich nicht mitspielen lassen, da habe ich allein eine Sandburg gebaut. Ich kann das gut, ich dachte …«, er blickte auf seinen Fuß, der nervös im Sand herumkratzte, dann sah er wieder auf. »Und da hab ich ihn gefunden.«

Nun blickte er ihn an und wusste nicht, was er sagen sollte. Der Maresciallo strich ihm ungelenk über das Haar.

»Das hast du wirklich gut gemacht, dass du keine Angst hattest und nichts angerührt hast. Andere an deiner Stelle hätten alles durcheinandergebracht.«

»Ich gucke immer CSI und NCIS im Fernsehen«, erwiderte Marco schlicht.

»Und du hattest auch die Geistesgegenwart, uns anzurufen und in der Nähe zu bleiben, das hast du wirklich gut gemacht.«

»Mama will, dass ich es immer bei mir habe, für den Notfall.« Das Kind zog ein buntes Handy aus der Tasche seiner Shorts.

Santomauro dankte innerlich den überängstlichen Müttern. Zu seiner Zeit hätte er höchstens ein paar Münzen für ein Wassereis mit sich herumgetragen.

»Weißt du, was wir machen?«, schlug er vor und legte ihm eine Hand auf die Schulter. »Sobald ich einen freien Moment habe, hole ich dich ab und zeige dir die Carabinieriwache von Pioppica Sopra. Hast du Lust? Wir machen einen kompletten Rundgang und du lernst meine Männer kennen. Von dir kann man sich wirklich eine Scheibe Mut abschneiden, anders als von manchen Memmen, die ich so kenne.«

Sie hatten sich dem auf dem Boden hockenden Grüppchen von Kindern genähert, die mit aufgerissenen Mündern und Augen ihrer Unterhaltung lauschten. Als Santomauro wegging, wurde Marco sofort von den aufgeregten Kindern umringt. Der Maresciallo sah noch sein vor Glück gerötetes Gesicht, als er im Zentrum der Aufmerksamkeit zu erzählen begann.

»Maresciallo, wir stecken bis zum Hals im Dreck, aber wenn ich untergehe, ziehe ich Sie mit, damit das klar ist! Ach so, hier spricht Gaudioso, meine Frau ist seit gestern überfällig. Machen Sie wegen mir Tabula rasa, aber finden Sie dieses Schwein, das den Immigranten und diese verfluchte Elena Mazzoleni auf dem Gewissen hat, warum musste sie sich auch ausgerechnet hier umbringen lassen, diese dumme Kuh mit ihrem ganzen Geld und all den wichtigen Leuten, die sie überall kannte.«

Es war ein langer Tag gewesen. Zuerst hatte er noch bei der Architektessa vorbeifahren wollen, doch dann war es dafür schon zu spät gewesen. Als Santomauro nach Hause kam, war es bereits dunkel. Er setzte sich hinaus in die Finsternis und lauschte den nächtlichen Geräuschen.

Sie hatte sich umgedreht und »Was willst du?« gefragt, mit einem erstaunten und irgendwie gelangweilten Lächeln auf dem Gesicht. Der erste Hieb hatte ihr Brust und Lächeln zerrissen, Blut war machtvoll herausgespritzt. Sie hatte sich die Hand auf die Brust gelegt und ihre blutverschmierten Finger betrachtet, dann hatte sie wieder »Was willst du?« gefragt, doch dieses Mal, ohne zu lächeln.

Samstag, 18. August

Mebazi aufzutreiben war nicht schwer, brauchte aber ein wenig Zeit. Santomauro rekrutierte für die Angelegenheit Gnarra, Cozzone und Ammaturiello, und sie teilten die Küste untereinander auf. Der Maresciallo und Ammaturiello übernahmen die Strände von Pioppica und Acciaroli und auf letzterem entdeckten sie gegen Mittag endlich den Marokkaner mit seinem bunten Arsenal an Firlefanz. Mebazi wusste noch nichts von Samirs Tod, trotzdem sah er den zwei Carabinieri mit dieser Mischung aus Sorge und Verdruss entgegen, die fliegende Händler häufig beim Anblick von Ordnungskräften überkommt. Er war heute Morgen mit einer bösen Vorahnung aufgewacht, die den ganzen Vormittag wie ein drohender Schatten auf ihm gelastet hatte, und nun betrachtete er misstrauisch die beiden Uniformierten.

»Bist du Fazi Mebazi?«, fragte der dickere der beiden, während der andere seine Mütze abnahm, unter der ein rasierter, schweißglänzender Schädel zum Vorschein kam, und ihn aus blauen Augen durchdringend ansah.

Da wurde ihm klar, dass sie tatsächlich ihn suchten, nicht irgendeinen anderen Händler, und er bekam es mit der Angst. Wenn er nicht die Ware dabeigehabt hätte, hätte er vielleicht versucht wegzurennen, doch er konnte den Kleiderständer mit all den Pareos nicht zurücklassen, den leichten Röcken, Ketten, Armbändern und Perlengürteln. Vielleicht hatten die Carabinieri ihm seine Zweifel angesehen, denn sie kamen noch einen Schritt näher, während die interessierten Käufer, die sich eben noch um die Ware geschart hatten, ein paar Meter abrückten und das Geschehen aus sicherer Entfernung beobachteten.

Mebazi sah ihnen bedauernd nach, dann wandte er sich an die Störer.

»Ich bin Mebazi. Was wollt ihr von mir? Meine Papiere sind in Ordnung.«

»Tut uns leid, dass wir dich bei der Arbeit stören, aber du musst mit uns kommen«, sagte der Größere höflich. Komisch, er sah aus, als täte es ihm wirklich leid. Mebazi fasste sich ein Herz und fragte vorsichtig: »Warum? Ich habe nichts getan.«

»Dir wird auch nichts vorgeworfen. Aber wir brauchen deine Hilfe.«

»Meine Hilfe?«, fragte er unsicher.

Der dicke Carabiniere wurde ungeduldig. »Wir haben deinen Freund Samir gefunden, ermordet, und müssen dich vernehmen. Nun mach keine Geschichten und komm mit.«

Der Größere warf seinem Untergebenen einen bösen Blick zu. Mebazi sah es, obwohl die Welt sich um ihn zu drehen begann. Er murmelte undeutlich eine Entschuldigung und entfernte sich ein paar Schritte von den beiden, dann ließ er sich schwer in den Sand fallen.

Einer der möglichen Käufer brachte ihm eine Flasche Wasser, er schüttelte zuerst den Kopf, überlegte es sich dann aber anders und trank. Der größere Mann, der Maresciallo Santomauro hieß, wie er später erfuhr, trat neben ihn und legte ihm eine Hand auf die Schulter.

»Wart ihr eng befreundet?«

Vielleicht lag es an dem verständnisvollen Tonfall, vielleicht an der freundschaftlichen Berührung der gebräunten, schmalen Hand auf seinem gestreiften, zerlumpten T-Shirt; Mebazi schüttelte noch zweimal den Lockenkopf, als wolle er leugnen, was offensichtlich war, dann begann er zu reden.

»Er war ein guter Freund. Wirklich ein guter Freund. Normalerweise haben wir wenig mit den Leuten aus anderen Ländern zu tun, jeder bleibt lieber bei den eigenen Landsleuten, aber ich und er waren echte Freunde.« Er blickte zu Santomauro auf, und der Maresciallo sah, dass seine Augen glänzten.

»Ich habe in meinem Land eine Frau und sieben Kinder. Samir

190

gab mir häufig Geld für sie. Mit dieser Arbeit verdiene ich nicht viel, er hat mir geholfen. Er war ein guter Freund.«

»Weißt du, womit er so viel Geld verdiente?«

»Ja, ich weiß«, sagte er und schaute zu Boden, »aber das ist egal. Er hat nichts Schlechtes getan. Sein Traum war es, Kino zu machen, dafür hatte er sein Haus und eine gute Arbeit zurückgelassen, und er sparte sein Geld, aber wenn er sah, dass ich es brauchte, half er mir. Er war ein guter Freund«, wiederholte er stur.

»Du weißt, dass er vielleicht umgebracht wurde wegen dem, was er tat?«

»Nein!« Es war fast ein Schrei. Er packte Santomauros Hand und fuhr eindringlich fort: »Samir hatte nie Probleme mit seinen Frauen. Nie. Es war etwas anderes. Er hatte Angst.«

»Angst wovor?«

»Ich weiß es nicht. Dienstagvormittag kam er zurück und hatte Angst. Er hat kaum etwas zu mir gesagt und hat sich in sein Zimmer eingeschlossen. Wir haben zwei Zimmer mit einem gemeinsamen Eingang. Aber ich habe gehört, wie er telefonierte, dann ist er weggegangen. Ich habe ihn nicht mehr gesehen, aber ich habe mir keine Sorgen gemacht, manchmal blieb er zwei oder drei Tage weg, bei einer Frau.«

»Du wusstest, dass wir ihn suchten. Warum hast du uns nicht informiert, dass er zurück war?«, fragte der Maresciallo leise.

»Er war mein Freund«, erwiderte Mebazi hartnäckig.

Bei Ascea war das Meer bekanntermaßen tückisch. Jeden Sommer verschlang es mindestens einen oder zwei Schwimmer, in der Regel leichtsinnige Jugendliche, und spuckte sie leblos wieder an den Strand. Sein sandiger Untergrund und die Unterwasserströmungen stellten eine gefährliche Falle dar, die die Urlauber allerdings guten Gewissens zu ignorieren schienen.

An der gesamten Küste brutzelten braune oder bleiche Körper auf bunten Badetüchern in der Sonne. Kinder jeglichen Alters scharrten am Strand oder im Wasser im Sand, unter den gelassenen Blicken ihrer Mütter und Großmütter, die im Schutz der Sonnenschirme saßen. Seeungeheuer, Haie, Krokodile und alle Arten von Wasser- und Landtieren schaukelten inmitten der Badenden, während Schwärme von Kindern zwischen den genervten Sonnenanbetern Fußball spielten. Verpackungen wurden aufgerissen, Makkaroniomelettes ausgepackt, kleine Frikadellen und frittierte Mozzarellabrote; Getränkeflaschen wurden aufgeschraubt, aus den Tüten kamen Kroketten und Gemüsepizzen zum Vorschein. Die Leute bereiteten sich aufs Mittagessen vor, und danach würden sie sich wieder ins Wasser werfen, um sich zu erfrischen und die Verdauung anzuregen. Gnarra erschauerte trotz der sengenden Sonne. Er selbst würde bei Ascea nicht einmal die Spitze seines kleinen linken Zehs ins Wasser tauchen, womit er auch keineswegs hinterm Berg hielt. Im vorigen Sommer war er bei der Bergung eines Ertrunkenen dabei gewesen, eines zwölfjährigen Jungen, und die herzzerreißenden Schreie der Mutter klangen ihm noch heute in den Ohren.

Er lief weiter am Strand entlang und versuchte, über glänzende Pobacken und verschiedengradig gebräunte Rücken hinwegzusehen. Hinter ihm keuchte Cozzone, der mit jedem Schritt eine Wolke Sand aufwirbelte. Gnarra hatte Mitleid.

»Was hältst du davon, wenn ich dich zu einer *granita* einlade? Kleine Erfrischung zwischendurch.«

»Danke, Brigadiè, aber wenn ich darf, würde ich Sie gerne einladen.«

»Aber nein, ich hatte die Idee und ich zahle auch.« Entschiedenen Schrittes ging Gnarra zu dem bunten Karren ein Stück weiter vorn.

Peppino, der Granitaverkäufer, war an allen Stränden der Gegend eine Institution. Seit einigen Jahren pensioniert – früher war er Maurer gewesen oder etwas Ähnliches –, hatte er sich den Karren gebaut, ihn angemalt, eine Markise montiert und eine Klingel, um die Kinder herbeizuläuten, und fuhr nun unermüdlich über die Strände, um sein zerstoßenes Wassereis mit Sirup unter die Leute zu bringen.

»Was darf's sein, Dottò?«, fragte er mit seinem runzeligen, braungebrannten Lächeln. Vor ihm standen Sirupflaschen in allen erdenklichen Farben: Zitrone, Orange, Erdbeere, Kirsche, Mandel, Minze und irgendetwas Braunes, das Pedro noch nie gesehen hatte.

»Was ist denn das, Kaffee?«

»Du liebe Güte, nein! Es ist Bancha-Tee, Dottò, das ist dieses Jahr total in. Gut gegen Gallensteine und für die Aorta. Gegen Bluthochdruck. Wollen Sie probieren?«

»Nein, danke, Peppino. Ich gehe lieber auf Nummer sicher, mach mir eine schöne Granita mit Mandelgeschmack. Und du, Cozzone?«

»Minze, danke, das nächste Mal revanchiere ich mich.«

Peppino machte sich ans Werk, während sich ein Rudel nackter und halbnackter Kinder mit Münzen in ihren verschwitzten Fäusten um sie scharte. Unter einem Tuch holte er einen riesigen Eisklumpen hervor, auf dem er mit einem passenden Hilfsmittel herumzuschaben begann. Millimetergenau füllte er zwei Pappbecher mit zerstoßenem Eis, stellte sie auf ein Tablett und übergoss den einen mit weißem Mandelsirup, den anderen mit grüner Minzsoße. Einen weißen Plastiklöffel, einen grünen, und schon überreichte er ihnen stolz seine Kreationen.

Gnarra gab ihm zwei Euro, und er und der Gefreite setzten sich nicht weit entfernt in den Sand. Die Granite waren lecker, mit genau der richtigen Menge Sirup, um geschmackvoll, aber nicht klebrig zu sein. Die zwei Carabinieri aßen sie in genießerischem Schweigen und beobachteten die ballspielenden Kinder.

Mebazi führte sie zu der Unterkunft, die er sich mit Samir teilte. Es war ein Loch im Erdgeschoss irgendwo in den Randbezirken von Casale Marino, von außen schäbig und ungepflegt.

Drinnen jedoch war alles peinlich sauber. Im ersten Raum befand sich eine winzige Küchenzeile mit einem Klapptisch und einem Campingkocher neben dem Spülstein. Hinter einem Plastikvorhang erkannte man eine Toilette, einzige Lichtquelle war ein kleines Fenster neben der Wohnungstür. Der Rest der Einrichtung bestand aus zwei ebenfalls klappbaren Stühlen, die in der Nähe des Tischchens standen, und einem bescheidenen, ordentlich neben der Spüle gestapelten Sortiment an Geschirr.

Zwei Türen führten zu den Räumen der Männer. Mebazis Zimmertür stand offen und erlaubte einen Blick hinein: ein schmales, hohes Fenster, eine Liege mit glattgezogenen Laken, eine Sperrholzkommode mit Fotos darauf, wahrscheinlich von seiner Familie. An einer Wand befand sich ein Kleiderständer, ähnlich dem, den der Marokkaner mit sich herumtrug. Ein buntes Drunter und Drüber aus Kleidern, Stoffen, Pareos und Nippes hing daran, der einzige Farbfleck im Zimmer. Santomauro warf einen Blick auf die Fotos: wie vermutet waren darauf seine Frau und seine Kinder abgebildet, in Schwarzweiß.

Die andere Tür war geschlossen. Mebazi machte sie auf und zog sich dann zurück, um, wie er sagte, Kaffee zu kochen.

Santomauro trat zuerst ein, während Ammaturiello auf der Schwelle stehen blieb. Auch hier fiel das Licht durch ein kleines Fenster auf weiß verputzte Wände, alles Übrige jedoch war anders. Samir hatte der Liege einen ebenerdigen Futon vorgezogen, der mit Kissen in sämtlichen Rottönen von Blassrosa bis Bordeaux bedeckt war. Ein Flickenteppich auf dem Boden griff die Farben auf. Auf der Kommode, die mit Mebazis identisch war, standen zwei geschnitzte Köpfe aus dunklem Holz. Der Maresciallo betrachtete sie von nahem: ein Mann und eine Frau, mit grob geschnittenen, aber klaren Zügen, zwei kleine Kunstwerke, die Samir bei seiner Reise ins verhoffte Glück begleitet hatten.

An der Wand unter dem Fenster befand sich ein Fernseher, auf dem zwei Videorekorder standen, daneben stapelten sich ordentlich mehrere Dutzend Kassetten. Die drei Apparate waren teures Arbeitsgerät, die Videos fein säuberlich beschriftet, auf dem Futon lag eine Filmkamera, die das Herz eines jeden Kameramanns hätte höher schlagen lassen. Selbst Santomauro erkannte mit seinem Laienblick, dass der junge Mann etliche tausend Euro in etwas gesteckt hatte, das viel mehr sein musste als ein Hobby.

Der Anblick versetzte dem Maresciallo einen Stich ins Herz. So viele Träume, so viel Hoffnung, vernichtet in einem einzigen Moment blinder Gewalt. Das Talent des armen Samir würde für immer unentdeckt bleiben, bis auf die paar Videokassetten, die im Carabinieriarchiv landen und langsam, aber sicher vermodern würden, weil niemand sie zurückforderte. Wer weiß, ob ihm die Zeit geblieben war, sein Schicksal zu realisieren, ob er der Verabredung mit dem Tod im Glauben entgegengegangen war, einen Freund oder eine Geliebte zu treffen, oder ob er gewusst hatte, dass ihn ein Feind erwartete, eine Gefahr, vor der er sich hüten musste?

»Du frigide Kuh.«

»Und du bist ein geiler, frustierter Möchtegern-Intellektualer.«

»Es heißt frustriert und Intellektueller. Du frigide, minderbemittelte Kuh.«

»Ich bring dich um! Ich bring dich um, du Scheißkerl!«

»Wirf dich ins Wasser, dein Hirn braucht dringend eine Abkühlung. Du frigide, minderbemittelte, hysterische Kuh.«

»Wirf dich doch selbst hinein, Scheißkerl, ich packe meine Sachen und gehe! Bring mich nach Hause.«

»Geh doch allein nach Hause, ich will noch in der Sonne liegen. Du frigide, minderbemittelte, hysterische, ordinäre Kuh.«

Gnarra und Cozzone hatten unfreiwillig das Wortgefecht mit angehört, doch als die Frau aufstand und wie eine Wilde ihre Sachen in einen Rucksack stopfte, zollte Gnarra ihren prachtvollen Rundungen die gebührende Bewunderung und erkannte dann den Mann an ihrer Seite. Während sie barfuß davonstolzierte und mit jedem Schritt zornig Sand aufwirbelte, zwinkerte Gnarra seinem Kollegen zu.

»Hast du gesehen, wer das war? Gesichter vergesse ich nicht so schnell.«

Cozzone drehte sich um und sah gerade noch einen wunder-

schönen gebräunten Hintern im winzigen Tanga, der sich entfernte.

»Wer war das, Brigadiè? Ich habe nicht Ihr Gedächtnis.«

»Diese Freundin, Cristina oder Cristiana, oder wie sie hieß!
Verstehst du, Simone?«

»Verstehe, verstehe«, nickte Santomauro geduldig, aber in
Wirklichkeit verstand er rein gar nichts. Pietro Gnarra war in
sein Büro gestürmt, gefolgt von dem keuchenden Cozzone,
der zwei Pappbecher in den Händen hielt. Schnell hatte er den
Gegenstand, mit dem er die letzten fünf Minuten gespielt
hatte, in die Schublade fallen lassen, und mit einer, wie er hoffte, aufmerksamen und interessierten Miene gelauscht, auf der
sich aber, so fürchtete er, wahrscheinlich doch nur seine Schuldgefühle spiegelten. Seine Gedanken kreisten um das Ding in
der Schublade, nicht abschließbar, Teufel noch eins, und darum,
wie er es möglichst unauffällig hinausschmuggeln konnte. Er
hatte keine Tasche, auch keinen Rucksack, nicht mal eine Plastik-
tüte.

»Sie haben gestritten wie zwei Wildkatzen, ich fand, das sei
der passende Moment. Kannst du dir das vorstellen, Simone?«

»Sicher, sicher«, erwiderte der Maresciallo, lächelte besänftigend und dachte, nein, nicht in der Jackentasche, dafür ist sie
zu groß, und unter dem Hemd auch nicht.

»Ich bin ihr den ganzen Weg gefolgt und dachte, jetzt oder
nie.«

»Um was zu tun?«, fragte Santomauro.

»Ich dachte, der Brigadiere hätte einen Anfall von Sexwut«,
kicherte Cozzone, und Pietro warf ihm einen wütenden Blick
zu.

»Sind ja nicht alle wie du!«, gab er zurück und brachte damit
den armen, tiefreligiösen und in ehernen Händen befindlichen
Pasquale augenblicklich zum Schweigen.

»Ich dachte, so wütend wie die war, könnte ich ihr leicht die
Wahrheit entlocken.«

»Welche Wahrheit?« Nun war Santomauro doch interessiert,

und wie so häufig, wenn der Geist sich von einem dringenden und scheinbar unlösbaren Problem abwendet, fiel ihm die Lösung mit einem Schlag ein. Er lächelte entspannt und wiederholte: »Welche Wahrheit, Pedro? Erklär mir das.«

»Wegen Titta Sangiacomos Alibi, weißt du? Ich hatte dir doch gesagt, dass es mich von Anfang an nicht überzeugt hat, erinnerst du dich?«

Santomauro konnte sich zwar nicht erinnern, nickte aber. Wenn der Freund derart aufgeregt war, musste man ihn machen lassen, in der Regel kam etwas Gutes dabei heraus.

»Ich bin ihr also gefolgt, habe sie beruhigt und ihr geschmeichelt, du weißt ja, das kann ich ganz leidlich, habe sie auf einen Kaffee eingeladen und ihr angeboten, sie zum Kofferpacken nach Hause zu fahren …«

»Während ich mir in der Sonne die Beine in den Bauch stand …«, mischte sich Cozzone ein.

»Die Psychotaktik, habe ich dir doch gesagt, ich bearbeite sie lieber allein. Was gibt's da zu lachen, ihr zwei? Wenn ich einmal etwas ernst meine, Himmel noch mal!«

»Du hast sie also bearbeitet, und dann?«

»Cristina hatte dir ja erzählt, dass sie in der letzten Juliwoche gemeinsam angereist wären und seither die gesamte Zeit im Bett verbracht hätten, fast jedenfalls, weißt du noch?«

Santomauro konnte sich jetzt doch erinnern, und er wusste auch wieder, dass er es versäumt hatte, Cristina Petroncellis Aussage irgendwie zu überprüfen. Er verfluchte sich im Stillen.

»Das war gelogen!« Gnarras Stimme klang triumphierend. »Sangiacomo war allein und konnte ermorden, wen er wollte! Er kam nämlich am zwanzigsten Juli nach Pioppica und rief sie erst viele Tage später an, ob sie nachkommen wolle. Es klang ziemlich dringend, und so ist sie sofort zu ihm gefahren, dann haben sie sich die ganze Zeit im Bett vergnügt, aber Elena Mazzoleni lag schon unten am Strand. Als wir sie vernommen haben, war Cristina erst eine Woche da. Dieser eingebildete Mistkerl hat uns angelogen, verstehst du, Simone? Los, den schnappen wir uns!«

Santomauro verstand nun, aber er wusste auch, dass ein undichtes Alibi nicht reichte, um einen Verdächtigen festzunehmen. Der Journalist konnte aus tausend Gründen gelogen haben. Besser also die Neuigkeit im Hinterkopf behalten und bei der passenden Gelegenheit hervorziehen.

Natürlich stieg Sangiacomo dadurch um einige Stufen in der Liste der Verdächtigen auf, aber das musste man ihm nicht direkt auf die Nase binden. Mühsam überzeugte er Gnarra davon, dass es besser war, zu warten, und gratulierte ihm zu seinem guten Riecher.

»Also gut, dann warten wir halt, aber den habe ich jetzt auf dem Schirm. Und was hast du herausgefunden?«

Der Maresciallo unterrichtete ihn und Cozzone über die Neuigkeiten, hob sich die wichtigste Nachricht aber bis zum Schluss auf.

»Samir hat irgendwie von Elenas Tod erfahren und Angst bekommen.«

»Woher weißt du das?«

»Sieh dir die Fakten an. Er hat einen Zug am helllichten Tag genommen, nicht wie einer, der sich verstecken will, dann hat er, wahrscheinlich noch im Zug, von dem Mord erfahren. Er kannte sie sehr gut, wenn wir Bebè Polignanis Aussage Glauben schenken dürfen. Wahrscheinlich ahnte er, wer der Mörder war. Mebazi sagt, er sei aufgewühlt gewesen, als er aus dem Zug stieg, habe ihm gegenüber aber nur behauptet, er sei krank, und sich in sein Zimmer eingeschlossen. Den ganzen Tag sei er zu Hause geblieben, einmal habe er telefoniert, ehe er dann in der Nacht weggegangen sei. Um seinen Mörder zu treffen, wie wir jetzt wissen. Der Grund dafür war sicher der Mord an Elena. Er wusste etwas, er hatte Angst, aber er hat mit der falschen Person darüber gesprochen.«

»Aber was soll er denn gewusst haben?«, wandte Cozzone zu Recht ein.

»Das frage ich mich auch«, erwiderte Santomauro. Dann bat er den Gefreiten rundheraus, jemanden loszuschicken, der ihm ein Kilo Äpfel, ein Kilo Bananen und einen Kopf Salat besorgen könne. Cozzone gehorchte perplex, denn noch nie hatte der Maresciallo bisher seine ranghöhere Stellung ausgenutzt.

Der Nachmittag war voll. Santomauro verließ leichtfüßig mit seiner Vitamintüte die Kaserne. Zwischen unschuldigem Obst und Gemüse verbarg sich sein Geheimnis. Er legte das Paket in den Kofferraum und ließ den Motor an. Erste Station: Samir.

Normalerweise vermied Santomauro es, Obduktionen beizuwohnen, doch für Samir machte er eine Ausnahme.

Während er nun hier am Marmortisch stand, wo de Collis gerade seine Arbeit beendete, bereute er, dass er seinem Impuls gefolgt war. Nicht dass er einen schwachen Magen hätte, im Gegenteil; einzig der Geruch war ihm etwas unangenehm, doch der Professore hatte ihm in kameradschaftlich brüsker Geste eine Dose Wick-Bonbons gereicht, die er sich tief einatmend unter die Nase hielt. Es war auch nicht der Anblick der nackten, aufgeschlitzten Leiche, die ihn verstörte. Er hatte schon viele Leichen in schlimmerem Zustand gesehen. Samir glich nun, während de Collis die Schlitze in Form eines Ypsilons wieder zunähte, mehr und mehr einer schönen schwarzen Marmorstatue, kalt, reglos und unbestechlich.

Nein, was ihn wirklich störte, so richtig störte, war das Auge.

Samirs linkes Auge, das nicht einmal zur Hälfte geöffnet war, gerade so weit, dass man ein wenig Weiß sah und die Pupille erahnen konnte. Von diesem Auge fühlte Santomauro sich beobachtet, wegen ihm wanderte er um den Tisch herum und stellte banale Fragen, die de Collis mit höflicher Geduld beantwortete, hinter der sich, so schien es dem Maresciallo, eine gewisse amüsierte Verachtung verbarg. Er verfluchte sich, konnte aber nichts dagegen tun und fuhr also fort, Samirs anklagendem Blick auszuweichen und idiotische Fragen zu stellen, damit der Pathologe seine Not nicht bemerkte.

»Ich kann nicht mehr sagen als das, was Sie bereits wissen, Maresciallo. Wir haben es mit der Leiche eines kerngesunden jungen Mannes zu tun, der an einem Schädelbasisbruch mit daraus resultierender Hirnblutung gestorben ist. Todeszeit-punkt vor einigen Tagen, Dienstagabend oder spätestens Mitt-woch in den frühen Morgenstunden. Der Tod trat wahrschein-lich sofort ein, jedenfalls wurde er nicht bei lebendigem Leib begraben. Sonst nichts. Es gab keinen Kampf, dafür gibt es kei-nerlei Anzeichen. Tut mir leid.« Das klang ehrlich.

Santomauro wartete, während der Mann Kittel und Hand-schuhe abstreifte und sich die Hände sorgfältig mit einem Des-infektionsmittel wusch.

»Sie sind hier, weil Sie glauben, dass dieser Mord mit Elenas Tod in Verbindung steht, stimmt's?«

De Collis sah ihn durchdringend an, und der Maresciallo hatte keine Lust, sich mit einer ausweichenden Antwort heraus-zureden. Die Menschlichkeit, die der Arzt gegenüber Samir an den Tag gelegt hatte, als sie ihn gefunden hatten, und diese merk-würdig achtsame Art, die er auch jetzt bei der Sektion an ihm be-obachtet hatte, nötigten ihm quasi gegen seinen Willen einen gewissen Respekt ab. Deswegen gestand er, dass er von einer Ver-bindung zwischen den beiden Fällen ausging. Der andere nickte schweigend.

Sie gingen in Richtung Tür; ohne es auszusprechen wussten beide, dass ihnen eine weitere gemeinsame Aufgabe bevor-stand.

Auf der Schwelle kam ihnen der Angestellte entgegen, der Samirs Leiche wegschaffen sollte. Sie ließen ihn passieren, dann drehte sich Santomauro entschlossen um und ging noch ein-mal hinein.

Samir sah ihn immer noch an, mit erloschenem Blick, der nie mehr etwas durch den Sucher einer Filmkamera betrachten würde. Mit einer schnellen, aber behutsamen Bewegung fuhr er ihm über Stirn und Augenlider und löschte für immer diesen Blick.

Eine Beerdigung ist immer eine traurige Sache, doch wenn es die Beerdigung eines jungen Menschen im Sommer ist, wird das Ganze noch trauriger.

Wenn die Tote dann noch die eigene Frau ist, erwartet man, dass die Trauer schier unerträglich wird. Dies war bei Pippo Mazzoleni nicht der Fall, wie er besorgt feststellte, während er sich vor dem Badspiegel den Schlips band.

Das Gesicht passte nicht, ganz und gar nicht. Das war nicht das Gesicht eines am Boden zerstörten Witwers.

Die Wahrheit war, dass er es sich selbst nicht abnahm. Er sah sich ernst in die Augen, sagte: »Elena ist tot«, und versuchte dann, eine angemessen zerknirschte Miene aufzusetzen, brachte es aber nur zu diesem zwiespältigen und verlegenen Gesichtsausdruck, den er schnell wieder wegwischte.

Die Beruhigungsmittel waren in Reichweite, wie immer; in Milch aufgelöst, schmeckte man sie kaum, doch er beschloss, dass dies nicht der Zeitpunkt dafür war. Er musste einen klaren Kopf bewahren.

Er zog sich fertig an, natürlich einen Anzug in gedecktem Dunkelgrau, doch seine Gedanken kamen nicht zur Ruhe. Wie sollte er nur die Beerdigung bis zum Ende durchstehen? Wie den Leuten gegenübertreten, den Freunden, Verwandten und Bekannten? All jenen, die wussten, das die Beziehung zu Elena nicht gerade harmonisch gewesen war, ja dass sie quasi die Endhaltestelle erreicht hatten.

Wie sollte er ihnen in die Augen schauen, während er ihre heuchlerischen Beileidsbekundungen anhörte und sich dann nicht minder heuchlerisch trauernd bei ihnen bedankte? Niemand von ihnen interessierte sich wirklich für sie, es war eine kleine, vom Anstand gebotene Pflicht, die es in diesem Sommer zu erfüllen galt, dem der Mord an jemandem aus dem Bekanntenkreis einen so aufregenden Höhepunkt beschert hatte. Er nahm die Wagenschlüssel und trat in den sonnigen Nachmittag hinaus.

Sorgfältig verschloss er das Gittertor zu seinem Grundstück. Elena hatte vor Jahren ein Sicherheitssystem einbauen lassen, um Übeltäter fernzuhalten. »So kann niemand herein oder heraus, wenn ich es nicht will«, hatte sie lachend zu ihm gesagt, aber in Wahrheit hatten sie es nur am Ende des Sommers eingeschaltet, bevor sie in die Stadt zurückkehrten. Dieses Mal drückte er den Knopf, mit dem der Alarm aktiviert wurde, ganz bewusst, und zum ersten und einzigen Mal an diesem Tag empfand er aufrichtiges Mitleid mit Elena.

Pippo Mazzoleni hatte sich für eine schlichte Totenmesse entschieden. Die Jahreszeit, der Ort und die Umstände schienen nicht für eine pompöse Zeremonie geeignet, und die kleine Kirche von Sodallo war genau die passende Wahl. Klar, dachte Regina, von Pippo konnte man erwarten, dass er das Passende tat, dass er alle notwendigen und richtigen Entscheidungen fällte, die Nüchternheit war ihm ebenso in die Wiege gelegt wie das Atmen. Sie betrachtete ihn, zwei Reihen vor sich in der kleinen, schlichten Kapelle. Dort stand er, elegant und attraktiv wie immer, das Gesicht nur wenig gezeichnet, die Hände gefaltet. Er trug keine Sonnenbrille, ein rüpelhafter Brauch, um dahinter einen hypothetischen Schmerz zu verstecken, und hielt den Blick gesenkt. Er hatte sich kein einziges Mal umgedreht, nicht einmal um zu schauen, wer da war und wer nicht. Aber natürlich waren alle da, manche aus Neugier, manche aus Tratschsucht, manche, um zwischen den anderen Trauergästen den Mörder ausfindig zu machen. Regina seufzte und öffnete die Lippen zu einem mechanischen Gebet.

»Ich glaube an den einen Herrn Jesus Christus, der Herr ist und Leben schenkt …« Aber glaube ich das wirklich? Habe ich es je geglaubt? Oder war es nicht vielmehr eine willkommene Bühne für mich? Mit weit geöffneten Armen vor dem Altar stehend, fühlte sich Pater Lillo nackt und den Blicken ausgeliefert, wie es ihm noch nie zuvor gegenüber einer Gemeinde passiert war. Zum ersten Mal erfüllte ihn seine Rolle nicht mit Freude, aber Pippo Mazzoleni hatte darauf bestanden, und er hatte dem Witwer seinen ausdrücklichen Wunsch nicht abschlagen wollen, obgleich er, als Pippo meinte, es wäre sicherlich Elenas Wille gewesen, fast laut aufgelacht hätte, ein unfreiwilliges, hysterisches Lachen, das er mühsam in einem vorgetäuschten Hustenanfall

202

erstickt hatte. Es war wirklich ein makabrer Scherz zu behaupten, Elena hätte gewollt, dass er ihre Totenmesse zelebrierte. Elena, die ihn fertiggemacht hatte. Nur so zum Spaß.

Olimpia schwitzte. Sie trug das neue schwarze Ferragamo-Kostüm, das sie für diese Gelegenheit gekauft hatte. Sie war dafür extra nach Neapel gereist und stolzerfüllt mit ihrem Neuerwerb zurückgekehrt, doch jetzt schwitzte sie unter dem dicken Stoff und verfluchte sich, während sie bemüht war, sich nicht umzudrehen. In der letzten Reihe stand Bebè, frisch, elegant und graziös wie immer, in einer schwarzen Bluse und einem Wickelrock derselben Farbe mit einer einzigen, diskret in den Falten verborgenen roten Blüte.

Was Olimpia nicht wusste, war, dass die Wahl der Kleidung ihre Freundin eine Stunde vor dem Spiegel gekostet hatte, genauso wie der weiche, im Nacken zusammengefasste Haarknoten das Ergebnis mühevoller Versuche war. Doch selbst wenn sie es gewusst hätte, wäre es ihr egal gewesen. Nur das Ergebnis zählte, das, was die Leute sahen. Und wenn die Leute sie, Olimpia, anschauten, sahen sie eine plumpe, übergewichtige, in ein viel zu elegantes und zu warmes Kostüm gezwängte Frau. Sie bewegte die klebrig verschwitzten Beine in den schwarzen Strümpfen und versuchte sich auf Lillo am Altar zu konzentrieren, der schön war wie immer. Ein unfreiwilliges Kitzeln kribbelte sie zwischen den Schenkeln. Sie presste sie zusammen, errötete und sah sich verstohlen um, dann schloss sie mit Büßermiene die Augen.

Bebè hatte ein kurzes, aber aufrichtiges und inbrünstiges Gebet für die Seele der armen Elena gesprochen und hing nun ihren eigenen Gedanken nach. Sollte sie Roccos Einladung annehmen oder nicht? Und wenn ja, wie weit würde sie ihn gehen lassen? Immer vorausgesetzt, dass sie die Situation in der Hand hätte. Letztlich war er nur ein Metzgergeselle, kein ungarischer Graf. Vielleicht war da ein Treffen auf neutralem Boden besser, an einem Ort im Freien. Und wenn sie jemanden trafen, den

203

sie kannte? Was sollte sie da sagen: Das ist mein Neffe, der am DAMS Kunst studiert und mich gerade besucht? Innerlich kichernd schüttelte sie den Kopf, dann fiel ihr ein, wo sie war, und sie zwang sich zur Konzentration, während Lillo mit einfachen und aufrichtigen Worten Elenas Leben nachzeichnete, so dass man fast vergessen konnte, was für eine miese Schlampe sie gewesen war.

Architekt De Giorgio faltete die Hände hinter dem Rücken. Der größte Fehler war es gewesen, zur Beerdigung zu kommen, doch er hatte es für Pippo getan. Immerhin waren sie in der Vergangenheit einander sehr verbunden gewesen, und wer weiß, jetzt wo die Hexe nicht mehr lebte …

Aloshi Buonocore schien ganz gefesselt vom Ritus. Gerry hoffte, dass sie nicht auf die Idee käme, zu konvertieren, und dann eine vorschriftsmäßige katholische Trauung verlangte. Sie hatte sich über die Bräuche informiert, offensichtlich bei irgendeiner örtlichen Betschwester, und nun trug sie als einzige der anwesenden Frauen einen schwarzen Schleier und hielt einen Rosenkranz in den Fingern. Die Messe über hatte sie ständig gekniet, und er betrachtete ihr geneigtes Haupt mit widerstrebender Zärtlichkeit. Was für ein Kind sie doch ist, dachte er. Und gleich darauf: O Gott, ich werde mich doch nicht in sie verlieben?

In der dritten Reihe saß vollzählig Familie D'Onofrio.
Avvocato Armando hatte darauf bestanden, und seine Frauen hatten gehorcht. Mina saß am äußersten Bankende, fast an die Mauer gequetscht, hatte aber immer noch Platz genug, die schönen Beine unter dem allzu kurzen Rock zu zeigen. Die drei Töchter waren in absteigender Reihenfolge zwischen sie und das Familienoberhaupt gepfercht. Gaia mit Piercing, Top und reichlich Ohrringen hockte halb benommen neben ihrem Vater. Sie sah Giorgio etwas weiter vorn auf der anderen Seite, doch der hatte sich nicht ein Mal zu ihr umgedreht. Sie knabberte an der

Haut neben ihrem Daumennagel, die schon bis auf das Fleisch abgekaut war.

Titta Sangiacomo beobachtete das ganze Geschehen für seine farbenprächtige Reportage im »Echo des Cilento«.

Die trauernden Freunde und unter ihnen der Mörder. Das würde Spaß machen, heute Abend, es sei denn, Martina käme. Sicher, weicher Birnenhintern und Hängetitten, kein Vergleich zu Cristina, aber immerhin konnte sie kochen und machte den Mund nur auf, wenn es gar nicht anders ging. Apropos Mund, er hatte da ein paar Ideen, bei denen Hintern und Titten zu vernachlässigen waren. Martinas Mund war weich und fleischig. Nun komm aber, du bist in einer Kirche, dachte er kurz und gleich darauf, mir doch egal.

Professor de Collis hätte sich die Beerdigung gern erspart, doch dann dachte er, dass seine Abwesenheit auffallen würde und einige Leute Verdacht schöpfen könnten. So saß er etwas abseits zwischen zwei ihm bekannten Paaren, die er nicht besonders mochte. Vor ihm schluchzte eine gutgekleidete ältere Dame in ihr Taschentuch. Eine Tante aus Neapel, vermutete er, die Einzige, die Elenas Tod wirklich bedauerte. Wieder sah er den nackten, obszön und bis zur Unkenntlichkeit entstellten Leichnam vor sich auf dem Arbeitstisch. Das tote, graue Fleisch, die schwarzen, schlammverkrusteten Haare. Elena, warum musstest du so sterben?

Die Totenbahre stand alles beherrschend in dem kleinen Kirchenschiff. Niemand betrachtete den glänzenden Sarg, auf dem in einem Blütenkissen aus weißen Tuberosen ein kleiner Zettel steckte. Regina hatte sich die Mühe gemacht, nach vorne zu gehen und ihn zu lesen, und wusste daher, dass dort schlicht »In unendlicher Liebe, Pippo« stand.

Regina überkam ein merkwürdiges Gefühl, das sie selbst nicht hätte beschreiben können. Elena war da, aber eigentlich war sie nicht da. Nichts in dieser kleinen, kühlen Kirche sprach von ihr, zwischen all den gelangweilten und mit sich selbst beschäftigten Menschen.

Santomauro kam zu spät. Nach Samirs Autopsie war er zur Entgiftung bis zur Spitze der Landzunge hinausgeschwommen, wo er sich auf die Felsen gelegt und kurz die Augen geschlossen hatte; als er erwachte, reichte die Zeit nur noch dafür, keuchend nach Hause zurückzukehren und, ohne zu duschen, in die Kirche zu hetzen, die Haare salzverkrustet und die feuchte Badehose noch unter der Jeans. Neidvoll betrachtete er den wie immer tadellosen de Collis, frisch rasiert, ordentlich gekämmt und passend gekleidet. Keiner hätte gedacht, dass er nur zwei Stunden zuvor mit seinen Händen in den Eingeweiden eines unschuldigen Jungen gewühlt hatte, Leber und Milz herausgezogen, sie gewogen und anschließend seziert hatte, um herauszufinden, wie lange er noch hätte leben können, wäre er nicht vorher von jemandem umgebracht worden.

Olimpia Casaburi, frisch vom Friseur, wiegte sich rhythmisch in ihrer Bank hin und her, während sie mit geschlossenen Augen ein Gebet murmelte. Santomauro hätte sie nicht unter den Trauernden vermutet, aber man wusste ja nie. Weiter vorn saß Regina Capece Bosco; ihr Raubvogelprofil war leicht zu erkennen. Sie blickte jemanden starr an. Santomauro reckte sich ein wenig und entdeckte den gebrochenen Witwer, der gar nicht so gebrochen aussah, sondern eher müde und verlegen, vielleicht schmerzten ihn auch nur die Füße.

Die Familie D'Onofrio füllte eine komplette Reihe, die Buonocores sahen sich lächelnd an und hielten Händchen, wobei sie allerdings kniete. Wahrscheinlich funktionierte ihre Ehe auf genau dieselbe Art. Giorgio De Giorgio stand allein etwas abseits von den anderen. Nervös knetete er hinter dem Rücken seine Hände, vielleicht um der Versuchung zu widerstehen, sich umzudrehen und seine Exliebe anzusehen.

Der Gottesdienst neigte sich zum Ende. Überrascht und ungläubig sah Santomauro, wie Titta Sangiacomo sich mit Trauermiene einreihte, um die Kommunion zu empfangen. Er war der einzige von den Freunden, umringt von ältlichen Damen in Schwarz, die sicher zu den gewohnheitsmäßigen Kirchgängern gehörten. Der Maresciallo drehte sich um und wollte sehen, ob sonst noch jemand für das heilige Sakrament nach vorne ging, dabei begegnete er Bebè Polignanis Blick. Sie lächelte ihn fast unmerklich an, dann zwinkerte sie ihm zu.

Sie waren alle da, wie zufällig versammelt. Sie waren so hereingetröpfelt, zuerst Bebè, dann nach und nach die anderen. Regina hatte sie gastfreundlich wie immer empfangen, hatte Nüsse und Aperitifs herumgereicht, dann hatte jemand vorgeschlagen, vor lauter Unsicherheit als Scherz getarnt, die Karten auszupacken, einfach um etwas zu tun, und in null Komma nichts hatten sich drei Tische gebildet. Von da an verlief der Abend wie alle anderen, und als Bebè es wagte, eine Bemerkung über die Beerdigung fallenzulassen, erntete sie zahlreiche vorwurfsvolle Blicke.

Vom Kartenspiel war es nicht weit zu einem Topf Spaghetti für alle. Regina goss die Nudeln ab und vermischte sie mit einer improvisierten Soße aus Cocktailtomaten, Oliven, Kapern und Sardellen. Aus dem Keller stieg Avvocato Palumbo herauf, der gerade aus Neapel gekommen war und ein ausreichend wasserdichtes Alibi zur Hand hatte, um hemmungslos seine Fröhlichkeit zur Schau tragen zu dürfen. »Hier sind zwei schöne Tropfen, auf die Lebenden und die Toten!«

Die Übrigen lächelten wohlerzogen. Palumbo konnte manchmal etwas derb sein, doch er war Staranwalt und hatte mit Elena zudem höchstens zweimal in seinem Leben ein Wort gewechselt.

Maria Pia wurde immer merkwürdiger. Traurig dachte Totò Manfredi darüber nach, während er sich die Windel um den geschwollenen Knöchel schlang. Früher wäre sie sofort besorgt herbeigeeilt und hätte mit ihm über die Größe des giftigen Viches diskutiert, das ihn hinterrücks gestochen hatte. Eine afrikanische Mücke, eine cilentanische Wespe, wer weiß. Jedenfalls war die

Stelle jetzt dick und rot und schmerzte, doch Maria Pia hatte ihm nur einen zerstreuten Blick zugeworfen und ihm auf seine Bitte hin ohne jegliches Interesse die volle Pipiwindel von Martino, ihrem Jüngsten, gereicht. Manfredi seufzte, verkniff sich seine Erklärungen über die wundertätige Wirkung von Kinderurin und begab sich betrübt zur Kaserne, wo sein nacktes, haariges Bein mit dem ungewöhnlichen Verband bestimmt die gebührende Aufmerksamkeit bekommen würde.

Auch Santomauro war mehr zufällig da. Am Ausgang der Kirche hatte de Collis ihm in seiner kurzangebundenen Art, an die er sich allmählich gewöhnte, gesagt: »Kommen Sie später zu Regina? Sie werden sehen, es sind alle da.«

Santomauro hatte schon eine Ausrede auf der Zunge gelegen, als der Arzt ihn mit erhobenen Augenbrauen angesehen und noch einmal betont hatte: »Wir werden wirklich vollzählig versammelt sein. Gibt es eine bessere Gelegenheit, uns in unserer natürlichen Umgebung zu beobachten? Wenn einer von uns der ist, für den Sie ihn halten …«

Dann hatte er sich auf dem Absatz umgedreht und ihn stehenlassen. Schweren Herzens hatte der Maresciallo sich eingestehen müssen, dass dies nicht der schlechteste Rat war, und so hatte er noch ein paar Dinge im Büro erledigt und war dann in Richtung Rocca gefahren. Er ging durch den langen Laubengang, der direkt vor der offenstehenden Haustür endete, aus der Licht und Gelächter nach draußen drangen. Als Erstes traf er auf Pippo Mazzoleni, der ihm fast freudig entgegenkam.

»Maresciallo! Was für eine angenehme Überraschung! Regina, sieh nur, wer da ist.«

Augenblicklich fühlte er sich unwohl, wie ein Eindringling, doch alle waren äußerst nett und versuchten darüber hinwegzusehen, was sie nur zu gut wussten, dass er nämlich aus beruflichen Gründen hier war, um sie zu beobachten und auszuspionieren wie ein Insektenforscher seine kleinen Tierchen. Vielleicht dachte der eine oder die andere auch gar nicht daran, wie beispielsweise Bebè, die sofort ungehemmt zu flirten begann, oder Olimpia Casaburi, die mit finsterer Miene in einer Ecke saß und in einer Zeitschrift blätterte. De Collis saß an einem Tisch mit Karten in der Hand und nickte ihm zerstreut zu, um ihn dann den ganzen Abend nicht weiter zu beachten.

Santomauro seinerseits mischte sich so gut es ging unter das Volk. Er bekam einen Teller Spaghetti in die Hand gedrückt, schlenderte langsam zwischen den Leuten umher und legte ein Talent zum Smalltalk an den Tag, das er sich selbst nicht zugetraut hätte. Höflich lehnte er die Einladung ab, an einem der Spieltische Platz zu nehmen, und brauchte nicht einmal zu erklären, dass er an Kartenspielen kaum mehr als Tresette beherrschte. Bald schon vergaßen sie ihn wie einen Fremdkörper, der sich still sein Plätzchen in dem ahnungslosen Wirt sucht.

Wie immer im Sommer sprach sich die Sache schnell herum, und so kamen nach und nach immer mehr Menschen, manche in Anschluss an das Freiluftkino in Acciaroli, manche nach einem Pizzeria- oder Restaurantbesuch. Einige dachten daran, Pippo zu kondolieren, andere reagierten erstaunt und betreten bei seinem Anblick und verzogen sich schnell zu den alkoholischen Getränken. Wieder andere wussten gar nicht, was der eigentliche Grund für die Zusammenkunft war, doch alle schienen glücklich darüber, eine Gelegenheit zum Feiern zu haben.

»Regina gibt immer ganz wundervolle Feste«, vertraute ihm eine Frau mit silberblondem Bürstenhaarschnitt und Brescianer Akzent an, und Santomauro nickte lächelnd.

Keiner der Neuankömmlinge schien zu wissen, wer er war, und alle plauderten ohne jede Scheu. Der Maresciallo ging von einer Gruppe zur nächsten, saugte alles auf wie ein Schwamm. Mazzoleni, Regina und de Collis schienen die Einzigen zu sein, die sich seiner Präsenz bewusst waren; sie warfen ihm hin und wieder aus der Ferne einen Blick zu, ohne einzugreifen.

Irgendwann wurde dem Maresciallo klar, dass zumindest Signora Capece Bosco und der frischgebackene Witwer andere, vergleichsweise dringlichere Dinge im Kopf hatten als seine Anwesenheit. Er war in der Küche gelandet auf der Suche nach einem Schluck Wasser, einem Getränk, das bei den Erfrischungen

209

absolute Mangelware zu sein schien, und als er den Wasserhahn öffnete, glaubte er von draußen ein gereiztes Tuscheln zu hören. Die Terrassentür stand offen, um die frische Abendbrise hereinzulassen, gleichzeitig lag die Küche im Dunkeln, damit Mücken und andere lästige Insekten draußen blieben.

Hinter der Küchentür, so wusste er, befand sich ein großzügiger Nutzgarten, in dem Regina, wie sie stolz herumerzählte, sämtliches Gemüse für den täglichen Bedarf selbst anbaute. Dennoch war allen bekannt, dass das Gros der Arbeit von Minuccio verrichtet wurde, dem Teilzeitgärtner, der in vielen Villen der Gegend arbeitete und Amavila Ciccutos Bruder war.

Von dort klangen die Stimmen herein, wo jemand zwischen den akkuraten Tomaten-, Wirsing- und Auberginenreihen stehen musste. Ohne zu wissen warum, näherte Santomauro sich geräuschlos der offenen Tür. Um ein Haar wäre er dabei gegen einen Stapel Farbdosen getreten, der gleich hinter der Terrassentür lagerte. Die schrille Stimme schwoll in einem zornigen, unkontrollierten Zischeln an und ab. Nur mühsam erkannte er dahinter Regina. Die andere, leise Stimme gehörte einem Mann, viel gelassener und irgendwie besänftigend. Der Maresciallo konnte seine Worte nicht verstehen, doch der Tonfall war ruhig, fast schmeichelnd. Zur Antwort hob Regina ihre Stimme und ein paar Fetzen drangen bis in die Küche: »Du weißt nicht, was du aufs Spiel setzt. Verdammter Widerling, du weißt nicht, was du aufs Spiel setzt.«

Wieder ein paar leise, unverständliche Sätze von – das hörte Santomauro nun heraus – Pippo Mazzoleni.

»Ich bring dich um! Wenn mir sonst nichts bleibt, bring ich dich um!« Regina schluchzte auf. Der Maresciallo bekam eine Gänsehaut.

»… wirst etwas anderes finden. Das Leben besteht nicht nur aus …«, wehten nun abgehackt und undeutlich die Sätze des Mannes herüber.

»Das sagst du so leicht! Aber denk daran, wenn mir sonst nichts bleibt, bring ich dich um!«

Die Stimmen entfernten sich, die ihre immer noch aufgeregt

und hitzig, die von Pippo ein gedämpftes Murmeln. Santomauro blieb perplex in der Dunkelheit stehen und wusste nicht, wie er das, was er da mit angehört hatte, einordnen sollte. Ein Streit zwischen Liebenden? Das klang wahrscheinlich, aber irgendetwas … irgendetwas passte nicht.

Er kehrte in den Salon zurück, wo immer noch Leute hinzukamen, sich unterhielten, tranken und lachten. Auch Regina und Pippo tranken und lachten, just an der Eingangstür, inmitten eines Klüngels gutgelaunter Menschen. Keine Spur des gerade gehörten Streits, die Frau des Hauses lächelte, als gäbe es keine Sorgen auf der Welt. Komische Leute, dachte der Maresciallo, und schlängelte sich wie ein Aal zum Ausgang in dem Glauben, nicht beobachtet zu werden.

Vielleicht war dem so, doch draußen erwartete ihn Bebè im Schatten eines großen, dichtbelaubten Baumes. Zuerst nahm er ihr Parfüm wahr, aufdringlich, frisch und dreist wie sie, dann stand Bebè neben ihm mit nach Sangria riechendem Atem. Er hatte keine Zeit zu reagieren, so schnell und selbstverständlich kam der Kuss, eine fließende Bewegung, mit der die Frau, eben noch im sicheren Abstand zu ihm, sich gleich darauf schon an seinen Körper schmiegte wie eine zweite Haut. Sie schmeckte wirklich nach Sangria, das blieb als vage Erinnerung auf seiner Zunge zurück, während er sich in Windeseile aus den nackten Armen und Beinen wand, die sich um ihn schlangen. Es kostete ihn eine gewisse, nicht nur körperliche Anstrengung, bis sie schließlich beide keuchend im Halbschatten standen und sich ansahen.

»Da schau her«, meinte sie fast freundlich, »noch so einer, der sich der Keuschheit verschrieben hat!«, und ging zur Villa zurück, ohne sich noch einmal umzublicken.

Die in Samirs Haus entwendete Kassette erwartete ihn im Videorekorder. Santomauro machte alle Lichter aus und ließ sich vor dem Gerät nieder. Er drückte die Play-Taste, und der Film begann zu laufen. Der Titel auf der Kassette lautete schlicht und einfach »Valentina«, und Valentina bekam er zu sehen.

Valentina mit türkisfarbenen Fingernägeln und hellblau lackierten, mit Gold bestäubten Fußnägeln. In einen glänzenden Sari gekleidet, ohne Slip. Schön und ohne jede Scheu.

In dem dunklen Zimmer ließ der Fernseher sie im Geist und in den Augen des Maresciallo so lebendig wiederauferstehen, wie es kein Foto, keine Beschreibung und Erzählung all jener, die sie kannten, vermocht hatte. Sie war schlicht und ergreifend wunderschön, eine dunkelhäutige Gestalt voller Licht und Leben, die lächelte, redete, schwamm oder schlief, alles vor der Filmkamera, als wäre sie gar nicht vorhanden. Samir war wirklich gut: Wäre er am Leben geblieben, hätte er sich bestimmt die Zukunft geschaffen, die er suchte.

Vielleicht, dachte der Maresciallo, denn in diesen Dingen zählte nicht allein die Begabung, sie stand vielleicht sogar an letzter Stelle und war nicht einmal unabdingbar.

Talent hatte er also, und das Auge der Kamera streichelte die junge Frau wie die Hand eines Geliebten. In ihrer Schönheit steckte etwas Wildes, Ungezähmtes, und sie ähnelte tatsächlich Disneys Pocahontas. Sie hatte dichtes, schwarzes Haar, das ihr offen über die Schultern bis zur Taille herabhing. Manchmal wickelte sie es mit einer Hand auf und formte einen Knoten daraus, der dann weich im Nacken lag und ihren langen, eleganten Hals betonte.

Ihre Augen waren leicht asiatisch geschnitten und von einer merkwürdigen Farbe, die Santomauro für Violett hielt, ohne sich ganz sicher zu sein. Die Nase war gerade, nicht im klassischen Sinne schön, aber perfekt für ihr Gesicht, dazu ein kleiner Mund mit vollen Lippen. Ihr Körper war biegsam und schlank, doch Busen und Hintern waren atemberaubend, und sie bewegte sich mit der trägen Grazie und Majestät eines Panthers über den Bildschirm.

Eine gefährliche Frau, schoss es Santomauro durch den Kopf, und er begriff noch während des Gedankens, dass es zu spät war.

Eine gefährliche Frau selbst im Schlaf, wie in einer der Einstellungen, die sie zusammengerollt mit leicht geöffneten Lippen und entspannten Gesichtszügen zeigte. Er fand dieses Bild merkwürdigerweise anrührend und spulte noch einmal zu ihrem halb unter dem dunklen Haarfächer verborgenen Gesicht zurück. Etwa eine Minute betrachtete er die Schlafende, ohne etwas zu denken, dann fuhr er fort.

In einer Aufnahme trug Valentina ein Kleid von einem ungewöhnlichen Türkis, Finger- und Fußnägel waren in der gleichen Farbe lackiert. In einer anderen war der vorherrschende Farbton ein schimmerndes Weiß, ein anderes Mal Schwarz, und immer passten Nagellack und Kleid zusammen.

In der letzten Aufnahme war sie nackt, und nackt waren auch Nägel und Lippen. Sie lag auf einer Fläche, die Santomauro nicht identifizieren konnte, und blickte nicht in die Kamera. Sie wirkte versunken, fern, vielleicht auch ein wenig traurig. Sie bewegte sich nicht, bis der Bildschirm schwarz wurde; der Maresciallo blieb im Dunkeln vor dem Fernseher sitzen und fragte sich, ob er gerade einer Mörderin ins Gesicht gesehen hatte.

Sonntag, 19. August

Am nächsten Morgen erwachte Santomauro mit einem eigenartigen Gefühl drängender Unruhe und lähmender Unsicherheit, für das er erst unter der Dusche eine Erklärung fand.

Er wusste nicht weiter.

Das war die bittere Realität, und im Büro versuchte er, seine Gemütslage Gnarra und Manfredi zu erläutern, die sich beide um Anteilnahme bemühten, aber insgeheim dachten, dass die Ermittlungen ihm wohl allmählich das Hirn vernebelten.

»Wir sind an einem toten Punkt, versteht ihr? Zehn Tage ist es her, dass wir die Tote gefunden haben, sie ist obduziert und begraben, und trotzdem haben wir noch keinen blassen Schimmer, was es mit dem Mord an Elena Mazzoleni auf sich hat.«

»So würde ich das nicht sehen«, wandte Manfredi beschwichtigend ein, »wir wissen doch eine ganze Menge. Allem voran, dass es genug Leute gibt, die nicht übel Lust gehabt hätten, sie umzubringen, wenn auch manchmal aus, sagen wir, nichtigen Gründen.«

»Aber das ist es ja gerade!«, blaffte Santomauro genervt. »Es gibt genug, aber wir brauchen nur einen Einzigen, mit einem richtigen Motiv und mit genug Hass und Raserei, um das zu tun, was geschehen ist! Sie wurde ja regelrecht zerstückelt, Totò, hast du etwa vergessen, wie sie aussah, die Ärmste?«

»Nein, wie könnte ich«, murmelte der Angesprochene, während Gnarra pflichtschuldig nickte.

»Na also!«, stieß Santomauro hervor. »Und wer war es? Regina aus Solidarität mit ihrer Nichte? Oder Olimpia wegen eines bisschen schmutzigen Geredes? Buonocore, dem ihretwegen eine Frau weggelaufen ist, oder De Giorgio, der seine kleine Freundin verloren hat? Bebè aus unbekannten Gründen? Sangiacomo oder Papa D'Onofrio? Valentina oder de Collis? Oder sonst jemand? Der Jesuit? Die Zugehfrau? Die Friseurin? Vielleicht ja Ciccinella!«

Gnarra und Manfredi sahen sich an. Simone schien wirklich dem Zusammenbruch nahe. Während sie noch nach Worten suchten, ihm das zu sagen, fuhr er im gewohnt vernünftigen Tonfall fort: »Was ich euch zu erklären versuche ist, dass dieses Verbrechen zu keinem der Verdächtigten passt. Was wiederum bedeutet, dass einer von ihnen eine starke Persönlichkeitsstörung hat, diese aber perfekt überspielen kann. Einer, der sie besucht, ihren fiesen Bancha-Tee trinkt, sie dann massakriert, die Spuren verwischt, einen günstigen Moment abwartet und sie auf dem Strand ablegt, um dann in sein normales Leben zurückzukehren. Einer, der Geschmack daran findet, der es vielleicht noch einmal tut, könnte man denken. Aber nein!« Er schlug mit der Hand so fest auf den Schreibtisch, dass die beiden anderen zusammenzuckten.

»Aber nein«, fuhr Santomauro mit leiser Stimme fort. »Denn danach bringt er Samir um, der ihm aus irgendeinem Grund unbequem geworden ist, auf ganz saubere Art, ein Schlag gegen den Schädel, und fertig. Das müsst ihr euch mal vorstellen! Manchmal glaube ich, dass hier zwei Mörder ihr Unwesen treiben.«

»Du meinst, die beiden Verbrechen haben gar nichts miteinander zu tun?«, fragte Gnarra, dem der Gedanke allmählich nicht mehr so abwegig vorkam.

»Nein, Samir und Elena gehören zusammen, da besteht gar kein Zweifel. Ich meine zwei verschiedene Ausübende desselben Plans oder desselben Irrsinns. Aber solange wir nicht wissen, was es mit diesem Plan auf sich hat, oder mit diesem Irrsinn ...«

»Wissen wir rein gar nichts!«, beendete Gnarra den Satz zustimmend.

In dieser angespannten Situation schien eine Anzeige wegen Einbruchdiebstahls von geringer Bedeutung. Der Gefreite

Cozzone wurde ausgeschickt, um das Protokoll aufzunehmen, das dann im emsigen Tagesgeschäft auf der Carabinieriwache unterging. Santomauro bekam am Vormittag eine Kopie davon auf den Schreibtisch, konnte sie jedoch nur überfliegen, um sich schnell dringenderen Dingen zuzuwenden. Schade, denn Cozzone hatte einen sorgfältigen Bericht verfasst, der teilweise dazu hätte beitragen können, Licht in das Dunkel einiger darauffolgender Geschehnisse zu bringen.

Es waren drei Familien, in deren Villen eingebrochen worden war, und die Einbrüche hatten sich alle etwa im selben Zeitraum ereignet: nämlich am Vorabend, während im Marvizzo d'Oro eine fröhliche Zusammenkunft der betroffenen Leute stattfand, die alle miteinander verwandt waren.

Es war der Geburtstag der schwerreichen Signora Biggiano, und ihr Neffe, Avvocato Fasulo, in dessen Haus sie auch lebte, hatte zu dem Anlass ein prächtiges Abendessen in einem Restaurant organisiert, zu dem er der Anzahl halber sowohl Cousine Mina Soppa, verheiratete D'Onofrio, als auch Schwager Arturo Pasqualetti mit Gemahlin und Kindern geladen hatte.

Sie alle kannten den Zweck der Festivität, nämlich der betagten und launischen Tante um den Bart zu gehen, die ihren Neunzigsten feierte und den Anschein erweckte, als wolle sie noch doppelt so alt werden. Die Alte war fest in der Hand ihres Neffen Avvocato Fasulo, der sicher auch den größten Batzen der Erbschaft abbekommen würde, doch die übrigen Angehörigen hofften, dass höfliche Zuvorkommenheit und liebevolle Zuwendung vielleicht auch ihnen ein Plätzchen im Testament bescheren würden. Deshalb präsentierten sie sich vollzählig, selbst die drei D'Onofrio-Töchter, die zwei kleinen Pasqualettis sowie der einzige und anmaßende Fasulo-Sprössling, die allesamt lieber weit weg gewesen wären. Die drei polnischen Hausmädchen an einem Extratischchen waren auf Signora Pasqualettis Betreiben hin zugelassen worden, die bekannt war für ihre progressive Haltung.

Das Abendessen war lang und ausgefeilt, unterbrochen nur

von den Toasts, die mit erhobenen Gläsern auf die Gesundheit der Jubilarin ausgebracht wurden, welche mit ihrer durch die erfahrenen Hände einer Barbarella Pilerci rundum erneuerten Dauerwelle gutmütig lächelnd dasaß und so tat, als wüsste sie nichts von den geheimen Wünschen der liebenden Verwandtenschar.

Nach Hause zurückgekehrt, fanden alle eine kleine Überraschung vor. Da die drei Villen in unmittelbarer Nachbarschaft in einer Seitenstraße von Sigmalea standen, bedurfte es von den drei zu Recht erschütterten Hausbesitzern nur eines einzigen Anrufs bei den Carabinieri. Cozzone, der Nachtschicht hatte, wurde losgeschickt, um die Einbrüche zu untersuchen, denen man schnell anmerkte, dass sie von Insidern geplant worden sein mussten.

Jede der Familien Fasulo, D'Onofrio und Pasqualetti hatte ein polnisches Dienstmädchen, riefen aber für gröbere Arbeiten ein und dieselbe Haushaltskraft, die omnipräsente Amavila Ciccuto, so dass der erste Verdacht unvermeidlich auf sie fiel sowie auf die Friseurin und den Gärtner, die sie sich ebenfalls teilten. Höchstwahrscheinlich hatte einer von ihnen absichtlich oder unbedacht die Pläne der Familie für den Abend einem Spitzel verraten, der dann die Ruhe der Villen gestört hatte.

Die Operation selbst war einfach gewesen und noch durch den Umstand erleichtert worden, dass in keinem der drei Fälle die Alarmanlage aktiviert war. Wie bei beinah allen Luxusvillen der Gegend gab es auch hier große Glastüren, Veranden und Fenster, die leicht zugänglich waren.

Der Gefreite dachte sofort an ein paar ähnlich gelagerte Einbrüche von vor wenigen Wochen, die Verbindung lag auf der Hand, da solche Vorfälle in der Gegend eher rar waren. Also machte er sich daran, die Zeugenaussagen der hysterischen Damen des Hauses aufzunehmen, die hektisch kontrollierten, was fehlte, während die alte Signora ungerührt zu Bett gegangen war, die Jugendlichen die Neuigkeit aufgeregt per Telefon im Freundeskreis verbreiteten und die Familienväter sich in bitteren und weitgehend übereinstimmenden Klagen über die Unfähigkeit

217

der Ordnungskräfte ergingen, gemeinen Verbrechen wie diesen zuvorzukommen.

Drei Stunden kostete es den armen Cozzone, von Villa zu Villa zu gehen und alle Daten aufzunehmen, zwei weitere, um anschließend in der Kaserne seine Notizen zu sortieren und in einem Bericht abzutippen, dem in den darauffolgenden Tagen niemand weiter Beachtung schenken sollte. Dann konnte auch er sich in der Gewissheit, seine Pflicht getan zu haben, zur Ruhe legen.

Im Hause Fasulo kam man nach einer ausführlichen Erörterung durch die Signora zu dem Schluss, dass der Dieb, nachdem er ein Fenster eingeschlagen hatte, direkt in das Elternschlafzimmer vorgedrungen war. Es fehlten zwei Paar teure Ohrringe, außerdem eine Korallenkette, die die Signora lange nicht mehr getragen hatte. Darüber hinaus, aber in dem Punkt war sie sich nicht ganz sicher, fünf Unterwäschegarnituren aus Slip und BH in Größe achtunddreißig, neu. Das ganze Zimmer war auf den Kopf gestellt, und der Avvocato war sich nicht sicher über den Verbleib von etwas Bargeld, das er auf der Kommode hatte liegenlassen. Im Kühlschrank fehlten zwei Packungen Scheibletten und in der Vorratskammer acht Packungen Beluga-Kaviar, die als eiserne Reserve vom letzten Sommer übrig waren. Außerdem noch andere verschiedene Lebensmittel wie Spaghetti, Thunfisch in Öl, Bohnen und Linsen in Konservendosen, nebst zwei Kilo sizilianischen Frisilli-Keksen, welche die Dame des Hauses einen Monat zuvor erstanden hatte. Aus dem Zimmer der alten Signora Biggiano war nichts entwendet worden, auch nicht aus dem von Fasulo Junior, der schwerlich zugeben konnte, dass er vier Tütchen Kokain vermisste, die er für Notfälle hier versteckt hatte. Der Polin, Signorina Irina Balova, fehlte nichts, was angesichts der Kargheit ihres Kämmerchens schnell überprüft war.

Das Haus D'Onofrio war über die Veranda betreten worden. Aus dem Zimmer der Signora fehlte ein Goldarmband, das sie nie anlegte, weil es ihr nicht gefiel, ein Seidenschal, den sie aufgrund eines Kaffeeflecks in den hintersten Winkel des Schranks verbannt und lange nicht getragen hatte, drei Echthaarperücken – eine wahnsinnig kostspielige Laune von vor drei Jahren –, die sie ebenso wenig benutzte, sowie eine fürchterlich hässliche Porzellanfigur für Bonbons, ein Geschenk der kleinen Pasqualetti, das aus naheliegenden Gründen nicht hatte entsorgt werden können, dafür aber seinen Platz außer Sichtweite auf dem höchsten Regal im Wohnzimmer gefunden hatte. Das Bad war buchstäblich verwüstet, doch eine grobe Durchsicht ergab, dass lediglich drei teure Parfüms fehlten, zwei nicht minder teure Nagellacke und der Nagellackentferner. Die D'Onofrio-Mädchen beklagten den Verlust von goldenen und silbernen Ohrringen und Piercingsteckern, gaben aber gleichzeitig zu, nicht ganz sicher zu sein, da sie unzählige davon besaßen und sie leicht verlegten oder verloren.

Avvocato D'Onofrio selbst beklagte nur, unfassbar genervt zu sein, so dass Cozzone schnell zum nächsten Haus überging, nachdem er der Form halber auch die Polin befragt hatte, Elka Fibula, die ihre Reisetasche kontrollierte, aber nichts fand, das fehlte. Insgeheim verdächtigte D'Onofrio eine oder alle seiner Töchter, mit der Sache zu tun zu haben, da er ihnen am Vortag Geld verweigert hatte, mit dem sie seiner Meinung nach Drogen kaufen wollten. Doch er behielt den Verdacht für sich.

In die Villa Pasqualetti war genau wie in die anderen eingebrochen worden, doch hier hatte der Dieb den Kleiderschrank der Signora ins Visier genommen. Es fehlten zwei schwarze Kaftane Größe achtundvierzig (die Signora war leicht übergewichtig, hatte aber jüngst eine neue Diät angefangen, der sich auch alle anderen Familienmitglieder unterziehen mussten). Der Schmuck war noch da, stattdessen fehlte ein Paar teure japanische Badesandalen des Familienoberhauptes, eine Flasche Fensterreiniger, ein Doppelpack Küchenrollen, eine Flasche Meister Proper und eine Flasche Spüli aus dem großzügigen Vorrat im Spind der Reinlichkeitsfanatikerin Poppi Pasqualetti. Außerdem blieben zwei Packungen Schokokekse unauffindbar, die für Notfälle im Büro des Hausherrn deponiert waren, sowie eine komplette Salami und die schon bekannten, im Kilo gekauften Frisilli.

Bei den Schokokeksen wurde Cozzone zum ersten Mal misstrauisch, angesichts der schmalen Gesichter von Polin und Kindern im Gegensatz zu den runden Wangen der Signora, doch er dachte lieber nicht weiter darüber nach. Schade, denn hätte er die Spur weiterverfolgt, hätte er ein Stück der Wahrheit erahnen können.

In düsteren Stimmungslagen ging Gerry Buonocore gerne laufen. Er stieg in seine Joggingklamotten, abgetragene Shorts, ein graues, ausgeleiertes T-Shirt, sündhaft teure Profi-Nikes, und los ging's. Am liebsten lief er die Küste entlang, manchmal bis Acciaroli oder Ogliastro. Beim Laufen genoss er dann den Anblick des Meeres und hing seinen Gedanken nach, wenngleich er in jeder Haarnadelkurve sein Leben riskierte, da die Straßen schmal und die Autofahrer häufig unaufmerksam waren, wahrscheinlich weil auch sie aufs Meer blickten.

An diesem Tag gelang es Buonocore jedoch nicht, seiner Anspannung davonzulaufen, obwohl ihm die Sonne angenehm auf die verschwitzten Schultern schien, der Himmel über ihm in schönstem Azurblau erstrahlte, das Meer glitzerte und die Wespen durch die duftende Luft summten.

Das Problem war groß, und dringend. Sollte er sich ihrer entledigen? Würde er den Mut dazu finden oder auf ewig das Blut an seinen Händen spüren? Er betrachtete seine Finger, wie um sich zu versichern, dass er noch nichts Böses getan hatte, sie waren sauber und gepflegt wie immer. Aloshi war eine fähige Maniküre, neben allem anderen.

Was tun? Was tun? Sie kaltblütig auszuschalten schien nicht in Frage zu kommen. Vielleicht musste er eine Provokation abwarten oder diese künstlich herbeiführen. Doch er wollte nicht ihren Blick auf sich spüren, während er ihr den tödlichen Schlag versetzte. Nein, lieber ein Überraschungsangriff, bei dem sie keinen Verdacht schöpfen konnte.

Er lief weiter, doch die Schönheit des Tages war ruiniert. Weiter hinten, Richtung Ogliastro, zogen sich dicke schwarze Wolken zusammen.

»Olimpia, sieh mich an.«

Sie blickte stur auf die Wand. Mit einem leisen Seufzer betrat Lillo ihr Zimmer. Seit Tagen hatten sie kaum miteinander geredet, und es fiel ihnen schwer, in der Öffentlichkeit den Schein zu wahren. Sie richtete kein Wort an ihn außer für die notwendigsten Dinge, und doch spürte Lillo immer noch ihren feuchten und anbetenden Blick auf sich, wenn sie dachte, dass er es nicht bemerkte, wie bei einem Schoßhund, dem man zu oft Tritte versetzt hatte.

Darum ging es also nicht. Im Übrigen hielten auch all die Annehmlichkeiten, die netten Gesten, seine Lieblingsspeisen, der gebügelte Schlafanzug, die frisch gewaschenen, duftenden Hemden, an wie zuvor.

Nur dass sie nicht mit ihm sprach, und merkwürdigerweise war ihm das auf Dauer weniger eine Erleichterung als zusätzliche Belastung. Manchmal glaubte er aus ihrem Schweigen einen Vorwurf herauszuhören, der so mächtig widerhallte, als hätte sie ihm eine gemeine Anschuldigung ins Gesicht geschrien.

Er begann sie auszuspionieren, fast unabsichtlich. Am Morgen hatte er beobachtet, wie sie beim Einräumen der Wäsche zärtlich mit der Hand über eines seiner Hemden strich und dicke Tränen auf den Kragen fielen. Bei Tisch war sie schweigsam wie immer, eine hässliche, traurige Statue, die ihm die Freude an den Nudeln mit Zucchini verdarb. Gern wäre er abgereist, aber er wusste, dass er das nicht tun konnte, nicht ohne vorher mit ihr gesprochen zu haben. Und dann gab es ja immer noch die Möglichkeit, auch wenn er es sich selbst nicht eingestand, dass Santomauro ihm nahelegen würde, sich nicht aus Pioppica zu entfernen, zumindest für eine Weile.

»Olimpia, bitte, wir müssen reden.«

Er hatte sich vor ihr aufgebaut und die Frau sah widerstrebend hoch. In ihrem Blick las er Schmerz, Angst, Unsicherheit und noch etwas anderes, das er zunächst nicht benennen konnte, eine Art undefinierbaren Stolz. Er brauchte eine Weile, bis er begriff, dann spürte er, wie seine Glieder zu Eis erstarrten: Es war Zufriedenheit, die stolze Befriedigung eines Menschen, der dich liebt und etwas für dich getan hat, was du ihm niemals wirst zurückgeben können.

Er wich einen Schritt zurück: »Was hast du getan?«, murmelte er bestürzt. »Bei Gott, was hast du getan?«

Sie trafen sich in einem der Seitensträßchen, die vom Hauptplatz in Pioppica Sopra hinauf in die Berge führten. Der Ausdruck Sträßchen war noch übertrieben, vielmehr handelte es sich um eine schmale Gasse, die sich mutig zwischen den alten, efeubewachsenen Mauern hindurchschlängelte. Es war kühl, die Sonne reichte nicht bis hier herab, und die holprigen Pflastersteine wirkten immer irgendwie feucht.

Santomauro hatte den Weg vor einiger Zeit mehr durch Zufall entdeckt, und hin und wieder genehmigte er sich eine Auszeit hier, nicht zu oft, um den Zauber, den die kühle Stille auf ihn ausübte, nicht abzunutzen.

Es war ein kurzer Spaziergang, kaum fünf Minuten, und man gelangte auf einen winzigen Platz mit einer Bank und einem Brunnen. Zwischen der ehemaligen Kirche und dem baufälligen Palazzo, die die Piazzetta einrahmten, lag ein Garten, üppig und wild wie ein Dschungel, den nur ein kunstvoll geschmiedeter, völlig verrosteter Gitterzaun von der Bank trennte.

Santomauro verlor sich in den metallenen Kringeln und Bögen des Zauns, folgte mit dem Blick den Arabesken, die sich dahinter in Hunderten verschiedenen Grüntönen fortsetzten, wie kein Mensch sie jemals hätte ersinnen können. Er stellte sich vor, wie er eines Tages in den Garten treten und dort einschlafen würde oder, etwas prosaischer, dass er genug Geld hätte, um ihn zusammen mit dem heruntergekommenen Palazzo und der Kirche zu kaufen, dabei wusste er nur zu gut, dass der Zauber dieses Ortes nicht fassbar war und dass man ihn sich mit Geld nicht mehr oder besser zu eigen machen konnte als so.

Auf seinen Spaziergängen war ihm nie jemand begegnet, egal zu welcher Tages- oder Nachtzeit, immer war das Gässchen wie ausgestorben, so dass er fast ein wenig ungehalten war, als er an diesem Tag eine Gestalt vor sich entdeckte, noch dazu eine vertraute.

Mit den Händen in den Taschen und scheinbar ziellos schlenderte Pippo Mazzoleni nur wenige Meter vor ihm durch die Gasse, zu nah, als dass er noch eilig hätte kehrtmachen und den Spaziergang auf später verschieben können. Schon sah sich der Architekt mit derselben gerunzelten Stirn um, die Santomauro schnell bei sich zu glätten versuchte, dann erkannte er ihn und kam mit einem spontanen Lächeln auf ihn zu.

»Maresciallo, Sie auch hier? Um die Ruhe der Villa Galzerano zu genießen, oder sind Sie mir etwa gefolgt?«

»Um Himmels willen, nein, im Gegenteil, normalerweise trifft man hier niemanden«, wehrte Santomauro ab, und gemeinsam setzten sie ihren Weg in einvernehmlichem Schweigen fort. Als sie bei der Bank ankamen, wandte Pippo sich ihm zu.

»Es gibt verborgene Winkel im Cilento, die allein sehenswerter sind als das komplette Museum von Capodimonte, zumindest für meinen Geschmack. Ich wusste nicht, dass Sie auch ein Freund alter Gebäude sind.«

»Nur von diesem, um ehrlich zu sein. Wie sagten Sie noch, heißt es?«

»Villa Galzerano. Es wurde Anfang des achtzehnten Jahrhunderts von einem der Honoratioren des Städtchens errichtet, zusammen mit der Kirche und dem Garten. Er stammte aus reichem Hause, aber wie es manchmal so kommt: Die letzten Eigentümer waren zwei alte Fräulein, die alles der Kirche vermachten. Genauer gesagt der Gesellschaft Jesu, soweit ich weiß. Sie wissen sicherlich, dass die Jesuiten die schönsten Orte besitzen, zumindest in Kampanien.«

Mazzolenis Lächeln war freundlich und spontan, nett wie seine Worte. Der Maresciallo fand ihn immer noch sympathisch, auch wenn er an seinen privaten Zufluchtsort vorgedrungen war.

Die Jesuiten. Na ja, Sanierung und Instandhaltung würden jedenfalls fürstliche Summen kosten.

»Gibt es irgendetwas Neues?« Beide wussten, worauf Pippo anspielte. Santomauro schüttelte nur stumm den Kopf, dann fand er, dass er etwas dazu sagen müsste.

»Sie wissen ja, wie das ist. Wir sammeln Informationen, manchmal glaube ich vage Umrisse zu erkennen, doch meist tappe ich im Dunkeln. Es braucht eben Zeit.«

»Dann wollen Sie die Ermittlungen also nicht einstellen?«

»Mit zwei Toten? Das ist nicht Ihr Ernst. Hier wird nichts abgeschlossen, bis wir ihn gefunden haben, das kann ich Ihnen versprechen.«

Pippo sah ihm in die Augen und erblickte darin eine gelassene, aber felsenfeste Entschlossenheit. Zum ersten Mal, seit er die Leiche identifiziert hatte, wusste er mit Sicherheit, dass dieser Mann nicht aufgeben würde, dass er weiterschürfen würde, bis er den Verantwortlichen und das Motiv für Elenas Tod gefunden hätte. Er sah ihn nachdenklich lächelnd an.

»Ich glaube Ihnen, Maresciallo, ich weiß, dass Sie sich ins Zeug legen, auch für diesen armen Tropf, diesen Samir, von dem ich immer noch nicht weiß, wie er mit meiner Frau in Verbindung stand.«

Zweifellos waren auch bis zu ihm Gerüchte vorgedrungen, doch Santomauro sah es nicht als seine Aufgabe an, ihm die Sache näher zu erläutern. So verlagerte sich das Gespräch unmerklich auf andere Themen. Mazzoleni war zu intelligent, um nicht zu wissen, dass der Maresciallo schon mehr gesagt hatte als üblich und bei laufenden Ermittlungen nicht weiter ins Detail gehen durfte. Sie sprachen vor allem über das Cilento und alte Gebäude, für die der Witwer ein Faible hatte, wie Santomauro feststellte. Was nicht weiter verwunderlich war bei einem Architekten, aber er hatte ihn für einen mondänen, eher oberflächlichen Typen gehalten, bevor er in diese Tragödie verwickelt wurde. Vielleicht weil er gut aussah, dachte der Maresciallo, während er sein sensibles, etwas ausgemergeltes Gesicht betrachtete, den abwesenden Blick, der sich erst mit den Auslassungen über

Architrave, Säulen, Gärten und Türme belebte. Schönen Männern misstraut man gern, solchen, die die Frauen nicht umwerben müssen, sondern sie allein mit ihrem Lächeln bezirzen.

»Ich kann mir vorstellen, dass die Rocca für Sie eine unwiderstehliche Versuchung darstellt«, sagte Santomauro, als sie wieder ins Dorf zurückgingen.

Pippo lief zwei Schritte vor ihm durch die enge Gasse, in der zwei Männer kaum nebeneinander Platz hatten. Er antwortete erst nicht, dann drehte er sich mit einem kleinen Lächeln um.

»Sie ist eindeutig das schönste Bauwerk der Gegend. Ihre Entstehung reicht bis ins Jahr dreizehnhundert zurück, als man ein Verteidigungsbollwerk gegen die Angriffe der Sarazenen brauchte. Ich habe meine Abschlussarbeit darüber geschrieben. Regina ließ mich damals fast den ganzen Winter über bei sich wohnen.«

»Komisch, ich hätte gedacht, dass sie eifersüchtig über ihr Haus wacht«, überlegte Santomauro.

»Das kann man so sagen, für die Rocca würde sie töten«, lächelte der Mann. »Aber wir waren befreundet, und im darauffolgenden Sommer heiratete ich Elena. Das war der schönste Winter meines Lebens«, schloss er mit leiser Stimme, und Santomauro fragte nicht, ob wegen Regina, der Rocca oder seiner Verlobten.

Bei seiner Rückkehr ins Büro glaubte er, ein Déjà-vu zu haben. Gnarra rannte ihm in höchster Aufregung entgegen und riss die Wagentür auf.

»Wir sind so weit! Ich schwör's dir, wir sind so weit! Ich habe eine Zeugin!«

Santomauro hob den Blick gen Himmel. Noch so eine Amavila Ciccuto war der letzte Tiefschlag, den er im Moment gebrauchen konnte.

Der Freund lotste ihn in sein Büro. Dort saß eine Person vor der Tür, von der der Maresciallo nur einen sehr flüchtigen Blick erhaschte, der ihm jedoch genügte, um sich weit weg zu wünschen.

»Jetzt geht die Bombe hoch, das schwöre ich dir! Eine Bombe! Mehr verrate ich nicht, sonst ist es keine Überraschung mehr.« Gnarra öffnete mit der Andeutung einer Verbeugung die Tür, und herein hinkte eine Signora um die fünfzig mit herausfordernder Miene.

»Das ist Barbarella Pilerci, Friseurin. Barbarè, setz dich doch und erzähl dem Maresciallo, was du mir erzählt hast.«

Während die Frau sich gehorsam niederließ, sah sie Santomauro genau ins Gesicht, als wolle sie sichergehen, ihn bei einer Gegenüberstellung wiederzuerkennen. Sie war alles andere als hübsch, ja sogar die hässlichste Frau, die dem Maresciallo je untergekommen war, zumindest soweit er sich erinnern konnte. Jedoch schien sie in glückseliger Unkenntnis ihrer Hässlichkeit zu leben, vielleicht hatte jemand sie sogar das genaue Gegenteil glauben gemacht, denn alles an ihr, von der Kleidung bis zum Make-up und der Art, sich zu bewegen, zu reden, zu gestikulieren und zu lächeln, schien die Botschaft geradezu herauszuschreien: Sieh mich an, bewundere mich, schau nur, wie schön ich bin. Sie hatte glänzendes, blauschwarzes Haar, sicher das Ergebnis ihrer Färbungen; bei der Frisur fiel dem Maresciallo nur »Kleopatra-Style« ein, der schwere Pony betonte ihre gezupften und mit dem Stift nachgezogenen Augenbrauen. Sie hatte eine Knubbelnase, flache, ziegelrote Wangenknochen, die schweren Augenlider wie von einem Frosch oder einer Kröte waren dick mit leuchtend grünem Lidschatten bemalt und verbargen den stechenden, kieselgrauen Blick. Als sie lächelte, entblößte sie nikotingelbe, engstehende Zähne, dann leckte sie sich über die orangefarbenen Lippen und schlug die Beine übereinander. Das kurze schwarze Kleid, enganliegend wie eine Wurstpelle, rutschte hoch und gab ein großzügiges Stück Celluliteschenkel frei. Santomauro wandte den Blick ab, während sie mit dem Fuß wippte, der in einer goldenen Riemchensandale mit auffälligem Keilabsatz steckte. Er fragte sich, ob dieses oder das andere das Hinkebein war, dann schämte er sich.

»Als Erstes, Maresciallo, will ich mal klarstellen: Auch wenn ich bei allen ein und aus gehe, bin ich noch lange keine Klatschbase. Haben wir uns da verstanden?«, setzte Barbarella mit aggressivem Tonfall an. Santomauro nickte matt und warf Gnarra, der etwas abseits saß und in seinen Schnurrbart grinste, unauffällig einen bösen Blick zu.

»Wenn das klar ist, dürfen Sie mich befragen, oder ich rede einfach selbst, wie Sie wollen.«

»Ja, dann erzählen Sie doch mal, Signora Pilerci.«

»Signorina, bitte schön. Also, ich komme ja viel herum bei meiner Arbeit, die Damen rufen mich an, und die Stammkundschaft hat sowieso feste Termine. Montagmorgen Haare, Hände und Füße bei der einen, Montagmittag Haare, Hände und Füße bei einer anderen, Montagnachmittag Haare, Hände und Füße bei einer dritten; Dienstagmorgen Haare, Hände und Füße …«

»Jaja, ist klar, drei Termine am Tag, und weiter?«

»Hören Sie, Maresciallo, wenn Sie mich nicht auf meine Art erzählen lassen, kann ich auch wieder gehen, und das war's dann«, meinte Kleopatra schnippisch, löste ihre Beine, um sie aufgebracht andersherum übereinanderzuschlagen. Santomauro starrte auf den entlarvend höheren Absatz, während Gnarra hinter dem Rücken der Frau verzweifelt gestikulierte.

»Also, vor einigen Wochen ruft mich die arme Signora Mazzoleni an, die Tote. Ich gehe hin, sie ist in Tränen aufgelöst, die ganze Schminke völlig verschmiert, die Koffer gerade erst aus dem Wagen geladen, das Gesicht verquollen, eine einzige Katastrophe. Aber sie ist nun mal eine gute Kundin, also helfe ich ihr mit dem Gepäck, mache mich dann an ihre Haare. Eine einzige Katastrophe! Sie hatte eh kein besonders tolles Haar, und die Spitzen mussten dringend geschnitten werden, aber sie lässt sie sich immer von ihrem Pascal machen, in Neapel, also habe ich sie nur gelegt und ein bisschen getönt, die grauen Haare, viele hatte sie nicht, wissen Sie, aber da reichen ja schon wenige, um eine Frau alt aussehen zu lassen, dann Hände und Füße, die Nägel wollte sie ganz kurz, damit sie nicht dran rumknabberte, aber das Gesicht! Eine einzige Katastrophe, beim besten Willen. Sie hatte so viel geweint, dass sie ganz rot und aufgedunsen war, und beim Schminken fiel mir auf, dass sie ein blaues Auge hatte, schon was älter. Also habe ich sie so nebenbei zum Reden gebracht, Sie wissen ja, wie das ist mit uns Friseusen, die Damen entspannen sich, vertrauen uns ihren Kummer an. Der Mann der Signora war ein mieses Arschloch, das hatte sie schon öfter gesagt, aber dieses Mal schien es besonders schlimm zu sein. Es war wohl so, dass sie nach einer Zeit, in der alles gut lief, entdeckt hatte, dass er sich wieder eine Geliebte zugelegt hatte, und zwar eine, mit der er schon früher was hatte. Die arme Signora wollte nicht sagen, wer es war, aber was ich so höre, hält der Architekt sich Valentina Forlenza, super Haare, hat mich aber noch nie an sich rangelassen. Kann ich einen Kaffee haben?«

Die Bitte überrumpelte die beiden Männer, Gnarra fing sich als Erster und holte ihr eilig einen Kaffee vom Automaten im Flur; galant überreichte er ihn und wurde mit einem Lächeln und flatternden Lidern belohnt.

»Das tut gut. Also, alles nicht neu, ich vermute, das wussten Sie eh schon, nur dass es dieses Mal eben schlimmer war, die Signora sagte immer wieder, es sei vorbei, aus, sie wolle endgültig Schluss machen. Wichtig aber ist, dass an diesem Punkt ein unerwarteter Besuch kam.«

Santomauro fuhr in seinem Sessel hoch, Pedro lächelte selig, Kleopatra riss ihre runden Krötenaugen auf und legte eine Kunstpause ein, zufrieden mit dem erzielten Effekt.

»Der Besuch war Signora Capece Bosco, die Königin der Rocca, wie wir immer sagen«, und mit einer großzügigen Armbewegung schloss sie in dieses »wir« die beiden Carabinieri, die Wache und das gesamte Dorf mit ein. »Eine langjährige Kundin, großzügig, supertolle Haare, kaum Weiß, im Gegensatz zu mancher anderen. Kaum hat die Mazzoleni sie jedenfalls gesehen, wird sie ganz steif, sagt so was wie: ›Dass du dich überhaupt noch hierhertraust‹, oder etwas in der Art, und das Komische ist, dass sie eigentlich dickste Freundinnen sind. Regina entschuldigt sich so in der Art: ›Mach mir keine Vorwürfe, ich kann nichts dafür‹, und kurz darauf umarmen sie sich, und ich gehe hinaus, weil ich die Tönung vorbereiten muss, und gehe also ins Bad. Von dort kriegt man nicht so viel mit, aber etwas kann ich doch

228

hören, nämlich dass sie über Geld reden. Elena sagt: ›Du weißt, du brauchst dir keine Sorgen zu machen, mir reicht soundso viel im Monat, einfach nur symbolisch.‹ Regina fragt: ›Und Pippo?‹, und die andere sagt: ›Vergiss das Arschloch, ich entscheide hier, und du weißt, dass ich dich mag.‹ Da sagt Regina: ›Danke‹, und die andere darauf: ›Nichts zu danken, wir sind doch Freundinnen, oder?‹ Und dann geht die Capece Bosco wieder, mit besserer Laune als vorher, und Elena kriegt ihre Tönung, und wie wir so reden, lässt sie durchblicken, dass es um richtig dicke Schulden geht, also so richtig dicke, und sie sagt lachend: ›Mit dem bisschen im Monat braucht sie zwei Leben, um alles abzustottern.‹ Und das ist die ganze Geschichte, ich dachte, es wäre meine Pflicht, Ihnen alles zu erzählen. Die Signora Capece Bosco ist ja nett, aber wenn's ums Geld geht, na ja, ich habe Ihnen alles erzählt, nun sehen Sie selbst.«

Sie stand würdevoll auf, und Santomauro begleitete sie nach draußen. Als er zurückkam, umspielte ein Lächeln seine Lippen.

»Also? Was hältst du davon? Ein Motiv haben wir nun.«

»Wie kommt es, dass du nicht herausgefunden hattest, wer der Gläubiger der Signora war?«

»Mit ein bisschen mehr Zeit wäre ich schon noch drauf gekommen. Die Mazzoleni hatte alle Schulden mittels einer GmbH verdeckt. Sie hatte sie in der Hand.«

»Aber es scheint, dass sie nicht davon profitieren wollte, zumindest nicht im Moment.«

»Eben, nicht im Moment. Wer kann sich schon darauf verlassen. Barbarella scheint mir jedenfalls glaubwürdig. Ist das eine Type, was?«

»Allerdings, geradezu beängstigend.«

»Ach was, ich dachte, sie gefällt dir. Du weißt, dass sie im Dorf einen gewissen Ruf genießt.«

»Als Friseuse?«

»Stell dich nicht dümmer, als du bist. Es heißt, sie sei eine Bombe im Bett, natürlich nur, wenn du ihr das Kissen aufs Gesicht legst. Ich glaube, es hat etwas mit der Hinkerei zu tun, aber alle, die sie ausprobiert haben, schwärmen in den höchsten Tönen von ihr. Ich denke ja fast schon selbst darüber nach …«

»Pietro Gnarra, du bist ja hinreichend als Saukerl bekannt, aber von dir, Simone, hätte ich das wirklich nicht erwartet! Du wirst von Tag zu Tag schlimmer, du degenerierst geradezu!«

Von der Türschwelle aus sah Manfredi sie angewidert an. Santomauro fühlte sich gleich schuldig, obwohl er nichts Böses gesagt oder getan hatte. Leider kam er nicht dazu, sich zu verteidigen, da Manfredi auf der Schwelle kehrtmachte und ihnen nur das Echo seiner Worte zurückließ: »Hast du wenigstens das Buch über das Enneagramm zu Ende gelesen? Ich wollte dir eins zum Thema Aromatherapie leihen, aber das ist ja dann nicht mehr nötig, angesichts deiner neuen Hobbys.«

Die beiden Zurückgelassenen sahen sich betroffen an, doch dann verzog Pedro das Gesicht zu einer Grimasse, und sie brachen in Gelächter aus. Santomauro fühlte sich besser. Die schlechte Laune war verflogen, und das war wiederum der Effekt, den Pietros Gesellschaft so gut wie immer auf ihn hatte.

Heuchler. Kleiner, verdammter, feiger Heuchler. Olimpia wäre am liebsten mit dem Kopf gegen die Wand gerannt, stattdessen packte sie die Schlüssel und verließ das Haus. Sie stieg die Stufen von der Gartenlaube zum Meer hinunter. Das Wetter schlug um, und dankbar spürte sie den Wind, der ihr das vor Wut und Verwirrung gerötete Gesicht kühlte.

Wie konnte er nur! Wie konnte er sie nur auf diese Art ansehen, mit diesem besorgten, mitleidigen Blick, wie konnte er sie bemitleiden und gleichzeitig so tun, als wüsste er von nichts, wenn doch er selbst derjenige war, der an allem, allem schuld war!

Heuchler, ein Heuchler und ein Feigling.

Die Mole war menschenleer. Das Meer hatte die Farbe von Schiefer. Sie blickte zum Horizont, wo sich dicke, dunkle Wolken auftürmten. Sie fuhr nicht gerne im Boot raus, Sergios Segelleidenschaft hatte sie mit der gleichen Ergebenheit über sich ergehen lassen wie die vielen anderen Leidenschaften ihres

Mannes. Doch das lag lange zurück, bevor er ihrer und alles anderen überdrüssig wurde, aber hier und jetzt, in diesem Moment hätte Olimpia gerne gewusst, wie man das Boot steuerte, das halb vergessen in dem Schuppen auf dem Felsstrand lag. Jetzt wäre sie gerne auf das schwarze Meer hinausgefahren bis in die Ferne, wo das Unwetter wütete.

All die Tage hatte sie so sehr gehofft, dass Lillo es begriffe, dass er zu ihr käme zum Reden, sich ihr anvertrauen würde, dass sie irgendwie zu Komplizen werden könnten, endlich wieder vereint. Olimpia hätte ihn verstanden, hätte ihm geholfen, sie hatte doch schon so viel getan, viel zu viel! Aber nein, außer Schweigen und Scham war nichts gewesen, und das war schlimmer, schlimmer als alles, was sie bisher hatte ertragen müssen.

Und doch, unter all den Gefühlen, unter der kochenden Wut, unter der Scham, der Trauer, erkannte sie immer noch das stärkste aller Gefühle, das nichts und niemand zerstören konnte.

Die Angst um ihn. Der Instinkt, ihn zu beschützen, und die Liebe.

Zu Regina Capece Bosco gingen sie zu zweit, Santomauro und Gnarra. Sie wollte gerade das Haus verlassen und empfing sie mit einer unter dem Deckmantel der guten Manieren kaum verhohlenen Ungeduld.

»Die Schulden bei Elena? Ach, verstehe, Sie denken, das wäre ein Motiv. Tut mir leid für Sie, aber das ist albern.«

»Nicht unbedingt. Wir reden hier von mehreren Millionen Euro«, gab Gnarra ungerührt zurück.

Sie lächelte gelangweilt. »Elena war eine echte Freundin. Sie hatte mir zugesagt, dass ich das Geld zurückerstatten könne, wie und wann ich wollte, ohne Zinsen. Lächerliche Konditionen, aber sie machte sich nun mal nichts aus Geld. Wenn Sie wollen, können Sie das überprüfen, ich habe alles schriftlich. Wie Sie sehen, hatte ich also kein Motiv, sie umzubringen, im Gegenteil.«

Sie wirkte sehr selbstsicher. Kein Wort der Entschuldigung,

dass sie ihren Besuch bei Elena an ihrem Ankunftstag nicht erwähnt hatte. Sie hatte es vergessen, das war alles.

Als sie sich zum Gehen wandten, rief sie ihnen nach: »Haben Sie etwas von meiner Nichte gehört?«

»Nein, und Sie?«, gab Santomauro zurück.

»Nein, aber das wundert mich nicht. Wahrscheinlich ist sie irgendwo auf dem Atlantik unterwegs oder in Pakistan oder Patagonien. Sie liebt beschwerliche Reisen. Sie wird von sich hören lassen, sobald sie erfährt, dass Sie nach ihr suchen. Auf Wiedersehen.«

Ihr Wagen überholte sie auf den Serpentinen, die von der Rocca hinab ins Dorf führten.

»Die Signora hat es aber eilig«, bemerkte Pietro.

Santomauro war zu niedergeschlagen, um zu antworten.

Das Schicksal hatte es gut gemeint mit Assunta Tarantino, verheiratete Polignani. Bebè dachte häufig darüber nach, dankbar und nach all den Jahren immer noch ein wenig erstaunt. Den Spitznamen hatte die Mutter ihr schon als kleines Mädchen verpasst, und er war wie eine zweite Haut an ihr klebengeblieben, zusammen mit der Sehnsucht, nicht wie sie zu enden, die mit zweiundzwanzig schon Mutter dreier Kinder und mit dem vierten schwanger gewesen war.

Der Notar war der glückliche Ausgang einer längeren Suche gewesen, die eingeleitet worden war, als sie bereits respektable Rundungen entwickelt hatte, die ihr aber schon vorgeschwebt hatte, seit sie denken konnte. Bebè war alles andere als dumm, es kam ihr nur gelegen, diesen Eindruck zu erwecken.

Das Schicksal hatte sie relativ früh von dem störenden Ehemann befreit, doch was anfangs wie ein glücklicher Umstand erschienen war, hatte sich sehr schnell als Reinfall entpuppt. Bebè mochte die Männer, sie mochte sie sehr. Sie brauchte sie wie andere Zigaretten oder Alkohol, doch nicht minder strebte sie nach Ehrbarkeit, nach dem Status, den der Notar ihr verliehen hatte. Solange er am Leben war, war sie ihm treu gewesen, und die gute Seele hatte großzügig versucht, ihre Bedürfnisse zu befriedigen. Zu großzügig, wie sich dann herausstellte, da er quasi in der Schlacht gefallen war.

Bebè hatte ihn wirklich gemocht, und kaum war die erste Euphorie über ihre Freiheit und ihren Reichtum verflogen, waren ihr die Schwierigkeiten aufgegangen, die ihre Rolle mit sich brachte. Regina konnte sich einen Geliebten suchen, oder auch hundert, und Elena, Mina und die anderen genauso. Selbst Olimpia konnte mit ihrem Priester herummachen und bis auf den einen oder anderen Seitenhieb die Dame bleiben, die sie war. Nicht jedoch sie. Ein falscher Schritt, und Bebè Polignani würde sich wieder zurückverwandeln in Assunta Tarantino, in Pioppica genauso wie in Neapel oder Roccaraso oder in jedem beliebigen Ort von Bedeutung.

So begnügte sie sich notdürftig mit einem Anhalter hier und einem kleinen Verkäufer dort, einem Skilehrer oder einem Bekannten aus dem Fitnessstudio, allesamt weit genug entfernt von ihresgleichen, die sie kaum öfter als ein paar Mal traf, niemals bei sich zu Hause und einmal sogar unter falschem Namen.

Sie hatte es satt. Hatte dieses Leben satt, die hastigen Begegnungen, lieblos und ohne jeden Zauber; hatte diese hübschen, ungehobelten Jungs satt, solche wie Samir, die am Ende auch noch ermordet wurden. Sie sehnte sich nach einem vorzeigbaren Mann, mit dem sie ins Restaurant, ins Kino oder auf Feste gehen konnte, der ihr Geschenke und Blumen brachte und sie nicht um Geld zum Tanken anhaute.

Daher hatte sie mit aller gebotenen Vorsicht eine neue Recherche ins Leben gerufen, sie befand sich noch in der Sondierungsphase und rechtfertigte damit ihr Eindringen an diesem Nachmittag.

Sie wollte sichergehen, dass sie keine Rivalinnen hatte, und deswegen näherte sie sich eiligen Schrittes dem Haus eines der in Frage kommenden Kandidaten. Nach dem Ausschlussprinzip würde sie zügig all jene aussortieren, die in festen Händen oder nicht vertrauenswürdig waren. Sie war verhalten optimistisch: Schließlich suchte sie kein Geld, nicht einmal einen Ehemann, nur einen gefälligen und respektablen Gefährten, und sie hatte nicht vor, Fehltritte zu begehen.

Die Villa war verschlossen, kein Lüftchen regte sich an diesem Spätnachmittag. Wie die meisten Villen hatte auch diese ein lächerliches Alarmsystem, und Bebè hatte in ihrer bewegten Jugend viele nützliche Kenntnisse erworben.

Vor der Haustür blieb sie unentschlossen stehen. In Wirklichkeit wusste sie nicht, wo sie nach Spuren einer potentiellen Geliebten suchen sollte. In der Ferne schrie eine Möwe.

Plötzlich fand sie ihre Idee dämlich, so dämlich wie sich selbst. Was wollte sie nur hier? Sie trat an das Geländer, fuhr mit der Hand darüber und blickte zerstreut auf das Meer in der Tiefe. Zwischen den Büschen sah man eine kleine Treppe, deren schattige Stufen Ruhe und Erfrischung versprachen.

Die Möwe ließ wieder ihre Stimme vernehmen, vielleicht etwas näher. Bebè hielt unsicher inne. Sie konnte bis zu dem kleinen Strand hinuntergehen oder nach Hause zurückkehren und so tun, als sei sie nie hier gewesen. Zu beidem kam sie nicht mehr.

Die Schritte hinter ihr waren fast unhörbar, aber sie wandte sich trotzdem um.

»Ach, du bist es? Hast du mich erschreckt!«, sagte sie mit einem albernen kleinen Lachen.

Alles wird gut alles wird gut. Nur warten warten nur warten. Schlafe.

Schlafe schlafe.

»Maresciallo, hier spricht Staatsanwalt Gaudioso, für den Fall, dass Sie meine Existenz vergessen haben sollten. Ich sage Ihnen nur eins: Ich habe Familie, zahlreicher denn je, und ich habe nicht die Absicht, wegen Ihnen in Schwierigkeiten zu geraten. Ich hätte nicht übel Lust, zu Ihnen runterzukommen und die Situation selbst aufzuklären, aber ich will Ihnen eine letzte Chance geben. Also, entweder Sie bekommen dieses Durcheinander schnellstens in den Griff, oder ich lasse Sie nach Lampedusa versetzen. Und glauben Sie ja nicht, dass ich das so dahinsage. Meine Frau ist die einzige und heißgeliebte Nichte eines hohen und einflussreichen Prälaten, Monsignore Guttadauro, was unter uns gesagt auch der Grund ist, weshalb ich sie trotz der fünf Mädchen noch nicht verstoßen habe. Haben Sie mich verstanden, Santomauro? Nehmen Sie jemanden fest, bevor es zu spät ist, oder Sie werden meine Reißzähne zu spüren bekommen.«

Bedächtig legte Santomauro den Hörer auf, während ihn hinterrücks ein Stimmungstief ansprang.

Gaudioso war ein lächerliches und letztlich harmloses Männlein, aber in einem hatte er recht: Es blieb nicht mehr viel Zeit, der Sommer war bald vorbei, und dann kehrten alle in die Stadt zurück. Der Maresciallo wusste genau, dass die Ermittlung ihm dann durch die Finger rieseln würde wie feiner Sand und nichts davon übrigbliebe. Dabei hatte er manchmal das Gefühl gehabt, ganz dicht dran zu sein, eine Ahnung zu haben. Eine merkwürdige Melancholie erfüllte ihn. Und einen Moment lang, nur einen kurzen Moment dachte er, dass es vielleicht wirklich besser wäre, von hier wegzugehen, nach Lampedusa, weit fort von der ganzen schlimmen Geschichte.

Gnarras Eintreten zwang ihn, seine dumpfen Grübeleien beiseitezuschieben. Der Kollege war euphorisch.

»Simone, hast du eine Minute? Hier ist ein Zeuge, den du dir unbedingt anhören musst!«

Ein Abgrund der Mutlosigkeit tat sich vor Santomauro auf, doch der fragliche Zeuge entpuppte sich als ein rechtschaffen aussehender Herr, der sich als Ingenieur Pizzolorusso vorstellte. Er hatte eine zerfledderte Zeitung in der Hand und war extra mit dem Auto aus Sapri gekommen, um sie den Carabinieri zu übergeben. Er halte es für seine Bürgerpflicht, mit dem Behörden zusammenzuarbeiten, erklärte er würdevoll, außerdem hatte der junge Mann so einen guten Eindruck gemacht … Dieser farbige Junge, der im Sand gefunden worden war, im Zug war er so höflich gewesen, und dann war er plötzlich kreidebleich geworden, als hätte er dem Tod ins Gesicht geblickt … Und so war er aus Sapri gekommen, obwohl er sich im Urlaub nur ungern ins Auto setzte, die Zeitung war ihm wieder in die Hände gefallen, als er die vertrockneten Eukalyptusblätter in seinem Garten zusammenkehrte, und da war ihm plötzlich aufgegangen, dass es ein Artikel aus seiner Lokalzeitung gewesen war, der den farbigen Mann aus seinem Sitz hatte hochfahren lassen. Wirklich ein rechtschaffener junger Mann, schloss er seufzend, es hatte ihm leidgetan, dass er ermordet worden war.

Unter den Dankesbekundungen von Gnarra und Santomauro entfernte er sich wieder, während sie die Zeitung anstarrten, die so gefaltet war, dass ein einziger Artikel zu sehen war, der von armen, verschwitzten Händen zerdrückt und mit Druckerschwärze verschmiert war. Santomauro musste ihn gar nicht erst lesen.

»Fahren wir hin und nehmen ihn fest?«, fragte Gnarra hoffnungsvoll.

»Wir fahren hin und reden mit ihm«, korrigierte ihn der Maresciallo.

Die Finger waren einfach gewesen, wenn man den Dreh erst mal raus hatte. Man stach mit der Messerspitze in das Gelenk zwischen zweitem und drittem Fingerglied, ganz mühelos, weil das Gewebe schon weicher geworden war, und dann hebelte man die beiden Knöchelchen einfach aus. So war es viel leichter, als wenn man die Klinge als Säge benutzte, das dauerte länger, der Finger rollte unschön hin und her, und es war schwieriger, den Blick von den Fingernägeln abzuwenden, die, warum auch immer, wie die einer lebendigen Frau aussahen.

Auch die Zehen waren leicht gegangen, sie waren kürzer, der kleine fast nur ein Stummel. Einen Moment lang war es rührend gewesen, diese kleinen Zehchen wiederzusehen, doch dann kamen sie trotzdem ab.

Das Gesicht hingegen war schwierig gewesen. Obwohl es durch die Messerstiche entstellt und zerfetzt und zu einer hässlichen Fratze verzogen war, war es doch immer noch ihr Gesicht. Das würde es danach nicht mehr sein. Weg mit den Oh-ren, weg mit den Lippen, diese Lippen, oh, die Erinnerung an die vielen Küsse, weg mit der Nase und den Wangen, und am Ende, das Schlimmste von allem, die Augen, diese Augen schie-nen immer noch zu sehen, aufgerissen in unaussprechlicher Angst.

Lieber nicht an die Augen denken.

Titta Sangiacomo schien von ihrem Besuch nicht sonderlich überrascht oder besorgt. Er ließ sie im Wohnzimmer Platz neh-men, es war schon Abend und frisch draußen. Der Tisch war für zwei gedeckt und aus der Küche ertönten Geräusche von jemandem, der dort zugange war. Vielleicht war Cristina am Ende doch nicht ausgezogen.

»Nun, Maresciallo, welcher gute Wind treibt Sie zu mir? Ha-ben Sie herausgefunden, dass ich der Mörder von Elena und auch dem armen schwarzen Jungen bin? Haben Sie unwider-legbare Beweise gegen mich und wollen mich nun in Hand-schellen abführen? Das würde Ihrem Gehilfen sicher gefallen, er zieht so ein düsteres Gesicht, dass mir angst und bange wird.«

Santomauro hörte deutlich, wie Gnarra mit den Zähnen knirschte. Auch er hätte dem Journalisten am liebsten in sein freches Gesicht geschlagen, allein wegen dieser absoluten Un-verfrorenheit, die er, wann immer es ging, an den Tag legte. Aber von dort bis zu handfesten Beweisen, die ihn als Mörder überführten, war es ein weiter Weg, also lächelte er.

»Wir haben nur noch ein paar zusätzliche Fragen an Sie. Sa-gen Sie mir vor allem, warum Sie uns in Bezug auf Cristina Pe-troncellis Anwesenheit an den Tagen, an denen Elena Mazzo-leni aller Wahrscheinlichkeit nach ermordet wurde, vorsätzlich angelogen haben.«

»Vorsätzlich angelogen! Das sind starke Worte, Maresciallo! Ich war lediglich etwas unpräzise. Was wollen Sie, es war so lange her, und wenn ich eine Frau bumse, trage ich mir das doch nicht in meinen Kalender ein.«

»Hör mal, du kleines Arschloch …« Pedro trat drohend einen

Schritt näher. Halb erschrocken und halb belustigt wich Sangiacomo ein wenig zurück.

»Hey hey hey! Werde ich hier etwa gerade zum Opfer polizeilicher Gewalt? Maresciallo, erinnern Sie Ihren Mann daran, dass ich Journalist bin.«

Santomauro legte Gnarra die Hand auf den Arm. Der sah ihn kurz an, ehe er sich kopfschüttelnd in eine Ecke zurückzog. Sangiacomo atmete erleichtert auf, und der Maresciallo fuhr fort: »Wir werden zu gegebener Zeit darauf zurückkommen, aber es gibt noch etwas anderes, das mir nicht ganz klar ist. Der Artikel, den sie nach dem Mord an Elena Mazzoleni im ›Echo des Cilento‹ veröffentlicht haben, war sehr detailliert. Woher kannten sie die Einzelheiten, nachdem Sie aus mir nichts herausbekommen hatten?«

Der andere richtete sich auf.

»Ach, wissen Sie«, meinte er mit bescheidener Miene, »das ist mein Job, ich klaube hier und da Hinweise auf und stricke daraus etwas zusammen. Außerdem kannte ich Elena gut, wenn Sie verstehen.«

»Schon, aber die Details über den Zustand der Leiche, die angeblichen Verstümmelungen, die wir nicht öffentlich gemacht haben, der Haarschnitt, die Anzahl der Messerstiche, woher wussten Sie das alles? Und noch dazu zeitgleich mit uns, da Ihr Artikel letzten Dienstag erschienen ist.«

Santomauros Stimme war nicht so schneidend, wie er es sich gewünscht hätte, und Gnarra sah ihn verstohlen an. In Wirklichkeit ahnten sie schon, was Titta antworten würde.

»Lieber Santomauro, ich muss mich über Sie wundern! Amavila! Die teure Amavila, die bei mir und auch bei de Collis putzt und die zudem noch Peppenuzzos Ehefrau ist.«

»Peppenuzzo?« Der Name kam ihm bekannt vor.

»Ja, der Baggerführer, der die Leiche entdeckt hat. Für fünfundzwanzig Euro hat er mir alles gesagt, was ich brauchte. Und für weitere fünfzig haben die Leichenträger im Krankenhaus kurz für mich unter das Leintuch gelugt. Die Rohfassung der Obduktionsnotizen hat mich schon etwas mehr gekostet. De

Collis nimmt viel Arbeit mit nach Hause, und er ist ziemlich unordentlich, wissen Sie? Die arme Amavila räumt ständig auf. Ich sage Ihnen diese Dinge, weil es mir leidtut, wie Sie Ihre Zeit auf falschen Fährten vergeuden. Ich habe mit Elenas Tod nichts zu tun, und je eher Sie das begreifen, desto besser für Sie.«

Bevor Santomauro etwas erwidern konnte, schrillte irgendwo im Haus das Telefon.

»Martina! Gehst du mal ran!« Mit vertraulicher Miene wandte Sangiacomo sich ihnen wieder zu. »Das ist meine neue Freundin, besser gesagt, eine wiederaufgewärmte. Sie kann nicht Schreibmaschine schreiben und hat einen fetten Hintern, aber dafür ist sie eine Göttin im Bett und am Herd!«

Die Genannte erschien auf der Türschwelle mit dem Telefon in der Hand und reichte es unter Getuschel dem Journalisten. Etwas zu hastig ergriff er den Hörer und machte eine vage Handbewegung in Richtung der Carabinieri.

»Bring sie hinaus, wir sind ja eh fertig.«

Santomauro und Gnarra folgten der jungen Frau, die sie bereitwillig bis zum Auto begleitete, vielleicht um sicherzugehen, dass sie auch wirklich abführen. Von hinten sah man, dass sie tatsächlich ein dickes Gesäß hatte und etwas zu kurze Beine. Das graue T-Shirt hatte Schweißflecken unter den Achseln, die schwarzen Haare waren kurzgeschnitten und sehr lockig. Dazu trug sie eine Brille.

»Na ja, wenn sie kochen kann ...«, brummte Gnarra dem Maresciallo ins Ohr.

Beim Wagen blieb Martina stehen und verschränkte die Arme über dem quasi inexistenten Busen.

»Ich hoffe, Sie glauben nun, dass Titta nichts mit der Sache zu tun hat«, begann sie angriffslustig und besorgt zugleich. Sie hatte ein kleines, haariges Muttermal auf dem Kinn. »Diese Sache hat ihn mitgenommen. Er ist sehr sensibel, wie alle Künstler, auch wenn er es nicht so zeigt. Er mochte diese Frau, sie haben zusammen geschrieben.«

»Kannten Sie sie?«, fragte Gnarra mit Honigstimme.

»Nie gesehen, aber er hat mir von ihr erzählt. Gestern hat er mich angerufen, er war wirklich völlig durch den Wind und meinte, er halte es allein nicht mehr aus, also bin ich schnell hergekommen. Er ist ein Genie, wissen Sie? Er braucht jemanden, der sich um ihn kümmert.«

Die beiden Carabinieri wechselten einen Blick.

»Ich habe zu ihm gesagt: Titta, es mag ja sein, dass ihr befreundet wart, aber nun musst du an dich denken. Schreib, konzentrier dich, ich kümmere mich um den Rest. Ich weiß, was er braucht, wissen Sie?«

Santomauro wusste nur, dass er beim nächsten Blick von Gnarra in schallendes Gelächter ausbrechen würde.

»Und außerdem, so leid sie einem tun kann und alles, ich habe zu ihm gesagt, du bist so sensibel und nett, aber denk doch nur daran, dass sich so die Sache mit Deutschland ein für alle Mal löst. Und wirklich, jetzt gerade hat ihn sein Agent angerufen!«, schloss sie triumphierend.

Die beiden horchten auf und baten um Aufklärung. Und sie gab ihnen bereitwillig Auskunft.

»Hallo, spreche ich mit dem Maresciallo? Das ist ein anonymer Anruf. Wer ich bin, ist nebensächlich. Es geht um die Frau in den Algen, die arme Signora Mazzoleni, vielleicht hilft Ihnen die Information weiter, dass sie es mit dem Doktor trieb. Welchem Doktor? Dem mit den Obduktionen, dem großartigen Herrn Professor, diesem de Collis. Wahre Liebe, zumindest von seiner Seite, aber dann hat die Dame ihn abserviert. Nein, mehr sage ich nicht, den Rest müssen Sie schon selbst herausfinden, was soll das, ich werde Ihnen doch nicht die Arbeit abnehmen?!«

»Und daher ist Sangiacomo jetzt frei«, schloss Gnarra triumphierend.

»Mmh, ich weiß nicht. Scheint mir kein besonders überzeugendes Motiv zu sein«, meinte Manfredi zweifelnd und strich sich den Bart. Alle drei saßen auf Santomauros Veranda und leerten gerade eine Schüssel *cavatielli* mit Tomatensoße.

240

»Weil du eben kein verkanntes Genie bist. Aber ich halte Sangiacomo durchaus für fähig, aus solch einem Anlass zu töten.«

»Wegen einer Buchveröffentlichung? Nee«, erwiderte Manfredi und schob sich eine Gabel Pasta in den Mund.

»Komm schon, Simone, sag du auch mal was!«

»Tatsächlich geht es hier ja nicht nur um ein Buch, Totò, sondern um drei oder vier. Und nun kann er damit machen, was er will. Das sollte man zumindest in Betracht ziehen.«

»Das müsst ihr mir genauer erklären«, Manfredi hatte seinen Teller mit einem Stückchen Brot sauber ausgewischt und schien nun aufnahmefähig zu sein. »Die Mazzoleni wollte die letzten zwei Bücher nicht veröffentlichen. Warum?«

»Weil es eine kleine Verlagsklitsche war, deswegen. Hast du denn nicht zugehört?«

»Nein, Pietro, wenn ich esse, esse ich, und außerdem drückst du dich so unklar aus. Red du, Simone.«

Gnarra grunzte und Santomauro seufzte. Manfredi konnte manchmal wirklich nervtötend sein, aber er hatte einen langsamen, analytischen Geist, und seine wohlüberlegten Schlüsse hatten sich mehr als einmal als richtig herausgestellt. Geduldig begann er noch einmal von vorn.

»Die ersten beiden Bücher des Autorenpaares Mazzoleni-Sangiacomo kamen bei einem guten, bedeutenden Verlag heraus. Nicht hingegen das dritte, das bei einem kleinen, überbewerteten Verlag ohne richtigen Vertrieb landete, so dass der Titel floppte. Das vierte wollte niemand. Das war vor zwei Jahren. In der Zwischenzeit hatten die beiden aus verschiedenen Gründen das gemeinsame Schreiben aufgegeben, er widmete sich in Vollzeit dem Journalismus, sie versuchte vielleicht auf eigene Faust einen Krimi zu schreiben. Dann das Wunder: ein Angebot aus Deutschland trudelt ein. Sie wollen die vier Titel ins Deutsche übersetzen und herausbringen. Italienische Krimis laufen dort anscheinend gut, warum auch immer.«

»Ja und? Dann ist doch wohl alles in Ordnung.«

»Nein, eben nicht, denn das vierte Buch ist in Italien noch nicht erschienen, und der einzige Verlag, der bereit wäre, es

herauszubringen, ist der, der das dritte gemacht hat. Die Mazzoleni war absolut dagegen, sie hatten seinerzeit heftige Aus-
einandersetzungen gehabt, das Buch war schlecht gesetzt, der
Einband löste sich, ganz zu schweigen von dem nicht vorhan-
denen Vertrieb. Aber ohne die italienische Ausgabe wollten die
Deutschen das Buch nicht haben, und die anderen auch nicht,
weil sie wenn schon eine Serie wollten. Und somit adieu Ver-
öffentlichung in Deutschland, adieu Autorenrechte. Dabei
braucht unser guter Titta immer Geld.«

»Während Elena im Geld schwamm und es sich erlauben
konnte, daraus eine Frage des Prinzips zu machen. Er scheint
sie wochenlang angefleht zu haben, bis er dann irgendwann
aufgab.«

»Aber nun hat sich alles in Wohlgefallen aufgelöst, die böse
Hexe ist weg, das Genie kann sich entspannt zurücklehnen,
und seine Freundin kann sich ganz der Befriedigung seiner Bedürfnisse widmen.«

»Wer, Martina die Wuchtbrumme?«, fragte Manfredi mit blit-
zenden Augen.

»Na, etwas hast du also doch mitbekommen!«

Später, als er im Bett lag und nicht einschlafen konnte, was in
letzter Zeit immer häufiger vorkam, las Santomauro noch einmal Titta Sangiacomos Artikel. Was um Himmels willen hatte
Samir nur darin gefunden? Welches Detail, welche scheinbar
unbedeutende Kleinigkeit hatte ihn dazu getrieben, sich wie
ein krankes Tier in seine Höhle zurückzuziehen, um ihn später
dann genau in die Arme seines Mörders zu führen?

Der Gefreite Cozzone war ein guter Junge. Ernsthaft, sorgfältig
und effizient, das ideale Aushängeschild für eine Anwerbungs-
kampagne der Carabinieri, wenn nur seine Körpergröße nicht
so minimal über dem nötigen Mindestmaß gelegen hätte und
sein Gesicht, offen gesagt, darunter.

Jedenfalls war er ein grundanständiger Mensch, tierlieb dazu,
und eben darum beschloss Maria Pia Manfredi, ihn zu ihrem

Adjutanten zu küren auf der mittlerweile verzweifelten Suche nach Gustavo oder dem, was von ihm übrig war. Auf Pietro Gnarra wollte sie angesichts Totòs offener Eifersucht lieber nicht mehr zurückgreifen, und im Übrigen hielt sich auch Pedro in letzter Zeit sorgsam von ihr fern, vielleicht weil er sich wesentlich mehr für die Ermittlungen in den beiden Mordfällen interessierte.

Wen kümmerte schon das Schicksal dieses süßen, verspielten Kaninchens? Vielleicht ja Cozzone, und tatsächlich wurde Maria Pias Hoffnung nicht enttäuscht. Der junge Mann stimmte ihren Theorien begeistert zu, beteiligte sich überzeugt an den Spekulationen über das mögliche Schicksal des verschwundenen Tierchens und war mit ihr einer Meinung, dass es noch einen winzigen Hoffnungsschimmer gab, obgleich seit Gustavos Verschwinden gut zehn Tage vergangen und die Chancen, ihn lebend wiederzufinden, schon ab dem zweiten Tag dramatisch gesunken waren.

Die Zeit drängte, die beiden entschieden sich für die Überrumpelungsstrategie und diskutierten Zeitpunkt und Ort des Geschehens. Cozzone ging in einem merkwürdig angespannten Zustand zu Bett: Er vertraute Maria Pias Theorie blind, doch er war sich auch bewusst, dass sich im ungünstigsten Falle, wenn sie nicht recht behalten sollten, Spott und Verachtung der gesamten Kaserne über sie ergießen würden, oder besser gesagt über ihn, denn Maria Pia war allgemein beliebt und respektiert.

Aber da er nun mal ein guter Junge war, war er auch bereit, für Gustavos Wohl Ruf und Ehre zu riskieren. In jener Nacht träumte er von ihm, wie er gefangen in irgendeiner dunklen Kammer lag, gefesselt und verschreckt, das weiche Fell dreckig und zerzaust, und einem Schicksal entgegensah, auf das er nicht vorbereitet war. Mitten in der Nacht wachte er auf, verschwitzt und mit wild klopfendem Herzen; in der Dunkelheit vor sich glaubte er die rot leuchtenden Augen des Tierchens zu sehen.

Das Entsetzen ist blind, die Panik ein armes Tier, das verängstigt in der Falle sitzt. Unfähig, sich zu rühren, zu fliehen, die Angst hinauszuschreien. Unwissend, dass der Tod nahe ist, warum er nahe ist.

Glücklicherweise sind die bewussten Momente rar, Augenblicke irrsinniger Klarheit, erfolglosen Aufbäumens.

Die übrige Zeit ist gnädiges Vergessen.

Montag, 20. August

Der Anruf kam in aller Frühe, vor Sonnenaufgang. Santomauro schlief noch und träumte.

Er träumte von Cozzone, der mit Kochmütze und gestärkter Schürze eine goldene, hell klingende Glocke schwang. Auf dem gedeckten Tisch hinter ihm thronte auf einem Silbertablett Gustavo, auch gekocht noch zu erkennen. Die Tischgenossen betrachteten ihn lächelnd, alle waren versammelt: Pippo, Regina und Bebè, Buonocore, Aloshi, De Giorgio, Olimpia mit Pater Lillo, de Collis mit einem unpassenden Monokel, Mina D'Onofrio, das Waschweib Pilerci, Valentina Forlenza und sogar Carmela Tatariello, genannt die Puppe, die er noch nie im Leben gesehen hatte. Sie winkten ihm zu, näher zu kommen, sich zu ihnen zu setzen, während Cozzone ununterbrochen die fiese goldene Glocke schwang, die läutete und läutete und läutete, bis sich das Läuten in das nicht minder fiese Klingeln des Telefons verwandelte.

Mit rauer Stimme ging er dran, während er versuchte, das Bild von Gustavos gegarten Hinterläufen loszuwerden, die zufälligerweise genau wie zwei Frauenschenkel aussahen. Die verstellte Stimme am anderen Ende der Leitung ließ ihn im Bett hochfahren, augenblicklich hellwach.

»Maresciallo Santomauro? Habe ich Sie geweckt?«

Es schien eine Frauenstimme zu sein und doch keine Frauenstimme, künstlich, verzerrt und hohl, nicht zu erkennen.

»Wenn Sie wissen wollen, wer Elena Mazzoleni umgebracht hat, kommen Sie morgen Mittag um Punkt zwölf zu der Ausgrabungsstätte von Velia.«

Noch ein paar kurze Erklärungen, mal schien es die Stimme

eines alten Mannes, mal die eines kleinen Mädchens zu sein. Sie wechselte unaufhörlich, und ihre letzten Worte waren kaum mehr zu verstehen: »Kommen Sie allein, sonst wird nichts draus.«

»Maresciallo? Das ist ein anonymer Anruf. Wenn Sie möglichst unauffällig zum Haus der armen Signora Mazzoleni fahren, treffen Sie dort eine gewisse Person an, die gerade jetzt mit unredlichen Absichten dort eindringt. Woher ich das weiß? Tut mir leid, das geht Sie nichts an. Ach, und noch etwas. Der Architekt ist nicht da, er ist mit jemandem im Boot rausgefahren, vielleicht mit diesem De Giorgio, der kleine Mädchen mag.«

Seufzend legte Santomauro in der Kaserne den Hörer auf. Heute war offensichtlich der Tag der anonymen Anrufe. Doch wo ihn der erste beunruhigt hatte, war dieser hier etwas ganz anderes. Die Stimme war eindeutig zu erkennen gewesen, er würde der Frau etwas Gutes tun müssen, vielleicht ein freundschaftliches Gespräch unter vier Augen. Aber nachgehen musste er der Sache trotzdem. Er rief Totò Manfredi an, und in seinem Auto machten sie sich auf den Weg nach Sigmalea.

Als sie Pioppica durchquerten, glaubte er Architekt De Giorgio zu sehen, wie er mit den Händen in den Taschen durch die Grünanlagen spazierte. Er winkte ihm grüßend zu, doch der Architekt sah in eine andere Richtung. Vielleicht war es auch nur jemand, der ihm ähnlich sah, während er tatsächlich mit Pippo auf dem Boot war. Dennoch, De Giorgio ging ihm seit einigen Tagen mit schuldbewusster Miene aus dem Weg. Santomauro beschloss, so bald wie möglich ein paar Worte mit ihm zu wechseln.

Sie stellten den Wagen in einiger Entfernung ab, kurz hinter der Einfahrt, dann begaben sie sich in der vormittäglichen Stille – die Villenbewohner waren alle am Meer – zu dem Haus.

Es sah verlassen aus unter der erbarmungslosen Sonne, und auch vernachlässigt. Santomauro wusste, dass Pippo dem Dienstmädchen gekündigt hatte, doch er hätte nicht gedacht, dass man schon nach so kurzer Zeit die Zeichen des Verfalls und

246

der Verwahrlosung würde sehen können. Zwischen den Terrassenplatten spross das Unkraut, die Fenster waren schmutzig, verwehte Ahornblätter sammelten sich an den Mauern der Veranda. Umgekippte, verlassene Liegestühle rosteten ineinander verhakt vor sich hin und jemand hatte den Rasensprenger nicht richtig zugedreht: Ein kleines Rinnsal plätscherte träge über den Boden, ohne die wenigen Blumen zu erreichen, die kärglich ihr Dasein fristeten.

Santomauro schüttelte den Kopf, näherte sich dann vorsichtig der Haustür, gefolgt von Manfredi. Von innen erklang kein Laut, doch sobald sie eingetreten waren, hörten sie deutlich, dass jemand da war.

Sie fanden ihn im Schlafzimmer, wo er Schränke durchwühlte und versuchte, anschließend alles wieder ordentlich in die Schubladen zurückzuräumen. Zuerst bemerkte er sie gar nicht, doch dann fuhr er plötzlich hoch und drehte sich mit schuldbewusster Miene zu ihnen um.

Allerdings war Titta Sangiacomo nicht der Typ, dem etwas lange peinlich war.

»Ach, Sie sind das, Maresciallo. Haben Sie mich erschreckt! Einen Moment lang dachte ich, Pippo käme. Dann hätte ich wirklich nur schwer erklären können, was ich mit den Händen in der Unterwäsche seiner Frau suche!«

»Wenn Sie uns das bitte auch erklären würden?«, bat Santomauro sarkastisch.

»Ich habe wohl keine andere Wahl. Aber versprechen Sie mir, Pippo nichts davon zu sagen.«

»Wir haben Ihnen gar nichts zu versprechen! Sie liefern uns jetzt lieber schnell eine überzeugende Erklärung, sonst landen Sie in Handschellen!« Manfredi war so sauer, wie es ihm nur selten geschah, aber die Frechheit dieses Typen war wirklich grenzwertig.

»Pfeifen Sie Ihren Hund zurück, Maresciallo, sonst erfahren Sie gar nichts von mir.«

»Sie tun, was ich sage, oder ich verhafte Sie stante pede wegen Hausfriedensbruchs, Einbruchsdiebstahls, Beamtenbeleidigung

247

und Widerstands gegen die Staatsgewalt! Haben Sie mich verstanden?«

Vielleicht lag es daran, dass der Journalist ihn noch nie hatte brüllen hören, jedenfalls sah er plötzlich ganz klein und verschrumpelt aus. Schweigend ging er vor ihnen her ins Wohnzimmer, während Manfredi dem Maresciallo verschwörerisch zuzwinkerte.

»Was wollen Sie hören?«

»Die Wahrheit«, sagte Manfredi und setzte sich ihm bedrohlich gegenüber. Santomauro blieb stehen.

»Die Wahrheit ist, seit Elena und ich uns getrennt haben – auf beruflicher Ebene, versteht sich –, habe ich keinen Krimi mehr geschrieben, den es zu lesen wert wäre. Verstehen Sie, ich kann gut schreiben, aber sie hatte die Einfälle. Wir waren gerade dabei, uns einen Namen zu machen, da ging alles den Bach runter. Aber das interessierte diese Hexe einfach nicht. Zu Beginn des Sommers haben wir ein paarmal darüber gestritten, ob wir die deutschen Rechte abtreten sollten. Ich weiß, dass die dumme Martina Ihnen schon alles gesteckt hat, sie hat es mir voller Stolz erzählt, die einfältige Kuh, sobald ich Ersatz habe, schicke ich sie nach Neapel zurück, kochen kann sie eh nicht besonders. Was wollte ich sagen? Ach ja, beim letzten Mal meinte Elena, ihr sei alles egal, sie habe den Plot für eine tolle Geschichte im Kopf, brutal und schockierend, die sie berühmt machen würde, ich konnte also jegliche Hilfe ihrerseits vergessen. Und nun, da sie ja ohnehin tot ist …«

»Da sie ohnehin tot ist …«, ermunterte ihn Totò Manfredi düster.

»Da sie ohnehin tot ist und die Geschichte nicht mehr gebrauchen kann, habe ich sie eben hier gesucht …«

»Um sie ihr zu stehlen«, beendete der Carabiniere den Satz.

»Wenn Sie so wollen«, meinte Titta, der im Laufe seiner Erzählung wieder zu alter Form aufgelaufen war. »Aber ich kann nichts finden. Nicht in ihrem Computer, nichts Handschriftliches. Nichts außer dem Gefühl, dass in diesem Haus irgendetwas nicht stimmt. Ich spüre Elenas Anwesenheit. Das ist beängstigend. Als Sie gekommen sind, wollte ich gerade alles wieder aufräumen und gehen. Keine Ahnung, irgendwie bin ich nervös geworden.«

»Vielleicht, weil das schlechte Gewissen Sie plagte.«

»Da kann ich ja nur lachen. Einer Toten die Idee stehlen! Wem soll sie denn noch nützen, den Erben etwa? Was könnten die schon damit anfangen! Ich aber hätte einen Krimi daraus gemacht und ihn ihr gewidmet, ist ja klar! Aber das verstehen Sie wohl nicht.«

Nein, das verstanden sie wirklich nicht, deshalb brachten sie ihn ungeachtet seiner empörten Proteste in die Kaserne.

Um halb zwölf schleppte Santomauro sich unter der sengenden Sonne über einen Pfad, der zu den Ausgrabungen hinaufführte. Nach kurzem Hin und Her hatte er beschlossen, dass es besser sei, die Anweisungen des geheimnisvollen Informanten, Mann oder Frau, zu befolgen. Niemals hätte er genug Leute zusammenbekommen, um das gesamte Ausgrabungsgebiet zu überwachen, und außerdem konnte der Anrufer sich gleich nach ihrem Telefonat dort postiert haben. Die »Akropolis von Velia« war gewiss nicht uneinnehmbar, wenn man sich im Dunkel der Nacht anschlich, und wer sich gut genug auskannte, würde immer reichlich Winkel und Büsche als Versteck finden. Santomauro war erst ein Mal hier gewesen, kurz nach seinem Umzug hatte Manfredi ihn fast gewaltsam hinaufgeschleppt, froh, endlich mal jemandem die Sehenswürdigkeiten der Gegend zeigen zu können. Er hatte vage, konfuse Erinnerungen daran und das bleibende Gefühl von großer Anstrengung.

Als er nun den staubigen Pfad bergan lief, wusste er auch wieder, warum. Vor ihm lag das verlassene, sonnenverbrannte Gelände, unwegsame Pfade schlängelten sich zwischen Steinen und Brombeerhecken hindurch. Den wenigen Schatten von ein paar Linden und Maulbeerbäumen hatte er schon hinter sich gelassen. Vor ihm nur kümmerliches Unkraut, in der Sonne vertrocknetes Gras, Metallgerüste, Felsen und Kakteen mit zusammengerollten Blättern. Santomauro schwitzte in seinem dünnen T-Shirt, er bereute es, keine Kappe aufgesetzt zu haben, und verstand allmählich, warum der Anrufer ausgerechnet diesen Ort ausgesucht hatte, der ihm zunächst wenig geeignet erschienen war. Wer um Himmels willen würde schon freiwillig um zwölf Uhr mittags an einem heißen Augusttag die Ruinen von Velia besichtigen? Nur er und eine Handvoll fröhlicher Japaner, die selbst aus der Ferne leicht zu erkennen waren. Der Anrufer konnte ganz beruhigt sein, er würde ihn oder potentielle andere Carabinieri aus seinem Versteck heraus problemlos entdecken, von seinem Hinterhalt irgendwo dort oben in den Terrassen um den großen Turm herum, der schwarz vor dem weißen Himmel aufragte.

Die Ebene vor ihm flimmerte in der Mittagshitze wie eine Fata Morgana, ein paar Olivenbäume streckten mitleidig ihre knotigen Arme zu einer kostbaren Schattenoase aus. Um ihre Stämme herum aufgestellte Bänke luden den erschöpften Wanderer zu einer kurzen Verschnaufpause ein. Santomauro widerstand der Versuchung, sich ermattet niedersinken zu lassen.

Die Ruinen wurden nun zahlreicher, Felsbrocken lagen verstreut, als hätte ein Riese damit um sich geworfen. Die Eidechsen flitzten zwischen den im Laufe der Jahrhunderte verwitterten, stufenförmig geschichteten Steinquadern umher. Der Ort strahlte eine wilde Schönheit aus, und Santomauro bedauerte, dass er auch bei seinem zweiten Besuch nicht in besserer Verfassung war als beim ersten. Früher oder später wollte er hierher zurückkommen, vielleicht mal am späteren Nachmittag.

Unter ihm die Ebene, die er mühevoll überquert hatte, dahinter Bäume, Häuser und in der Ferne das Meer. Er erklomm die letzten Stufen.

Und dann, endlich, eine Wiese von geradezu surrealem Grün, eine Oase der Frische in dieser Steinwüste. Samten wogte das dichte Gras in einer Brise, die wer weiß woher kam. Am liebsten wäre er barfuß darübergelaufen. Der kreisrunde Turm erhob sich wie ein Schmuckstück aus dem Grün, seine massiven Ausläufer verschmolzen mit den umliegenden Felsen. Der Maresciallo ging vorsichtig um ihn herum, um nicht in eine der Fels-

250

spalten zu treten, die sich immer wieder überraschend auftaten.

Hier waren sie verabredet.

Die Stimme hatte ihm eine Öffnung in der Mauer beschrieben, nur zu erreichen, indem man sich in einiger Entfernung der Wendeltreppe hinaufstemmte, die metallen in der Sonne blitzte und für Touristen ohnehin gesperrt war. Es gab weit und breit keine Aufseher. Vorsichtig blickte Santomauro sich um und schwang sich dann recht agil auf den steinernen Vorsprung. Im schattigen Innern war es kühl und roch ein wenig feucht. Zögernd tat er ein paar Schritte, die Finsternis vor ihm war undurchdringlich, hinter ihm blendete ein Spalt des strahlend blauen, fast weißen Himmels die Augen, die sich nur langsam an die Dunkelheit gewöhnten. Er ging weiter und zog unmerklich den Kopf unter der Felsendecke ein, die auf ihn herabdrückte. Seine kahlgeschorene Kopfhaut kribbelte, wenn er Haare gehabt hätte, hätten sie ihm sicher zu Berge gestanden.

Der Schlag kam kaum mehr überraschend.

Er fühlte einen Luftzug hinter sich, aus einer Nische, an der er unvorsichtigerweise vorbeigegangen war und die wahrscheinlich den Zugang zu einem Nebenstollen bildete, der von dem Hauptweg abzweigte. Er konnte sich nicht mehr umdrehen, nur so weit, dass er einen schwarzen Schatten wahrnahm, der sich vor die Sonne und den blauen Himmel schob. Dann explodierte sein armer, wehrloser Kopf in einem Funkenregen aus Farben und Klängen und Musik und Schmerz, wie er es sich niemals hatte vorstellen können.

Er merkte noch, wie er zu Boden stürzte und seine Wange etwas Seidiges berührte. Er konnte lange schwarze Haare erkennen, dann einen weichen Stoff, eine sanfte Stimme, die etwas flüsterte, und smaragdgrüne Fingernägel, während wieder etwas schrecklich Hartes auf seinen Schädel niederging. Ein blendender Lichtschein vor seinen Augen, die ihre Kraft verloren, eine Messerklinge, noch einmal schwarze Haare, die ihm über die Wange strichen, bis er endlich im dunklen Abgrund versank.

Viel später tauchte er wieder auf, umgeben von aufgeregten Stimmen und Händen, die ihn hektisch befühlten, betasteten und ihn schließlich aufhoben und hinausschleppten. Er wehrte sich, so gut er konnte, wenngleich sein Kopf bei jeder Bewegung vom Hals zu kippen drohte und sich aufblähte wie ein Ballon kurz vorm Zerplatzen. Schließlich gelang es ihm, die armen alten, wohlmeinenden Aufseher zu beruhigen, die fürchteten, eine Leiche gefunden zu haben, und es stattdessen mit einem lebendigen, fuchsteufelswilden Carabiniere zu tun bekamen. Sie trugen ihn nach unten trotz seiner Beteuerungen, er könne allein gehen. Wahrscheinlich stimmte das auch gar nicht, aber immerhin war es ihm vorher gelungen, sich schnell noch einmal hineinzuschleppen und in seinem Taschentuch das Messer zu bergen.

Im Büroraum hinter dem Kassenhäuschen wurde er von einem Arzt untersucht, den die Angestellten irgendwo aufgetrieben hatten. Es war später Nachmittag, das Ausgrabungsgelände schloss gerade, und er hatte eine ganze Menge Glück gehabt.

Der Arzt konnte nur eine Platzwunde am Kopf und ein leichtes Schädeltrauma feststellen. Er empfahl ihm, ein Krankenhaus aufzusuchen und eine CT machen zu lassen, Santomauro tat so, als wolle er den Rat befolgen, und der Arzt tat so, als nehme er ihm das ab.

Als er dem Personal nach zehn Minuten und zwei Gläsern Wasser versicherte, dass er Auto fahren könne, und sich verabschiedete, wirkten sie alle erleichtert.

Architekt Mazzoleni war anfangs ziemlich schockiert, als er, von seiner Bootstour zurück, von Sangiacomos Geniestreich erfuhr, doch nachdem er schnell festgestellt hatte, dass im Haus nichts fehlte, beschloss er, darüber hinwegzugehen.

»Ich tue das auch für Elena, Maresciallo. Ich will nicht noch mehr Aufsehen.«

»Wenn es Ihnen lieber ist«, erwiderte Santomauro und verabschiedete sich kurz darauf mit einem bitterbösen Manfredi im Schlepptau.

»Findest du das gerecht, Simone? Dieses Stück Scheiße in Menschengestalt soll ungeschoren davonkommen?«

»Lass gut sein, Totò.« In seinem Kopf hämmerte ein Rhythmus, der vage Ähnlichkeit mit dem Walkürenritt hatte, er trug immer noch das Hemd mit dem blutverschmierten Kragen und fühlte sich schmutzig und verklebt. Mazzoleni hatte ihn mit erstauntem Blick angesehen, aber höflicherweise nichts gesagt. Weniger diskret war Manfredi gewesen, bis er ihn mit einem Brüllen zum Schweigen gebracht hatte, das schmerzhaft in seinem lädierten Hirn nachhallte.

»Wir hatten ihn in der Hand! Und nicht nur wegen des Einbruchs. Wer sagt dir, dass die Märchen, die er uns aufgetischt hat, wahr sind? Wer sagt dir, dass er nicht nach Spuren seines Verbrechens gesucht hat, um sie zu verwischen?«

»Niemand sagt mir das, deshalb werden wir ihn im Auge behalten. Und in der Zwischenzeit hoffen wir, dass der Aufenthalt in der Kaserne ihm eine Lehre war.« Mit geschlossenen Augen, den Schädel an die Kopfstütze gelehnt, fühlte er sich ein wenig besser, auch wenn die bunten Blitze noch manchmal an seinen Lidrändern aufzuckten.

»Das glaube ich nicht, er war die reinste Nervensäge, hat dauernd von seinen Rechten geschwafelt. Und dann dieser Quatsch mit der unguten Atmosphäre in dem Haus! Ist dir eigentlich klar, dass er so auf seine schlüpfrige Art angedeutet hat, dass Mazzoleni Valentina Forlenza dabei hilft, sich zu verstecken, dass er ihr Komplize ist, weil sie ihn freundlicherweise von seiner Frau befreit hat?«

»Und was hast du gesagt?«

»Was sollte ich schon groß sagen? Dass wir Valentina suchen und dass er uns nicht unseren Job erklären muss. Er hat mir ins Gesicht gelacht, Simone. Wenn du mich fragst, falls er es nicht war, dann war es diese Valentina. Vielleicht sind sie ja ein Paar oder Komplizen.«

Santomauro antwortete nicht. Valentina. Früher oder später würde er sie finden.

253

Die Entscheidung, Architekt zu werden, führte Pippo Mazzoleni auf seinen Vater zurück. Nicht dass der für ihn entschieden hätte, nein, sein Vater war Friseur gewesen und hatte insgeheim gehofft, seinen gut eingeführten Laden samt niveauvoller Stammkundschaft eines Tages an den Sohn weitergeben zu können. Auf dieses Ziel hatte er mit ganzer Kraft hingearbeitet und war relativ jung an einem Herzinfarkt gestorben. Der Friseurladen war verkauft worden, Pippo hatte im ersten Jahr an der Universität studiert und einen vielversprechenden Weg eingeschlagen.

Als er jedoch sieben oder acht Jahre alt gewesen war, hatte er sich nach der Schule oft im väterlichen Geschäft aufgehalten, es hatte ihm Spaß gemacht, den Rasierschaum anzurühren oder die Klingen zu schärfen. Sein Vater blickte stolz auf ihn herab.

Es war ein kleiner, aber feiner Laden. Durch den bunten Perlenvorhang fiel das Tageslicht herein, es gab nur zwei Sessel, die rot glänzten, und außerdem die Stühle für die Wartenden und einen Stapel alter Zeitschriften. An den Wänden hingen Schwarzweißfotos von den schönsten Landschaften des Cilento. Eine Strandpromenade, ein Hafen, ein Dorfplatz.

An diesem einen Tag waren keine Kunden im Laden gewesen, als der Commendatore mit seinem etwa fünfzehnjährigen Sohn hereinkam. Den Namen des Commendatore hatte Pippo vergessen, nicht aber sein Gesicht und das des Sohnes.

Sein Vater eilte geschäftig herbei, um dem Kunden einen Sessel anzubieten, band ihm ein sauberes Tuch um den dicken Hals, dann hieß er den Jungen Platz nehmen und bot ihm eine Zeitung an, um die Wartezeit zu verkürzen.

Doch die Zeitung war alt, vom Vortag oder noch dem Tag davor. Der Commendatore griff in seine Tasche, zog eine Handvoll Kleingeld hervor und drückte es ihm in die Hand: »Geh und kauf meinem Sohn eine Zeitschrift, das tust du doch sicher gerne.«

Während sein Vater zwischen den klimpernden Perlen hinausging, starrte Pippo auf das Schwarzweißfoto an der Wand vor sich. Er wollte nicht den Commendatore und seinen Sohn anschauen, wollte nicht das Lächeln auf ihren feisten, zufriedenen Gesichtern sehen. Die ganze Zeit, bis sein Vater keuchend und schwitzend zurückkam, die Zeitschrift triumphierend in der erhobenen Hand, starrte Pippo ununterbrochen auf die eine Schwarzweißfotografie an der Wand. Sie zeigte eine Art Schloss über dem Meer, mit einem Berg im Hintergrund.

Viele Jahre später sollte er dasselbe Schloss betreten, die Rocca der Familie Capece Bosco. Das Foto gab es schon lange nicht mehr, es war zusammen mit dem Laden verkauft worden, und er hätte seinen neuen Freunden diese Episode aus den Tiefen der Vergangenheit ruhig erzählen können, hatte es aber nicht getan.

»Maresciallo! Hier spricht Bebè Polignani. Entschuldigen Sie die Störung, aber ich glaube, ich muss Ihnen etwas mitteilen. Vielleicht auch nicht, ich bin mir nicht sicher, aber ich würde trotzdem gerne mit Ihnen reden. Heute Abend? Nein, tut mir leid, da bin ich bereits verplant, aber wenn Sie morgen Vormittag bei mir vorbeikommen möchten, oder soll ich lieber in der Kaserne vorbeischauen … Sehr gut, dann erwarte ich Sie gegen zehn, einverstanden, auf einen Kaffee.«

Bebè blieb einen Moment gedankenversunken sitzen. Tat sie das Richtige? Da war wirklich etwas gewesen, ein Blick, fast so etwas wie Angst in seinen Augen, und dann diese komische, bedrohliche Stille, und der ferne Schrei der Möwe, der ihr einen Schauer über den Rücken gejagt hatte. Wollte sie Santomauro wirklich diese Albernheiten erzählen? Nein, vielleicht brauchte sie nur irgendeinen Vorwand, um ihn vor ihrer Rückkehr in die Stadt noch einmal zu sehen. Sie würde morgen darüber nachdenken. Vielleicht konnte sie Lillo um Rat bitten. Und mit einem Schulterzucken öffnete sie den Schrank und begann Kleider hervorzuziehen, um etwas Passendes für den Abend auszusuchen.

Santomauro starrte auf das Telefon. War das wieder einer dieser kleinen Polignani-Tricks? Nein, er hielt sich nicht für so unwi-

255

derstehlich, aber sie war eine Frau, die gerne spielte. Oder würde diese Verabredung ihm auch wieder nur einen Schlag auf den Kopf bescheren?

Er hatte in der Kaserne nichts von dem unglückseligen Ausgang seines Abenteuers in der Ausgrabungsstätte von Velia erzählt, wenngleich keiner seiner Männer ihm die Geschichte vom angeblichen Treppensturz abgenommen hatte. Nach der Unterhaltung mit Mazzoleni war er im Büro sitzen geblieben und hatte nachgedacht, hatte versucht, die Lage im Geist zu ordnen, und darüber das Abendessen verpasst. War die Frau, die er kurz vor seiner Bewusstlosigkeit erspäht hatte, Valentina Forlenza gewesen? Und wenn nicht Valentina, wer dann? Warum hatte sie ihn in die Falle gelockt? Und die wichtigste Frage von allen: Warum hatte sie ihn nicht getötet? Sie hätte die Gelegenheit und alle Zeit der Welt gehabt, es zu tun, aber sie hatte ihn neben diesem Messer liegen lassen, das, da war er sich sicher, die Tatwaffe des Mazzoleni-Deliktes war. Was sollte das alles bedeuten?

Er hatte Kopfschmerzen, das Blut pulsierte dumpf in seinem Schädel, während er sich bemühte, sich jedes Detail der wenigen Augenblicke ins Gedächtnis zu rufen. Nichts zu machen, nur die Fingernägel und die Haare, sonst erinnerte er sich an nichts, nicht einmal an einen flüchtigen Eindruck ihres Gesichts, ihrer Haut oder ihrer Hände. Er verspürte eine obskure Sehnsucht, fast eine Art Bedauern, dass er nicht mehr von ihr erhascht hatte, mehr als ein kleines Stückchen dieser sich immer wieder entziehenden Valentina, die ihn zum Narren gehalten hatte.

Zu erklären, wie er in den Besitz des Messers gekommen war, fiel ihm nicht schwer, als er es im Labor zur Untersuchung ablieferte. Der anonyme Anruf, die Verabredung, und der Fund der Waffe am vereinbarten Treffpunkt, alles kein Problem, ohne den Schlag auf den Kopf und sie, Valentina, erwähnen zu müssen.

Aber warum? Warum wollte er sie unbedingt schützen, warum hatte er die Videokassette behalten, die er aus Samirs Zimmer hatte mitgehen lassen? War sie die Mörderin? Vorsichtig

256

ließ er seinen schmerzenden Kopf gegen die Lehne sinken, wollte nur für einen Moment die Augen schließen.

Stattdessen schlief er zwei Stunden und träumte von ihr.

Es war Nacht, sie schwamm in dem tintenschwarzen Meer und winkte ihm zu. Er sah ihre lackierten Fingernägel, das rot leuchtende Lächeln, dann tauchte sie unter und verschwand im Wasser, doch einen Augenblick, einen kurzen Augenblick lang konnte er ihren Fischschwanz ausmachen, smaragdgrün wie ihre Nägel.

Pietro Gnarra weckte ihn unsanft mit den neuesten Nachrichten aus Acciaroli.

Während sie mit der maximalen Geschwindigkeit, die Pietros Autoparanoia zuließ, und mit in jeder Kurve quietschenden Reifen bergab fuhren und er versuchte, der Verwirrung in seinem schmerzenden Kopf Herr zu werden, wurde er das Gefühl nicht los, dass der Traum etwas zu bedeuten hatte.

Eine der größten, wenn auch uneingestandenen Attraktionen der Sommerabende in Acciaroli war das Puppentheater der Brüder Ferrajolo.

Uneingestanden deshalb, weil kaum ein Erwachsener je offen zugeben würde, dass er dort eine Vorstellung besuchte, außer natürlich, um den Nachwuchs zu begleiten. In Wahrheit aber zogen die Vorführungen mit ihrem abendlich wechselnden Programm auch Erwachsene magisch an, denn die Marionetten waren amüsant, Pulcinella oder Felice Sciosciammocca sogar richtig komisch, und ihre doppeldeutigen Wortgefechte ließen viele Mütter und Väter laut auflachen, während die Kinder sich erstaunt ansahen.

An der cilentanischen Küste zwischen Acciaroli und Casale Marino gab es zwei Freiluftkinos, die sich programmlich gewissermaßen ergänzten: Wurde im Arena donnerstags ein bestimmter Film gezeigt, konnte man sicher sein, dass derselbe Film am Freitag oder Samstag im Splendid laufen würde. Es war also nicht verwunderlich, wenn die Leute nach dem Abendessen gelangweilt durch den Hafen von Acciaroli schlenderten und wie zufällig unaufhaltsam dem Ende des Hafens zustrebten, wo seit undenklichen Zeiten, etwas zurückgesetzt vor der letzten Bar, das Ferrajolo-Theater seinen Platz hatte, mit drei Vorstellungen pro Abend für wenige, unvergessliche Wochen im Sommer.

Nur die Sitzplätze mussten bezahlt werden, ein Dutzend Reihen zu je zehn oder zwölf Stühlen, immer vollbesetzt mit Kindern in aufsteigender Größe und dem einen oder anderen Erwachsenen, der nicht die ganze Vorstellung über stehen mochte. Alle anderen suchten sich rund um das bestuhlte Viereck ihre Plätze, manche betont gleichgültig, andere freiheraus gespannt. Nach der Vorstellung konnte jeder, der wollte, noch für eine freiwillige Spende in die Tasche greifen, während die Kinder sich um den improvisierten Verkaufstisch scharten, wo man die Prinzessin, den Bösen König, Pulcinella, Stan und Olli und sogar den Tod erwerben konnte.

An diesem Abend sollte »Pulcinella hält die Totenwache« gespielt werden, eine turbulente Aneinanderreihung von Knalleffekten, Raufereien und Schaurigkeiten.

Die Kinder lachten, ebenso die Erwachsenen, und jedermann knabberte an etwas. Vielleicht war dies das wahre Erfolgsgeheimnis des Marionettentheaters, eine Theke seitlich der Bühne, wo alle möglichen Leckereien aus alten Zeiten feilgeboten wurden, die bei Eltern und Großeltern nostalgische Gefühle hervorriefen.

Im Ferrajolo-Theater gab's kein Popcorn und auch keine Chipstüten oder Kaugummis, Eis oder sonstigen gewöhnlichen Süßkram. Nein, hier wurden geröstete Mandeln verkauft, Zuckerstangen mit Zimt-, Kirsch-, Orangen-, Erdbeer-, Minz-, Schoko-, Zitronen-, Bananen- oder jedem anderen Geschmack, den man sich nur vorstellen konnte, außerdem Zuckerwatte und andere Leckereien mehr.

Alle kauften, alle knabberten, in einer Orgie von Klebefingern und zerrissenen Taschentüchern, und für ein paar Münzen fühlten die Großen sich in ihre Kindheit zurückversetzt. Das Puppentheater war eine Tür in Raum und Zeit, die sich auf die

Vergangenheit öffnete, und so war Abend für Abend das Verhältnis von Kindern und Erwachsenen im Publikum umgekehrt proportional zu dem, was man erwartet hätte.

Die Gruppe war trägen Schrittes herangeschlendert. Es war Bebè gewesen, die vorgeschlagen hatte, in Richtung Theater zu gehen, und die anderen hatten sich nicht lange bitten lassen. Was konnte es nach einem netten Abendessen im Boccaccio Besseres geben als eine Zuckerstange und ein bisschen was zum Lachen? Also suchten sie sich ihre Plätze, manche auf den Stühlen, manche am Rand, alle mit einem warmen, duftenden Tütchen in der Hand, ein paar sogar mit der Zigarette in der anderen.

Es war eine dieser zusammengewürfelten Gesellschaften, wie man sie gegen Ende des Sommers häufig antraf. Bebè war natürlich mit von der Partie, außerdem Regina, Titta mit Martina, Pippo, de Collis mit einem Freund und die Buonocores, Olimpia mit Pater Lillo, De Giorgio allein und dann noch Avvocato Palumbo, die Pasqualettis und ein paar andere. Allgemeines Winken und Lächeln in Richtung der vollzählig erschienenen Familie D'Onofrio auf der anderen Seite des Vierecks, ebenso zu Lolli Marino, den Fasulos, Agata Cristi mit ihrem neuen Freund und noch einigen anderen. In dem Durcheinander und Lärm ging manch einer hinaus, um in Ruhe und ohne den jungen Zuschauern zu schaden eine Zigarette zu rauchen, um sich unter vier Augen zu unterhalten oder einen kleinen Verdauungsspaziergang zu machen. Jede Vorstellung dauerte eine Dreiviertelstunde, und Santomauro war es später unmöglich, zu rekonstruieren, wer sich wann und für wie lange von den anderen entfernt hatte.

Die Einzige, die sich mit Sicherheit entfernt hatte, und zwar für immer, war Bebè Polignani.

»Sie könnte ausgerutscht sein und sich den Kopf gestoßen haben.«

»Könnte sie, ja, glaube ich aber nicht.«

Der junge Gerichtsarzt nickte und entfernte sich, um seine

Anweisungen zu geben. De Collis war aus offensichtlichen Gründen seiner Pflicht enthoben.

Die Leiche lag am Rande des Lichtkegels, den die letzte Laterne auf die Mole warf.

Santomauro sah hinab; auf der nassen Mole sah Bebè aus wie eine Meerjungfrau, die man an Land gezogen hatte. Der Vergleich kam ihm ganz spontan, vielleicht wegen der langen Haare, die verworren und nass vom Meerwasser mit ein paar Algen verschlungen waren, oder vielleicht wegen des am Körper klebenden Kleides, das durch eine Laune des Schicksals ausgerechnet heute Abend schillernd grün war, eine fließende smaragdfarbene Tunika, die sich eng an ihre schlanken Beine und die dünnen Waden schmiegte. Die Todesursache lag auf der Hand: Eine Gesichtshälfte und der halbe Hinterkopf waren eingedrückt und deformiert, Knochenstücke schimmerten weiß unter dem Fleisch. Doch das übrige Gesicht war gut zu erkennen, sie war es wirklich, Bebè, der fröhliche, eitle Schmetterling, der vielleicht etwas zu sagen gehabt hatte, vielleicht auch nicht.

Santomauro stand vor ihrer Leiche und fühlte sich schuldig.

»Sie hat sich von der Gruppe entfernt, aber keiner weiß, warum. Regina glaubt sich zu erinnern, dass sie zuvor sagte, ihr sei schlecht.«

»Klar. Olimpia zufolge hatte sie sechs Zimtstangen verzehrt.«

»Immer eine Spitze auf Lager, diese Frau.«

»Jedenfalls will keiner gesehen haben, wie sie hinausgegangen ist, und natürlich will auch sonst niemand hinausgegangen sein.«

»Aber de Collis meint, er habe Pippo zum Rauchen nach draußen gehen sehen, Olimpia sagt, dass Regina nicht die ganze Zeit neben ihr stand, Regina glaubt dasselbe von Olimpia, D'Onofrio kann sich beim besten Willen nicht an Pater Lucarello erinnern, dafür umso deutlicher an De Giorgio …«

»Ja danke, er wird ihn keine Sekunde aus den Augen gelassen haben!«

»Mina D'Onofrio sagt, dass Titta Sangiacomo ein komisches

260

Gesicht gezogen habe, Martina Ceccarelli schwört, dass sie die ganze Zeit Händchen hielten, er erinnert sich, dass er einmal wegging, um eine Zitronengranita von der Theke zu holen …«

»Kurz gesagt, sie sind alle unglaubwürdig.«

»Allesamt, vom Ersten bis zum Letzten, und sie sterben vor Angst. Es wirkt gerade so, als seien sie alle schuldig.«

»In Ordnung, für heute Nacht lassen wir sie laufen, wir wissen ja, wo wir sie finden.«

»Simone, da ist ein Anruf für dich.«

»Maresciallo, Gaudioso hier, ich wurde gerade zu nachtschlafender Zeit aus den Träumen gerissen und mit mir meine Frau, meine Schwiegermutter, das Neugeborene und die anderen Kinder, und zwar durch den Anruf eines Freundes, der grundlos mit seiner gesamten Familie von Ihnen festgehalten wird, und das mit Mitteln, die mich an die Zeiten der Inquisition erinnern … Santomauro? Santomauro, hören Sie mich? Hach, jetzt ist die Verbindung abgebrochen.«

Es war gegen vier Uhr morgens, als Santomauro und seine Leute endlich nach Hause kamen. Die Dynamik des Geschehens schien geklärt, aber mehr leider auch nicht, alles Übrige lag im Dunkeln.

Ein Dunkel so undurchdringlich wie das schwarze Hafenwasser, dort wo die letzten Boote vertäut lagen und ein Pärchen, das sich zum Knutschen zurückgezogen hatte, etwas Eigenartiges und Furchtbares aus dem Wasser hatte auftauchen sehen.

Die Schreie des Mädchens hatten die Leute alarmiert, die noch unterwegs waren, es war relativ früh am Abend, und niemandem aus der Gruppe war Bebès Fehlen bislang aufgefallen. Doch später, als die Streifenwagen der Carabinieri mit Martinshörnern herbeirasten und auch ein überflüssiger Krankenwagen, hatten sie das Verschwinden der Freundin bemerkt und sich Sorgen gemacht, und eine Abordnung aus de Collis, Pippo Mazzoleni und Regina hatte sich den Carabinieri und dem obszönen Ding genähert, das gerade aus dem Hafenbecken ins Trockene gezogen wurde.

Während er sich auskleidete und aufs Bett legte, vergeblich auf einen Schlaf hoffend, der nicht kommen würde, kreisten Santomauros Gedanken immer wieder um die gleichen, sinnlosen Fragen.

Was hätte Bebè ihm am nächsten Morgen mitgeteilt, wenn sie gekonnt hätte? War das der Grund, warum der Mörder sie zum Schweigen bringen wollte? Wie hatte er sie von den anderen weggelockt, unter welchem Vorwand hatte er sie überzeugt, dorthin zu gehen, wo es am dunkelsten war? Und warum hatte sie ihm vertraut, gerade sie, die scheinbar schon Verdacht geschöpft hatte?

Vielleicht war der Mann oder auch die Frau ihr gefolgt, hatte dann die allgemeine Unaufmerksamkeit genutzt, das Gelächter und das Spektakel auf der Bühne des Puppentheaters, das die Blicke aller Freunde in Bann hielt?

Hatte Bebè in dem Moment vor ihrem Tod gewusst, dass sie sterben würde? Hatte sie sich umgedreht, auf dem hübschen Gesicht einen überraschten, erschrockenen Ausdruck, hatte sie vergeblich versucht, den ersten Schlag abzuwehren? Oder hatte sie unwissend und ahnungslos aufs Meer geschaut, das unter ihr an den Kai schwappte?

Die Tatwaffe war eine große Ankerkette, an den rostigen Ringen klebten noch Reste von Gewebe, Knochen und Haaren, obwohl sie kurz im Wasser gelegen hatte. Die Leiche war in aller Eile mit der Kette umwickelt und dann ins Meer geworfen worden, doch die Ringe am offenen Ende hatten sich in einem Tau verfangen, so dass die Leiche aufgetrieben war und das Geschehen sich leicht hatte rekonstruieren lassen.

Eine Affekthandlung, durchgeführt aus dem Moment heraus, mit großer Entschlossenheit und Kälte, mit den Hilfsmitteln, die der Täter vor Ort fand.

Der Maresciallo war sich jedoch sicher, dass über Bebès Tod vorher entschieden worden war. Ohne es zu wissen, war sie schon tot, als sie mit ihm telefonierte. Wenn nicht an diesem Abend, dann wäre es in der Nacht oder am nächsten Tag passiert, ein Unfall, ein Missgeschick, etwas Unauffälliges. Doch dann hatte den Mörder die Eile gepackt, die Sorge, sie könne jemandem etwas sagen, und er hatte nicht länger warten wollen. Und darin glaubte Santomauro ein Zeichen der Schwäche zu erkennen, einen ersten Hinweis darauf, dass etwas am Bröckeln war.

Dienstag, 21. August

Maria Pia fuhr im dunklen Zimmer aus dem Schlaf hoch. Durch die fest verschlossenen Fensterläden fiel ein einziger Lichtstrahl herein, dort wo der Holzrahmen nicht ganz anlag, und ließ einen goldenen Staubregen durch den Raum tanzen.

Auf diesen Schlitz hatte sie vertraut und ihn sicherheitshalber am Abend zuvor mit der Messerklinge ein wenig erweitert. Sie konnte sich nicht den Wecker stellen, denn neben ihr schlief leise schnarchend Totò. In der Nacht hatte sie ihn sehr spät zurückkommen hören, und sie wusste, dass etwas Gravierendes geschehen sein musste, doch nicht um seinen Schlaf zu schonen, schlüpfte sie nun still und leise wie eine Katze aus dem Bett.

Nein, Totò hätte es einfach nicht verstanden, und sie hatte keine Lust und auch nicht die Zeit, ihm die nötigen Erklärungen zu geben.

Dies war der entscheidende Tag, da waren sie und Pasquale Cozzone sich mittlerweile sicher, darum zog sie sich eilig an und trat, nach einem kurzen Blick auf die friedlich schlafenden Kinder, hinaus ins frühe Sonnenlicht.

Es war zwanzig nach fünf, der Blick aus dem Vorgarten war hinreißend, die bestellten Felder erstreckten sich bis zum Meer hinab, hier und da unterbrochen von kleinen Wäldchen aus Walnussbäumen oder Ebereschen und von Schneisen schwarzer, verkrüppelter Baumstümpfe, die das Feuer verzehrt hatte. In der Kaserne war alles still, doch hinter ihr atmete der Berg und hallte von dem Gesang der Vögel wider, die ihr Tagewerk begannen. Das Meer dort in der Tiefe war eine spiegelglatte, türkis glänzende Fläche, deren Anblick fast die Augen schmerzte.

264

Die Schönheit der Natur ließ sie einen Moment vergessen, was sie vorhatte. Cozzones Stimme brachte sie in die Realität zurück.

»Signora Maria Pia, ich bin hier.«

Und wirklich, da stand Cozzone, mit seinem ehrlichen, hässlichen, noch schlafzerknitterten Gesicht, das Hemd nachlässig in die Uniformhose gestopft und mit unrasiertem Kinn. Maria Pia wusste, dass auch er am Abend zuvor mit ihrem Mann und Santomauro nach Acciaroli gefahren war, und sicher hatte er kaum eine Mütze Schlaf bekommen, doch nun war er hier, um mit ihr seinen Auftrag zu erfüllen. In einer Aufwallung der Rührung legte sie ihm die Hand auf den Arm.

»Wie oft muss ich dir das noch sagen, Pasquale, nenn mich einfach Maria Pia.«

Errötend nickte er, dann schlug er verlegen vor: »Sollen wir gehen?«

»Bist du sicher? Falls ich falsch liege, ist es für dich unangenehmer als für mich. Vielleicht sollte ich lieber alleine gehen, und du wartest draußen auf mich für den Notfall.«

»Kommt gar nicht in Frage. Das ist Männersache, also los!«

Sie drückte kameradschaftlich seinen Arm, und zusammen machten sie sich auf den Weg in die Küche.

Es war leicht gewesen, den Vorfall zu rekonstruieren und daraus zu schließen, dass dies der alles entscheidende Tag war, denn am nächsten Morgen würde Bartocci aus dem Urlaub zurückkehren, und am Tag zuvor hatte Picopos und Ammaturiellos Küchenturnus geendet. Ergo … Dennoch spürte Maria Pia, wie sich ihr Magen sorgenvoll zusammenzog: Und wenn sie sich doch geirrt haben sollte?

Zu den Küchenräumen gelangte man über einen kleinen Seitenhof, der auf den Nutzgarten hinausging, welcher ganz dem guten Willen einzelner Carabinieri mit grünem Daumen anvertraut war. Irgendjemand fand sich immer, und das Fleckchen Erde strotzte nur so vor Zucchini, Tomaten, Auberginen und Salat.

Cozzone hatte den Schlüssel, geräuschlos huschten sie hinein.

Es war noch früh, doch nach ihren Berechnungen würden sie nicht lange warten müssen. Lange bevor die Truppe in den angrenzenden Speisesaal strömen und nach Frühstück verlangen würde, hätten sie schon eine Antwort auf ihre Fragen.

Bald wäre die Küche den ganzen Tag bis in den späten Abend hinein ein einziges Kommen und Gehen. Die einen schauten herein und baten um einen Keks, die anderen wollten Kaffee oder eine Scheibe Brot. Der Diabetiker Nardacchio kochte sich sein Essen selbst, weil er niemandem sonst traute, Manselli würde sich hereinschleichen und heimlich über die Reste hermachen; kurz, ruhig war es hier nur am frühen Morgen, bis halb sieben und keine Minute länger.

Sie versteckten sich in der Vorratskammer. Maria Pia spürte in der Dunkelheit Cozzones warmen Atem neben sich, etwas zu nah vielleicht, aber dann musste er husten und rückte so weit ab, wie es die um sie herum aufgestapelten Kartons zuließen.

Sie brauchten nicht lange zu warten. Ihre Augen hatten sich gerade an die Dunkelheit gewöhnt, und sie hatten sich einen verschwörerischen Blick zugeworfen, gleich würden sie zu kichern anfangen wie zwei Kinder, als sie plötzlich den Schlüssel im Schloss hörten und jemand hereinkam.

»Schnell! Bist du sicher, dass uns niemand gesehen hat?«

»Wer soll denn schon hier sein, um diese Uhrzeit? Außerdem schlafen eh alle noch, nach dem Chaos von letzter Nacht.«

»O ja, ich hätte auch gern weitergeschlafen.«

»Du weißt, dass wir es heute oder nie tun müssen. Außerdem ist es mittlerweile so dick wie ein Schwein.«

»Gib her, lass mal sehen, Menschenskinder, wie das zappelt. Schneidest du ihm die Gurgel durch oder ich?«

»Lieber du, ich kann so was nicht.«

Doch sie kamen nicht dazu, denn Maria Pia stürzte wie eine Furie aus ihrem Versteck, und Cozzone kam zur Verstärkung hinter ihr hergestürmt.

Das hätte es gar nicht gebraucht. Bancuso und Licalzi waren so erschrocken, dass sie wie zu Salzsäulen erstarrten. Licalzi hatte einen Sack in der Hand, in dem es wackelte und zappelte, als steckte ein Haufen lebendiger Aale darin. Maria Pia riss ihn aus seiner Hand, löste den Knoten und schloss unter Tränen das Tierchen in die Arme, das wie wild versuchte, sich zu befreien. Schmutzig, sehr viel dicker als zuvor und total verängstigt, aber ohne jeden Zweifel Gustavo.

Pippo fuhr um Punkt acht hoch und saß hellwach im Bett, während das Blut wild durch seine Adern pulsierte. Er spürte eine merkwürdige erwartungsvolle Anspannung, eine nicht unangenehme Erregung, als stünde etwas Bedeutendes bevor. Zusammenhanglose Traumfetzen zerstoben, während er aufstand. Das Gefühl zu fallen, immer tiefer, immer tiefer, er musste zum Zug rennen, doch der fuhr schon los, und er hatte ohnehin nicht genug Geld für die Fahrkarte … Seine Nerven schienen blankzuliegen, er fühlte sich, als hätte man ihm die Haut abgezogen und Muskeln und Fleisch freigelegt. Und über allem dieses wilde Gefühl der Vorfreude, die Gewissheit, dass der Tag etwas Besonderes bringen würde.

Dann fiel es ihm wieder ein.

Das Fest. Das war es.

Heute war der Tag des Dorffestes.

Er betrachtete sich im Badspiegel und begann wie ein kleiner Junge zu lachen.

Inmitten der vielen ungleich dringenderen Probleme war der glückliche Ausgang von Gustavos Entführung immerhin ein kleiner Lichtblick.

Damit versuchte sich Santomauro am frühen Morgen zu trösten, doch ein böser Kobold flüsterte ihm sämtliche potentiellen Schlagzeilen der morgigen Zeitungen ins Ohr. MÖRDER VON PIOPPICA NOCH IMMER NICHT GEFASST! – DAFÜR GELÖST: DAS GEHEIMNIS UM GUSTAVO! Oder vielleicht: DIE FRAU IN DEN ALGEN: KEINE NEUEN ERKENNTNISSE, ABER GUSTAVO GERETTET! Und so weiter, eine lange Kette von nutzlos masochistischen Gedanken. Er malte sich sogar schon den Anruf von Staatsanwalt Gaudioso aus, als Pietro Gnarra hereinkam und ihn aus seinen düsteren Grübeleien riss.

»Also, Simone, das ist doch echt unfassbar! Wenn ich mir überlege, dass keiner von uns Maria Pia geglaubt hat, als sie sagte, das verdammte Kaninchen sei noch am Leben!«

Pedro war in Hochform: Er war braungebrannt, die Uniform saß wie angegossen, und unter dem obersten, offenstehenden Hemdknopf blitzte ein halbes Kilo Gold hervor.

Santomauro seufzte. Er fand, dass er muffelte, wusste, dass er ein aschfahles Gesicht hatte, und der Geschmack in seinem Mund war kaum besser. Dafür begann sich sein rasierter Schädel zu schälen, und unter der Bräune würde bald wieder die rosafarbene Haut durchscheinen. Er stellte sich vor, wie er sich in die kalten Fluten stürzte, die er vom Fenster aus sah, und hätte liebend gern eine weitere Nacht Schlaf gegeben für das Gefühl des eiskalt prickelnden Wassers um seinen Körper, wenn er hinaus zur Landzunge schwamm. Das Bild von Bebè Polignani, die das Prickeln des Wassers nicht mehr hatte spüren können, schob sich machtvoll und grell vor sein inneres Auge, und ebenso der Anblick von Samir und seinem halb geöffneten Lid auf dem Obduktionstisch und der des grauenerregenden, verwesten Etwas auf dem Algenbett, das Elena Mazzoleni gewesen war.

Nein, beschloss er, er würde nicht mehr im Meer schwimmen, ehe diese Geschichte nicht endlich aufgeklärt war.

Gnarra hingegen plapperte aufgedreht auf ihn ein, als hätte er nicht genau wie er kaum mehr als drei oder vier Stunden Schlaf bekommen.

»Was für eine Löwin, diese Frau! Totò ist ein echter Glückspilz. Maria Pia gibt nicht so schnell auf. Wenn ich jemals entführt und verschleppt werden sollte, möchte ich, dass sie mich sucht und rettet. Stell dir nur vor! Wenn sie nicht wäre, wäre Gustavo jetzt schon Schmorbraten oder Hasenpfeffer. Und diese zwei Stinktiere hätten alles aufgefressen, ohne auch nur einen Löffel davon übrigzulassen!«

»Hättest wohl auch gerne vom braven Gustavo probiert, was?«

»Psst! Wenn die Löwin das hört, wandere ich selbst in den Topf. Ich will ja gar nicht leugnen, daran gedacht zu haben, aber wenn ich jetzt das dicke Tierchen mit seinem glänzenden Fell so sehe …«

»Komm schon, Pietro.«

»Na ja, ehrlich gesagt war ich schon gerührt, als die Kinder ihn in die Arme geschlossen haben. Was hast du mit Bancuso und Licalzi vor?«

»Da bleibt mir wohl keine Wahl, oder? Sie bekommen einen Verweis und werden versetzt. Immerhin handelt es sich um Diebstahl, auch wenn es einen albernen Beigeschmack hat.«

»O ja, Diebstahl eines Kaninchens, um es zu mästen und zu verzehren! Bisher hatte ich nicht den Eindruck, dass die Jungs hier Hunger leiden müssen.«

»Deswegen wiegt es ja umso schwerer. Sie haben es aus Freude an der Regelwidrigkeit getan, aus purer Lust am Verbotenen, und haben sich hinter unserem Rücken über uns lustig gemacht, während die Manfredi-Kinder litten. Das finde ich unverzeihlich, mal ganz abgesehen von dem Diebstahl als solchem.«

»Himmel, diese Kaltblütigkeit, zwei abgebrühte Ganoven. Und wir dachten, Gustavo sei längst tot, während seine Knochen zwischen den Küchenabfällen von morgen gelandet wären. Teuflisch!«

Ja, wahrhaft teuflisch, dachte Santomauro einmal mehr, während Gnarra hinausging, um sich anderen Aufgaben zu widmen. Fast hätte er ihn zurückgerufen. Da war etwas, das er gesagt hatte … Nichts zu machen, aber es würde ihm schon wieder einfallen.

Pater Lillo Lucarello hatte in seinem Leben zwei große Fehler begangen: Der erste war gewesen, mit Elena Mazzoleni zu schlafen, in einem emotional sehr aufgewühlten Moment, und der zweite, Olimpia Casaburi in einem ebensolchen Moment davon zu erzählen. Er hatte es bereut, tausendfach, wenngleich diese Reue nichts mit dem Herrgott zu tun hatte, der alles sieht und alles versteht. In dieser Hinsicht hatte er bereits Abbitte geleistet, auch dies über Gebühr schmerzhaft, da sein Beichtvater ein alter Jesuit war, bissig und gnadenlos, aber sehr klar.

Der erste Fehler lag ein Jahr zurück, als sein Antrag auf die Versetzung in eine Mission nach Brasilien zum dritten Mal abgelehnt worden war. In der Hierarchie über ihm hielt man ihn in Neapel für unabkömmlich, um die Spenden der wohlhabenden Damen in die Ordenskassen zu spülen.

Elena hatte für ihn Verständnis gezeigt, war unerwartet einfühlsam und sensibel gewesen. Er war ihr auf den Leim gegangen, um fast gleichzeitig zu merken, dass er die Maus in den Klauen einer reichen, gelangweilten Katze war. Blitzschnell war er geflohen, und sie hatte sich kurz darauf anderweitig getröstet.

Damit schien die Sache beendet, doch Anfang des Sommers war eine Diskussion mit Olimpia über das priesterliche Zölibat in einen wilden Streit ausgeartet, bei dem sie ihm ihre Gefühle teilweise offenbart hatte und ihn der emotionalen Kälte und Frigidität beschuldigt hatte. Lillo war ein Wort zu viel herausgerutscht, getrieben von einer unbegreiflichen Eitelkeit, und schon war es geschehen. Olimpia hatte eine Woche lang nicht mit ihm geredet, dann war sie in seine Messe gekommen, und alles schien wieder zu sein wie früher.

Die Einladung ans Meer schien den Frieden zu besiegeln, doch seit Elenas Tod hatte der Geistliche keine Ruhe mehr gefunden. Er hatte auf Zeit gespielt, aber mittlerweile war die Last unerträglich geworden, er musste etwas tun, und er würde es tun.

Bebès Tod änderte alles.

Santomauro tat sich schwer zu glauben, dass Valentina Elena aus Liebe zu Pippo umgebracht hatte, und der Mord an Samir machte die Version noch unwahrscheinlicher.

Samir und Valentina waren Freunde gewesen, sie hatte ihn gern gehabt auf ihre besondere, unbefangene und rückhaltlose Art. Mebazi zufolge hatte sie ihn sogar zu überzeugen versucht, sich nicht mehr zu prostituieren, hatte ihm Geld angeboten, um einen eigenen Laden aufzumachen und wieder in dem Beruf zu arbeiten, den er in seiner Heimat ausgeübt hatte, bis er dann als Filmemacher Erfolg haben würde, aber Samir hatte abgelehnt, er wollte keine Almosen.

Santomauro hielt sie einfach nicht für fähig, den jungen Mann zu töten und im Sand zu verscharren wie einen Hund.

Doch nun, nach Bebès Tod, war alles anders. Der Maresciallo erinnerte sich an ihren zögernden Tonfall, an den Zweifel in ihrer Stimme. Sie wusste etwas, das sie erst kürzlich entdeckt hatte, etwas, das einen ihrer Freunde betraf, das sie selbst nicht glauben wollte und das dennoch ihr Todesurteil gewesen war.

Valentina war sicherlich in die Sache verwickelt, die flüchtige, nicht zu fassende, geheimnisvolle Valentina, die ihn die ganze Zeit zum Narren hielt. Und die anderen? Die sogenannten Freunde von ihr und Elena Mazzoleni? All die Menschen, von denen jeder ein Motiv gehabt hätte, Elena umzubringen.

Santomauro fühlte, wie eine dumpfe Wut in ihm aufstieg. Auf sich selbst, weil er sich bei den Ermittlungen wie ein Idiot angestellt hatte. Auf Elena, die sich mit so vielen Leuten angelegt hatte. Auf Valentina, die immer noch ihr Spiel mit ihm trieb.

In dieser nicht gerade blendenden Gemütsverfassung suchte er am Vormittag de Collis auf: Nun war der Moment gekommen, ihn nach dem Grund für seine Zurückhaltung zu fragen. Er fand ihn betrunken auf der Terrasse sitzend, ungeachtet des Windes, der gerade aufkam. Auf dem Boden neben ihm lag ein kunterbuntes Durcheinander aus halbleeren Flaschen, die nicht unbedingt den guten Geschmack, aber doch die Hartnäckigkeit und Entschlossenheit des Trinkenden bezeugten. Chivas, Bacardi, Baileys, Martini, Don Carlos Primero und sogar ein Jahrgangswein tummelten sich in brüderlichem Chaos, und der Arzt war offensichtlich so heillos betrunken, dass der Maresciallo keine Chance sah, ihn zu Bewusstsein zu bringen. Er würde einen schrecklichen Kater haben, dachte Santomauro schaudernd, während er sich abwandte und ging, doch dann kehrte er auf ein leises Murmeln des Mannes hin noch einmal um. Mit seiner nackten, likörverschmierten Brust, den zerzausten Haaren und dem schweren Atem war de Collis Welten von der stets korrekten, unfehlbaren Koryphäe entfernt, die Santomauro beruflich kennengelernt hatte. Er öffnete die Augen, sah ihn starr an und nuschelte: »Ich habe sie nicht erkannt. Arme Bebè, es ist alles meine Schuld, meine Schuld.« Dann fiel ihm der Kopf auf die Brust zurück, und er begann zu schnarchen.

Santomauro schlich auf Zehenspitzen fort. Der Arzt war der Einzige aus der Gruppe, der ein halbwegs stichhaltiges Alibi hatte, da er während der Vorführung neben einer Mutter mit ihrem schreienden Gör gesessen und sie die ganze Zeit vorwurfsvoll angesehen hatte. Sie konnte sich an ihn erinnern und hatte dies zu seinem Glück auch zu Protokoll gegeben.

Aber was bedeutete es dann, dass er Bebè Polignani nicht erkannt hatte? Es war dunkel gewesen, sie völlig durchnässt, von Algen und Blut verschmiert, da hatte auch Santomauro nicht sofort gewusst, um wen es sich handelte. Und? Gelalle eines Betrunkenen, beschloss er, während er den Wagen anließ und auf die Allee einbog.

Als er durch Pioppica Sotto kam, hätte er um ein Haar zwei Männer überfahren, die mit einer Leiter auf Rädern den Lichterschmuck quer über der Straße befestigten. Das Dorffest! Das hatte er völlig vergessen.

Er bremste ab, um zu schauen, ob alles in Ordnung war, und sah, wie der ältere Elektriker ihn mit einer unschönen Geste bedachte. Aus einem Wurstgeschäft in der Nähe kam Gnarra mit einer Cola in der Hand und begrüßte ihn überschwänglich.

Die Aufsicht über die Vorbereitungen des Festes der heiligen Atenaide lag also in besten Händen.

Eine solche Gelegenheit würde sich nicht noch einmal bieten, genau das richtige Durcheinander und Menschgewühl, die es brauchte.

Die Sache wurde von Tag zu Tag unangenehmer und gefährlicher, der Moment war gekommen, dem Ganzen ein Ende zu setzen. Nur noch wenige Stunden …

An Iolanda hatte er schon so lange nicht mehr gedacht, dass er für einen Moment nicht wusste, wer zum Teufel am Telefon war. Es verstrichen ein paar peinliche Sekunden, dann erkannte er ihre quäkende Stimme.

Sie rief an, um zu hören, wie es ihm ging, immerhin waren sie ja noch Mann und Frau, oder? Ihr ging es ganz hervorragend, danke, wieder Single, ja, aber glücklich, gerade zurück vom Sardinienurlaub. Traumhaftes Meer, aber da könne er sich in Pioppica ja auch nicht beklagen. Überhaupt, sie hätte nicht übel Lust, wie wär's, wenn sie runterkäme und zwei Fliegen mit einer Klappe schlüge, Ende des Sommers noch einmal ein bisschen Sonne und Meer tanken – »das Cilento ist doch ganz entzückend im September, nicht wahr? So ruhig, entspannt, so erfrischend unmondän, genau das, was ich brauche« – und gleichzeitig kontrollieren, ob Simone auch ein braver Junge wäre. Natürlich nur, wenn es ihm recht wäre.

Santomauro war von einem auf den anderen Moment am ganzen Körper in kalten Schweiß gebadet.

Nicht Iolanda. Alles, nur nicht Iolanda. Er fühlte sich vollkommen außerstande, sie zu ertragen, stellte er mit dankbarem Erstaunen fest. Der Gedanke an sie löste bei ihm nicht mehr das wunde Gefühl der Leere aus, an das er sich gewöhnt hatte wie an eine schmerzhafte Karies, die sich immer auf den gleichen Reiz an der gleichen Stelle meldete. Nein, jetzt empfand er nur noch Langeweile, eine befreiende, wohlige Langeweile, und einzig das Wissen um die drohende Gefahr ihrer Anreise hinderte ihn daran, sie in vollen Zügen auszukosten.

Er verhedderte sich in fadenscheinigen Ausreden, die Arbeit, ein Urlaub mit Freunden, das bevorstehende schlechte Wetter, doch am Ende ärgerte er sich über seine Feigheit und sagte ihr einfach, dass es ihm nicht passte. Sie war tödlich beleidigt, und die letzten Worte, die Santomauro von ihr hörte, bevor die Leitung

273

brüsk unterbrochen wurde, waren: »Das hättest du mir auch gleich sagen können, dass du eine Neue hast!«

Die Erleichterung und die Absurdität der Szene brachten ihn fast zum Lachen.

Eine Neue. Ja, irgendwie hatte er tatsächlich eine Neue.

Es war fast ein Zufall, dass er bei den Buonocores landete. Nach dem Gespräch mit Iolanda hatte er der Kaserne und diversen Stapeln mit Schreibkram den Rücken zugewandt und war in den Wagen gestiegen, um seine hin und her flatternden Gedanken wieder zur Ruhe zu bringen. Unversehens fand er sich erneut auf den Serpentinen wieder, die von Pioppica Sopra hinunter nach Pioppica Sotto führten, wo die letzten Festvorbereitungen in vollem Gange waren.

Auch in Bezug auf ihre Schutzheiligen gingen die zwei Dörfer verschiedene Wege, natürlich in harter Konkurrenz.

Der Schutzpatron von Pioppica Sopra war der heilige Cozio, ein unbekannter christlicher Märtyrer, der seinen Festtag am 24. August hatte, kurz vor Ferienende.

Pioppica Sotto konterte mit der heiligen Atenaide, Jungfrau und Märtyrerin, bekannt vor allem dafür, dass sie die Schutzheilige der Sammler von Kaktusfeigen war, die zweckmäßigerweise drei Tage vor dem heiligen Cozio geehrt wurde, und der Kampf zwischen ihren Anhängern wurde von Jahr zu Jahr verbissener. Wer gab mehr für das Feuerwerk aus und hatte am Ende das schönere Abendspektakel, wer hatte den gleißendsten Lichterschmuck und die beste Livemusik, wer sammelte mehr Spenden mit seiner Heiligenversteigerung, und so weiter und so fort, alles und jedes diente dem lokalen Kleinkrieg.

In diesem Jahr hatte Pioppica Sotto ein echtes Ass im Ärmel, zwei sogar, wenn man hinzuzählte, dass es die Musiker aus Cavaso del Tomba für sich gewonnen hatte, deren Dirigentin, die überaus bekannte und beliebte üppige Blondine Katia Coscialunga Tortora, ihr Orchester am liebsten im hochgeschlossenen Seidenkleid dirigierte, welches auf der Rückseite allerdings einen Schlitz aufwies, für den die Bezeichnung schwindelerregend eine freundliche Untertreibung war. Unnötig zu erwähnen, dass die Plätze in der ersten Reihe immer heißbegehrt waren.

Die zweite Überraschung des Organisationskomitees von Pioppica Sotto war von ganz anderer Natur und anderer Wirkung, weshalb das Geheimnis auch von allen Beteiligten gehütet wurde wie der sprichwörtliche Augapfel. Am Tag zuvor dann waren öffentliche Bekanntmachungen aufgetaucht, wobei Santomauro bezweifelte, dass Pioppica Sopra es schaffen konnte, innerhalb von drei Tagen eine haltbare Gegenoffensive auf die Beine zu stellen. So kündigte sich für San Cozio ein Debakel an, das an jenes vor zwei Jahren heranreichen könnte, als Santa Atenaide mit einer Landung von kostümierten Sarazenen gefeiert worden war, die die ganze Nacht mit den Dorfbewohnern sangen und tanzten. Das Feuerwerk des heiligen Cozio, das in jenem Jahr wirklich seinesgleichen suchte, verpuffte quasi unbemerkt.

Santomauro fuhr unter den dunklen Lichterarkaden aus dem Dorf hinaus.

Als er ankam, saßen sie im Patio. Genauer gesagt, Aloshi lag mehr, als dass sie saß in einem bequemen Sessel aus Segeltuch, die Augen halb geschlossen und ein seliges Lächeln auf dem perfekten Gesicht. Ingenieur Buonocore kniete zu ihren Füßen.

Von hinten gesehen fürchtete Santomauro kurz, Zeuge eines geheimen Fußfetischismus zu werden, weil der Mann tief über die Frau gebeugt und unter langsamen Bewegungen vor sich hin murmelte. Dann erkannte er, dass er ihr nur die Fußnägel lackierte. Neben ihm auf der Erde standen beziehungsweise lagen eine Reihe verschiedenfarbiger Flakons, eine Flasche mit Nagellackentferner und Wattebäusche. Der Ingenieur widmete sich der Sache mit derselben Hingabe und Sorgfalt, die er sonst sicherlich auf seine Arbeit verwandte, und dokumentierte den Fortschritt von Nagel zu Nagel mit kurzen erfreuten Kommentaren.

Der Maresciallo wollte nicht stören, und zum zweiten Mal an diesem merkwürdigen Tag schlich er sich auf Zehenspitzen davon.

Bebè umzubringen war unvermeidlich gewesen. Sie hatte sich zu viele Gedanken gemacht, hatte etwas geahnt.

Und doch war es weitaus schmerzlicher gewesen als bei dem Schwarzen. Bebè war so lebenshungrig. Vielleicht hatte sie noch gelebt, als die Kette sie ins Wasser gerissen hatte, hoffentlich hatte sie nicht zu lange gelitten.

Santomauro nahm das Telefonat an. D'Onofrio schien verwirrt, er nuschelte, und der Maresciallo fühlte sich verpflichtet, der Sache persönlich nachzugehen. Später sollte er sich mehrmals fragen, ob alles anders gekommen wäre, wenn nicht er, sondern jemand anders ans Telefon gegangen wäre.

Auf dem Weg nach Sigmalea begegnete er einer Gruppe junger Mädchen, die zu Fuß den Berg hinaufgingen. Allesamt blond, gutgelaunt und einigermaßen hübsch winkten sie ihm kichernd zu. Polinnen an ihrem freien Tag, wahrscheinlich auf dem Weg zum Fest, dachte er und lächelte in sich hinein. Wenn Pedro an seiner Stelle gewesen wäre, hätte er augenblicklich den Rückwärtsgang eingelegt und ihnen angeboten, sie überall hinzufahren, wo sie wollten. Dafür wäre er dann mit einigen eilig notierten Handynummern belohnt worden, von denen mindestens zwei zu etwas geführt hätten.

Doch er war nicht Gnarra. Die Mädchen blieben hinter der Kurve zurück, und Santomauro musste an den Streit zwischen Polinnen und Ukrainerinnen denken, an die untote Polin und an die gewissenhafte Inaugenscheinnahme der Corpora Delicti durch Pedro. Ihm fiel wieder Manfredis puritanische Empörung ein und die ansteckende Heiterkeit, die bei Pietros Erzählung des Missverständnisses aufgekommen war. Keine Frage, in einem anderen Leben wüsste er schon, als welcher der beiden er wiedergeboren werden wollte.

Er parkte den Wagen und stieg aus, während in seinem Hirn

unbemerkt ein weiteres winziges Puzzlestückchen an seinen Platz rückte.

Sie saßen im Haus, Mann und Frau, nebeneinander auf ihrem Sofa und doch Meilen voneinander entfernt. D'Onofrio schien dem Herzinfarkt nahe, Mina nur vage gelangweilt.

»Sie ist weg, Maresciallo, ihr Bett ist unberührt, sie hat sich nicht einmal hingelegt, nachdem wir gestern aus Acciaroli zurückkamen! Zuerst wollte ich ganz ruhig bleiben, sie ist ja noch jung und wir waren alle ziemlich mitgenommen, aber dann hat sie vorhin angerufen. Sie sagt, sie sei in Rom, mit diesem unglückseligen Subjekt, und dass sie nicht wieder zurückkäme. Wenn ich den erwische, den mache ich kalt, und sie kann was erleben, das sie ihr Lebtag nicht vergisst.«

Er hatte sich langsam in Rage geredet und schien nun vor Wut fast zu platzen. Um sich zu beruhigen, wischte er sich den Schweiß aus dem geröteten Gesicht.

»Maresciallo, Sie müssen sie für mich finden, ich erstatte Anzeige wegen Kindesentführung. Finden Sie sie, den Rest erledige ich.«

Bevor Santomauro etwas erwidern konnte, mischte Mina D'Onofrio sich ein: »Ach was, Entführung, Entführung! Sie ist volljährig, das weißt du doch selbst, oder?! Du kannst nichts gegen sie unternehmen, darfst sie nicht einmal anrühren! Ich habe ein halbes Jurastudium absolviert, wissen Sie, Maresciallo? Ich wäre jetzt Strafrechtlerin, wenn dieser Wahnsinnige mich nicht mit der ersten Schwangerschaft und der Hochzeit ans Haus gefesselt hätte. Aber ich habe es satt. Kommen Sie, Maresciallo, ich bringe Sie zur Tür, hier vergeuden Sie nur Ihre Zeit.«

Mit einer katzenhaft fließenden Bewegung stand sie auf. Santomauro folgte ihr mit angehaltenem Atem, während sie eine letzte Warnung an den im Sofa zusammengesunkenen Überrest ihres Mannes aussprach:

»Hör zu, aus Rücksicht auf dich sage ich dem Maresciallo nichts weiter, aber ich habe mit meinem Anwalt gesprochen, und wenn du noch einen einzigen blauen Fleck bei mir oder den Mädchen hinterlässt, bist du dran! Es ist aus, mein Lieber, ich will, dass du bis heute Abend das Haus verlassen hast!«

Am Auto holte sie so tief Luft, dass das dünne T-Shirt sich über ihrem üppigen Busen spannte. Sie lächelte ihm zu, wobei sich um ihre vollen Lippen feine Fältchen bildeten.

»Ich bin froh, dass es aus ist. Ich hatte es schon so lange vor, aber er tat mir leid. Bebès Tod hat nun den Ausschlag gegeben, mir ist klargeworden, dass ich mein Leben und das der Mädchen nicht länger vergeuden darf. Er hat uns alle ruiniert mit seiner krankhaften Eifersucht.«

»Sie haben noch etwas anderes angedeutet«, meinte Santomauro vorsichtig.

»Er ist ein kranker Mann. Das habe ich schon festgestellt, als die Mädchen noch klein waren, aber ich war immer wachsam. Er hat alles auf seine Eifersucht geschoben, mit der er uns das Leben vergällt hat, er hatte niemals den Mut, weiterzugehen, aber er weiß, dass ich es weiß und dass ich ihn in der Hand habe.«

»Warum sind Sie bei ihm geblieben?« Santomauro fragte aus ehrlicher Neugier.

»Warum?« Mina lächelte unfroh. »Weil ich ihn geliebt habe, auch wenn ich mir dann anderweitig meine Ablenkung suchte. Was soll ich sagen, aus Faulheit, weil ich ein ruhiges Leben wollte, keine Ahnung. Aber jetzt bin ich fertig mit ihm. Ich habe die ganze Nacht darüber nachgedacht, und als ich gesehen habe, dass Gaia mit De Giorgio weg ist, wurde mir klar, dass auch für uns der Zeitpunkt gekommen ist. Armes Mädchen, ich war keine besonders gute Mutter, weder für sie noch für die anderen, aber ich war zu jung.«

Sie seufzte wieder tief auf, und Santomauro musste den Blick von ihr abwenden. Sie war eine wirklich schöne Frau, nach der man sich auf der Straße umdrehte, dachte er. Schade nur ihre Nägel, zu bunt und auffällig, pantherartig.

»Könnten Sie mir einen Gefallen tun, Santomauro?«

»Was immer Sie wollen«, meinte er lächelnd.

»Schicken Sie mir morgen oder übermorgen, es hat keine

Eile, wenn mein Mann weg ist, Ihren Kollegen vorbei, den, der aussieht wie aus der Martini-Werbung? Ich glaube er heißt Gnarra.«

»Ja, natürlich, aber mit welcher Begründung?«, erwiderte Santomauro verwundert und auch ein wenig genervt. Pedro erzielte selbst aus der Distanz Volltreffer.

»Keine Ahnung, Ihnen wird schon was einfallen. Ach, sagen Sie ihm einfach, es seien noch zusätzliche Untersuchungen zu dem Diebstahl meiner Perücken notwendig.«

»Welcher Perücken?« Santomauro horchte interessiert auf.

Der offizielle Höhepunkt des Festes war die Prozession am Nachmittag, wenn die Heilige in einem Triumphzug durch die Straßen getragen wurde, Gassen und Gässchen inklusive. Der Zug endete mit einem ersten, kleineren Feuerwerk, an das sich das feierliche Hochamt anschloss.

Viele jedoch hielten das Feuerwerk am Ende des Abends erst für den wahren Clou, wenn sich die Kunstfertigkeit des Pyrotechnikers erwies und man sah, ob Geld genug für den Sieg ausgegeben worden war. Und schließlich gab es noch die religiösen Eiferer, denen die unmittelbar vor der Prozession stattfindende Auktion als bedeutendster Teil des Festes galt.

Beim »Incanto del Santo«, der Auktion, rangen die Gläubigen aller sozialen Schichten mit frommen Spenden um die Ehre, aus ihren Reihen die Gruppe stellen zu dürfen, die die schwere Statue auf ihren Schultern durchs Dorf tragen würde.

Mit anderen Worten: Alle männlichen Dorfbewohner zwischen fünfzehn und fünfundneunzig schlossen sich in der Kirche ein und lieferten sich unter Aufsicht des Pfarrers ein wildes und verbissenes Wettbieten um besagte Ehre, indem sie der Heiligen immer neue Bündel von Banknoten in den Mantel schoben. Man braucht kaum zu erwähnen, dass die Parteien stets dieselben waren: hier das Bürgertum, Wohlhabende und niederer Adel, dort die Handwerker und Bauern, das gemeine Volk also, im seit Generationen sich wiederholenden gnadenlosen Kampf zwischen Schwarzen und Roten. Und wie immer,

279

wenn Gott und Ehre im Spiel sind, kam es manchmal auch zu Exzessen. Denkwürdig war die Auktion im Jahre 1983, als Carmelo Pilerci, genannt *o' Musicante*, sich an der Statue festkrallte, die schon auf den Schultern der Sieger lag, und mit dem Schrei »Niemand rührt die Heilige an!« über eine Stunde lang die Prozession blockierte.

An diesem Tag fiel die Entscheidung am späten Nachmittag um Viertel nach sechs, und Santa Atenaide wurde auf den Armen der Dorfprominenz (welche die Heilige für gewöhnlich in zwei von drei Jahren für sich errang) durch das Kirchenportal getragen. Auf der zu beiden Seiten von Urlaubern und Einheimischen gesäumten Straße trat die Heilige ihren beschwerlichen und trägen Marsch an, der alle paar Meter stockte, damit die Frauen der umliegenden Häuser mit einer Stecknadel ihre Gabe an den rotgrünen Mantel heften konnten.

Die schwitzenden Träger nutzten die kurze Pause, um sich unter den Hebebalken gegenseitig abzulösen und einfältig in Kameras und Fotoapparate zu grienen, mit denen die Verwandten jedes Jahr unverdrossen dieselbe Szene ablichteten. So rollte die Prozession im Schneckentempo durch Straßen und Gassen, bis die heilige Atenaide sich am Ende schließlich wieder auf die Kirche zu bewegte, hinter den Musikern, dem Pfarrer und den kleinen Erstkommunikantinnen, den älteren Mädchen mit einem Schrein voller traditioneller Votivgaben, den Diakonen und sonstigem Klerus und gefolgt vom Bürgermeister, vom Gemeinderat, der Bruderschaft und einer beständig wachsenden Gemeindeschar.

Vielleicht sollte sie doch nicht zum Fest gehen, dachte Regina und änderte damit zum wiederholten Mal ihre Meinung. Nach dem, was Bebè zugestoßen war, gehörte sich das wohl nicht. Unentschlossen betrachtete sie das weich fallende, weit ausgeschnittene schwarze Kleid, das sie anziehen wollte. Sollte sie gehen oder nicht? Sie wollte nicht hochmütig erscheinen, aber andererseits musste man auch an die arme Bebè denken.

Und an Elena, ja, Elena gab's ja auch noch. Ganz abgesehen

davon, dass dies vielleicht ihr letztes Atenaide-Fest überhaupt sein würde.

Tränen des Zorns brannten ihr unter den Lidern. Sie würde eine Lösung finden, sie würde sich nicht einfach so vernichten lassen. Sie konnte zur Löwin werden, wenn nötig. Aber jetzt, das Fest? Sie würde Olimpia anrufen, die wusste immer, was sich schickte und was nicht.

Das ungute Gefühl, das an ihm nagte, seit er die D'Onofrios verlassen hatte, wollte einfach nicht verschwinden, und dieser eigenartige Tag, der mit Gustavos Befreiung begonnen hatte, schien niemals enden zu wollen.

Niedergeschlagen betrachtete Santomauro die Akten, die sich auf dem Schreibtisch türmten. Dieser Fall hatte seinen Arbeitsalltag komplett durcheinandergeworfen, und nicht nur den.

Jeden Abend nahm er das Bild von der Frau in den Algen mit nach Hause, jede Nacht träumte er von ihr, um allmorgendlich mit ihr aufzuwachen. Iolandas Gesicht hatte er dafür schon lange nicht mehr im Traum gesehen, das war immerhin ein Fortschritt, dafür besuchte ihn jetzt Elena Mazzoleni in der Nacht, manchmal auch Samir oder Regina, oder auch Aloshi.

Ob auch Bebè kommen würde, mit den blonden, algendurchwirkten Haaren und den blinden Augen, die ihn anklagend ansahen? Ob auch Valentina zurückkehren würde, seine Valentina, nicht die potentielle Mörderin oder Komplizin, sondern die, die so viele Tage in seinem Kopf gelebt hatte, sich in seine Nervenbahnen und Erinnerungen geschlichen hatte, so dass er bisweilen geglaubt hatte, ihr schon einmal begegnet zu sein, vielleicht in einem anderen Leben?

Jeder Winkel des Dorfes war mit Verkaufsständen zugestellt. Vor den Hauseingängen, auf den Bürgersteigen und Straßen, überall boten Asiaten und Afrikaner ihre Waren feil.

Es gab die typischen Chinastände mit den billigen Hemden und T-Shirts, die Ethnostände mit geschnitzten Elefanten und Giraffen, Halsketten und Armbändern aus Knochenimitat.

Tische mit aller Art Krimskrams, vom Handy in Pokémonform
bis hin zu Fußkettchen, und auf dem Boden alles mögliche Plas-
tikspielzeug, Gewehre, Puppen, Puppenwagen, Kreisel und Trom-
meln. Doch es gab auch einen Stand, wo Tiere verkauft wurden,
ein munteres Gewusel aus Küken, Hamstern, Meerschweinchen,
Hundewelpen und Goldfischen. Und die Schießbude eines
lächelnden Armeniers, mit Losverkauf und Stofftieren als Preise.
Und schließlich ein paar schöne Handwerksstände, mit geflochtenen Körben, bestickten Deckchen und kleinen handgeschnitz-
ten Flöten. Eine alte Frau mit zwei Körben Taralli und ofen-
frischem Brot, mit Caciocavallo-Käse und Sopressa-Salami und
sogar drei Stück des kostbaren, streng verbotenen Madenkäses,
die sogleich ausverkauft waren. Und der Süßigkeitenstand, bunt,
hell, mit Musikbeschallung und einer Verkaufsfläche voll mit
Lakritze, Erdbeerbonbons, Colalutschern, Mandelkrokant und
Mäusespeck in allen erdenklichen Farben.

Lillo ließ sich eine gemischte Tüte geben und bot Olimpia
Casaburi davon an.

»Machst du Witze? Da bekommt man allein vom Anblick
schon Diabetes.«

»Egal, ich brauche jetzt was Süßes.«

Sie sah ihn schweigend an. Der Jesuit kramte in seiner Tüte,
zog ein bananenförmiges Bonbon heraus, betrachtete es nachdenklich und steckte es sich dann in den Mund.

»Und, hast du entschieden?«

»Was entschieden?«

»Das weißt du genau. Danach geht es dir bestimmt besser.«

»Das sagst du so … Also gut, bringen wir es hinter uns.«

Er hakte sie unter und führte sie aus der Menschenmenge
heraus. Die halbvolle Süßigkeitentüte landete achtlos im Rinn-
stein.

Die Kopie der Autopsie lag in Elenas Akte, gemeinsam mit den
Fotos der Leiche, wie sie auf dem Algenhaufen gefunden worden war und später vom Obduktionstisch. Alles da: die klaffenden Wunden, der zerfleischte Brustkorb, die von Messerschnit-

ten zerfurchten Hände, die Fingerstummel, das Gesicht eine einzige Masse zerfetzten, geschwollenen Fleisches, der Kranz der unpassenderweise kürzlich geschnittenen Haare, der massakrierte Unterleib, die Knochen, die unter dem Fleisch durchschimmerten. Und dann Samirs Akte, der eingeschlagene Schädel, das schöne Gesicht, und davor der Sandhaufen mit dem obszön herausragenden Bein. Und schließlich Bebè, die arme ertrunkene Meerjungfrau, das entstellte, aber noch erkennbare Antlitz, die goldenen Armreifen, die auf der nassen Mole glitzern. Santomauro schloss die Augen und rieb sich die Lider, bis er Sternchen sah. Sein Kopf war ein einziges Durcheinander. In der Ferne kündigten einige herüberschallende Böller den Beginn des ersten Feuerwerks vom Patronatsfest der heiligen Atenaide an.

Santomauro stand seufzend auf, um sich einen Kaffee zu kochen, als Lazzarin mit fast entschuldigender Miene im Türrahmen erschien und unerwarteten Besuch ankündigte.

Olimpia trat als Erste ein und setzte sich ihm gegenüber an den Schreibtisch mit so düster-entschlossener Miene, wie sie sonst wahrscheinlich nur ihr Zahnarzt zu Gesicht bekam. Pater Lillo folgte ihr, und zuerst schien er hinter ihr stehen bleiben zu wollen, die Hände auf die Rückenlehne ihres Stuhls gelegt wie ein Schutzengel, doch die Casaburi schaute kurz mit gerunzelter Stirn zu ihm auf, woraufhin sich der Jesuit neben sie setzte, eine gefasste, undurchdringliche Miene auf seinem attraktiven gebräunten Gesicht und die Hände im Schoß gefaltet. Er trug einen dunklen Anzug mit Kollar, den Santomauro noch nie an ihm gesehen hatte und der ihn haargenau als der erscheinen ließ, den er darstellen wollte: einen Mann der Kirche und unparteiischen Ratgeber.

Olimpia Casaburi hingegen schien einfach nur wutentbrannt zu sein, die Wut kräuselte ihre dunklen Augenbrauen und machte sie noch hässlicher.

»Allem voran, Maresciallo, will ich Ihnen sagen, dass ich nicht aus freien Stücken hier bin. Pater Lucarello hat mich quasi dazu gezwungen. Er glaubt, die Kleinigkeit, die ich Ihnen zu erzählen habe, wäre von grundlegender Bedeutung für Ihre Ermittlungen und könnte dazu beitragen, dieser schrecklichen Mordserie ein Ende zu bereiten.«

Dies waren ihre Worte, doch ihre zornerfüllten Augen sprachen eine andere Sprache, und der Maresciallo konnte ohne Schwierigkeiten darin lesen.

Sie besagten, dass ihr die Mordopfer kaum gleichgültiger hätten sein können, zwei Frauen, die sie verachtet, gehasst und beneidet hatte, und ein Schwarzer, den sie nicht einmal mit Handschuhen angefasst hätte. Sie sagten, dass sie hier saß, weil ein höherer Wille sie gezwungen hatte, und sie sagten außerdem, dass sie nur das Allernötigste erzählen würde, aber nichts von dem, was sie darüber hinaus noch wusste.

»Gegen Mitte Juli habe ich zufällig mit Elena Mazzoleni telefoniert, in Neapel. Nicht dass ich das häufiger getan hätte, damit Sie mich richtig verstehen. Wir waren nie besonders eng befreundet.«

Santomauro übersetzte für sich: Olimpia hatte sie angerufen, und zwar aus einem bestimmten Grund.

»Bei dieser Gelegenheit erzählte ich ihr nebenbei etwas, das Pater Lucarello zufolge ausschlaggebend für ein paar Dinge gewesen sein könnte, die zu ihrem Tod geführt haben. Wenn das stimmt, was ich nicht glaube, tut es mir leid.«

Sie schwieg wieder, verzog die Lippen mit dem Rest pflaumenfarbenem Lippenstift. Von wegen nebenbei, Olimpia hatte Elena einzig aus diesem Grund angerufen, und wenn sie deswegen ermordet worden war, sollte es ihr nur recht sein.

»Um es kurz zu machen, ich sagte ihr, dass ich ihren Mann mit Valentina Forlenza in Rom gesehen hatte und dass das Verhalten der beiden nicht danach aussah, als sei ihre Affäre beendet. Sie war nicht besonders erfreut darüber, offensichtlich ging sie davon aus, dass sie Pippo wieder zurückerobert hatte.«

Selbst jetzt konnte sie sich kaum das schadenfrohe Grinsen verkneifen, das die Erinnerung daran, wie sie ihrer Feindin den tödlichen Schlag versetzt hatte, ihr ins Gesicht trieb. Santomauro fühlte einen leichten Ekel in sich aufsteigen, dann begeg-

284

nete er Lillos Blick und erkannte darin einen Widerschein seiner eigenen Gefühle, gepaart mit etwas, das wie Verständnis oder Mitleid aussah.

»Nun weiß ich nicht, ob es aufgrund meines Anrufes war, dass Elena hierher nach Pioppica kam und sozusagen Valentina einbestellte. Ich weiß auch nicht, ob Valentina sie im Verlauf ihres Streits ermordet hat und geflohen ist, und ich glaube auf gar keinen Fall, dass mich irgendeine Schuld trifft an dem, was passiert ist. Aber Pater Lucarello scheint der Meinung zu sein, dass ich irgendeine moralische Verantwortung trage, und hat mir diese Art Buße auferlegt. Ich hoffe, er ist nun zufrieden.«

Während des ganzen Gesprächs hatte sie ihn kein einziges Mal angesehen, obwohl der Jesuit offensichtlich immer im Mittelpunkt ihres Denkens und Handelns stand. Jetzt erhoben die beiden sich und waren schon bei der Tür angelangt, als Santomauro endlich eine vernünftige Frage einfiel.

»Entschuldigen Sie, können Sie mir sagen, was Sie bewogen hat, Elena Mazzoleni über die vermeintliche Untreue ihres Mannes zu unterrichten?«

Sie musterte ihn zögernd, die Hand auf der Türklinke. Der Jesuit hinter ihr schien zusammenzuzucken, während seine Finger ihren Ellbogen umfassten.

»Es war doch meine Pflicht, meinen Sie nicht, Maresciallo?«

»Und warum fühlten Sie sich bei anderen Gelegenheiten nicht dazu verpflichtet? Soweit ich weiß, bestand das Verhältnis zwischen Signor Mazzoleni und Signora Forlenza, wenn auch mit Unterbrechungen, seit einigen Jahren. Warum haben Sie gerade jetzt beschlossen, sich einzumischen?«

Olimpia wurde rot vor Zorn.

»Das geht Sie nichts an, mit Verlaub. Sagen wir, ich wollte Elena eine Gefälligkeit erwidern.«

Und eilig rauschte sie hinaus. Fast so, fand Santomauro, als würde sie von Pater Lillo geschoben.

Elena Mazzoleni liebte ihren Mann.

Sie hatte über seine offensichtliche Untreue hinweggesehen,

hatte ihm verziehen und seinen Beteuerungen geglaubt, hatte versucht, die Augen vor den Zweifeln und Verdächtigungen zu verschließen, und sich allmählich entspannt. Valentina hatte sich lange nicht blicken lassen. Die Arbeit und ihre Abenteuerlust hatten sie in die Ferne geführt, und sie konnte endlich glauben, Pippo wieder ganz für sich allein zu haben. Dann der Tiefschlag, der boshafte Anruf einer Freundin, die die gleichen giftigen Waffen gegen sie richtete, mit denen Elena so gewandt umzugehen verstand. Die Unterstellung, die Missgunst, der Verdacht. Elena beschloss zu reagieren, sich nicht geschlagen zu geben. Sie rief die Rivalin an, verlangte Erklärungen, und leider willigte die andere ein, sich mit ihr zu treffen.

Es war ein Leichtes, sich den Streit zwischen den beiden Frauen auszumalen, die Beschuldigungen, den aufwallenden Zorn, die Mordlust. Schwieriger schon, sich das Danach vorzustellen, wie Elenas Leiche verstümmelt wurde, die wilde Zerstörungswut von allem, was an ihr noch menschlich war, und Valentinas Flucht. Wo war sie hin, sollte sie es gewesen sein?

Denn davon war Santomauro immer noch nicht überzeugt.

Pietro Gnarra hatte schon zwei Kaffee, einen Magenbitter, drei Bitterlemon und einen Zitronensirup intus. Er konnte nicht mehr. Solche Feste waren Gift für seinen Magen, auf Schritt und Tritt traf er Freunde und Bekannte und konnte einfach nicht nein sagen.

Er saß an einem der Tische vor der Bar Centrale mit seinem aktuellen Getränk vor sich. Gleich würde er zur Piazza Alario hinaufgehen müssen, doch seine Eingeweide wanden sich beim Anblick der älteren und jüngeren Damen von Pioppica, die in Festtagslaune vorbeiflanierten, jede mit etwas Essbarem in der Hand. Es würde böse enden, das wusste er.

Wenn ihm wenigstens jemand Beistand leisten würde. Aber nein, sie hatten sich alle in ihre Winkel verkrochen. Simone saß noch im Büro unter dem Vorwand, Schreibkram zu erledigen, Totò hatte sich bis vor einer halben Stunde hier herumgetrieben, hustend und niesend, ließ sich aber schon eine Weile nicht mehr blicken, und Pietro hatte den Verdacht, dass er krankfeierte. Ammaturiello hatte frei, der Glückliche, und alle anderen, die unauffällig den friedlichen Verlauf des Festes hätten überwachen sollen, hatten sich in Luft aufgelöst. Sogar Cozzone war verschwunden, nur er selbst war noch übrig, bereit, sich für die Sache zu opfern.

Seufzend stand er auf. Das war einfach nicht gerecht.

»Kommen Sie, Brigadiere, ich habe da ein Tröpfchen, das Sie unbedingt probieren müssen.«

Der stellvertretende Bürgermeister, Dottor Valente, mit Bartomeu Palmisano, dem Tourismusbeauftragten und Grundschullehrer des Ortes, genannt Don Pampelmus.

Gnarra ließ sich unterhaken und ins Festgetümmel entführen. Immer er.

»Hallo, Maresciallo? Hier spricht jemand, der die Fakten kennt. Ich wollte Ihnen sagen, dass die Signora Regina Capece Bosco bis zum Hals in Schulden steckt, und wer weiß schon, ob der Herr Architekt Mazzoleni ebenso großzügig ist wie seine arme Frau. Und außerdem, dass der Architekt De Giorgio gar nicht weg ist. Er hat sich in seinem Haus verkrochen, und das Mädchen habe ich auch gesehen. Das wollte ich Ihnen nur sagen, was ich hiermit getan habe. Nun erledigen Sie Ihre Arbeit.«

»Ich danke Ihnen von Herzen, Signorina Pilerci. Ihre Informationen sind immer Gold wert. Könnten Sie mir bitte auch noch etwas anderes bestätigen?«

Nach einem kurzen bestürzten Schweigen fasste die anonyme Informantin sich wieder und gab Santomauro die gewünschte Auskunft.

Piazza Aloisio Alario war buchstäblich mit Fotos tapeziert. Schwarzweißbilder im Format dreizehn mal achtzehn, an Ausstellungswände gepinnt, über Tische verstreut, zu Alben sortiert, Fotos überall. Die Leute gingen von einem zum anderen, betrachteten sie neugierig, taten erstaunte Ausrufe, deuteten auf einzelne Bilder, suchten nach bekannten Gesichtern.

Das war sie also, die große Überraschung zum Fest der heiligen Atenaide, und der Erfolg übertraf alle Erwartungen. Sie kamen aus Vallo, aus Centola, Ceraso, Pioppi, Acciaroli, Casalvelino, Ogliastro, Casale Marino, Stio, Moio, sogar aus Palinuro oder von noch weiter her. Alle wollten die cilentanischen Brautleute sehen, um einen Verwandten, einen Freund zu finden, ein schon lange verblichenes Gesicht oder auch das eigene, um etliche Jahre jünger.

Es war eine geniale Idee, der Tourismusbeauftragte rieb sich zufrieden die Hände. Brautpaare aus den dreißiger Jahren bis heute, manche sogar noch älter, allesamt am glücklichsten Tag ihres Lebens verewigt. Naive und verlorene Gesichter, junge, gerade erst erblühte Mädchen in dem von Mama genähten Kleid, junge Männer mit Bauernhänden, die Haare toupiert, im feinen Anzug für den besonderen Anlass, und drum herum die Verwandtschaft, mit aufgerissenen Augen ins Objektiv starrend. Hübsche Bräute und hässliche Bräute, junge und alte, fröhliche oder verwirrte, in schlichtem Weiß oder über und über mit lächerlich viel Spitze und Tüll behangen, alle mit derselben bangen Hoffnung im Blick. Für viele von ihnen hieß es nach der Zeremonie Abschied nehmen von Freunden und Familie, von dem bescheidenen Heim und den Erinnerungen, und auf übers Meer nach Venezuela oder Argentinien, ferne und geheimnisvolle Gefilde, von denen weder sie noch ihre Männer und Kinder je zurückkehren würden.

Andere Emigranten hingegen kamen wieder, manche mit Geld, manche ohne, doch immer randvoll mit Geschichten, und nun waren sie hier, auf dem Platz, und suchten mit Tränen in den Augen ihre Fotos.

Auch die Feriengäste hatten Tränen in den Augen, obschon meist vor Lachen, wenn sie die Kellnerin entdeckten, im Brautkleid und zwanzig Jahre jünger, oder die Kurzwarenhändlerin, den Fischverkäufer und Ciccino, der am Strand die Sonnenschirme aufstellte.

Mindestens eine Stunde lang beachtete keiner die langen Tische, wo willige Hausfrauen Teller und Bleche und Tabletts voll der herrlichsten Leckereien abstellten, welche die Phantasie und die cilentanische Küche nur hervorbringen konnten. *Melanzane 'mbuttunate,* mit Hackfleisch und Käse gefüllte, gebratene Auberginenscheiben, außerdem Pizzen mit Borretsch und gefüllte Pizzen, *cicci maritati,* die traditionelle Gemüse-Getreide-Suppe, die typischen *Vicci*-Brotfladen mit Kartoffeln, die mächtigen, mit Fenchel gewürzten süßlichen *Tortani*-Brötchen, die mit Creme gefüllten *nocchetelle,* die frittierten Honigbällchen, *struffoli* genannt, und die *scauratielli,* luftig gebackene Pfannkuchenkringel, all das blieb lange unberührt liegen, bevor die Aufmerksamkeit der Menge sich allmählich dem Essen zuwandte. TeleCilento war mit drei Kameras und einem Reporter vor Ort, und die Bühne für den Vortrag der extra für diesen Anlass von Heimatdichtern verfassten Verse war der nobelste, wenn leider auch der am schlechtesten besuchte Ort der ganzen Kirmes.

Plötzlich fügte sich in seinem Kopf eins zum anderen, in glasklarer, beinah verstörender Perfektion. Alles, jedes kleinste Detail, jeder Widerspruch, der ihn in den letzten Tagen umgetrieben hatte, jedes Wort, über dem er gebrütet hatte, jede nervige und noch so unpassende Einzelheit fand plötzlich seinen Ort. Und die Wahrheit war so grausam, dass Santomauro für einen Moment die Augen schloss.

Pippo Mazzoleni schlenderte von einer Stellwand zur nächsten, in der Hand einen angebissenen Struffolo. Es waren wunderschöne Bilder, welche die Hochzeitsgesellschaften auf den Gassen, Plätzen und vor den Kirchen der umliegenden Ortschaften zeigten.

Unwillkürlich musste er an seine eigene Hochzeit denken, und aus irgendeinem Grund kamen ihm diese Brautleute von vor vielen Jahrzehnten jünger und realer vor, als er und Elena es vor gar nicht so langer Zeit gewesen waren. Ihr Hochzeitsalbum, natürlich in teures Leder gebunden, lag irgendwo zu Hause in Neapel, seit langem vergessen. Pippo konnte sich nur noch an das eigenartige Hochgefühl damals erinnern, und an die Orangenmousse zwischen dem Fisch- und dem Fleischgang. An Elena nicht, an sie erinnerte er sich überhaupt nicht mehr. Dabei hatte er sie geliebt, und hätte es Valentina nicht gegeben ...

Hätte es Valentina nicht gegeben, wäre das alles nicht passiert, sagte er strikt zu sich selbst. Hör auf, an sie zu denken, das tut dir nicht gut, ist nicht in Ordnung.

»Pippo!« Die Stimme riss ihn aus seinen Gedanken. Mit einem mechanischen Lächeln drehte er sich um, in der einen Hand den Struffolo, in der anderen ein Foto.

»Bist du am Träumen? Komm mit uns, auf der Bühne steht einer, der ist zum Totlachen.«

Regina lächelte ihm zu, während sie ihn freundschaftlich unterhakte.

Gerry und Aloshi waren nicht weit weg, ebenso de Collis, untadelig wie immer. Und er wusste, wenn er sich umdrehen würde, wären da Olimpia Casaburi mit ihrem Priester, Mina D'Onofrio – heute ohne Mann? –, Evelina Fasulo und Gatte, Avvocato Palumbo, die Pasqualettis, vielleicht sogar der Steuerberater Maurizio, den er seit dem Abend im Blue Moon nicht mehr gesehen hatte. Nur Bebè fehlte, doch keiner schien sich zu erinnern, was ihr zugestoßen war.

Er ließ sich von Regina und den anderen mitziehen, lachte und unterhielt sich. Schluss mit Valentina, Schluss mit allem. Morgen, sagte er sich, beginnt die zweite Hälfte meines Lebens.

»Komm schon, Olimpia, entspann dich. Dir ist eine Zentnerlast vom Gewissen genommen, hatte ich recht oder nicht?«

»Ich höre immer Gewissen. Ich wusste nicht einmal, dass du eins besitzt, Olimpia!«

»Bitte, Gerry, ich bin nicht zu Scherzen aufgelegt.«

»Das stimmt allerdings, du siehst aus, als kämst du von einer Beerdigung.«

»Habt ihr etwa schon vergessen, dass die letzten Tage alles andere als lustig für sie waren?!«

»Wenn es das ist, lieber Lillo, sie waren für keinen von uns
lustig, aber man darf den Kopf nicht hängen lassen.«

»Nun, das gelingt dir ja ganz hervorragend, liebe Regina.«

»Typisch Jesuit. Aber dir kann ich ja eh nicht böse sein.«

»Die Macht der Kutte. Komm mit, Olimpia, rate mal, wer
das hier auf dem Foto ist.«

»Danke, ich hab's wirklich nicht mehr ausgehalten.«

»Das sieht man dir an. Nun hör doch endlich auf damit.«

»Du hast ja keine Ahnung. Du hast ja keine Schuld.«

»Glaubst du das wirklich?«

Keine Ahnung, wie, sicher war nur, dass er heute Abend sterben
würde. Dort stand er und lachte und scherzte, schön wie immer, nur ein paar Falten der Anspannung im Gesicht.

Später, im Schutze des Durcheinanders, der Menschenmenge, der Nacht und des Feuerwerks.

Später am Abend.

»Gnarra, hab ich recht? Und der Vorname, wenn das nicht indiskret ist?«

»Aber keineswegs, überhaupt nicht! Ich heiße Pietro, Pedro
für meine Freunde. Und wofür steht Mina, wenn ich fragen
darf?«

»Gerolama. Nun machen Sie nicht so ein Gesicht, sagen Sie
ruhig, dass der Name schrecklich ist.«

»Sagen wir, ungewöhnlich.«

»Sagen wir, schrecklich.«

»Wie Sie wollen. Und Ihr Mann?«

»Musste abreisen.«

»Eine längere Reise?«

»Sehr lang.«

»Und die Töchter?«

»Sind auch abgereist. Lange Reise.«

»Wissen Sie, dass man Sie weniger für die Mutter als vielmehr
eine der Schwestern halten würde? Aber das sagen Ihnen sicher
viele.«

291

»Niemand mit so einem hübschen Lächeln wie Sie. Wollen wir gehen?«

»Zum Orchester?«

»Witzbold.«

Der Weg nach Casale Marino war ihm noch nie so lang vorgekommen. Ungeduldig raste er über die Landstraßen, nahm mit quietschenden Reifen die Kurven.

Er fand leicht zu Mebazis Wohnung und traf ihn auch zu Hause an. Der Marokkaner stand vor seinem kleinen Herd und kochte etwas mit Reis und Fisch. Freundlich lächelnd lud er ihn ein, Platz zu nehmen, doch der Maresciallo hatte es eilig. Er stellte ihm eine einzige Frage und bekam die Antwort, die er erwartet hatte. Mebazi blickte ihm von der Türschwelle nach, als er davonraste.

Angesichts des schon am Nachmittag unerwartet großen Andrangs hatte man eingesehen, dass das Konzert nicht an der Strandpromenade würde stattfinden können. Also war der Pavillon in wilder Hast ab- und auf der Piazza Santi Apostoli wieder aufgebaut worden, dem größten Platz in der Altstadt des Ortes.

Er befand sich im abseits und höher gelegenen Teil des Ortes, der nur bei wichtigen Festen zu Leben erwachte. Seine Größe und die Nähe zur Kirche, die dezente Beleuchtung und die alten Palazzi aller bedeutenden Familien, deren Balkone auf den Platz gingen, machten ihn zu einem natürlichen Amphitheater für besondere Anlässe.

Nun füllte sich die Piazza allmählich mit den Nachzüglern, die zu Hause gegessen hatten und sich, wenn sie schon kein besonderes Interesse an den Fotos hatten, doch um nichts auf der Welt das Konzert entgehen lassen wollten. Sie kamen zu Fuß herauf, nachdem sie ihre Autos, wo sie gerade eine Lücke fanden, geparkt hatten. Cozzone war der Pechvogel, der mit zwei weiteren Carabinieri den Verkehr überwachen und sicherstellen sollte, dass die Durchfahrt zur Via Martiri di Belfiore, der am Meer verlaufenden Hauptstraße, nicht blockiert war.

Die rund hundert Klappstühle vor dem Pavillon waren alle besetzt. Festlich gekleidete Dorfbewohner und mehr oder minder ordentlich angezogene Urlauber saßen dort und kauten auf ihren Karamellmandeln. Zwei oder drei kleine Mädchen tanzten und spielten Nachlaufen und zogen wohlwollende bis missmutige Blicke auf sich. Auf der Bühne machte Katia Coscialunga ihrem Namen – Katia Langbein – alle Ehre und enttäuschte ihre Fans nicht. Der schwindelerregende Schlitz ihres Rockes bewegte sich auf und ab. Mit jedem Mal, wenn sie die Arme hob und den Taktstock schwang, verfestigte sich der Verdacht, dass sie allenfalls einen Tanga trug.

Leandro de Collis saß neben Regina Capece Bosco, Pippo Mazzoleni stand etwas abseits, andere Freunde saßen in der Nähe verteilt.

Regina jaulte leise die Carmen-Arie »*L'amour est un oiseau rebelle*« mit. Der Professore hingegen litt still vor sich hin. Elena, Elena, warum ausgerechnet du? Er hatte sie geliebt, auch wenn er lange Zeit hatte glauben wollen, dass es nur eine Bettgeschichte war. Er hatte ihren beißenden Sarkasmus geliebt, ihre Intelligenz, ihren ätzenden Humor, doch vor allem hatte er das unglückliche Kind geliebt, das sich hinter der Fassade verbarg, das Kind, das glaubte, nicht der Liebe wert zu sein. Er hatte es sorgfältig vor ihr geheim gehalten, wohl wissend, dass sie ihn gnadenlos verschlungen hätte, er war weiterhin wie beiläufig mit ihr ins Bett gegangen, und nun war es für alles zu spät.

»Siehst du ihn?«

»Er hat hinten einen Platz gefunden. Den sind wir los.«

»Gerry!«

»Tut mir leid, meine Liebe, aber ich ertrage dieses Individuum einfach nicht. Er ist aalglatt und so arrogant, dass es selbst für einen Journalisten zu viel ist.«

»Entschuldigt, der ›Toreador‹ ist nicht gerade meine Lieblingsarie. Ich gehe mir ein wenig die Beine vertreten.«

293

»Olimpia ist heute Abend nervös.«

»Erste Aufwallungen der Wechseljahre, nichts, worüber man sich Sorgen machen müsste.«

Titta Sangiacomo fühlte sich wie ein Sperber unter Tauben. Genauer gesagt, dieses Bild hatte er von sich, als er sich seinen Weg durch die Menge bahnte, vom Platz aus zu den Punkten ausschwärmte, von denen man um Mitternacht das Feuerwerk sehen konnte. Er suchte ein bekanntes Gesicht, fand aber keins. Alles nur Dorftrottel. Dabei waren alle da. Gerade waren sie doch noch da gewesen, Regina, Olimpia, Pippo, Leandro, der Jesuit, Aloshi und Gerry, Mina, und nun waren sie wie vom Erdboden verschluckt. Eigentlich hatten sie schon den ganzen Abend diese Tendenz gezeigt. Ob sie ihm aus dem Weg gingen? Unmöglich, sie konnten es doch nicht wissen.

Kann man aus Liebe töten? Olimpia glaubte ja.

Sie sah ihren Freunden ins Gesicht, besser gesagt ihren Bekannten um sich herum. Aloshi, vielleicht. Hinter ihrer glatten asiatischen Schönheit glomm ein Feuer, das sie kannte. Lillo. Von den anderen Männern keiner. Vielleicht Regina.

Und sie selbst natürlich.

Schon lange vor Pioppica sah er die Autos, die auf beiden Seiten der Straße parkten. Nur noch wenige Kurven, dann lief er auf die Rücklichter des Wagens vor ihm auf. Dicht an dicht wie eine Schlange mit tausend roten Augen schoben sich die Autos durch die dunkle Nacht. Die Lichter des Dorfes waren noch nicht zu sehen. Santomauro verschränkte die Arme über dem Lenkrad und seufzte.

Das Feuerwerk begann um Mitternacht. Dieses Jahr kam der Pyrotechniker aus Crotone, und es ging das Gerücht, dass er der Beste seiner Zunft sei, und der Teuerste noch dazu. Die Einwohner von Pioppica Sopra würden vor Neid platzen, denn das diesjährige Fest der heiligen Atenaide würde in die Geschichte eingehen.

Was sich bewahrheiten sollte, wenngleich keiner der Leute, die einen bequemen Sichtplatz zu ergattern versuchten, ahnte, warum.

Die Grüppchen verteilten sich langsam über Balkone und Terrassen. Die größten Feuerwerkfans zogen sich an streng geheime Orte zurück, die nur sie kannten. Der beste Ort, um das Feuerwerk anzusehen, war bei den letzten Häusern am oberen Dorfrand. Die Kenner behaupteten steif und fest, dass man von hier die Böller nicht nur fast vor der Nase hatte, sondern ihr Dröhnen auch bis in den Bauch spüren konnte.

Im Gemenge und in der Finsternis war es unmöglich, Gesichter zu erkennen oder zu wissen, wer wo war und mit wem – die Rechnung ging auf. Nun galt es nur noch, sich diskret von den Freunden zu entfernen und über den zuvor ausgekundschafteten Pfad in Richtung Rocca zu laufen, die sich in unmittelbarer Nähe vor dem schwarzen Horizont erhob. Das Auto stand auf der Fläche, wo der Parkplatz entstehen sollte. Und im Kofferraum …

Der Feuerwerker aus Crotone hatte die Grippe. Er hatte sie schon seit dem Vortag in den Gliedern gespürt, und um fünf Uhr heute Nachmittag waren Schüttelfrost und Hitzewallungen hinzugekommen. Trotzdem hatte er nicht die geringste Absicht, seine Auftraggeber zu enttäuschen. Auf seinem Gebiet war er der Beste, und Gerüchte verbreiteten sich schnell. Heute noch ganz oben, liegst du morgen schon im Dreck. Also wischte er sich den Schweiß von der Stirn und kontrollierte sein Material. Der Untergrund in der Umgebung war trocken, ringsum Gestrüpp, es hatte lange nicht mehr geregnet. Ein Funke am falschen Ort würde reichen, damit alles in Flammen aufging, doch er machte sich deswegen keine Sorgen, dafür übte er diesen Beruf schon viel zu lange aus.

Immer hinterher, über die Fußwege zwischen den alten Häusern hindurch, deren Anblick so vertraut war. Um ihn nicht zu verlieren, musste man dicht an ihm dranbleiben – zum Glück rechnete er nicht damit, verfolgt zu werden, und sah sich nicht um. Und selbst wenn er es getan hätte: Die schwarze Kleidung seines Verfolgers verschmolz mit der Dunkelheit. Geräusche waren bei dem Geballer ohnehin nicht zu hören. Überhaupt zog das Feuerwerk die allgemeine Aufmerksamkeit auf sich. Ein unverhofftes Glück, doch selbst wenn es anders gewesen wäre, in dieser Nacht würde so oder so gestorben.

Das Handy war tot. Santomauro warf es fluchend auf den Beifahrersitz. Sinnloses Ding, er nutzte es nie, und wenn er es doch einmal brauchte, war der Akku leer. Die Autoschlange vor ihm stand still, eine reglose Kette roter Lichter in der Dunkelheit. Manfredi und Gnarra waren ganz sicher im Dorf, aber er konnte sie nicht erreichen. Frustriert schlug er mit der Hand auf das Lenkrad.

Er musste so schnell wie möglich nach Pioppica. Ohne sagen zu können, woher sie kam, spürte er die dumpfe Gewissheit, dass er den Mörder noch heute Nacht stoppen musste.

Andernfalls, das fühlte er mit jeder Faser seines Seins, würde er wieder töten.

Die Klinge lag schwer und kalt in ihrer Hand. Mit diesem Mord würde alles anders werden, das war klar, aber es gab kein Zurück. Nur Mut, ihre Herkunft war nicht verloren, alles, was sie gewesen war, was davon übrig war. Sie packte den Griff des großen Tauchermessers noch fester.

Das Auto vor ihm rollte ein paar Meter weiter. Santomauro folgte ihm bis um eine Kurve. Vor ihm, aber immer noch weit weg, erkannte er die Lichter von Pioppica. Das Feuerwerk erstrahlte in seiner ganzen Farbenpracht am Himmel.

Er schloss die Augen, doch der Abglanz der Lichter zuckte weiter hinter seinen gesenkten Lidern. Als er sie wieder öffnete, blendete ihn ein greller Blitz.

Die Feuerwerkskörper schienen alle auf einmal zu explodieren, in der Ferne, und vielleicht taten sie es wirklich, dachte er mit Grauen. Der Himmel wechselte in frenetischem Rhythmus die Farben, Weiß, Gelb, Grün und Rot und dann Wieder Gelb, dann begannen vor dem Schwarz der Berge die Flammen zu lodern. Feuerzungen schlugen blitzartig in dem von der Sommersonne versengten Buschwerk hoch, die nächtliche Brise tat das ihre, und innerhalb weniger Minuten stand der ganze Hang über und vor dem Dorf in hellen Flammen.

Die Zementsäcke waren in der Dunkelheit ein unförmiger Haufen. Im Vorbeigehen stieß er mit dem Fuß daran, wie um sich zu vergewissern, dass sie an ihrem Platz standen. Sein Pass in die Freiheit.

Er erreichte das Plateau, wo die Arbeiter in wenigen Tagen damit beginnen würden, den Zement für den Parkplatz der Villenbewohner zu verteilen.

Er hatte die Grube nicht vorher ausheben können, denn obwohl die Rocca weit genug entfernt war, hätte sie jemandem auffallen können, doch der Boden war weich und er würde nicht lange brauchen.

Er packte eine der Schaufeln, die neben der Hecke lagen, und begann zu graben. Das Bündel auf der Erde zuckte. In einem Anfall blinder Wut versetzte er ihm einen Fußtritt. Dieser ganze Mist war ihre Schuld, ihr Wahn war der Grund für all das Töten.

Die Funken stoben um den Haufen trockener Blätter und Unkraut und entlockten ihm züngelnde Flammen. Die Kanister mit Trichlorethylen und Lacken standen anbei, und es dauerte nicht lange, bis die Flammen an der Mauer leckten.

Wie eine Rachegöttin ging sie aus der Dunkelheit auf ihn los, die Lippen zu einem stummen Schrei aufgerissen. Das Messer in ihrer Hand blitzte im Schein der fernen Flammen.

Er drehte sich um, das Gesicht bleich vor Wut: »Regina!«

Er konnte der Klinge nicht ausweichen, die in seinen Arm

fuhr. Die Frau hob erneut die Waffe. »Du hast lange genug mit mir gespielt, du Widerli…«

Die Worte erstarben auf ihren Lippen. Jetzt erst bemerkte sie das gefesselte und geknebelte Bündel, das sich vor ihnen auf der Erde wand. Aus einer klaffenden Wunde an der Stirn troff Blut über das Gesicht und verzerrte die Züge, doch es gab keinen Zweifel, dass sie es war. Die Stimme war nur ein Hauch: »Wie ist das möglich …«

Der Mann nutzte den Moment der Ablenkung und war schon über ihr. Er schlug ihr die Faust ins Gesicht, der Schmerz kam überraschend und brutal, das Messer fiel ihr aus der Hand. Er kniete über ihr, die Hände um ihren Hals gepresst. Regina starrte ihn mit aufgerissenen Augen an, während ihr Blick schon flackerte: »Du! Du warst das alles. Und sie lebt. Aber warum?«

»Ich war es nicht«, brüllte Pippo, und der Griff um ihre Kehle lockerte sich einen Moment. Mühsam rang sie nach einem kostbaren Atemzug.

»Es war alles ihre Schuld. Sie war wahnsinnig. Wahnsinnig vor Eifersucht. Ich kam erst später, mehr als zehn Tage später, sie hatte sich mit der Leiche im Haus eingeschlossen, die Verwesung hatte schon eingesetzt, also habe ich sie zerschnitten, sie unkenntlich gemacht und an den Strand gebracht.«

»Aber warum?«, krächzte Regina.

»Ich wollte, dass *sie* tot ist, das war der einzige Weg, um zu bekommen, wovon ich ein Leben lang geträumt habe. Du müsstest das doch wissen.«

Sein Gesicht war ganz nah an ihrem, seine Augen funkelten im Dunkeln wie die eines tollwütigen Tieres.

»Die Rocca …« Ihre Worte waren nur ein Hauch. »Es war wegen der Rocca. Für sie hast du all das getan.«

»Ja und, was hattest du denn gerade vor?«, verhöhnte er sie. Dann wurde er ernst. »Bebè hatte das Haus betreten, hatte ihr Jammern gehört. Sie lag gefesselt und mit Beruhigungsmitteln vollgestopft im Fahrradschuppen, aber Bebè hatte etwas gehört, früher oder später hätte sie zwei und zwei zusammengezählt. Ich musste sie töten, ich hatte keine Wahl.«

298

Er schien aufrichtig bekümmert. Regina wagte sich nicht zu rühren.

»Und Samir?«

»Ihn auch. Er hatte alles durchschaut, ich weiß nicht wie, er rief mich an und beschuldigte mich. Er wollte sich vergewissern, und dann hätte er mich angezeigt, alles wäre aufgeflogen. Ich hatte doch niemanden umgebracht, bis dahin.«

»Du hast sie am Leben gelassen und versteckt, die ganze Zeit, wie grauenhaft. Warum hast du sie nicht sofort getötet?«

»Ich habe auf einen günstigen Moment gewartet. Unter deinem Parkplatz hätte man sie nie mehr gefunden. Offiziell war meine Frau ohnehin längst tot, und ich hatte ein Alibi. Als ich ankam … Du kannst dir das Grauen nicht vorstellen, die Zerstörung, die Verwesung. Als ich sie dort liegen sah, habe ich blitzschnell entschieden.«

»Und sie …? Sie war es doch, oder?« Sie brachte den Namen nicht über die Lippen.

»Ja, sie war es«, er versetzte dem Bündel auf dem Boden einen weiteren Stoß. »Allein deswegen verdient sie den Tod.«

»Aber du tötest sie wegen der Rocca«, meinte Regina bitter.

»Nicht nur. Nicht nur.« In Pippos Augen lag ein verträumter, etwas irrer Ausdruck. Sie fragte sich, wie sie die Schatten, die in seinen Pupillen nisteten, nur hatte übersehen können. »Die Rocca und Elena waren für mich immer eins, unauflösbar miteinander verbunden. Sie waren Schönheit, Sicherheit, Freiheit, Reichtum … und mit deinem Tod würde die Rocca an sie übergehen.«

Jetzt verstand Regina alles. Eine maßlose Erschöpfung bemächtigte sich ihrer Glieder, während seine Hände sich wieder um ihren Hals zusammenzogen. Sein Gesicht war ein schwarzer, von einem Strahlenkranz umgebener Schatten, ein dunkler Umriss vor den hellen Flammen. Die Flammen! Sie fuhr zusammen, riss die Augen auf, ihre Stimme bahnte sich einen Weg aus der gemarterten Kehle: »Feuer! Die Rocca …«

Pippo drehte sich jäh um. Ein unmenschlicher Schrei entrang sich seiner Brust. Einen Moment, dann rannte er schon auf das

Gebäude zu, das im Dunkeln zwischen den Flammen aufleuch-
tete.

Santomauro sah ihn einen kurzen Moment lang, ein schwarzer
Schatten vor dem orangefarbenen Himmel, dann verschwand
er in dem Haus.

Im Licht der Feuersbrunst entdeckte er die beiden Körper auf
der Erde und rannte zu ihnen.

Regina hielt sich schluchzend die Kehle, die andere Frau lag
reglos, stieß aber durch ihren Knebel Klagelaute aus.

Er löste ihn und sah in ein Gesicht, das er bisher nur von Fotos kannte.

Das Gesicht von Elena Mazzoleni.

Donnerstag, 23. August

Niemand wusste genau, zu welcher Religion Samir sich bekannt hatte, doch Mebazi hatte beschlossen, eine Messe für ihn lesen zu lassen, nun da seine Leiche freigegeben war.

Santomauro saß in der letzten Bankreihe. Die kleine Chiesa Santa Veneranda, am Rande der Ortschaft Casale Marino, war ein äußerst schlichtes Bauwerk. In ihrem Innern gab es nur sehr wenige Sitzplätze, doch noch weniger Leute hatten beschlossen, an der Feier teilzunehmen, so dass die Kirche so gut wie leer wirkte.

Gnarra saß in der ersten Reihe, mit einem feierlichen Ausdruck in dem sonst stets heiteren Gesicht. Neben ihm Manfredi, der immer noch von dem einen oder anderen Hustenanfall geschüttelt wurde. Auf der anderen Seite verfolgte Mebazi mit glänzenden Augen den ihm kaum vertrauten Ritus. Hinter ihm saß de Collis, aufrecht und stocksteif, als hätte er einen Besen verschluckt.

Sonst war niemand da. Von all den Personen, die Samir gekannt hatte, hatte es niemand für notwendig erachtet, ihm das letzte Geleit zu geben. Santomauro ließ sich von den Worten des Priesters einlullen und dachte an dieses junge, weggeworfene Leben, an all das, was Samir nicht mehr würde tun können.

Er würde kein Regisseur werden, würde keine Kinder haben, keine Frau, die wirklich die seine war, bekäme nicht die Würde zurück, wieder Herr seiner selbst zu sein. Er würde für immer der Callboy bleiben, zu dessen Beerdigung die Leute nicht kamen, weil sie sich schämten. Santomauro spürte, dass diese Ungerechtigkeit beinah so groß war wie die seines Todes.

Ein dunkler Schatten verdrängte das Licht, das durch die offene Tür in die kleine Kirche fiel. Jemand rutschte neben ihn auf die Bank. Regina Capece Bosco, wie immer passend zum Anlass in schwarzer Bluse und weißer Hose, begrüßte ihn mit einem stummen Nicken.

Nebeneinandersitzend verfolgten sie die Messe, und der Maresciallo fühlte sich von ihrer Anwesenheit eigenartig getröstet. Am Ende traten sie untergehakt hinaus in die Sonne. Die anderen kamen langsam, einer nach dem anderen heraus, blieben stehen und wussten nicht, was tun. Regina löste sich von ihm und trat zu Mebazi, flüsterte ihm etwas zu und kehrte dann zu Santomauro zurück.

»Maresciallo, ich habe mich noch gar nicht gebührend bei Ihnen bedankt.«

»Wofür denn? Ich habe doch nichts getan.«

»Sie wissen sehr gut, wofür«, gab sie lächelnd zurück. Und Santomauro wusste es wirklich. Er wusste, dass sie versucht hatte, Pippo Mazzoleni umzubringen, um die Rocca zu behalten, doch er hatte kein Wort verloren über das zweite Messer an dem Ort, an dem Pippo seine Frau für immer verschwinden lassen wollte.

»Ich habe gar nichts gemacht«, wiederholte er, nun ebenfalls lächelnd, und sie nickte ernst. Ihre Anwesenheit hatten sie mit der Neugier erklärt, die sie getrieben hatte, dem heimlich wegschleichenden Freund zu folgen. Nun hielt sie jeder für eine Heldin, und im Dorf rissen sich alle darum, sie beim Wiederaufbau der von den Flammen zerstörten Teile der Rocca zu unterstützen.

Mit ihrem Eingreifen hatte sie Elena Mazzoleni das Leben gerettet, zumindest das, was von ihrem Leben übrig war. Die Frau war komplett dem Wahnsinn verfallen, ihr Schicksal lag hinter den Mauern der Gefängnispsychiatrie, wo sie für immer bleiben würde. Ihr Gehirn, höchstwahrscheinlich schon vorher angegriffen, hatte dem Alptraum der vergangenen Tage nicht standgehalten.

Nach dem Mord hatte sie die Leiche ihres Opfers im Schoß

gewiegt, ohne zu wissen, wohin damit, vielleicht auch von Reue geplagt.

Ihr Mann hatte sie gefunden, als die Leiche schon zu verwesen begann, womöglich hatte sie zugesehen, wie Pippo sie verstümmelte, schließlich hatte er sie selbst in dem zweiten Bootsschuppen, den niemand überprüft hatte, gefesselt und geknebelt, wahrscheinlich alles unter dem Einfluss von Sedativa.

In der Düsternis ihres Kerkers, in den wenigen wachen Augenblicken, die die Beruhigungsmittel ihr ließen, hatte ihr Irrsinn sich von den Gespenstern genährt, die ihren Geist verschlangen, und nun war sie nur mehr ein bedauernswertes, delirierendes Wrack. Sie hatten nichts aus ihr herausbekommen, die gesamte Rekonstruktion des Tathergangs und der Motive basierte auf Spekulationen und dem Wenigen, was Pippo Regina vor seinem Flammentod erzählt hatte. Seine halbverkohlte Leiche fand sich knapp jenseits der Schwelle der Rocca, während das Haus, das er so geliebt hatte, größtenteils unversehrt blieb. Einzig der Dienstboteneingang, die Küche und ein paar Zimmer waren den Flammen zum Opfer gefallen, die Anlage an sich war unbeschadet geblieben, vielleicht hatte gar Pippos Eingreifen dazu beigetragen, ein Ausweiten der Flammen zu verhindern, zumindest so lange, bis die Feuerwehr da war.

»Ich frage mich nur«, meinte Regina, »warum er so lange gewartet hat, warum er sie nicht sofort getötet hat.«

»Er wollte garantiert nicht schon wieder eine Leiche im Haus haben, also hat er den passenden Moment abgewartet, um sie auch gleich zu begraben. Dann aber war er doch in Eile. Zu viele Leute hatten versucht, die Villa zu betreten. Titta Sangiacomo, die Polignani. Er hatte Angst.«

»Aber warum ausgerechnet bei mir? Warum hat er sie nicht auf seinem eigenen Grundstück begraben? Dazu hätte er doch ausreichend Zeit gehabt.«

»Sie vergessen, dass Mazzoleni die Villa so schnell wie möglich verkaufen wollte. Das Risiko war groß, dass die Leiche zufällig wieder ausgegraben würde. Die Rocca hingegen …«

»Die Rocca hingegen hätte bald ihm gehört«, beendete sie seinen Satz bitter.

»Eben. Und der Zement hätte das Grab für immer versiegelt. Apropos, ich will nicht indiskret sein, aber was wird nun aus ihr werden?«

Regina sah ihn ernst an: »Paradoxerweise, Maresciallo, hat der Tod meiner Nichte mein Haus gerettet. Valentina war sehr reich, und ich bin ihre einzige lebende Angehörige. Mit ihrem Geld werde ich meine Schulden bezahlen. So ist meine Vergangenheit gerettet, um den Preis meiner Zukunft.«

Sie drehte sich brüsk auf dem Absatz um und ging zu Mebazi hinüber. Trotzdem hatte Santomauro einen Funken der Verzweiflung in ihrem Blick erhaschen können. Der Nachruf auf Valentina Forlenza blieb unvollendet.

»Ein Treff. Habt ihr schon von dem armen Pippo gehört?«

»Ein Cœur. Arme Elena, würde ich eher sagen! Sie hat die Schlange an ihrem Busen genährt.«

»Drei Pik. Es heißt, sie sei komplett hinüber. Eine arme sabbernde Irre.«

»Passe. Der Himmel sei mir gnädig, ich habe keine einzige anständige Karte auf der Hand. Dein Mitleid ist irgendwie abstoßend, Porzia.«

»Fünf Pik. Bitte doch Lillo um des Himmels Gnade, Evelina, vielleicht klappt's ja. Diese fürchterlichen Morde aber auch! Selbst die arme Bebè hat dran glauben müssen.«

»Passe. Ach was, arm! Sie wird schon ihren Anteil daran gehabt haben. Ihr wisst doch, wie Bebè war.«

»Sieben Pik. Gloria, ich bitte dich! Hab ein bisschen Mitgefühl! Der arme Leandro hingegen ... Sich so zu irren. Dabei hätte ihm doch Elenas Körper halbwegs vertraut sein müssen.«

»Kontra und wohl bekomm's. Du bist wirklich schrecklich. Und was Lillo betrifft, ich würde Olimpia niemals in die Quere kommen.«

»Da hast du die Karten, Porzia. Ich finde es ja ein bisschen riskant, aber zum Glück spielst du ja. Irgendwas Neues von Girolimoni, dem Ungeheuer von Rom?«

»Sieben Pik scheinen mir ja eher ein frommer Wunsch von dir zu sein. Der ist immer noch mit seiner Lolita unterwegs. Mina ist verzweifelt, sie berät sich jeden zweiten Tag mit Brigadiere Gnarra, und jeden ersten auch.«

»Agata, hast du schon mal was von einer starken Treff-Eröffnung gehört? Ehrlich gesagt zweifle ich daran, sonst hättest du uns diese peinliche Bieterei erspart. Da fange ich ja fast an, Bebè hinterherzutrauern, und das will was heißen.«

»Gloria, die beiden Gänschen haben sich ein wenig übernommen. Tja, warum eigentlich nicht? Vielleicht gehe ich wirklich mal beichten … Schließlich ist er nicht Olimpias Privateigentum.«

Santomauro blickte sich um; Gnarra verabschiedete sich gerade von Mebazi und kam dann, gefolgt von de Collis, auf ihn zu. Etwas abseits schnäuzte sich Manfredi.

»Unglaublich, oder? Und dann heißt es immer, die Leute hätten kein Herz.« Pietro lächelte, und selbst de Collis wirkte nicht so bierernst wie sonst. »Weißt du, wo Samir beigesetzt wird? Im Familiengrab der Capece Boscos, direkt neben der Leiche der Nichte.«

»Eine nette Geste von Regina, finden Sie nicht?«, mischte sich der Pathologe ein. »Sie meinte, schließlich sei Samir gestorben, weil er Valentina helfen wollte, da sei es nur gerecht, wenn sie nebeneinander begraben werden.«

Santomauro nickte, bekam aber kein Wort heraus.

»Was ich nicht verstehe, Maresciallo, ist allerdings, woher Samir das wusste, und warum er damit nicht zu uns gekommen ist.«

Santomauro räusperte sich, so, jetzt konnte er wohl antworten, ohne dass jemand etwas merkte.

»Er war sich nicht sicher, er wusste ja nur, was er in der Zeitung gelesen hatte, und jemand wie er geht nicht so schnell zu den Carabinieri.«

»Schon, aber die Zeitung habe ich auch gelesen, was stand da, wovon er ableiten konnte, dass der als Elena identifizierte Leichnam in Wirklichkeit Valentina war? Selbst ich, der sie auf dem Obduktionstisch liegen hatte, hätte es nicht mit Sicherheit zu sagen vermocht.«

Das Brennen, das Santomauro am Mageneingang verspürte, wurde kurz heftiger, dann wanderte es wieder nach unten.

»Samir hatte in Kamerun einen Beruf, den er aufgab, um seinen Wunschtraum zu verwirklichen. Doch manchmal und nur für seine Freundin kehrte er zu seiner früheren Profession zurück. Und nebenbei gesagt, sie waren Freunde, nicht Geliebte, das hat Mebazi mir anvertraut.«

»Und welcher Beruf war das?«, fragte de Collis.

»Er war Friseurgehilfe. Er hatte ihr die Haare geschnitten, bevor er nach Rom gefahren war. Deshalb wusste er, dass sie es war. Wir werden nie genau erfahren, wie es gelaufen ist, aber wahrscheinlich hatte sie dem jungen Mann erzählt, dass sie einem Treffen mit Elena zugestimmt habe. Nach allem, was wir von ihr wissen, hatte sie gar nicht vor, zu streiten; vielleicht hat sie sich darum mit der Rivalin verabredet, um ihr das zu sagen, aber es war zu spät. Elenas Hass war schon zu groß, sie hatte ihn gehegt und gepflegt, und nun wartete sie nur noch auf den Funken, der ihn zur Explosion brachte. In Pippos persönlichen Unterlagen haben wir die Aufzeichnungen für den Krimi gefunden, den Sangiacomo gesucht hat. Wenige handgeschriebene Seiten, aus denen man Elenas Wut und ihren Wahn herauslesen kann, die verschiedenen Pläne, die sie entwickelt hatte, um die Feindin auszulöschen. Samir wird vergebens auf Nachricht gewartet haben, und der Artikel in der Zeitung hat den Verdacht in ihm geweckt, dass es sich bei der Toten vielleicht um Valentina handeln könnte.«

Da, jetzt hatte er ihren Namen ausgesprochen, ganz beiläufig, und es war nicht schwer gewesen, zumindest nicht sehr schwer.

»Jetzt verstehe ich. Als er erfuhr, dass der Toten kürzlich die Haare geschnitten worden waren, hat er kapiert, dass es Valentina sein könnte … Armer Junge.«

306

»Allerdings. Denn er ging zu der Verabredung mit Mazzoleni in dem Wissen, dass er vielleicht sein Leben riskierte. Anders lässt sich der Einbruch in Valentinas Haus zuvor nicht erklären. Spontan dachte ich ja an Diebe oder dass jemand den Verdacht auf sie lenken wollte, doch dann wurde mir alles klar. Er wollte unsere Aufmerksamkeit auf seine Freundin richten, nicht unseren Verdacht, so dass wir uns, wenn er sterben sollte, fragen würden, was eigentlich aus ihr geworden war.«

»Löblich, aber selbst Sie haben es nicht verstanden«, meinte de Collis.

Santomauro entspannte sich. Den Widerling de Collis ertrug er viel besser als de Collis den Menschenfreund.

»Sie haben uns ja auch nicht gerade dabei geholfen.«

»Was wollen Sie, kein Mensch ist unfehlbar, außerdem ist es eine alte Geschichte.« Der Arzt wandte beim Sprechen den Blick ab. Santomauro tat er leid. De Collis besaß eine wirklich harte Schale, aber hin und wieder hatte er mittlerweile Gelegenheit gehabt, die Risse in ihr zu sehen.

Wenige Minuten später entfernte sich de Collis mit Mebazi und Regina. Santomauro und seine Kollegen stiegen ins Auto.

»Dann wäre das auch erledigt«, sagte Pietro von der Rückbank. Totò Manfredi nieste, während Santomauro den Motor anließ.

»Was für eine fiese Geschichte. Riskant war's ja schon. Was, wenn wir eine DNA-Probe angefordert hätten?«

»Pietro, du weißt doch selbst, dass das teuer ist und nur in ganz dringenden Fällen gemacht wird. Außerdem dauert die Auswertung lange. Im Notfall hätte er immer noch sagen können, dass er sich geirrt hat, und in der Zwischenzeit gäbe es von Elena schon lange keine Spur mehr.«

»Trotzdem begreife ich nicht, wie Mazzoleni Valentina Forlenza so zurichten konnte«, meldete sich nun auch Manfredi zu Wort. »Er war doch verrückt nach ihr, darin sind sich alle einig.«

»Wir werden nie wissen, was genau passiert ist, was ihm dabei durch den Kopf ging. Vielleicht liebte er sie doch nicht so sehr, vielleicht war die Liaison mit ihr nur eine Möglichkeit, sich der Rocca näher zu fühlen. Denn eins ist jedenfalls sicher, die Rocca begehrte er mehr als alles andere. Nach dem, was Regina uns erzählt hat, muss sie für ihn geradezu zur Obsession geworden sein. Er wollte sie um jeden Preis, und das Verbrechen, das seine Frau begangen hatte, war für ihn die ideale Gelegenheit. Elena hatte mit Regina einen halsabschneiderischen Vertrag geschlossen über die Tilgung der Schulden, sie hätte sie von einem Moment auf den anderen in den totalen Ruin treiben können, aber das interessierte sie gar nicht. Sie genoss es viel mehr, ihre Macht über sie zu spüren, und so begnügte sie sich mit einer kleineren monatlichen Summe. Pippo hingegen wollte die Rocca, und er ergriff die Gelegenheit beim Schopf, doch Elena musste sterben. Selbst wenn sie für den Mord an Valentina verurteilt worden wäre, hätte sie doch ihr Vermögen behalten.«

»Natürlich war der Umstand, dass die Verdachtsmomente ausgerechnet auf die arme Frau fielen, ein Glückstreffer für Mazzoleni. Oder vielleicht hatte er dem Glück auch ein wenig nachgeholfen. Das werden wir niemals erfahren. Aber du, Simone, hattest ja von Anfang an Zweifel an Valentina Forlenzas Schuld.«

»Ja«, nickte Santomauro und schaltete runter, um die Steigung zu nehmen, »ich hatte immer Zweifel.«

»Mein lieber Santomauro, Gaudioso hier. Ich wollte Ihnen meine persönlichen Glückwünsche zum Ausdruck bringen, wie meisterhaft Sie diese kniffelige Angelegenheit gelöst haben. Außerdem wäre es mir eine große Freude, wenn Sie uns bei der Taufe meiner Letztgeborenen beehren würden. Wir sind hier alle sehr stolz auf Sie. Ich habe vor, Sie für eine Belobigung vorzuschlagen. Ihre Opferbereitschaft, Ihr Scharfsinn, Ihr Pflichtbewusstsein verdienen es …«

Selbst in ihren besten Momenten tat man sich schwer, die Strandpromenade von Casale Marino anders zu nennen als trostlos. Jetzt, gegen Ende des Sommers, an einem grauen und windigen Nachmittag, ein Vorbote der bevorstehenden kalten Monate, war sie mehr als trostlos. Der Bürgersteig erstreckte sich ins Unendliche, auf der einen Seite gesäumt von schönen alten Palazzi in verschiedenen Phasen des Verfalls, die sich abwechselten mit heruntergekommenen Häusern samt schrecklichen kleinen Fertigbauten im Garten. Auf der anderen Seite das schäumende Meer und der Strand, bedeckt von einer festen Schicht getrockneter Algen, der sich hinzog, so weit das Auge reichte, ohne einen einzigen Sonnenschirm, ohne Kiosk, ohne irgendwas. Und über allem hing schwer der farblose Himmel.

Santomauro mochte die Strandpromenade von Casale Marino. Er hatte sie immer gemocht, aber an diesem Tag passte sie perfekt zu seiner Stimmung, zu dem Gefühl der Sinnlosigkeit und des Ruins, das ihn umtrieb, mit dem bitteren Nachgeschmack, den die kürzlich abgeschlossenen Ermittlungen bei ihm hinterlassen hatten.

Neben ihm ging Pater Lillo, die Hände in den Taschen vergraben und die Haare vom Wind zerzaust. Sie waren sich zufällig begegnet und stillschweigend gemeinsam weitergelaufen.

»Werden Sie nach Neapel zurückkehren?«, fragte der Maresciallo.

»Ich weiß nicht, ich habe mich noch nicht entschieden. Jedenfalls werde ich bei meinen Oberen einen Antrag auf Versetzung in den Kosovo stellen. Wer weiß, vielleicht willigen sie ja diesmal ein.«

Das sagte er mit einem müden Lächeln, und Santomauro empfand Mitleid mit ihm. Zum ersten Mal spürte er, welche Bürde seine besondere Ausstrahlung für diesen Mann darstellen musste, so wie für manche Frauen ihre übermäßige Schönheit.

»Das wünsche ich Ihnen. Und Olimpia?« Sie waren zum Wasser hinabgegangen, ungeachtet des Sandes, der ihnen in die Schuhe rieselte. Als sie durch die Algen stapften, versanken ihre Füße knöcheltief. Santomauro musste kurz daran denken, dass Valentinas Leiche unter genau solchen Algen gelegen hatte, zu Beginn des Sommers, es schien Ewigkeiten her zu sein.

»Olimpia wird sich damit abfinden. Ich habe schon viel für sie getan.«

Der Maresciallo nickte, obwohl er den Verdacht hegte, dass es eher Olimpia gewesen war, die viel für ihn getan hatte. Er kannte den Grund nicht, aus dem sie Elena angerufen hatte, der berühmte Anruf, der alles in Gang gesetzt hatte, indem er ihren heimlich genährten Hass tausendfach verstärkt hatte. Er kannte den Grund nicht und würde auch nicht danach fragen, aber eine Ahnung hatte er doch.

Das Meer vor ihnen schien zu kochen. Schaum spritzte bis zu ihren Füßen.

»Wissen Sie schon das Neuste von Sangiacomo?«

»Was hat er angestellt?«

»Noch nichts, aber er hat einen Vertrag bei einem großen Verlag unterschrieben für diese Geschichte. Ich habe gehört, wie Olimpia am Telefon davon erzählte.«

»Leute wie er fallen immer auf die Füße.«

»Das ist aber engherzig von Ihnen, Simone, immerhin sind Sie der Protagonist des Ganzen.«

»Ach, du liebe Güte!«

»Na ja, schließlich sind Sie ja auch der Held dieser ganzen unschönen Geschichte. Entschuldigen Sie die Neugierde eines armen Priesters. Wie sind Sie nur darauf gekommen? Ich meine, war es eine Ahnung, ein Verdacht, woher wussten Sie, dass Pippo Elena zur Rocca gebracht hatte?«

»Ich fürchte, das war reines Glück. Ich ahnte, dass er sich das Getümmel des Abends zunutze machen würde, aber ich wusste nicht, wie. Dann habe ich gesehen, dass die Rocca brannte, und bin hin, um zu helfen. Aber es war schon zu spät.«

»Ich bin sicher, dass es das Beste für Pippo war«, sagte der Pater mit ruhiger Überzeugung.

»Haben Sie Nachricht von den Buonocores? Sie sind nicht zu Hause, und ich sollte mit ihnen reden.« Das stimmte nicht, er war nur neugierig.

Der Jesuit lächelte: »Das wissen Sie nicht? Aloshi ist schwanger, sie sind für die Untersuchungen nach Neapel gefahren. Gerry ist außer sich vor Freude.«

»Dann wird er diese Frau wohl behalten, könnte ich mir denken.«

»Ja, könnte sein.«

Sie gingen weiter am Wasser entlang, während der inzwischen tückisch frische Wind ihnen die Jacken blähte. Zwischen ihnen gab es viele unausgesprochene Fragen. Schließlich gab sich der Pater einen Ruck.

»Wie sind Sie nur darauf gekommen? Denn Sie wussten es, habe ich recht?«

»Ich wusste es, aber es hat mir nicht geholfen.«

»Warum sagen Sie das? Sie haben Elena gerettet.«

»Ich hätte lieber Valentina gerettet«, sagte Santomauro und sah ihm dabei fest in die Augen.

Der andere nickte. »Sie war eine besondere Frau. Wenn man mit Valentina zusammen war, hatte man das Gefühl, für sie der wichtigste Mensch auf Gottes weiter Erde zu sein. Und Kinder vergötterten sie.«

Sie gingen schweigend weiter. Der Wind trug von ferne das Läuten einer Glocke heran.

»Es gab viele Kleinigkeiten, die zuerst nicht passten und irgendwann ihren Platz fanden. Wie, lässt sich schwer erklären, das würde auch zu lange dauern, ich müsste bei einem toten Kaninchen anfangen, das dann doch nicht tot war, aber das würde Sie nur langweilen. Das letzte Puzzleteilchen waren schließlich die Fingernägel.«

»Die Fingernägel?«

»Ja, die Fingernägel. Elena trug sie kurzgeschnitten und nicht lackiert, Valentina hingegen hatte lange, lackierte Nägel, auch an den Füßen, sehr auffällig.«

»Ja, jetzt erinnere ich mich.« Lillo lächelte und Santomauro spürte eine absurde Aufwallung von Eifersucht auf diesen Mann, der sie gekannt hatte, mit ihr gesprochen, sie vielleicht berührt hatte.

»Elena benutzte nie Nagellack, deswegen hatte sie auch keinen Nagellackentferner zu Hause, das weiß ich sicher. Aus diesem Grund musste Pippo auch Valentinas Zehen amputieren, nicht nur wegen eventueller Fingerabdrücke. Aber das war einfach zu viel des Guten, und mir gingen diese Nägel, der ganze Nagellack, der Entferner einfach nicht aus dem Kopf.«

Er senkte den Blick. Pippo hatte erst später beschlossen, Valentina ins Spiel zu bringen, als er merkte, dass der Verdacht auf sie fiel. Doch das würde niemand erfahren. Der Angriff in den Ruinen von Velia würde ihr Geheimnis bleiben. Der Moment, als er glaubte, Valentina würde ihn berühren, während es in Wahrheit der Mann gewesen war, der ihren Leib geschändet hatte, maskiert durch die Perücke, den Kaftan und den Nagellack, den er den D'Onofrios und den Pasqualettis gestohlen hatte.

Nein, das würde er Pater Lillo nicht erzählen.

Das Läuten der Glocke klang nun schon näher. Sie sahen sich um. Etwas weiter vorne erblickte der Maresciallo eine vertraute Silhouette. Der geschmückte Karren des Granitaverkäufers stand nah bei dem kleinen Mäuerchen. Die Glocke, mit der er die Kinder zusammenrief, schaukelte im Wind. Unter dem Karren lag halb verdeckt ein Körper. Schnell gingen sie näher.

Peppino, der Granitaverkäufer, lag zusammengerollt unter dem Karren, den Kopf auf ein Handtuch gebettet. Er öffnete die Augen und sah sie einen Moment lang verdutzt an, fand aber sofort wieder zu sich.

»Maresciallo Santomauro! Wollen Sie eine Granita? Und Sie auch, Signore?«

Sie lehnten lachend ab. Peppino schulterte die Deichsel des Karrens.

»Als ich eingeschlafen bin, schien die Sonne, und jetzt sehen Sie nur, was für ein Wetter.«

»Und wieder geht ein Sommer vorbei, Peppino.«

»Ja, aber nächstes Jahr kommt ein neuer, Maresciallo.«

Und er wanderte den leeren Strand entlang, seinen Karren

vor sich her schiebend. Das Glöckchen bimmelte immer weiter im Wind.

»Weißt du schon das Neuste von Evelina?«

»Nein, erzähl!«

»Ihre Polin ist weg, sie hat meiner erzählt, man ließe sie in diesem Haus verhungern.«

»Sag bloß! Aber Evelina war ja schon immer ein wenig geizig.«

»Stell dir nur vor, sie musste sich Essen klauen, das arme Ding. In der Nacht, also so was.«

»Eine Schande! Tja, meine ist auch weg, und sie hat meine gesamten Klopapiervorräte mitgenommen.«

»Oh, Poppi, wie schrecklich! Waren es viele Rollen?«

»Hundertundfünfzig, es war ein Angebot, sie muss einen ganzen Laster dafür gebraucht haben.«

»Jaja, diese Polinnen. Minas ist auch weg. Sie hat wohl auch Sachen mitgehen lassen.«

»Ich muss Evelina anrufen. Ich glaube ja, dass diese Mädchen bei unserem Einbruch ihre Finger im Spiel hatten.«

»Aber entschuldige, hieß es nicht, es sei Pippo gewesen?«

»Ein paar Sachen wird er genommen haben, vielleicht den Kaviar oder sonst was, damit niemand merkte, dass er für zwei sorgen musste, aber kannst du mir vielleicht sagen, was er mit meinem Kaftan und Minas Perücken hätte anfangen sollen? Nein, das waren die Mädchen, die haben uns heimlich, still und leise Haus und Vorratskammer ausgeräumt. Ich muss Evelina anrufen.«

»Aber ihr seht euch doch heute Abend!«

»Ach ja, das hatte ich ganz vergessen. In der Locanda di Bartomeu? Ich freue mich schon auf ein leckeres Essen mit Totani und Kartoffeln.«

»Warst du nicht auf Diät?«

Die Klingen der Schere blitzten stahlgrau auf. Santomauro schloss die Augen, während sie auf ihn zukam, die Schere fest in den Händen.

313

Es war eine große Schere, mit massivem Griff und scharfen, sorgfältig polierten Klingen. Die Frau begann sie rhythmisch vor seinen Augen hin und her zu bewegen, wobei sie eine unverständliche Litanei vor sich hin summte.

Der Maresciallo auf seinem niedrigen Korbsessel vor dem Kamin versuchte, sich nicht zu rühren. Am Anfang des Rituals war er immer unruhig, und das Ganze kam ihm eher lächerlich vor. Dann, nach und nach, begann er sich zu entspannen und vergaß seine unbequeme Position, vergaß seine Beine, die er irgendwie einziehen musste, aber keinesfalls überschlagen durfte, vergaß die Klingen, die gefährlich nah vor seinen Augen aufblitzten.

Die Architektessa fing an zu gähnen, ein ausgiebiges Gähnen, das niemals enden zu wollen schien, und er gähnte mit ihr, während seine Augen von einem Detail zum anderen huschten und ihn ein wohltuender Frieden durchströmte. Der Kamin war peinlich sauber, auch wenn man sah, dass er täglich benutzt wurde, und überall drum herum, auf dem Sims, auf dem Boden und in der warmen Jahreszeit auch im Kamin selbst standen üppig wachsende Pflanzen von jeder Form und Größe. Das Einzige, was sie gemeinsam hatten, war ein glänzender, prächtiger Blattwuchs, von einem Grün, wie Santomauro es noch nie innerhalb eines Haus gesehen hatte. Die Blätter waren fleischig, fest, makellos, und das in Verbindung mit den Ritualen, die sie an ihm vollzog, bestärkte ihn in dem Glauben, dass die Architektessa eine Hexe sei.

Eine gute Hexe, aber trotzdem eine Hexe, die geheime Worte murmelte und ihre Schere vor seinen Augen tanzen ließ. Danach wäre das Messer an der Reihe, dann eine kleine Sichel und nach und nach weitere scharfe Werkzeuge, während die negativen Einflüsse langsam von ihm auf die Klingen übergingen. Und immer würde sie gähnen, dieses lange, ausgiebige Gähnen, von dem er sich anstecken ließ, ohne jemals zu wissen, ob es Teil des Rituals war oder nur ein kurioser Nebeneffekt.

»Fertig, Maresciallo.« Die Stimme der Frau riss ihn aus seinen Gedanken.

Sie hatte ihre Werkzeuge beiseitegeräumt und ihre Hand auf

seine Schulter gelegt. »Dieses Mal habt Ihr lange mit dem Auge geschlafen. Ihr müsst häufiger kommen, sonst sammelt es sich an und lässt sich schwieriger lösen«, sagte sie mit einem letzten Gähnen.

»Ich habe es Euch ja schon gesagt, wenn Ihr keine Zeit habt, kommt vorbei und lasst mir etwas von Euch hier. Ein Taschentuch, einen Stift, irgendetwas von Euch, und ich befreie Euch von dem Auge, ohne dass Ihr hier seid, wisst Ihr?«

Santomauro nickte, er wusste es, sie wiederholte es ihm jedes Mal, doch er konnte ihr nicht sagen, dass ihre Anwesenheit, der warme Frieden, der ihn in der sauberen, wie in einem Gewächshaus duftenden Küche durchströmte, ungleich wichtiger waren als der böse Blick, den die Architektessa von ihm nahm.

»Wollt Ihr ein Glas Wein?«

Auch das war Teil des Rituals, sie bot ihm Wein an, egal zu welcher Tageszeit, am frühen Morgen, am Mittag oder am Abend, er willigte stets ein, und sie saßen und tranken in behaglichem Schweigen, das nur hin und wieder von einem Satz unterbrochen wurde.

»Marescià.«

»Ja, Venera.«

»Dieses Mal war das Auge wirklich schlimm. Eine Frau hat es auf Euch geworfen. Passt auf. Erzählt niemandem private Dinge von Euch.«

Er nickte lächelnd. Auch das sagte sie ihm jedes Mal. Doch als er sich verabschiedete, konnte er nicht an sich halten, drehte sich auf der Türschwelle noch einmal um und fragte scheinbar gleichgültig: »Blond oder dunkel?«

Die Architektessa lächelte unter ihrem Bärtchen und erwiderte: »Dunkel. Dunkel, Marescià, so dunkel wie die Nacht.«

Er hatte sich einen Videorekorder gekauft, neustes Modell, mit professionellem Bildstopp und Frame-by-frame-Funktion. Nun saß er im Dunkeln in seinem Sessel und blickte auf den Bildschirm.

Valentina sah ihm schmollend in die Augen. Valentina lachte

mit zusammengekniffenen Lidern in die Sonne. Valentina rannte, und ihre Haare wogten wie eine schwarze Welle um ihr Gesicht. Valentina las lächelnd ein Buch.

Valentina in Weiß und Türkis oder ganz in Schwarz, oder nackt, oder im feuerroten Badeanzug.

Valentina, die schläft, Valentina, die weint, Valentina, die woanders hinschaut und wer weiß woran denkt.

Santomauro drückte die Stopptaste, blieb sitzen und betrachtete sie im Dunkeln.

Dank

Ein Buch entsteht dank der Ermutigung und der Unterstützung vieler Menschen, die auf verschiedene Art und Weise zu seiner Geburt beitragen und seine ersten Schritte in der Welt des Lesers begleiten. An sie alle erinnere ich mich mit großer Dankbarkeit, auch wenn es mir vielleicht unmöglich ist, jeden Einzelnen von ihnen zu nennen.

An erster Stelle möchte ich meinem Schwager Germano Galzerano danken, der mich geduldig in die Geheimnisse der cilentanischen Sprache und Küche eingeführt und mich gelehrt hat, die alten Traditionen zu lieben. Danke auch an Carmelo Pilerci, den unermüdlichen Erzähler von Anekdoten über diesen Landstrich, den ich nun als meine Wahlheimat bezeichnen möchte. Auf den Spaziergängen mit ihm und meinem Mann habe ich viele Anregungen für dieses Buch gesammelt, ebenso durch die vielen, vielen anderen cilentanischen Freunde, die mich auf vielfältige Weise beraten und ermutigt haben. Dankbar bin ich auch Pietro Gnarra, dem es Freude macht, dass ich seinen Namen verwende, und Lucia Barone und Angela Tortoriello, meinen treuen Erstleserinnen und Beraterinnen. Ein Dank von Herzen geht an Gian Franco Orsi für seine Freundschaft und seine Ermutigung, an Lia Volpatti, die mich immer liebevoll begleitet hat, und an Santa Di Salvo, die mir jederzeit zur Seite stand. Ein besonders herzlicher Dank geht an Annibale Bortone und Gennaro Pentoriero, ohne die ich nichts begonnen hätte. Danke auch Piergiorgio Nicolazzini und der gesamten PN Literary Agency, die mich herzlich und kompetent begleitet haben.

Und schließlich meiner Familie, dank der und trotz der ich schreiben kann: Domenico, Fiammetta, Arianna und Sveva, und die unverzichtbare Pernanda.

Persönlicher und absolut subjektiver Wegweiser durch die Cilento-Region

Von Diana Lama

Eines vorab: Der Landstrich, den ich in meinen Büchern beschreibe, also Pioppica mit seinen Ortsteilen Sopra und Sotto sowie die gesamte Umgebung, entspringt einzig und allein meiner Phantasie. Das Cilento-Gebiet, das mir als Bühne und Hintergrund meiner Geschichten dient, entspricht nur teilweise der realen Landschaft. Wie jeder Schriftsteller mache auch ich von meinem Recht Gebrauch, die Wirklichkeit zu nehmen und im Geiste und im geschriebenen Wort so zu bearbeiten, dass sie schließlich eine fiktive Gegend wird, in der alles möglich scheint: Mord und Erlösung, Liebe und Tod.

Folglich sind auch die Ortschaften, ihre Namen und die dort wohnenden und handelnden Personen reine Fiktion.

Doch der Mutterboden, auf dem meine Erzählung ruht, und das Umfeld, wo Maresciallo Santomauro und seine Carabinieri leben und arbeiten, sind real und wären nicht einfach durch andere zu ersetzen. Das Meer, die Natur, der Himmel und die Menschen sind die des Cilento, gefiltert von meiner Phantasie und Vorstellungskraft.

Als Erstes muss man sich klarmachen, dass »das Cilento« rein verwaltungstechnisch gar nicht existiert. Es gibt nämlich keine italienische Region oder Provinz dieses Namens, »Cilento« bezeichnet schlicht und ergreifend einen nicht näher definierten Teil Kampaniens. Und doch fühlen sich alle Cilentaner unumstößlich als Cilentaner, während alle übrigen Bewohner Kampaniens wissen, dass sie keine sind. Das Cilento-Gebiet erstreckt sich entlang des Mittelmeers von Pästum bis nach Sapri und wird im Landesinnern von dem östlichen Gebirgskamm des Vallo di Diano begrenzt. Es gehört zur Provinz Salerno,

319

der größten Verwaltungseinheit Kampaniens, und weist ganz eigene, landestypische Merkmale auf, die es von den angrenzenden Regionen unterscheidet.

Ich bin keine Cilentanerin, höchstens eine Wahlverwandte, da ich mich der Region qua Hochzeit verbunden fühle – und das seit ungefähr zwanzig Jahren. Was eindeutig nicht reicht: Immer noch bin ich hier eine Fremde, die Neapolitanerin, die Frau von X, die Schwiegertochter von Y.

Zumal ich eine ganze Reihe von Krimis verfasst habe, die alle im Cilento spielen, was so lange ein erschwerender Umstand war, bis sich endlich ein waschechter, verbürgter Cilentaner dazu herabließ, mein erstes Buch zu lesen und für gut zu befinden – er meinte, das Mädchen habe tatsächlich keinen Unsinn verzapft und man merke, dass sie sich schlau gemacht habe.

So viel vorweg, um anzudeuten, dass dieser Landstrich, den ich aus vollem Herzen liebe, sich seinen ganz eigenen, einzigartigen Charme erhalten hat und eine gewisse Scheu äußeren Einflüssen gegenüber pflegt, die nicht unerheblich zu seiner Faszination beiträgt.

Der Cilentaner an sich ist freundlich, und auch wenn er dich zögerlich anstarrt, öffnet er dir doch Tür und Tor, um dich an seinen Traditionen teilhaben zu lassen, voller Gastfreundschaft und Stolz auf seine Küche und die landschaftliche Schönheit.

Trotzdem bleibt man immer ein Fremder, ein Städter auf der Durchreise, und selbst wenn man sich ein Haus an der cilentanischen Küste kauft und vielleicht seit dreißig Jahren seine Urlaube hier verbringt – ein Fremder ist und bleibt man.

Für mich, die ich sicher keine Reiseführerin bin, besteht die Cilento-Region aus zwei großen Teilen: dem Landesinneren und der Küste. Letztere ist zweifellos bekannter und auch beliebter, wobei sie noch ruhige Oasen abseits der großen Touristenpfade bereithält, was der glücklichen Weitsicht einiger lokaler Behörden zu verdanken ist.

Andere Gegenden haben leider sehr an dem ausufernden

Low-Cost-Tourismus gelitten, an dem wahllosen Zubetonieren von wunderschönen Strandabschnitten, die mit ihrem hellen Sand und kristallklaren Wasser so manchem exotischen Traumstrand Konkurrenz machten. Doch sind das glücklicherweise Einzelfälle, während der größte Teil der cilentanischen Küste unversehrt geblieben ist.

Lange, weiße Sandstrände, manchmal auch steinige Felsufer, und einladendes Wasser, für die Wagemutigen bereits von Ostern an. Im Oktober und November hingegen herrscht eine milde herbstliche Wärme, die immer noch angenehme Wassertemperaturen beschert. Manche Leute ziehen sogar ein Bad im November oder Dezember, wenn das Meer von den vielen heißen Sommermonaten aufgewärmt ist, jenem im Mai oder Juni vor, wenn die Sonne gerade erst ihre Kraft entfaltet.

Die Vegetation ist üppig: Agaven, Eukalyptusbäume, Pinien, Pappeln und Bougainvilleen, Hibiskus und Magnolien, Oleander und die gesamte Vielfalt der mediterranen Macchia.

Eine meiner größten und zugleich verbotenen Freuden ist es, gegen Ende des Sommers mit ein paar Freundinnen von gleichem kriminellen Instinkt wie ich im Auto herumzufahren und nach Häusern zu suchen, deren Besitzer schon in die Stadt zurückgekehrt sind. Nach Häusern mit Gärten natürlich, deren Bäume voll überreifer, zuckersüßer und saftiger Früchte hängen, die nur darauf warten, von aufmerksamen Naschkatzen aufgesammelt zu werden: ein wahrer Genuss. Wenn die Feigen bereits an der Pflanze vertrocknet sind, ohne herunterzufallen, kann man ganz exquisite Trockenfeigen genießen, ohne dafür gearbeitet zu haben.

Normalerweise wollen getrocknete Feigen sorgfältig gehätschelt werden. Die reifen Früchte müssen geöffnet und auf geeigneten Tabletts aus Holz oder geflochtenen Pflanzenfasern tagelang in der Sonne getrocknet werden. In der zweiten Phase können die Feigen »gepackt«, also mit Walnüssen gefüllt, und zu phantasievollen Formen gefügt werden, als Kette etwa oder noch häufiger als auf Hölzchen gespießte Doppelreihe.

An einem Winterabend nach dem Abendessen kann da schon

mal im Gespann mit dem Nocillo, einem Nusslikör aus der Herstellung meines Mannes, während eines Plausches zu zweit eine ganze Reihe Trockenfeigen weggehen. Der Nocillo ist ein ganz spezielles cilentanisches Getränk: süß durch das Aroma der Walnüsse und die Beigabe von Zimt, Vanillezucker, Nelken und anderen geheimen Zutaten, die nur innerhalb der Familie weitergegeben werden, gleitet er sanft die Kehle hinab, kalt oder in Raumtemperatur, und genauso schnell lässt er vergessen, dass er an Alkoholgehalt einem starken Grappa in nichts nachsteht, 50 Prozent oder mehr je nach Jahrgang. Vierzig Tage müssen die Walnüsse unter Alkohol in der Sonne einweichen, dann werden sie abgeseiht. Vorsicht also vor einem unschuldigen Gläschen und zwei getrockneten Feigen: es könnte ein lustiger Abend werden, den man beim Blick auf die Waage am nächsten Morgen bereut.

Das sind aber beileibe nicht die einzigen Köstlichkeiten, die das Cilento zu bieten hat.

Am liebsten sind mir die einfachen Gerichte, die an gar nicht weit zurückliegende Zeiten erinnern, als bei den meisten Einheimischen mittags und abends nur wenig anderes als die Früchte der Erde auf den Tisch kamen. Heute besinnen sich viele Restaurantbesitzer auf die Tradition und setzen wieder schlichte, aber exquisite Gerichte auf ihre Speisekarte, die einfach und zugleich kompliziert zu bereiten sind. Man muss allerdings wissen, dass ihre Zubereitung von Ort zu Ort variiert, so wie der cilentanische Dialekt sich von Gegend zu Gegend unterscheidet und ich bisher siebenundzwanzig Bezeichnungen für ein und dasselbe Tier fand, den Gecko (und die Liste ist noch lange nicht abgeschlossen).

Mein absolutes Lieblingsgericht ist die *Pizza cilentana,* belegt mit Tomaten und einer Parmesan-Pecorino-Mischung – einfach unvergesslich.

Dann gibt es die *Cicci maritati,* einen Eintopf aus Hartweizen, Mais, Saubohnen, Erbsen, weißen Bohnen, regional speziellen Bohnen von bräunlicher Farbe, Linsen, Kichererbsen, getrockneten Kastanien, Knoblauch, Öl, Peperoncino, Dosentomaten und Salz. Die Zutaten werden auf ganz kleiner Flamme mit viel Geduld gegart, ein Gericht, das noch in einigen Restaurants und vielen Privathaushalten nach Originalrezept bereitet wird.

Dann gibt es ein traumhaftes und ganz einfaches Gericht mit dem Namen »Kräuter und Kartoffeln«, eine Art Kartoffelpüree, gewürzt mit rund fünfzehn verschiedenen Wildkräutern, wie man sie am Straßenrand findet und deren Namen schon halb vergessen sind: Borretsch, Löwenzahn, Eskariol, Wegwarte, wilder Fenchel, zarte Kürbis- und Mangoldblätter, Rübenspross-blätter, Kartoffelsprösslinge. Alles schlichte Dinge, aber richtig zubereitet eine wahre Gaumenfreude. Ganz zu schweigen vom Auberginenauflauf, bei dem die Auberginenscheiben im Gegensatz zu der neapolitanischen Version vorher goldgelb frittiert werden. Und dann gibt es eine Variante, bei der Kartoffelscheiben hinzukommen, überraschend, aber äußerst lecker.

Wie soll man alles aufzählen? Die *Pizza chiena*, gefüllt mit Reis und Käse, eine Osterspezialität. Die *Pizza dolce*, mit Sahne und Schokolade und Orangenguss, deren Teig unbeschreibliche Mengen an Eiern enthält. Viele Arten von Wild: Hase, Dachs, Drossel, die Grasmücke, die Schnepfe und schließlich das Wildschwein, das eine begehrte Trophäe hiesiger Jäger darstellt.

Mir ist klar, dass Sie nun vielleicht denken, ich käme nur wegen des Essens in das Cilento-Gebiet. Dem ist nicht so, aber oft ist es schwer genug, den kulinarischen Versuchungen zu widerstehen.

Um ein wenig von dem Zuviel, das man zu sich genommen hat, wieder loszuwerden, kann man wunderbar die kurvige Küstenstraße entlangjoggen, die von Casalvelino über Pioppi bis nach Acciaroli führt und dann weiter nach Mezzatorre, Agnone, Case del Conte und Ogliastro Marina.

Sollte Ihnen mal die Puste ausgehen, können Sie einen der zahlreichen Stichwege zum Meer einschlagen und sich in die angenehm kühlen, blaugrünen Fluten werfen. Viele der Zugänge gehören zu Privatvillen, die sich an den Küstenhang schmiegen, doch ebenso viele bieten freien Zutritt und sichere Erfrischung. Es gibt nichts Besseres, als vom Lauf erhitzt die letzten Meter hinab zum steinigen Strand zu gehen, die verschwitzten Kleider abzulegen, Joggingschuhe und Strümpfe auszuziehen und sich ins Meer zu werfen, die kalten Bläschen zu spüren, die über den Körper perlen und augenblicklich Erleichterung und Zufriedenheit schenken.

Ein Bad im cilentanischen Meer ist an sich schon die reine Freude, und das Klima gestattet dies mindestens acht Monate im Jahr. Im Sommer aber, wenn man von den glühend heißen Felsen am Strand ins Wasser springt, sich auf dem Rücken mit ausgebreiteten Armen und Beinen treiben lässt und den Gebirgskamm betrachtet, an dem Pinien, Buchen, Lärchen, Agaven und Feigenbäume ihre Wurzeln in den Tuffstein graben, glaubt man wirklich, im Paradies zu sein. In der Ferne flitzen die Boote vorbei, zum Glück nicht allzu viele, und an windigen Tagen kann man Dutzende Windsurfer wie riesige, bunte Möwen über den Horizont schweifen sehen.

Es gibt hier Gegenden, die vom Wind geradezu gesegnet und bei allen Fans dieser Sportart bekannt sind. Das schon in frühester Vergangenheit dokumentierte Pioppi, dem Geburtsort der mediterranen Diät, ist in Italien wegen seiner günstigen Winde einer der Lieblingsorte von Surfern. Ich liebe die gesamte Region des Cilento, doch Pioppi wird mit seinem Kastell Vinciprova immer einen festen Platz in meinem Herzen haben.

Die Strände von Acciaroli und Ascea sind weite Flächen feinen, hellen Sandes, und das Meer fällt seicht ab, so dass man lange gehen muss, bis man endlich schwimmen kann. Pioppis Strand hingegen ist klein, schroff und steinig, das Meer fällt wenige Meter vom Strand ins tiefe Blau ab, wie auch der Strandabschnitt Richtung Acciaroli. So wechseln die verschiedenen Strandtypen innerhalb einer Region, und selbst im Schlauchboot gelangt man schnell von einem zum anderen.

An windigen Tagen kann man an beiderlei Arten von Strand Wellenhaschen spielen. Umgeben von kreischenden Kindern, steht man bis zur Hüfte im Wasser und wartet, ausgerüstet mit bunten Schwimmbrettern. Stets wird die Geduld mit einer besonders starken Welle belohnt, die die Waghalsigen erfasst und sie meterweit auf den Strand zurückspült, wo sie sich prustend und lachend aufrappeln, und nicht selten wird man seiner Badehose beraubt.

Wir sind verwöhnt hier: Wir fläzen uns unter den Sonnenschirmen, vor uns die Weite aus Sand und Meer, und wenn jemand unvorsichtigerweise mit seinem Schirm auf mehr als fünf Meter herankommt, traktieren wir ihn mit bösen Blicken. An anderen Stränden, auch gerühmten und schönen Stränden Kampaniens, fühle ich mich immer schnell unwohl, so dicht an dicht mit meinen Liegestuhlnachbarn, weswegen ich es nie länger dort aushalte.

Natürlich gibt es auch im Cilento mondänere Orte, aber die Atmosphäre insgesamt ist immer ein wenig retro, mit dem Granitaverkäufer, der über den Strand wandert, der Sechziger-Jahre-Musik und den zufälligen Begegnungen mit Freunden, die eine angenehme Konstante darstellen.

Im Landesinnern wiederum ist es ganz anders.

Hierher verirrt sich selten ein Ausländer – dazu zählt jeder nördlich von Salerno und südlich von Sapri Beheimatete –, und er wird neugierig beäugt. Fast immer stellt sich heraus, dass er der Verwandte des einen ist, der in die Fremde ausgewanderte Sohn eines anderen oder der Freund mit Empfehlung und fester Adresse eines Dritten, und er wird freundlich aufgenommen. Das gilt auch für Reisende von außerhalb Italiens: Nicht umsonst blickt der Inland-Cilentaner auf eine lange und tiefverwurzelte Tradition des Emigrierens in verschiedene Länder der Erde zurück, allen voran Südamerika, und er kennt Fremdsprachen.

Die Ortschaften sind in der Regel klein, mit alten Häuschen aus dem siebzehnten und achtzehnten Jahrhundert, die sich um einen meist großzügigen Dorfplatz scharen, auf dem alle Festivitäten stattfinden: das Fest des Dorfpatrons, Ferragosto, Weihnachten und zahlreiche andere Veranstaltungen. Je weiter man sich vom Zentrum wegbewegt, desto moderner werden die Häuser, wobei die Steinbauweise immer zu sehen ist, ebenso die Leinengardinen mit Stickereien und andere traditionelle Details.

Jedes Häuschen hat einen grünen, blühenden Garten, säuberlich aufgeschichtete Holzstapel für den Kamin, und nicht weit entfernt beginnen die offenen Felder, die nach wie vor von den Einheimischen bestellt werden.

Viele der alten Häuser haben noch ihre Kamine mit den gravierten Steinen, die Jahrhunderte zurück datieren, oder die alten steinernen Ölmühlen und Weinkeltern. Alle verfügen über einen Keller mit gelegentlich gigantischen Eichenfässern, wo Salami, Capocolli und verschiedenste Wurstsorten zum Trocknen hängen. Am Schlachttag oder zu anderen Festlichkeiten zieht man mit Freunden gerne fröhlich von einem Keller zum nächsten, auf ein Gläschen Wein, ein Stück Schinken oder eine Scheibe frisches Brot mit leckerem Öl, und es fällt nicht immer leicht, »basta« zu sagen.

Die Kamine der Häuser, meist in der geräumigen Küche gelegen, wären eine eigene Betrachtung wert: antik und ordentlich restauriert, oder auch neueren Datums, aber in traditioneller Handwerkskunst errichtet, bilden sie das Herz des Hauses. Um sie herum lässt es sich viel gemütlicher zusammensitzen als vor dem Fernseher. Sie wärmen das Haus nicht nur, sondern versorgen es oft auch mit warmem Wasser, auf ihnen wird gekocht, und sie haben die noble Aufgabe, jeglichen Papierabfall zu entsorgen.

Entsprechend bleibt in vielen Häusern neben dem Kamin, der einen Teil des Hausmülls aufnimmt, und dem Schweineeimer, in den die meisten der feuchten Abfälle wandern, für die Mülltonne nur ein wenig Plastikmüll. Das Cilento ist absoluter Vorreiter in Sachen Müllentsorgung in einer Region, Kampanien, die leider immer noch berüchtigt ist für ihre diesbezüglichen Schwierigkeiten.

Im Landesinnern gibt es zahlreiche Dörfer mit jeweils eigenen Traditionen, Festen, Spezialitäten und baulichen Besonderheiten, über die es viel zu schreiben gäbe. Stio mit seiner bemerkenswerten Altstadt, den herrlichen alten Palästen und dem Gewirr aus Sträßchen und Gassen, Gioi mit seinen mittelalterlichen Türmen und Festungsanlagen, Moio und Pellare, wo jeder Winkel eine Entdeckung ist, mit Höfen und Häusern aus dem siebzehnten Jahrhundert, Ogliastro, Lustra, Pollica, ein Juwel zwischen Bergen und Meer, Stella Cilento, Salento, mit seinen tausend Plätzen und Plätzchen, auf denen rund ums Jahr Leute draußen an Tischen sitzen und sich unterhalten. Und dann Celso, mit seinen atemberaubend schönen Adelspalästen, verwunschenen, hinter Mauern und schmiedeeisernen Toren verborgenen Gärten, kleinen Plätzen und Häuschen, so winzig, als würden hier Zwerge wohnen. Rutino, Oria, Ceraso, Perito, Ostigliano, Campora, das ist das Cilento-Gebiet, kleine verschlafene Dörfchen mit nie gehörten Namen, wo man immer auf ein uriges Restaurant oder kleines Hotel stößt, ein unvergessliches Gericht, sein Traumhaus, ein halb im Grünen verstecktes Landgut oder eine Aussicht, die man für immer im Herzen behält. Und der Monte Gelbison mit seiner Wallfahrtskirche der Madonna del Monte, dem Ziel von Pilgern aus dem ganzen Cilento. Dann die Bergzüge der Civitella, die Wälder mit Kastanien-, Oliven- und Walnussbäumen, in denen man über antike Ruinen stolpert. Die Überreste der antiken Hafenstadt Elea (römisch Velia) bei Ascea stammen aus der Zeit der Magna Graecia und sind eine hochinteressante Ausgrabungsstätte.

Die inoffizielle Hauptstadt des Cilento ist Vallo della Lucania, ein in permanenter Ausdehnung befindliches Städtchen, das sich den antiken Stadtkern bewahrt, voll sehenswerter Adelspaläste, Plätze, Geschäfte und Lokale, das aber gleichzeitig mit vielen neuen Läden seine Offenheit gegenüber dem Wandel beweist. Der Bahnhof von Vallo Scalo ist für Zugreisende das Tor zum Cilento und scheint sich seit den sechziger Jahren nicht verändert zu haben: Wenn ich per Bahn anreise, fühle ich mich schon nach Agropoli räumlich und zeitlich in eine andere Dimension versetzt, auf Omignano Scalo folgt dann schon Vallo, und ich bin da.

Es ist ein besonderes Gefühl, als würde man einen anderen Blickwinkel einnehmen, ein Gefühl, das sich bei mir noch verstärkt, wenn ich die Küstenserpentinen Richtung Pioppi entlangfahre, mit Meer und Bäumen und der Farbenpracht aus

rotem Hibiskus, rosafarbenem Oleander und weißen Bougainvilleen, oder wenn ich nach Moio hinauffahre, den Duft nach
verbranntem Holz in der Nase, und die vielen verschiedenen
Grüntöne um mich herum zähle.

Wein, Öl, Nocillo, Kastanien, Walnüsse, Honig, Oliven und
Marmeladen aus heimischer Herstellung müssen unbedingt
probiert werden, und wenn möglich sollte man wenigstens einmal ein Patronatsfest miterlebt haben, die Heiligenprozession
gesehen, die Kirmesleckereien probiert, der Band auf der *in
piazza* errichteten Bühne gelauscht und ein paar Verse im cilentanischen Dialekt gehört haben.

Schließlich kann man die Cilento-Region nicht verlassen,
ohne nicht wenigstens einmal *melanzane 'mbuttunate* oder
mozzarella di mortella und *pane cafone* probiert zu haben, ohne
einmal ins blaue, kristallklare Meer gesprungen zu sein, ohne
an einem Zweig Oregano gerochen zu haben, ein altes Album
mit Fotos der nach Venezuela ausgewanderten Familienmitglieder durchgeblättert und in ihre ernsten, jungen, wie aus
Holz geschnitzten Gesichter gesehen zu haben: Die Züge eines
Menschenschlages, der sich auch ohne Hauptstadt und Grenzen einen starken Kern, eine Identität und Autonomie bewahrt
hat, vermischt mit einer althergebrachten, vornehmen Zurückhaltung.

Leseprobe aus

Rosa Cerrato

Das böse Blut der Donna Luna

Nelly Rosso ermittelt

Kriminalroman

Aus dem Italienischen
Von Verena von Koskull

Kommissarin Nelly Rosso – Anfang vierzig, stattliche eins achtzig, rote Locken, Sommersprossen und kein bisschen zimper-
lich – fühlt sich in ihrem zweiten Fall von der ligurischen Ri-
viera direkt nach Amerika versetzt. Denn sie bekommt es mit
einem waschechten Serienmörder, dem dazugehörigen Profiler
und den Voodookünsten einer schwarzen Puffmutter zu tun,
und das alles im heißesten Genueser Sommer seit Beginn der
Wetteraufzeichnung.

II

Der Pigato war Nelly bei der Hitze sofort zu Kopf gestiegen.
Oder lag es daran, dass sie zwei Flaschen geleert hatten? Als sie
die Augen öffnete, weil ihr Handy fiepte, konnte sich die Kommissarin nicht mehr genau erinnern, wie der Abend geendet
und sie in ihr Bett gekommen war. Zum Glück (?) lag sie allein
darin, also war ihre Treue noch unversehrt, dachte sie mit
einem flüchtigen Lächeln und ging ans Telefon.

»Nelly?«

»Marco. Was …«

»Wir haben eine weitere Leiche gefunden.«

»Wo?«

»Beim Forte Begato. Diesmal hat ein Hund sie entdeckt, der
mit seinem Herrchen beim Frühspaziergang war. Ich bin mit
Lombardo schon vor Ort.«

»Ich komme sofort.«

Laut fluchend sprang Nelly in ihre Kleider und stürzte aus
dem Haus. Wie bitte, zwei in zwei Tagen? Die gemeine kleine
Stimme hatte also recht gehabt. Nelly kannte sie schon lange.

Sie ließ nur selten von sich hören, war dann aber äußerst hartnäckig, sagte immer Unglück und Ärger voraus und lag damit meist richtig. Ihre persönliche Kassandra.

Nelly rannte zur Tiefgarage in der Via Madre di Dio, in der ihr alter Punto stand. Die Stadt fing gerade an, sich zu rühren. Nach einer weiteren Nacht, die man japsend auf dem Balkon oder draußen auf der Straße auf der Suche nach einem Lufthauch verbracht hatte, stolperten die Genueser träge und hitzematt aus den Häusern. Als sie beim Forte Begato ankam, sah sie sofort die Streifenwagen der örtlichen Polizei und uniformierte Beamte, die dabei waren, einen Teil des Geländes mit rot-weißem Band abzusperren, während der Vizekommissar und seine Kollegen sich entlang der alten Festungsmauern zu schaffen machten. Hier war es grün und schattig. Leicht abschüssig. Es gab Holztische und -bänke, auf denen normalerweise immer irgendjemand saß, lesende Einzelgänger, picknickende Familien oder alte Leute, die nach einem Spaziergang verschnauften.

Marco hatte Nellys Auto gesehen und winkte sie heran. Auch diesmal ein Ginstergestrüpp, fast direkt am Fuß der Außenmauern. Auch diesmal eine junge Frau – und wieder ohne Kopf. Keine Farbige, sondern eine Weiße, wenn auch braungebrannt, die hellen Streifen des Bikinis waren deutlich zu sehen. Die Beine gekrümmt. Ein Arm angewinkelt, wie beim ersten Opfer, der andere hingegen halb ausgestreckt. Auch diesmal Minirock, keine Unterhose, ein gelbes Top mit dünnen Trägern. Marco zog nervös an seiner Zigarette.

Ein paar Meter entfernt stand ein grauhaariger Mann um die sechzig und sah unsicher zu ihnen herüber. An der Leine hatte er eine Kreuzung aus deutschem Schäferhund und Rottweiler. Der Hund saß reglos da und fixierte sie mit wachsamem und alles andere als freundlichem Blick. Ganz schöne Kampfmaschine, dachte Nelly, als sie auf den Hundebesitzer zuging. Das Tier nahm sofort eine drohende Haltung ein.

»Ruhig, Diavolo«, sagte der Mann und tätschelte ihm den Kopf.

332

»Hat er sie gefunden?«, fragte Nelly.

»Ja, ich habe Ihrem Kollegen schon alles gesagt. Er hat sich losgerissen und ist geradewegs auf das Gestrüpp zugeschossen, und als er dann nicht gehorchen wollte und nicht aufhörte zu jaulen, bin ich hingegangen, um zu sehen, was er gefunden hatte. Die arme Frau, ein Wahnsinn!«

»Ja, wirklich. Wohnen Sie in der Nähe?«

»Am Righi, nicht weit von der Bergbahn. Ich bin pensioniert, hab ein kleines Häuschen mit Garten. Aber mein Hund braucht Auslauf, und deshalb …«

»Ja, ja, sicher. Sie sind Signor …«

»Bacigalupo, Anselmo. Ich habe bis vor zwei Jahren im Hafen gearbeitet. Ihr Kollege hat alle meine Daten. Er hat mich gefragt, ob ich was gesehen habe. Ich habe nichts gesehen, hier war keine Menschenseele.«

»Haben Sie die Leiche bewegt?«

»Um Himmels willen, Commissario … Aber Diavolo vielleicht. Ich glaube, er hat sie am Arm gepackt, aus Instinkt.«

»Danke, Signor Bacigalupo, Sie können gehen. Wenn wir Sie noch einmal brauchen sollten, melden wir uns.«

»Vielleicht hätten wir zumindest das hier verhindern können, wenn wir die Drecksau gestern sofort festgenagelt hätten«, knurrte Marco. Er sah noch immer auf die bäuchlings daliegende Tote hinunter, ein zarter Körper mit schlanken Fesseln und schmalen Handgelenken. Auch sie sah sehr jung aus. Wut kochte in ihm hoch.

»Diesmal werden wir bei der Identifizierung wohl weniger Glück haben«, meinte Nelly, ohne auf die Bemerkung ihres Kollegen einzugehen. »Wir müssen die Sache bekannt machen und sehen, was passiert. Vielleicht sucht schon jemand nach ihr.«

»Wo bleibt Parodi? Und der Staatsanwalt? Wie lange brauchen die denn, verdammt noch mal?« Marco war gereizt. Nelly wusste, dass er immer so reagierte, wenn er sich ohnmächtig fühlte.

Wie von Nellys Vize gerufen, tauchte Parodi am Fuß des

Abhangs auf und kam mit den Männern der Spurensicherung zu ihnen hinauf. Kurz darauf traf die Hundestaffel ein. Nelly dachte, dass Diavolo es durchaus mit ihr aufnehmen könnte. Womöglich hätte er sie alle in die Tasche gesteckt. Derweil raunte das teuflische Stimmchen ihr zu: *Schwachsinn. Sucht ihr nur. Der Kopf ist nicht hier. Die Köpfe behält er nämlich.*

Er!! O Himmel, jetzt errate ich sogar das Geschlecht der Mörder. Allerdings, um eine Leiche hier raufzuschleppen … »Und außerdem sind fast alle Serienmörder männlich.«

Den letzten Teil des Gedankens hatte sie laut ausgesprochen. Marco sah sie verblüfft an. »Männlich, weiß, zwischen zwanzig und fünfzig Jahre alt und in unserem Fall kräftig gebaut. Wir wissen doch, wie's im amerikanischen Film zugeht, was? Aber stell dir vor, neuesten Untersuchungen zufolge soll Jack the Ripper eine Frau gewesen sein!«

Um dem vernichtenden Blick des Vizekommissars zu entgehen, wandte sich Nelly Dottor Parodi zu, der neben der Toten hockte.

»Genau wie die von gestern, Himmel noch eins, hier geht's ja zu wie in der Französischen Revolution, ob das was mit der Hitze zu tun hat? Diese hier ist ebenfalls vor wenigen Stunden gestorben. Meiner Meinung nach ist sie lebend enthauptet worden. Saubere Arbeit, ausgeführt von jemandem, der sich mit Anatomie einigermaßen auskennt. Ist Nardini mit dem gestrigen Befund schon fertig?«

»Wir warten noch auf die Ergebnisse der toxikologischen Untersuchung. Es wurden weder Traumata noch Verletzungen festgestellt, und wenn sie, wie auch Nardini glaubt, lebend geköpft wurde, muss sie vorher vergiftet oder unter Drogen gesetzt worden sein.«

Wie eine Fata Morgana erschien Laurenti in ecrufarbenem Leinen mit hellblauer Krawatte am Ort des Verbrechens und war inzwischen weniger verärgert als erstaunt und fasziniert. Die Sache nahm eine unerwartete Wendung. Noch eine, und auf die gleiche Weise? Vielleicht könnte das Ganze doch noch interessant werden und ihm zu gewisser Berühmtheit verhelfen? Denn

Ruhm, das war in der Branche allgemein bekannt, ließ den jungen Staatsanwalt einfach nicht kalt.

Die Hitze war noch unerträglicher als in den Tagen zuvor. Die Luft war tropisch. Nelly überlegte, dass man ziemlich durchgeknallt sein musste, um den für diese Verbrechen erforderlichen Aufwand gleich an zwei Tagen hintereinander zu betreiben. Der Mörder musste eine unglaubliche Energie und Entschlossenheit haben. Und die Sache sorgfältig und von langer Hand vorbereitet haben. Oder gab es zwischen den Opfern einen Zusammenhang, und die Zuhälter unterschiedlicher Ethnien begannen sich zu bekriegen? War das vielleicht Madame Claires Antwort an den vermeintlichen Mörder ihrer Nichte? Der Gedanke traf Nelly wie ein Blitz.

»Marco, wir müssen sofort mit Fattori sprechen. Und dann mit Madame Claire«, sagte sie zu ihrem Vize. Er nickte wortlos. Schweigend gingen sie zu Nellys Auto und fuhren Richtung Polizeipräsidium davon.